03
AUTHOR. wooden spoon
ILLUST. 阿蟬蟬
重生使用說明書
REGRESSOR INSTRUCTION MANUAL

目錄

CONTENTS

第044話　快工作！

「李基英大人，您在這裡啊。我是帕蘭的普通成員朴重基。」
「是重基先生啊，我記得你。請問有什麼事嗎？」
「會長請幹部們集合。」
「原來如此，那請你先回去轉達我在路上。」
「是，我明白了。」
以一個普通成員來說，朴重基的敏捷估算是挺高的，他很快就消失在我的視線中，這一定就是他負責傳令的原因吧。
我利用自己的特性將那傢伙打量了一遍，他的情報便立刻出現在我眼前。
敏捷值低於英雄級……
「還不錯嘛。」
「什麼？」
「啊……沒什麼，熙英小姐。」
「你是不是該回去了？我好像聽到你要開會……」
「晚一點回去應該也沒關係。」
「那就好。我們要不要再喝杯咖啡呢？」
「那我們去附近的咖啡廳好了。」
總覺得我們好像在走一般的約會行程，讓我有種奇怪的感覺，但我認為沒有必要急著趕回去，因為我已經能大概猜到發生什麼事情了。

不外乎是銷聲匿跡至今的李尚熙終於下定了決心。

她之所以會集合幹部，八成是為了和大家討論帕蘭的未來，以及空缺的會長職位。

身為一位領導者，李尚熙太無能了，我猜我不在公會的這段期間，她一定對此有更深刻的體會，所以無論如何都勢必得做出決定。

照理說，所有行政部門在一夕之間消失根本是不合理的事。說難聽一點，公會本來就已經分崩離析了，現在更是瀕臨徹底瓦解的程度。這已經不是精神上接近半崩潰狀態的李尚熙可以解決的問題了。

雖然金賢成好像還保持著理性，同時為之後的事情做準備，但我猜那小子的計畫恐怕處處都是他看不見的漏洞。

他重生前應該是個武官，不擅長這方面的事也是情有可原，不過現在重要的並不是結果。反正不管怎麼樣，我最終都會讓結果變成我們要的樣子。

在我暫時離開公會的這段時間，公會內部的人全都對金賢成的能力點頭表示認同。雖然把工作都丟給他讓我覺得很愧疚，但他一定能理解我的想法，所以才沒有多說什麼。

我們隨便找了一家店，之後我一邊啜飲著手中的咖啡，一邊和宣熙英聊天，感覺過了一段時間。

其實和宣熙英聊天滿有趣的。如果要說在我認識的女人當中，誰和我講話最投機，那第一名當然是李智慧，不過宣熙英也在某些層面跟我很合得來，總比車熙拉那種說話不經大腦的人好多了。

「我差不多該走了。」

「啊，感覺有點可惜呢，好像真的很久沒有像這樣享受悠閒的時光了。」

「我也這麼覺得，熙英小姐，我們以後多多出來外面休息吧。」

「你會偶爾陪我出來嗎？」

「當然。」

我拋出了典型的服務業臺詞後，才慢條斯理地出發回公會。

其實我和宣熙英待在一起的時候，滿腦子都在擔心金賢成那邊順不順利。我不知道這樣比喻是否恰當，但那種感覺就像叫原本對家務事不聞不問的丈夫去幫忙買菜一樣。

我有點後悔沒有不動聲色地幫他一把，同時也相信金賢成自己一個人也能把事情做好。

他沒問題吧……金賢成不是笨蛋，一定會好好拿下自己應得的好處。

「那麼，祝你開會順利，我們晚上再見。」

「好。」

一路上，我稍微放慢了腳步，卻還是在轉眼間就抵達公會。也許是我在不知不覺間越走越快，因為我很擔心，不知道那小子有沒有把事情處理好。

來到會議室，我敲了敲門以後，便看見三個人一臉嚴肅地坐在裡面。

「打擾了，我是李基英。」

「請進。」

李尚熙表情平靜，黃正妍鬆了一口氣，金賢成則是對著我微微一笑。

看得出來，事情順利解決了。

「對不起，我來晚了，因為途中發生了一些事……」

「不會，沒關係，畢竟這次的集合有點突然。」

「請問今天召集會議的原因是……」

回答我的人是金賢成。

「我們在討論帕蘭的下一步。李尚熙大人希望退出第一線，因此我們正在針對這件事進行討論。」

很好。

「雖然我還有很多不足之處，但是短期間內應該會由我負責管理公會，而李尚熙大人會以顧問的身分指導我。」

這個結果不錯，我不由自主地點了點頭。

讓李尚熙當顧問也是很明智的選擇。她只是在擔任領導者時能力稍嫌不足，不過這並不代表她本身很無能。李尚熙的問題在於，她在其他方面的能力看起來太強了，導致她所擁有的「才能」掩飾了她身為一位領導者的「無能」。

除此之外，這麼做也充分考慮到了突如其來的權力移轉帶來的混亂，以及周遭的眼光。

反正按照李尚熙的個性，她也不會過度干涉金賢成，而且浪費這樣的人才本來就是不合理。

感覺金賢成撈到的好處比我想像中還多，這令我非常滿意。

希望李尚熙也能快點忘掉過去，重新振作起來。

「你做了很艱難的選擇吧，李尚熙大人也是……」

「沒那回事，基英先生。我之前一直覺得自己就像穿著不合身的衣服一樣……現在反而覺得卸下了重擔，心情很愉快。那我們一起出去吧？」

「我們要去哪？」

「要把這件事告訴其他公會成員才行。重基先生，其他成員們現在……」

「已經按照您的吩咐，全部集合在一處了。」

「那我們現在就過去。」

從她已經事先召集好眾人這一點來看，她應該早已做好了心理準備。看來她是真的對副會長的職位感到很有壓力。

我不禁勾起嘴角。

一路上，金賢成一直在和李尚熙交談，大概是針對接下來的發表詢問了各種問題。

我看了一眼禮堂內部，裡頭聚集了很多人。感覺有一陣子沒見的朴德久和金藝莉、宣熙英一起坐在最前排的位子上。

我今天不需要站上講臺，反正今天集合的主要目的只是為了告知公會成員人事交接已經完成了。

「大哥。」

「你最近過得好嗎？」

「哎唷，你最近會不會太忙了啊？」

「畢竟發生了很多事嘛，接下來我們就能有比較多的時間待在一起了。等公會的重建期過去，就會稍微輕鬆點了吧。」

「希望那一天快點到來……話說回來，人姐好一點了嗎？」

「嗯，昨天還說了夢話呢。」

「真是太好了。」

「熙英小姐也說她很快就會醒過來了，你不用太擔心，現在先專心聽今天要公布的消息吧。」

「我收到要全員集合的通知時嚇了一跳……是有什麼有趣的消息嗎？」

「你自己聽聽看就知道了。」

這可不只是有趣而已，因為我終於可以親眼看到這段時間在這裡費心勞力換來的回報了。李尚熙和金賢成過了一會才從講臺上現身。其實李尚熙大可隨便走個交接流程，就把會長的位置丟給金賢成，她卻特地安排了這樣的場合，可見她想好好做個結束。

李尚熙緩緩開口，許久沒有聽見的沉穩嗓音傳入耳中。

「我今天之所以召集各位，是為了更有效率地為大家說明帕蘭今後的走向，以及我們現在的處境。先從結論說起，我決定卸下過去對我而言一直是沉重負擔的職務了。」

她看起來相當平靜，但是臺下的聽眾聽到這席話後可就無法冷靜了。

有人擔心身為帕蘭創始成員的她會離開帕蘭，不安的議論聲與嘆息聲同時在禮堂內響起。

「我認為原第七小隊隊長金賢成先生是適合接任帕蘭新任會長的人選，這是經過以我為首的帕蘭領導階層全體同意的事項。我知道現在是很混亂的時期，身為前領導階層的一員，我感到慚愧不已，但我希望各位務必和我們一起度過這場危機。」

掌聲逐漸響徹禮堂。

這是一場很棒的演說，言簡意賅，想必是為了把時間留給金賢成。

李尚熙悄悄讓出位置後，便能一眼看見那小子迅速起身，筆直地走向講臺。想當然耳，走上講臺的金賢成看起來並沒有特別緊張或尷尬，反而給人一種非常習慣這種場面的感覺。

他在過去一定曾經坐上類似的位子吧。

「能夠坐上這個位子對我來說是一項殊榮。李尚熙大人並不是如同各位所擔憂的那樣突然卸下這個職務，而是從很久以前就在考慮這件事，也跟我說了很多她的想法。我加入帕蘭的時間還不長，因此身為帕蘭創始成員的李尚熙大人會作為公會的顧問，繼續留在公會裡。

「帕蘭歷經了巨大的傷痛，在座的各位普通成員和負責行政工作的職員們應該都和帕蘭共度了很長的時光，所以我可以理解不久之前發生的事件一定都讓大家受到了衝擊。

「我們就把這當作全新的開始吧。

「我們就當作從零開始重新來過，帕蘭會改變的，而且我可以保證，那個變化將從現在這一刻開始。雖然很突然，但我想趁這個機會向各位報告有關人事與公會今後發展的計畫。」

沒想到他還準備了這些，真是了不起。

我將視線轉向李尚熙，她好像本來就知情。我不知道他們什麼時候討論了這些，但是就時間點來說，確實早了一點。畢竟大家還沒有習慣改變，說不定會出現反對的意見。

就算那些人反對，也沒有太大的意義，不過現在才剛起步，我覺得還是小心為妙，然而金賢成似乎不這麼想。我看著他緩緩開口，心臟莫名地怦怦跳。

坦白說，如果說我不期待，那絕對是騙人的。我當然會期待金賢成安排一個位置給我。想想我至今為小隊和帕蘭做出的貢獻，他應該會給我一個好處多到滿出來的職位吧。

我用帶有一絲緊張的表情看著那小子，沒過多久便聽見金賢成的聲音傳來。

「首先，我要任命李基英先生擔任副會長。」

我忍不住睜大眼睛。

我愛你！賢成！我在等的就是這個。不對，老實說，我沒想到他會願意給我這麼高的職位——金賢成王國的第二把手。

雖然我早就知道金賢成很看重我，但他對我的評價比我想像中還高。

我的嘴角理所當然地揚起，簡直開心到想站起來跳舞，稍後聽到的下一句話也令我心情極佳。

「同時，還要任命李基英先生擔任公會的臨時總務。」

不只副會長，竟然還有總務。他讓我掌握公會的資金來源，就代表賦予我極大的實權。

雖然接下來想必會變得有點忙碌，但這點程度的工作我絕對做得來。

「最重要的是，我們即將補充人力，在成立臨時的人事委員會後，預計會由李基英先生擔任委員長，為我們處理這方面的事務。」

這個職位也很棒，可以按照我的喜好挑選成員無疑是一大好處。

「新成立的副本攻掠策略組，也將由李基英先生擔任臨時組長。」

過了一段時間，我才意識到情況不太對勁。

「公會即將設立未來策略總部與損害對策委員會，預計會暫時由李基英先生擔任第一任委員長。」

慢著。

「我任命李基英先生暫時擔任負責全方位行政業務的首席行政官，預計任職到公會的狀況穩定下來為止。」

夠了。

「我將設立煉金企劃室，並任命李基英先生擔任室長一職。」

別再說了。

「新成立的宣傳策略組將由李基英先生擔任臨時組長，負責公會的宣傳工作。」

拜託別再說了，你這個混蛋！

金賢成的口中不斷冒出我的名字。

當然，除了我的名字以外，黃正姸和宣熙英也有在中間被叫到幾次，但那些令人費解的奇怪職稱後面一直出現我的名字。

連一開始還搞不清楚狀況的人都開始用同情的表情看著我了。事情簡直發展到了讓人懷疑金賢成是不是故意想整我的程度，令人無言以對。

「我任命李基英擔任臨時委員長。」

知道了，你快給我閉嘴……

我忍不住發出了無聲的吶喊，這還是我第一次埋怨金賢成那小子。

* * *

有一個關於世宗[1]與黃喜[2]政丞[3]的故事。

黃喜曾向世宗請辭了十幾次，世宗卻始終沒有批准，因此黃喜臨死之前還得工作。

他若是以健康狀況為由請辭，世宗就讓他在家辦公；若是以年老體衰、行動不便為由請辭，世宗就派轎子去把他接入宮中。

世宗甚至派官僚去黃喜家，要求他即便躺著也要處理文書工作，黃喜幾乎是真的到死為

1　世宗（1397年～1450年）為朝鮮王朝第四代國王（1418年～1450年在位），在位期間發明訓民正音（即韓語文字），並在科學技術、藝術、文化等各方面皆對國家有巨大貢獻，被後世尊稱為「世宗大王」。

2　黃喜（1363年～1452年）為高麗王朝末期至朝鮮王朝初期的文臣，於世宗在位期間擔任了十八年的領議政、五年的左議政、一年的右議政。

3　「政丞」為朝鮮王朝最高行政機關的長官左議政、右議政、領議政的通稱，三者又合稱「三政丞」，相當於宰相。

止都在工作。

媽的……現在我的狀況可以說是跟黃喜大同小異，我意識到金賢成是下定決心要把我壓榨殆盡。

假如金賢成王國日漸壯大後，金賢成因此名垂青史，那他的名字旁邊一定會有我的名字——說我是個因為從早到晚都在工作而過勞死的蠢蛋。

當然，我也不是毫無收穫。

就像黃喜多次貪汙舞弊，直到最後都還是備受世宗寵愛，我也獲得了無所不能的權力，名為李基英的這號人物在公會內的地位當然會和以前大不相同。

雖然以前的地位也絕對不算低，但現在任誰都能看出我是掌控著帕蘭實權的人，問題是我沒空行使這個權力……

現在帕蘭幾乎每件事都需要我經手處理。雖然我目前負責的職務中，很多都冠上了「臨時」二字，代表這個狀態不一定會一直持續下去，但至少現在帕蘭的整個行政系統都在我的手掌心裡，我可以全方位地了解各種事項，這對我來說意義重大。

我再一次感受到了金賢成對我的信任，這也代表他認為除了我以外的人都無法信任。

我既然得到了會長的全面信任，其他公會成員自然得對我唯命是從。我的職銜本來就已經很有分量，這下更是如虎添翼。

而我得到的第二項好處是金錢。帕蘭不是黑心企業，而是做了多少工作，就給予相對應報酬的暖心公會，彷彿為了宣揚這一點似的，我成了公會裡年薪最高的人，甚至比會長金賢成領得還多。

我加入帕蘭時的年薪是一萬金幣，還不到一年，我的年薪就翻漲了大約十二倍。換算成韓圓的話，等於是一百二十億，和以前相比，簡直是人生勝利組。

然而現實卻是即便有這麼高的年薪，還是讓人覺得不夠，因為帕蘭已經衰敗到沒辦法按時支付我薪水的程度了。也就是說，雖然我的年薪提高了，實際上卻無法領到薪水，甚至出現了前所未有的情況——公會的員工不會幫我賺錢，我必須自己賺自己的薪水。

總之，帕蘭現在面臨了不算危機的危機，那就是財政困難與人力短缺。無論如何，我都必須從這兩個問題開始著手解決。

正當我忙著查看眼前的報告時，旁邊傳來了一道聲音。

「李基英大人，這是損害對策委員會呈上來的報告。」

「請幫我放在桌上，我處理完手上的工作之後會馬上確認。對了，如果方便的話，可以請你幫我叫一下正妍小姐嗎？」

「那個……黃正妍大人說她現在有其他的事要處理……」

「嗯？她剛才明明說只是去休息一下……」

「她說突然有急事。」

她溜了。早知道在她說要去休息的時候，我就不該相信她的。

不過說真的，在這裡待一整天也算是撐很久了。這裡是沒有電腦的世界，多虧有她把這些天以來堆積如山的資料全部分門別類整理好，我工作起來方便多了。

即便如此，我還是沒想到像她這樣有能力的人會不說一聲就逃跑。我可以理解她自己恐怕也累積了很多工作，但是這樣一來，我的處境又變得更加淒涼了。

「公會的宣傳工作……」

「目前就按照我之前說過的，優先請媒體報導帕蘭改朝換代的新聞，並公開受詛咒的神壇的攻掠日誌，日程麻煩幫我安排在三天後。不對，先免費公開一部分，剩下的部分開放購買好了。」

「您的意思是要販售攻掠日誌嗎？」

「沒錯，要用賣的。」

「啊，那這件事就交給事業部……」

「不用了，就讓我來吧，事業部還有其他事要做。」

反正事業部也是歸我管的。

眼前的公會職員似乎是意識到了這件事，他一臉同情地看著我。

「雖然內容還需要稍微修改，不過絕對賣得出去，畢竟在受詛咒的神壇裡發生的故事很聳動。」

「我明白您的意思了。」

「把李雪浩在我們出發去遠征前的事寫進去應該也不錯，雖然得修飾一下就是了。如果公會裡有人擅長寫文章的話，就把他們全部集合起來進行修改工作。現在就馬上開始吧。」

「副會長，雖然這是個好主意，但是……考慮到出版和大量印刷的過程，可能需要更多時間。」

「我會重新安排所有的日程。啊，配合攻掠日誌的公開，報導中也放入在受詛咒的神壇獲得的道具清單好了，感覺可以公開關於尤里耶娜的情報。」

「您是說您持有的傳說級道具嗎？」

「對。道具的功能當然不會公開，請把宣傳重點放在傳說級道具的持有者上，這應該是最快、最有效的宣傳方式。」

「這樣大家一定會對攻掠日誌感到更加好奇吧。」

「是啊。」

先說傳說級道具是從哪來的，引起人們的關注後，再公開攻掠日誌當然會更好。這麼做的話，十之八九會大賣。

大眾的好奇心是很重的，說不定會有很多好事之徒七嘴八舌地談論我是從哪裡得到這個道具，又是怎麼被傳說級道具認定為主人的。

雖然這是臨時想到的點子，但是感覺還不錯，畢竟大家過去都沒有機會聽到有關傳說級道具的事。

除此之外，在其他方面也可以追求更大的宣傳效果。

「幻覺藥水的上市時間稍微提早一點吧，感覺可以跟攻掠日誌同時發售。」

「是，我會再調整日程。」

幻覺藥水是攻掠神壇的一等功臣，鐵定會熱賣。

這個計畫還不賴，但事情明明進行得很順利，我卻莫名地覺得好像少了什麼。

「嗯……」

「您怎麼了？」

「沒什麼。」

有一種走錯方向的感覺。

我要宣傳的應該是公會，而不是只有公會的商品。用這種方式宣傳的話，即便事情進行得再順利，最後也只是賺了錢而已。雖然這樣也能提升公會的價值，但是並不會讓人產生想在帕蘭工作的念頭……

我必須對症下藥。

「啊，現在馬車廣告的行情是多少？」

「聽說便宜的話，大概一天要兩百金幣。當然，如果馬車會經過人潮聚集的地方，價格就……」

「感覺還不錯，滿划算的，最重要的是現在馬上就能刊登，我很中意這一點。」

「那請問廣告的內容……」

「這個問題我可能需要再思考一下。話說回來，英雄級道具清單都整理好了嗎？」

「據說已經整理得差不多了。」

「距離拍賣會沒剩多少時間了，請轉告他們快點送來，沒用的東西要通通賣掉。」

「是。」

雖然很不想承認，但工作的感覺其實不差。因為每一件事都由我經手，所以可以彈性地調整行程是最讓我滿意的部分。

如果是一般的公司，大概連調整日程都要先經過好幾次的會議吧。每件事都一一追究的話，勢必會有碰壁的時候。一個人安排所有事情，就不會被麻煩的官僚主義扯後腿了。

當然，這並不代表我現在的工作不辛苦。

我的能力有限，一個人處理本來應該由好幾個人一起做的工作，會覺得頭痛也是理所當然的。

如果我能像小說裡的行政專家一樣，有條不紊地處理好各種事情，工作起來應該會更容易一點，但是說到底，我根本就連《帝國法》都還沒有完全搞懂。

儘管處理一般的工作時沒什麼問題，但遇到稍微敏感一點的稅金問題，或是跟《帝國法》有關的問題，就不得不花時間處理了，因為我必須邊學邊做。

最大的問題就是身邊沒有可用的人才。

帕蘭的規模絕對不小。雖然實際上就像是以七支小隊為主軸運作的經紀公司，但是從旁輔助他們的普通成員和公會職員人數也不少。在這些人當中，連一個出眾的人才都沒有，這背後的含意不言而喻——只要有人稍微嶄露頭角，就會被那些高層的老頭斬草除根。

那些老頭當然不會真的殺人，但我猜不是威脅他們、勸他們退出公會，就是在他們升上高位以前把人除掉。

由此可知那群老頭有多執著於自己的地位，真是一群沒有用處的傢伙。

公會裡沒有人處理業務，我自然就得獨自扛下所有的業務。

我需要的是廉價又能幹的勞工，要吸引這樣的人加入公會，就必須塑造公會的形象，而決定公會形象的正是宣傳與行銷。

現在的確有廉價勞工來帕蘭應徵沒錯，但還不到可以吸引能幹的員工來應徵的程度。正當我思考著該用什麼樣的方式捏造帕蘭的良好形象時，屋外傳來了敲門聲。

我隨口應了一聲，便聽見朴德久的聲音。

「大哥，是我。」

「德久，進來吧。」

「呃……你會不會太忙了啊？」

「嗯，我很忙，真的很忙。」

「會長有東西要給你。」

「什麼東西？」

「好像是疲勞恢復劑……」

金賢成這個混蛋。

看來我跟那小子前世大概有仇。一想到自己可能成為故事中的黃喜，我的背後就冷汗直流。

「他很擔心你……我不知道這是從哪裡弄來的，但是聽說效果很厲害。只要服用一劑，三天不睡覺都沒問題……」

朴德久越說，我就越覺得可怕。

再這樣下去一定會出事，我只能抱著抓住救命稻草的心情向朴德久求救了。

說不定想得單純一點才是最好的解決辦法……我緩緩開口，便迎上了那小子閃亮亮的眼神。

「德久，我們聊一聊吧。」

「要聊什麼？」

「你覺得我們公會的形象怎麼樣？」

「嗯……不就是已經完蛋的公會嗎？現在才要重新站起來……以後應該會有很好的發展，但現在看起來也不差……咳。」

真是個完美的答案。

「那我們公會有什麼優點？」

「你突然這樣問我，我也……」

「我不是在問你很嚴肅的問題，你可以隨便回答。你覺得要具備什麼優點，有能力的人才會願意加入我們公會？」

「這我不太清楚耶……要說我們公會有什麼優點的話，當然就是年輕、熱情又有魄力吧？還有我們有大哥啊！」

總覺得好像得到了意想不到的答案。

這麼簡單的事情，我竟然沒想到，這讓我感到非常意外。

我看著朴德久勾起嘴角，他或許是知道自己幫上忙了，也露出開朗的笑容。

我立刻對坐在一旁的朴重基開口，「重基先生。」

「是，副會長。」

「請你現在立刻聯絡琳德的運輸協會，請他們到各地發放傳單。」

「我明白了。您還是決定要先擴充人力嗎……」

「不，在那之前……我們可能要先招募實習生。」

被燃燒殆盡的不能只有我。

＊　＊　＊

「您說實習生嗎？」

「沒錯，實習生。」

這段時間一直跟在我旁邊、幫我處理各種事情的朴重基露出了略帶狐疑的表情。其實他會露出這種表情也不奇怪，公會都快倒了，還招募實習生，他一定覺得不可能有人來應徵。

但是就現在的情況而言，這個選擇並不差。反正只要結合輿論和媒體的力量，總會有人來應徵。

前提是要做出我們公會想呈現的形象——年輕的企業、年輕的公會！我們應該參考地球上的新創企業，打造出風氣自由、具有創意性，而且能讓人在歡笑中工作的環境。現實狀況當然可能不太一樣，但表面上看起來有這樣的環境是很重要的。

我需要的是有能力的人才會想要來工作的公會，還有願意以相對較低的工資為公司效力的非戰鬥職群新人，而那些新人就是實習生。

「首先我希望可以稍微改變一下公會的裝潢。」

「咦？」

「我覺得辦公室給人的感覺有點太死板了，琳德的年輕人才想要的不是這種公會。把辦公桌全部撤掉，再利用染色魔法將裝潢換成藍色系會比較好。」

「那個……我不太明白您為什麼突然說要改變裝潢。」

「現在帕蘭需要的是改革。待在這種環境裡是不可能想出好點子的，我們要做的第一件事就是準備好適合工作的環境。不只是為了我們，而是要打造出讓大家都想在這裡工作的環境。」

「是，我明白了。」

沒有什麼詞彙比「改革」二字更好聽了，朴重基大概也知道我打算怎麼騙人了。

「把辦公室之間的牆打掉感覺也不錯，先把李雪浩那些老頭之前用過的辦公室牆壁全部打掉，空間看起來會比較開闊，也可以再放一張能讓職員們躺下來休息的大沙發。啊，再增加一些像是睡眠艙那種可以用來睡午覺的設施好了。不用特地另外購買，盡量拿既有的設備來活用，將花費減至最低。重點是氣氛，打造出隨心所欲、自主性強的年輕人願意奉獻夢想的公會是最重要的。不對，至少要看起來像那樣的公會。」

「啊……是……」

「提供給職員們使用的休息室裡看是要放撞球桌或卡牌都可以，請隨便放一些東西進去。啊，放西洋棋之類的桌上遊戲好像也不錯，反正這個不用多少錢。另外，把公會餐廳改成自助餐廳吧。」

「那餐廳的預算……」

奴隸吃得好，才有更多力氣工作。

其他地方姑且不論，我認為至少普通成員和公會職員使用的餐廳有必要改善，畢竟那裡跟幹部餐廳差太多了。

「之前那些尸位素餐的老頭囤了一堆沒用的奢侈品，把那些奢侈品整理掉就有預算了。」

「那樣可能還是不太夠，請問您希望改裝到什麼程度……」

這個問題讓我不得不苦惱了一下，但是答案很簡單。

「以後帕蘭不會提供治裝費之類的費用，請把每個月作為福利提供給小隊成員和幹部們的治裝費從預算中刪除，再將剩下的預算撥一部分過去就可以了。」

治裝費什麼的都是屁。要整理儀容的話，光靠幹部和小隊成員的年薪就綽綽有餘了。那筆錢還不如用來招聘人。

說穿了，當初竟然有人想到用這種方式多吞一筆錢，就是一件很荒謬的事。我敢保證，帕蘭要是沒有之前那些舊勢力，肯定會成為規模更大的公會。

「啊，會長、副會長和外交幹部的費用當然要保留，但是將金額減少百分之三十。」

然而「我也想領這筆錢」才是一名貪官汙吏的真實心聲。

我本來就常常有事需要外出，這筆錢會在其他地方派上用場的。我不是在合理化自己的行為，只是在陳述事實而已。

總覺得朴重基盯著我的視線讓人莫名有壓力，於是我趕緊接著說下去。

「我們不會規定午餐時間，不會有人管你什麼時候要吃飯，也可以自由選擇想吃的東西。這也適用於現在的公會職員，明天早上請幫我發個公告。」

「是。」

「原本只有幹部可以使用的設施也全面開放使用。」

「咦？那些設施要開放給所有公會成員使用的話，數量會不會有點不夠……」

「可以實施預約制，不過小隊成員和幹部當然還是有優先預約的權利。那些設施本來就是給人使用的，閒置在那裡太浪費了。反正小隊去遠征的時候也都沒有人使用。」

東西就是要物盡其用。

「我、我明白了。」

「除此之外，還要以普通成員和職員為對象，開設魔法、劍術、《帝國法》課程。魔法課程就拜託正妍小姐授課，至於劍術課程……如果李尚熙大人同意的話……不，我直接去跟李尚熙大人說吧。」

「了解。」

「這樣大概需要多少預算？」

我一邊發問，一邊慢慢開始計算。

應該不至於花太多錢。如果有需要用到勞力的事情，只要請朴德久幫忙就好。考慮到省下之前那些老頭和幹部拿走的鉅額治裝費，說不定預算還有剩。

既然都要找實習生來使喚了，這麼做不會有錯的。

反正即便實習生會無償工作一年，他們在員工福利上的開銷肯定還是遠遠不及那一年的人事成本。只要大肆宣揚那些微不足道的小福利，就可以打造出能夠任意使喚奴隸的絕佳環境。

因此，打從一開始就不需要比較利害得失。

「不，你不用算了。我想了一下，應該還好。今天剩下的工作就請大家各自回宿舍完成，大家可以下班了。需要我審閱的資料請直接送去我房間，由重基先生拿來就可以了。」

「咦？您說現在嗎？」

「對，因為現在要馬上開始進行裝修工程。」

「那會長的意見……」

「不用等會長批准了，我會親自去跟他說明。」

「啊……是。」

是金賢成自己說這種雞毛蒜皮的小事不用經過他批准的，我也覺得與其浪費時間寫報告給他批閱，這樣更有效率。

那小子也有會長的工作要處理，現在應該讓他專注於那些工作才對。

「那就開始動作吧。」

「是。」

朴德久兩眼睜得圓滾滾的，我拍了拍他的背以示感謝，他也對我點點頭。

裝修工程按照我的要求迅速進行。

工程需要很多從事單純勞動的勞工，因此我們以便宜的價格向琳德的勞動工會僱用了技工，並召集了在廣場上浪費才能的藝術家。這對於那些透過幫人畫肖像畫來賺幾分小錢的藝術家來說，是實現夢想的機會。

想要免費宣傳自己的藝術家們用作品逐一填滿空蕩蕩的空間，還有很多人想捐贈原本是非賣品的作品。我不懂藝術，但那些用四五十金幣的價格將自己的畫作或雕像賣掉的人臉上都笑開了花，畢竟藝術家在這個世界是很難生存的。

朴德久開心地砸毀老頭們的辦公室牆壁，還做了很多事。他也提出了一些不錯的意見，我大部分都有採納。

就連對於需要動腦的事情毫無興趣的朴德久都對這個環境產生了興趣，看來我的計畫進行得很順利。

「李基英大人，請問剩下的空間要怎麼處理呢？」

「這麼說來，我們公會有什麼樣的育嬰福利？」

「目前有提供育嬰津貼，不過……」

「啊，那感覺可以在公會裡設置一個托兒所，在職員工作時幫忙照顧小孩。如果有人在地球時當過幼兒園老師的話，請向我報告。現在公會裡有幾個家庭？」

「有三個。」

「沒幾個呢。」

「畢竟大家都不太想結婚……」

父母對公會效忠的話，他們的小孩有很大的機率也會對公會效忠。

我要的不是只在這裡工作一段時間的奴隸，而是要培養願意在這裡奉獻一生的奴隸。所以加強育兒福利措施、放寬育嬰假制度絕對是正確的選擇，我們應該拋棄員工一懷孕就將其趕出公會的傳統企業形象。

雖然公會的變化似乎來得太過突然，但是沒有什麼人因此感到混亂，因為這對原本就在公會裡的成員來說也是一件好事。

當然，還得請人幫忙宣傳我們公會的改變。

我不僅聯絡了琳德日報，也考慮了很久要如何製作請運輸協會的廣告。

廣告標題大概像這樣。

〔夢幻職場，夢幻公會——帕蘭〕

或是……

〔全新氣象——帕蘭公會職員分享帕蘭是夢幻職場的二十三個原因〕

員工福利、人人平等的組織氣氛、所有人都能一起歡笑的工作環境，再加上能夠提升個人能力的資源，應該多少能夠打動人心吧。

過了一段時間後，我對公會的嶄新面貌感到非常滿意。

雖然還是能看出不夠完善的地方，不過讓人發現一些不足之處也算是一種人情味的展現，看起來太完美反而不好。

「口碑是最重要的，請繼續教育公會成員，輿論比媒體報導更重要。下班後讓大家去酒館聚餐，公會會補貼聚餐費用。我會根據公會的狀況制訂一個聚餐費用的補助上限。」

「真的嗎？」

「對，請盡情地歡笑暢談，不過當然不能影響到明天的工作。」

「是……是！我了解了。」

「現在最重要的是改革，請繼續對公會職員和普通成員灌輸這樣的觀念。年輕的公會以及改革，這就是我們公會要對外樹立的形象。除了聚餐以外，公會也會對各種活動提供補助，請不要停止自我開發，重基先生也一樣。我看你的敏捷值好像很高，不好好活用自己的才能就太浪費了。」

「啊……謝謝。」

「對了，你為什麼沒有配戴公會徽章？」

「因為我聽說那只有幹部和小隊成員可以配戴……」

「唉……那些瘋老頭……」

「咦？」

「沒什麼。以後請普通成員和職員也全部別上徽章。特別是外出的時候，請務必全員配戴，各位就是公會的門面。但為了以防萬一，我還是提醒一下，如果在外面闖了什麼禍，就請做好人頭不保的心理準備。我不是想嚇唬你們而已，是真的會身首分離，請銘記這一點。還有，也不准表現得太寒酸。我雖然不要求大家統一服裝，但請至少以乾淨俐落的樣子出門。」

「是，我明白了，謝、謝謝副會長。」

「我不知道這有什麼好謝的，這都是應該的。」

計畫進行得很順利，實際民調結果也不差。

現在只是稍微照顧一下留在公會裡的人、改變公會的氣氛，他們就自己爭先恐後地幫忙宣傳公會了。

外界也對公會有很好的評價，都還沒到開放應徵的時間，就已經有不少人來詢問了。而且再過一段時間，還有入會說明會和公開公會內部的報導。

與此同時，工作效率提升是意料之外的收穫。

只要一走到外頭，就會聽到不少人在討論帕蘭的事，想必已經有許多人才對帕蘭的職位垂涎三尺了。

隨著時間流逝，世人對帕蘭的關注度自然越來越高。當然，是正向的關注。以前發生的事件都成了過去，那些在觀望帕蘭能不能東山再起的視線，都慢慢轉變為「好想加入帕蘭」的念頭了。

帕蘭的盟友紅色傭兵與黑天鵝也再次對我們伸出了手，讓我們鞏固了「背後有龐大資本的年輕公會」的形象。

曾經闖禍的那些老頭如今已經沒有人在意了。

最讓我滿意的是職員們的活躍表現，要是沒有他們的團結合作，帕蘭的口碑是沒辦法像這樣短時間內在琳德傳開的。

我請他們去聚餐其實是計畫的一部分，他們卻對此渾然不覺。

甚至連隸屬於其他大型公會的接待員也對我們產生了興趣，可見帕蘭的員工教育實施得多麼徹底。

我也開始喜歡原本在我眼中糟糕透頂的公會既有成員了。

最近報告都有準時交上來……以前那些差勁的失誤也明顯減少了。雖然他們還有很多做得不夠好的地方，因此不足以稱為「能幹的奴隸」，但至少他們有表現出認真的一面，這樣就讓我很滿意了。

我一邊同時處理各種事情，還要一邊持續注意外界的輿論。雖然我們已經撐得夠久了，但我還是等到難以依靠少數人員填補公會的空缺時，才抱著忐忑不安的心情，硬著頭皮發出徵人公告。

〔帕蘭實習生招募公告〕

〔尋找帕蘭的新家人，有機會轉為公會正式成員。〕

我緊張地觀察外界的反應，迴響比我想像的還要熱烈。

「帕蘭發出徵人公告了。」

「我就說他們會徵人吧。」

「也有要徵戰鬥職群的人嗎？」

整個琳德都熱鬧了起來。

＊　＊　＊

真不枉費我這段時間大聲疾呼改革。

這些人應該也很熟悉帕蘭現在的制度——會考量各種員工福利的夢幻公司。

地球人也會在腦海中描繪這樣的夢幻職場，不過他們很快就領悟到原本認為理所當然的事物在某些地方並非如此。

這片土地上有很多鑽研過管理學並創業的專業經理人，他們也知道什麼樣的企業會吸引大批人才應徵，但是「知道」與「實踐」有著天壤之別。

至少就我所知，大部分的企業都沒有實踐自己所知的方法，可能是基於個人的野心，也可能是因為知道壓榨完一批奴隸，還有下一批奴隸可以替換，又或者是因為公司內部情況不允許。也有可能是資金不足，不然就是公司的狀況岌岌可危，因此根本難以提供員工福利。

地球上有那麼多聰明人，卻不存在如此為員工著想的企業，更何況是在具有危險性的琳德。像紅色傭兵或黑天鵝這樣的大型公會狀況還算好，其他中小型戰隊簡直和地獄沒兩樣。

其實我所做的行動和所謂的「改革」相去甚遠，因為使喚實習生本身就不是什麼好事，但合理的回報會讓這些人更加拚命地工作。

盼望能轉為正職的想法在奴隸們的心中沸騰。

其實我打著「改革」的名號也只是在玩文字遊戲，並為公會冠上一個形象而已。

一旦建立起的形象深植人心，往後帕蘭只要做出任何改變，我們的追隨者就會變成高喊「改革」的鸚鵡。

重點是形象。利用媒體和輿論對人們灌輸形象，可以左右一個組織的一切——即便這麼說也不為過。

我用手叩叩敲著桌面，這時從一旁傳來一道聲音。

「合格人數還滿多的。」

「那就得花上一點時間了。」

「是。雖然已經在初試中篩選掉了一批人，但通過的人還是很多。有能力的應徵者比預想中更多是好事，不過……副會長還是另外請人代理……」

「不用了，我要親自面試每一個人。」

因為這樣才能看到狀態欄。

「我擔心您會不會太勉強自己了。」
「不會，他們可是要成為公會一員的人，我當然要親自去見他們。」
「真不愧是副會長……」
「反正也花不了多少時間。」
篩選人才的方法很簡單。
我必須很遺憾地說，想篩選掉不三不四的人，沒有比考試更有效的方法了。
我認為最好的方式就是考他們《帝國法》，或是跟稅務管理有關的問題，而應徵煉金企劃室的人則是考煉金術。這個方式實際上也的確發揮了效果，因為能夠在第一關就把純粹只是聞風而來的人擋在門外。
可惜的是，有些人才會因為一時的失誤而被淘汰，但我們現在沒時間照顧到這樣的人了。現在最重要的是可以馬上成為戰力的人。
「面試者都到齊了嗎？」
「是。」
「那就請他們依序進來，面試由我一個人進行。」
「我明白了。」
我才剛坐下來，一名神色緊張的男子便走進了房間。
他一臉想拉屎的表情，大概是因為不知道我會親自進行面試。
我在琳德畢竟稱得上是個有權有勢的人，要和我這樣的人進行面試，會露出那種表情也不奇怪。
我面帶微笑，只用一瞬間就確認完面試者的狀態：能力值整體偏低，而傾向呢……怠惰的利己主義者。

在我看來，這種人非得淘汰掉不可。要是被宣熙英逮到，這些傢伙可是會死無全屍的。

雖然從我手中的資料看來，他的資歷並不差，但這種人絕對會成為公會的毒瘤。

這種人大概是想在一年後成為正式職員、享受福利的其中一人吧。但我當然不可能讓那種像瘋老頭一樣的角色在帕蘭復活。

「金哲秀先生？」

「是，您好。」

「啊，你不需要自我介紹，這跟一般的面試會有點不太一樣。你應徵的單位是危機應變對策組……」

「是的。不知道您有沒有聽說過守護樹戰隊，我之前曾經在那裡短暫擔任過組長一職。」

「原來是這樣啊。我有聽過，那是很令人印象深刻的戰隊呢。」

守護樹你個頭，我聽都沒聽過，應該是某個莫名其妙消失的不起眼戰隊吧。

儘管他眼裡燃燒著熱情，傾向還是騙不了人。

我不動聲色地望向他，一開口就看到他臉上浮現一絲驚慌。

「我想請教你一個簡單的問題。」

「是。」

「請你設計一套琳德全境發生災難時的避難對策。」

「咦？您是說現在嗎？」

「對，不完美也沒關係。你必須讓琳德境內的所有人口前往避難。如果是你的話，你會怎麼做？」

「啊……那個……首先，我認為最正確的做法是使用魔法……」

他語無倫次地說著，卻與我預想的答案相去甚遠。

愚蠢的傢伙，連要躲避什麼樣的災難都不知道就開始回答問題，真是令人大開眼界。

雖然我已經因為傾向的關係而對他抱有成見，但是坦白說，眼前這位應徵者實在讓我很不滿意。

「琳德的三號城門……」

「好的，我了解了。我很滿意這場面試，你可以出去了。」

「是……我明白了。」

「合格與否之後會再另行通知。你的回答很令人印象深刻，辛苦你了。」

「啊！謝、謝謝。」

如果真的沒有出現適任的人選，就僱用他一年也不錯。

這小子大概以為自己的回答是正確答案，揚起嘴角離開了，下一個人緊接著走了進來。

「嗯……」

那名女子乍看之下給人乾淨整潔的印象，但是可以感覺得出她身上處處都是吃過苦的痕跡。

看起來也有點年紀……我悄悄打開她的狀態欄，有關她的情報便映入眼簾。

金美英，三十九歲，傾向是努力的辯護人。智力比我想像中高，魔力值甚至高達三十。

她的經歷相當特別，原本在中堅公會工作，三十歲時離職，結婚後在廣場上開了一家小雜貨店……之後的事就沒有詳述了。

感覺大概能看得出來她之前過著什麼樣的人生，聽聽看她怎麼說應該也不是壞事。

「金美英小姐。」

「啊……是。」

「妳應徵的是帝國法務組啊。」

「是。」

「妳的經歷有點特別，我希望妳可以如實告訴我妳的狀況。妳已經結婚了……好像也休息了滿長的一段時間。妳休息了五年啊。」

「啊……是的。」

我看見她的臉色馬上暗了下來，可能是覺得很有壓力，不知道要如何開口。

這時候或許可以由我抛出一些問題。

「妳丈夫……」

「已經過世了。」

「原來如此，我很遺憾。請問妳有孩子嗎？」

「我有兩個孩子，但是不會對工作造成影響。」

「看來妳似乎在之前待過的公會裡受到了不當的待遇。」

我的腦海中自動浮現了她在這之前的生活。

我猜她是在前公會工作時認識了丈夫，然後幾乎在結婚的同時就懷了孕，受到各種壓迫後離開公會，之後用過去存下來的積蓄開始做生意，卻連做生意都不順利，於是丈夫便開始外出打怪。

我不在乎她的丈夫是病死，還是打怪時死於重傷，總之丈夫的離世很可能導致她的生計出現了問題，卻因為要照顧孩子，而無法在公會或戰隊裡工作。待業時間一久，自然就成了其他公會不願錄用的對象。

我不知道這段時間她是怎麼把孩子養大的，但我敢肯定她之前做的絕對不是什麼輕鬆的工作。無論是打雜還是做粗活，反正想必是在某個地方打零工，過著令人難以想像的艱苦日子。

「我在休息期間挑戰了很多事情，也從事過各種活動，度過了一段得以重新審視自己，並開發自身能力的時間。」

她在說謊。

「這樣啊。」

但我無須在意那種謊言，因為這個女人是我在心中描繪已久的最佳人才。

「有孩子」從某種角度來看或許是一項缺點，但是換句話說，只要有辦法幫她照顧孩子，她就會變成為公會盡心盡力的奴隸，而她的孩子未來也會成為我們公會的勞力。

至於之前休息了很久這項缺點，只要開始工作就會適應，最重要的是我很中意她的傾向「努力的辯護人」。

努力是好事。更何況母親是很強大的，甚至強大到超乎我的想像。

「妳覺得自己現在還能在第一線工作嗎？」

「是的，當然可以。我在休息期間也有持續學習，而且持有《帝國法》一級證照，雖然該更新了……但是在業務處理上沒有問題。」

「我想妳應該知道我們公會現在的狀況。」

「是。」

「我想聽聽看妳應徵帝國法務組的動機。」

經過一陣短暫的沉默後，我看見她緩緩開口。

「我覺得帕蘭公會需要精通《帝國法》的人。根據《帝國法》的規定，自由城市之間是不允許發生衝突的，從帕蘭公會最近經歷的事件看來，我認為你們會正式向席利亞提出抗議。當然，這個推論是建立在帕蘭公會持有證據的前提下。」

「原來如此。那如果我們沒有證據的話，妳會怎麼做？」

「你們可以想想看在不違法的情況下對他們施壓的方法。就像現代法律存在著漏洞，《帝國法》一定也有漏洞。」

「有那種方法嗎？」

她輕輕點了點頭，但沒有接著回答，大概是在委婉表示想聽下去的話，就得先僱用她。我滿喜歡這個態度的。

「原來如此。有意思，不對，很好，非常好。感覺和我們一起工作也沒問題。」

「什麼？」

「我的意思是妳錄取了。妳應該在事前就已經知道了，入職第一年是沒有薪水的。當然，這並不代表我們完全不會提供妳任何酬勞。美英小姐的狀況可以說比較特別一點，我們會保障妳的基本生活費，年薪可以之後再討論。啊！還有，如果美英小姐願意的話，我想請妳擔任法務組組長一職……不過前提當然是妳得先在實習期間交出好的工作成果。妳上班時可以把孩子交給公會裡的托兒所照顧。妳現在住在哪裡？」

「呃……在城郊附近……」

看來她應該是住在貧民窟。這不是問題，如果無家可歸更好。

「那妳可以住在公會總部，我們會幫妳安排跟孩子一起入住的房間。」

我一從桌子底下翻出勞動契約書，便看見她用不知所措的眼神望著那張合約。但她比我更清楚自己該做什麼，畢竟精通這個領域的是她，而不是我。

「看完之後簽名就可以了。」

「好……好的。」

我看著她用非常緩慢的速度仔細閱讀合約，臉上的懷疑不久後便轉為喜悅。

「我先把話說在前頭，接下來妳可能會忙到好幾天都沒辦法見到孩子。當然，從教育到將來的出路，公會會為妳準備好孩子們需要的一切。如果妳可以交出優秀的工作成果，我們甚至願意送他們去帝國首都留學，不過公會提供這些福利的前提當然是妳的孩子們也會加入帕蘭。這些合約上都寫得很清楚，金美英小姐。」

「是……我了解！」

「如果有意願接受成為冒險家的教育，公會也有開設簡單的劍術課程和魔法課程，不只是孩子們，美英小姐也可以一起參加。」

「謝謝，謝、謝謝您。」

她沒有理由拒絕簽約。

相較於住在貧民窟，住在這裡有各種好處。不對，考慮到孩子們，她無論如何都應該簽下這份合約。待在帕蘭這個安樂窩裡，絕對好過住在不知何時會有來歷不明的志工闖入的貧民窟。

她很快就用百感交集的表情在勞動契約書上簽了名。

我的臉上不由得展開笑容。

「請問開始上班的時間是……」

「從現在開始。」

「咦？」

「請妳去公會大廳找一個名叫朴德久的人，然後帶孩子們一起過來公會總部。整理完行李後，到樓上的辦公室去，再重新擬一份妳手上的勞動契約書就可以了。我對法律方面的知識不太了解，那份合約是我參考以前的合約擬的，但總覺得看起來有點奇怪。」

「好的……」

「請妳在下班前完成並交給我，美英小姐。」

金美英看著我的表情像是在懷疑自己是不是犯下了失誤，然而她別無選擇。她的臉上依稀透露出的喜色就是證據。

「是！」

讓勞工成為奴隸而渾然不覺，本來就是使喚勞工最理想的方式。

金美英的表情甚至帶有一絲悲壯，讓我忍不住笑了出來。

妳就跟我一起燃燒殆盡吧。

「如果妳能交出讓人滿意的工作成果，那不用待滿一年也可以轉為正職，但必須是讓人滿意的成果才行。」

「是，我會努力的。」

＊　＊　＊

面試進行得非常順利，最後圓滿結束。

像金美英一樣的人才比我想像中還多，讓我感到有點意外。

心情迫切的奴隸會把工作做得更好，因此我當然沒有理由拒絕他們。

一些我打從一開始就決定淘汰的人被我問了奇怪的問題，其中有幾個人表現出非常委屈的反應。我丟給他們連我自己都無法給出正確答案的問題，他們會有那樣的反應也很正常。

「帕蘭公會的所有成員都掉進了水裡，請告訴我，如果是你遇到這樣的狀況，你會選擇救誰，並說明原因。」

「你接到了打掃琳德境內所有公會的委託，請問請款金額多少才算合理？」

「你和伙伴們決定一起前往副本探險，假設探險途中一定會有一個人死亡，你是否會參與副本攻掠？」

「你的小孩今年五歲，假設你要對他說明煉金術是什麼，請問你會如何說明？」

我問了諸如此類的問題，大部分都是為了體現公會的創新形象而想出來的荒謬問題。

反正提問的對象是要被淘汰的傢伙，所以無所謂，不過實際上還是有人回答出了不錯的答案，讓我回心轉意。

雖然我只是參考了地球上知名企業的面試問題而已，但是效果還不賴，甚至得到了「不愧是帕蘭！」這樣的爆發性反應。儘管也有人批評我們「都已經快完蛋了，幹嘛還模仿創新企業」，但「所有人都想進入的夢幻職場」這個形象幫我們平息了那些爭議。

我猜應該是面試結束後的後續處理發揮了相當關鍵的作用。

「請和最終面試的淘汰者另外進行面談。」

「什麼樣的面談？」

「他們一定都很好奇自己為什麼會被淘汰，只要大致瀏覽過他們的履歷後，隨便回答一下就好了。對了，順便再寄一封『感謝您的應徵』之類的信給他們，應該會帶給他們很大的鼓勵。」

「是，我明白了。」

「很好。」

如果是應徵其他公會，應徵者只能在連淘汰原因都不知道的情況下淒涼地回家。相比之下，帕蘭是連淘汰者都會照顧到的善良公會。

當然，我也沒有忘了利用我永遠的朋友——媒體人。

他們用「帕蘭為什麼不一樣？」的標題刊登了訪談形式的報導，而且那篇報導獲得令我受寵若驚的熱烈迴響。

改革追隨者和改革鸚鵡悄悄開始展開翅膀了。

當然，這一切都只是管理形象的手段而已，我真正的目的是要討好在非戰鬥職群成員的面試結束後，即將招募的戰鬥職群成員。

在之前的事件爆發後，有一些潛在叛徒無情拋棄了帕蘭，這時候他們也差不多該重新聯絡我們了，只不過我們當然可以果斷地拒絕他們回到帕蘭。

我不需要牆頭草。

與其跟那些隨波逐流的傢伙一起工作，還不如僱用幾個可愛的員工。

新加入的奴隸看起來對帕蘭非常滿意。雖然忙碌，但他們都很享受公會的福利設施，並瘋狂埋頭工作。

只要做出成果，就會有獎勵。

這個簡單的道理對於包含金美英在內的其他人而言，簡直就像對著火山口澆油一樣，讓他們有源源不絕的動力。

他們適應新環境後，專注於工作的程度甚至讓原本就在公會裡的職員感覺地位受到了威脅，進而產生微妙的競爭心理，讓工作效率達到加乘的效果。

一切都在逐漸步入正軌。儘管如此，我依舊忙得不可開交，感覺自己快掛了。

我每天的行程很簡單。

鄭白雪不知為何還沒醒來，我會以探望她為藉口，偷偷在她的病房裡小睡片刻。要是不這麼做的話，我覺得自己真的會連站都站不穩。我之前甚至走投無路到直接睡在鄭白雪旁邊，只能安慰自己她如果醒著的話，反而會很高興，但我醒來以後還是會有股莫名的罪惡感。

稍微休息一下之後，我會前往煉金工房，研究即將註冊為商品的幻覺藥水。新錄取的煉金企劃組幫了我很多忙，但基本上他們能做的事本來就不多，因此很難說他們有減輕我的負擔。這些仍停留在第二次轉職階段的人還不太能稱得上是研究員。

之後我會去開會，處理公會的大小事，下達詳細的工作指示。我會指派給黃正妍稍微多一點的工作，然後埋怨金賢成。

接下來的工作比較彈性，我會輪流處理宣傳策略、未來規劃及帝國法務的工作，當然還要完成戰鬥職群的人力規劃。我會盡可能完成目前實習生還沒辦法處理的業務。

除此之外，當然也不能忘了整理要給可恨的金賢成批閱的文件。

「金賢成……這個混蛋……」

我在走神的時候不自覺地喃喃自語，一道聲音馬上從旁邊傳來。

「什麼？」

「沒什麼，美英小姐。我聽說妳最近表現得很好。」

「啊，謝謝副會長誇獎。」

「妳的孩子們還好嗎？」

「託、託您的福，他們好像過得非常開心。真、真不知道該怎麼感謝您……謝謝您的恩惠。」

我才要感謝她，只要幫忙照顧小孩，就有這樣的人力可以使喚，實在是太美好了。

在我錄用的人員當中，金美英是王牌。

面試時，我本來只是隨口說說而已，但現在總覺得一年後她也許真的會成為組長。

「不客氣，我才要感謝妳加入我們公會。」

「是，那這份文件……」

「啊，辛苦妳了。今天就做到這裡吧，妳可以下班了。」

「可是還有需要修改的地方……」

「反正我現在也要去請會長批閱文件，而且妳偶爾也需要陪陪孩子們吧？」

「啊，謝謝您。」

我拍了拍她的肩膀，看見她的臉上浮現微妙的紅暈。

「那就明天見了。」

「是，副會長。」

金美英離開後，我也迅速把資料整理好，接著起身。

要在我這裡處理完的工作終究還是需要公會的最高領導人批准。

這種批准程序其實是沒有必要的，但我需要最高領導人在出事時替我扛責任。換句話說，在做風險較高的事情以前最好都先經過批准。

我就這樣一邊思考各種事情，一邊慢慢上樓前往辦公室。就在這時——

「嗯？」

紅色傭兵的成員闖入了我的視線中，就是車熙拉擔心上次那樣的暗殺事件再次發生，因此派來跟著我的那些人。

我正對於他們的出現感到納悶，眼前的其中一名成員便率先開口。

「好久不見。」

「是啊，好久不見。你們來這裡有什麼事嗎？」

「會長現在在這裡。」

「你說熙拉姐嗎？」

「對，她正在跟帕蘭的會長金賢成大人談話。」

對方話音剛落，辦公室的門便突然開啟，像是察覺到我的到來一般，反應極為快速。

出現在辦公室的是有一陣子沒見的車熙拉，她笑容滿面的樣子讓我覺得不太習慣。

「親愛的，你來啦？」

「熙拉姐？」

「你來得正好，我們正好說到跟你有關的事……」

「基英先生也進來吧。」

「啊，是。」

雖然不知道是什麼事情，但總覺得令人不安。

據我所知，車熙拉平常是不會單獨找金賢成談話的。如果有事要和帕蘭協商，通常都會以我為中心進行。既然金賢成當上了會長，那他們兩人見面絕對不是什麼奇怪的事，但是看到金賢成露出彷彿天塌下來的表情，讓我真的開始覺得不安了。

是發生什麼事了嗎？

我至今觀察過我們可恨的重生者的表情無數次，這還是我第一次看到他露出那種表情，用「失去國家的表情」來形容大概是最貼切的。

奇怪的是車熙拉的臉色卻不難看，不對，她反而看起來很高興。

「發生什麼事了嗎？」

我不知道這裡的氣氛為什麼會是這個樣子，不禁感到有點忐忑，而金賢成就在這時回答了我的問題。

「沒有發生什麼事，我們只是在討論有關聚會的事。」

「是很重要的聚會嗎？」

「是的，不知道你有沒有聽說過，不對，我從頭說明給你聽好了。其實我們現在還沒有知道的必要，不過貝妮戈爾神聖帝國每年都會舉辦活動，邀請隸屬於各個自由城市的大型公會會長參加派對，也就是社交聚會。」

「嗯。」

我聽說過這件事。雖然記得不是很清楚，但應該是從車熙拉那裡聽來的。

這當然和我們沒什麼關係，畢竟只有紅色傭兵或黑天鵝那樣的大型公會才會收到邀請，我們帕蘭現在和新成立的公會沒兩樣。

但我看著車熙拉的表情，總覺得可以猜到她要說什麼。

車熙拉彷彿就等著這個機會似的，接著開口。

「這次當然也是我們紅色傭兵和黑天鵝收到了神聖帝國的邀請。」

「傭兵女王大人希望能帶李基英先生去參加這次的聚會，因此正式向帕蘭公會提出了申請。」

「與其說是申請，應該說是懇切的請求才對。」

我一瞬間就理解了整體狀況，也明白金賢成為什麼會露出失去國家的表情了。

唷呼！熙拉姐，我愛妳！

其他東西我都不需要，我只在乎我終於有機會逃離這個工作地獄了。

我簡直都要愛上車熙拉了，忍不住想親吻她那頭誘人的紅髮，也隱藏不住老是上揚的嘴角。

「這樣……啊。」

就算我想控制自己的表情也控制不了。

光是想到可以去神聖帝國的首都，和車熙拉一起享受派對和悠閒自在的度假生活，我就興奮到顫慄。

我現在正好想念休息的時光想念得不得了。

「其實現在負責總管我們公會整體業務的基英先生不在的話……公會的運作可能會變得很艱難，不過去首都認識其他人或是一些有力人士，也會對你有幫助。」

不停說著話的金賢成表情看起來愁眉不展。不是我對自己的能力太有自信，而是現在公會之所以能夠運轉，的確說是我的功勞也不為過。

這就相當於拿李基英這個人和工作等價交換。在這樣的情況下，我一旦離開工作崗位，不用看也知道事情會變成怎麼樣。

正義終將勝利，我在這瞬間領悟了這個道理，那龐大的業務量勢必都會轉移到會長身上。

站在金賢成的立場來看，他當然不想讓我走，但想到可以靠這次的機會踏入社交界，又覺得這筆交易不虧，這就是那小子的表情五味雜陳的原因。

「傭兵女王大人說基英先生如果拒絕的話，她不會執意帶你同行，不過……」

「我會心懷感激地參加的。」

「嗯……也好。」

帕蘭一直以來都是接受紅色傭兵幫助的那一方，答應這種簡單的請求也是理所當然的。絕對不是因為我想把工作丟給金賢成。

「那就這樣決定囉？賢成先生？」

「是的。這樣的機會並不常有，反而是我們想向您道謝，車熙拉大人。」

「你嘴巴上這麼說，表情卻看起來很失落呢。」

「畢竟基英先生在公會裡身兼多職……哈哈，光是想到基英先生不在的時候，不知道工作該怎麼處理，我就開始覺得頭痛了呢。」

還能怎麼處理？當然是你要代替我被燃燒殆盡啊。

那就麻煩丈夫囉，我的賢內助工作結束了。

辛苦這麼久，也該去享受一下人生了。

＊　＊　＊

「熙英大姐，白雪大姐還好嗎？」

「嗯，我也不知道她為什麼還沒醒來，她的身體明明沒有任何異常。」

「聽到妳說她很健康是很令人高興，但她一直醒不來實在讓人有點擔心……不過她的呼吸這麼平穩，看起來確實很健康的樣子。」

「你不用擔心，她是真的很健康。」

「話說回來，妳聽說了嗎？大哥這次好像要去帝國首都還是什麼的地方耶。」

「啊，公會就是因為這樣才進入了緊急狀態吧。他是不是說會離開好一陣子？」

「好像是。聽說他要跟那個傭兵女王一起去，不知道那個像狐狸精一樣的女人會不會對大哥……」

「不……不行！」

「嗯？」

「白雪小姐？」

「請、請你們說得詳細一點！」

第045話　前往首都

「鄭白雪大人醒過來了。」

沉睡已久的鄭白雪終於醒來了，這是在車熙拉離開公會後傳來的消息。

時間點雖然有點微妙，但我如果說不開心，那肯定是騙人的。

鄭白雪當時護著我的模樣至今還歷歷在目，真是辛苦她了。

這麼說有點好笑，不過我甚至都開始覺得想念她了。

這並不代表我愛上她之類的，但我確實對她有了感情。那還稱不上戀愛方面的感情，不過就連動物都懂得知恩圖報了，她是我的救命恩人，我當然也會對她產生好感。

「啊，那我去看看她好了。」

「好的。」

「我會在今天之內把工作交接給會長。重基先生和美英小姐請把手上的工作全部收尾後，再去研究我交代的事。」

「是。」

朴重基和金美英接下來要代替我跟金賢成一起受苦。我拍了拍他們的肩膀後，便稍微加快腳步離開，很快就來到了鄭白雪的病房。

病房裡很安靜，看來我是第一個到的。

「白雪。」

「啊，基英……哥。」

其實我每天都會來看她，但已經很久沒有看到她清醒的樣子了。

她還是跟以前一樣，唯一稍有不同的是她的情緒看起來有點低落，好像在害怕什麼似的，而我馬上就明白了她這樣的原因。

大概是因為我在她失去意識以前說了一些很難聽的話。

我記得自己當時實在太過慌亂，所以大吼著要她讓開，還罵了髒話。她會有這樣的反應也很正常，因為她覺得自己被討厭了。

雖然鄭白雪那時候也處於慌亂之中，但她一定還記得我說過的話，我好像有點嚇到她了。要在這個不知為何有點尷尬的情況下向她道謝，又讓我覺得有些難為情。

鄭白雪恐怕也有同樣的感覺。

然而我很快就意識到我根本沒有開口的必要，我輕輕張開雙手，便看見鄭白雪像撲向老鼠的貓一樣投入我的懷中。

「嗚嗚嗚……基英哥，對不起……嗚嗚嗚……」

「沒關係，我才要說謝謝妳，對不起。」

「基英哥嗚嗚嗚……」

她或許是覺得這是個好機會，趁機把臉埋入我胸口磨蹭，模樣十分荒謬。

平常感覺有點驚悚的行為今天卻讓人覺得莫名可愛，她看起來甚至比之前還要健康，看來我內心的擔憂是多餘的。

「妳很痛吧？」

我摸了摸她之前傷痕累累的背部，她馬上搖頭。

我當然會擔心她身上還有沒有傷，於是我讓她稍微轉過身，掀起她的上衣，她便發出「呀」

的一聲興奮尖叫。

她或許是以為我要對她做什麼，紅著臉回過頭，好像還悄悄將身體靠了過來，讓我覺得有點尷尬。

我讓她背對我的動作完全不帶有任何色情的意圖，只是想確認傷口復原狀況。

重新拉下她的上衣後，鄭白雪的表情看起來極度失望。

「妳已經沒事了啊，太好了。」

「啊……謝、謝謝你為我擔心，基英哥。」

「我當然會擔心啊。下次不可以再那樣了，白雪。」

「嗯……」

「我不希望妳受傷。」

「嗯……嗯！」

我慢慢地輕撫她的臉頰，她的身體便有如痙攣般顫抖了起來，就像受驚的小動物。我的動作和平常沒什麼不同，卻讓她受到這麼大的驚嚇，可能是因為我的眼神和平常不太一樣。

我是真心為她感到擔憂，也是真心感謝她。

以前我對鄭白雪做出的肢體接觸比較像不帶感情的碰觸，但現在的我和以前很不一樣，她大概比誰都能更清楚地感覺到。不對，是我比誰都能感覺得出來。

我也可以理解不知道自己為何受到疼愛的鄭白雪會是什麼心情。

就在這時，她忽然發出一聲小小的驚叫。

「啊！」

「嗯？」

呼吸急促的鄭白雪抱住了自己的肚子，她的表情看起來很痛苦。

面對突如其來的狀況，一頭霧水的我只能愣在原地。

「妳哪裡痛嗎？」

「我、我沒事。」

我語帶擔憂地問道，她的表情便慢慢開始產生變化。接著，她的身體又是一陣顫抖。

這傢伙……

「妳真的沒事嗎？」

「嗯，我沒事，基英哥。我只是覺得肚子有點痛……那個被、被刀刺中的傷口……老是一陣一陣抽痛……」

「要不要我去叫熙英小姐過來？」

「沒、沒那麼嚴重，沒那麼嚴重……只是有點痛而已……」

她在打一些陰險的小算盤，因為被關心的感覺很好。

我還以為在受詛咒的神壇發生過重生事件後，她有稍微清醒一點，現在卻又感覺奇怪的病要復發了。要是就這樣放著她不管，我擔心她會自殘。

鄭白雪的異常行為應該在初期就控制住，但令人煩躁的是……我會忍不住心軟。

她裝病的行為令人傻眼，我的良心卻老是對此產生反應。

她應該不是真的覺得痛吧，可是我仍然對鄭白雪在我身上淌血，卻還是緊緊抱住我的景象記憶猶新。包括滾燙的鮮血，還有她說會保護我的那番話。

光是看著她故意皺起的臉懷疑她是不是真的身體不舒服，就已經讓我覺得很荒謬了，我甚至還產生了就算被她騙這一次，好像也不是什麼壞事的念頭。

她好歹是替我挨刀的人，我至少該為她做這點事。

我維持著剛才的姿勢靜靜撫摸她的頭髮，視線中的鄭白雪又再一次渾身顫抖。

「好……好痛。」

「那我還是去叫熙英小姐過來吧。」

「啊，沒那麼嚴重，沒那麼嚴重……你幫我揉一揉的話，應該馬、馬上就會好了。如果基英哥幫我揉一揉的話……」

事情到了這個地步，我都要懷疑她替我擋刀是不是早就計畫好的了。

她主動把身上的衣服微微掀起，露出自己的肚子，簡直和小狗沒兩樣。

她要求的甚至是撫摸她赤裸的腹部，只見她一臉期待地觀察著我的反應。

我應該把這個當作一種獎勵嗎？

這麼想也許是對的，我沒有猶豫，輕輕把手放在她的肚子上，她的表情隨即放鬆了下來。

她可能以為自己有在控制表情，但實際上已經露出了傻笑。雖然她一直喊痛，臉上的表情卻不像傷患，反而像是擁有全世界的人。

「這樣有好一點嗎？」

「再、再下面一點……好像還是會痛。」

「這裡？」

「還要再下面一點。」

「差不多在這裡嗎？」

「再、再往下一點。」

媽的……是要往下到哪裡去啊……

「再往下一點……再、再一點……」

不要再往下了……

「比那裡再下面一點。」

真是夠了。

如果說以前的鄭白雪一直都是用笨方法朝我直衝而來，那現在的她則是有一種進化到會耍手段的感覺。

無庸置疑，她變了。

像這樣演戲博取我的同情，放在以前的鄭白雪身上根本是無法想像的事。

我一度懷疑她是不是看著我學了一些有的沒有的招數，但我拚命搖頭，甩開那種沒有意義的猜想。

就算她真的學了，現在也還只是小孩子的程度。

鄭白雪根本就沒有這方面的才能。

就拿現在的情況來說好了，我能感覺到她控制不了自己。光是看她像鑿地專家一樣不斷喊著往下的模樣，就馬上證明了這一點。

雖然她的起頭是好的，但她還不知道要再使用更巧妙一點的手段，才能讓我落入圈套。

就在我心想事已至此，要不要乾脆給她更實際一點的獎勵時——

「妳的身體有哪裡不舒服嗎？」

我聽見了宣熙英的聲音。

「我剛剛才去找大哥耶，原來你們已經見到面了啊。」

「白雪小姐，妳能醒過來真是太好了。」

不只是她，我還看見了表情莫名陰險的朴德久，以及默默點頭的金藝莉，甚至還有悄悄擋住金藝莉視線的金賢成。

金賢成的表情似乎有點尷尬，而我們小隊唯一的未成年人在他身後小聲地拋出一句話：

「該知道的我都知道……洞房……」

妳這個小鬼懂什麼洞房啊……

我的臉頓時漲紅，默默地把手收回來後，低聲嘟囔了幾句，但是感覺沒有人在聽我說話。

「白雪說她肚子痛，呃……所以我在檢查她的身體狀況。」

「嗯……啊，我們是不是打擾到你們了？」

「呵呵……我們還是晚一點再過來比較好吧？」

朴德久，你這小子。

「不用了，德久。我真的只是在確、確認她的狀況而已。」

這是我第一次理解鄭白雪講話為什麼會結巴。

雖然發生了一點小插曲，不過時隔已久，第七小隊終於全員到齊了。

大家的臉上都帶著微笑，看得出來儘管沒有明說，但心裡都很高興，甚至連原本鼓著臉的鄭白雪也看起來有點開心。

公會現在當然還是處於非常繁忙的狀態，朴德久和金藝莉姑且不論，宣熙英和金賢成這時候應該都無法擅離崗位才對。即便如此，他們還是來到了這裡，想必都是為了和大家聚一聚。

哪怕時間短暫，能夠像這樣聚在一起聊天還是很愉快。

在全員到齊的第七小隊中，表現得最開心的莫過於喜歡聊天的朴德久，他吵到我的耳朵都開始痛了。

「哎唷，我真的嚇了一大跳耶！我一說到大哥要去首都的事，大姐就突然奇蹟般地睜開眼睛，還一下子坐起來，就像我奶奶以前在教會裡看到雙腿癱瘓的人突然站起來一樣。這一定就是愛情的力量，沒錯！」

「因為白雪小姐當時就只差還沒恢復意識而已，甚至可能保有朦朧的意識。我敢肯定她的身體狀況已經完全康復了。」

「啊……原來如此。」

「我就知道大姐一定會醒來。之前大哥每次說話的時候，大姐就會時不時動一下，可是實際上看到大姐像那樣一下子爬起來！還是嚇了我一大跳……」

別說了。

根據朴德久的說法來推論，我不禁懷疑鄭白雪是不是其實早就醒來了，但是這並沒有很重要，我反而更在意鄭白雪過於鎮定的反應。

按照朴德久所言，她已經知道我要去首都的事了，照理說她應該要哭哭啼啼地抓著我不放才對。

正當我思考著她過度平靜的表情代表什麼意思的時候，有人解決了我的疑問。

「因為大姐實在太難過了，所以我就跑去問賢成老兄能不能讓大姐一起去，是不是很值得誇獎？」

朴德久這個豬頭……

「傭兵女王大人也同意了，基英先生。我想了一下，覺得你們還是一起去比較好，畢竟白雪小姐現在要工作也還太勉強了……」

是根本沒辦法工作吧。

「和基英先生在一起的話，會對她的心理狀態有幫助的。」

我看金賢成明明就只是不想應付失去我的鄭白雪而已。

他絕對是在設計我。

＊　＊　＊

金賢成露出了非常真摯的神情。他的表情彷彿在說「拜託你把鄭白雪帶走」，因為他知道鄭白雪即便待在這裡，也不會對工作有任何幫助。

鄭白雪的智力值雖高，工作能力卻幾乎為零。

跟我在一起的時候，效率或許還會提高，但我不在的話，她反而會把公會鬧得雞飛狗跳。

金賢成已經經歷過一次沒有我的遠征，想必體會過要控制沒有我的鄭白雪是多麼困難的事。

她會一整天哭累了就睡，睡醒了再哭，還會做出歇斯底里的突發行為。

行政能力不足的金賢成光是處理工作上的事就已經夠忙了，不可能有空照顧鄭白雪。朴德久開口的時候，他肯定高興得不得了。

這個混蛋。

問題是我也沒有餘力照顧鄭白雪。

那可是社交界，我要以車熙拉情夫的身分參加社交派對，根本不可能帶鄭白雪去。

我必須在神聖帝國的貴族或貴婦面前努力發揮口才，在這樣的情況下，鄭白雪的存在不但礙事，在我展現和車熙拉之間的交情時，行動也會因此受到限制。

眼看難得可以安心度過的假期就快要泡湯了，稍微反抗一下應該沒關係吧。

「可以一起去的話是很好，但白雪的身體狀況如你所見，她直到剛才都還在喊肚子痛……我擔心她沒辦法負荷長時間的旅程。」

「我現在沒事了！真的！」

鄭白雪竟然寧可放棄一輩子裝病撒嬌的機會，也要追求眼前的快樂。剛才裝病的樣子簡直就像沒發生過一樣。

我得想想辦法。

「不行，白雪，妳還需要靜養一陣子……」

「哎唷，大姐在大哥身邊的時候最平靜了，不是嗎？」

「是、是啊，德久哥。」

沒時間了，再過不久就要出發了。

雖然我想盡量避免和鄭白雪同行……但我想不到該怎麼對付毫無邏輯可言的人。

「哎唷，愛情本來就是最甜蜜的回復藥，是能治百病的靈丹妙藥！就是這樣！」

那是什麼鬼話？

「不是的，德久先生。其實基英先生說的沒錯，白雪小姐的身體雖然已經完全恢復了，但還是需要靜養一段時間。雖然她的身體和魔力看起來都沒有異常……」

「所以大姐需要的不就是心靈上的平靜嗎？熙英大姐。」

感覺這個縝密的圈套從鄭白雪醒來的瞬間，不對，是從我確定要和車熙拉去首都的時候就已經設計好了。

朴德久無視我的發言、金賢成見縫插針，面對兩人的攻防戰，我束手無策。

再加上鄭白雪偶爾會說出幾句莫名讓人產生信任的奇妙發言，感覺現在無論我說什麼都無濟於事。

我已經別無選擇，只好抱著有點悲慘的心情開口。

「真拿你們沒辦法，那白雪就跟我一起去吧。」

「這就對了。」

「太好了！大姐！」

「嘿嘿……」

輸家垂頭喪氣，贏家舉杯歡慶。

雖然令人忍不住嘆氣，但這也沒辦法。事已至此，我也只能好好教育鄭白雪了，尤其是有關車熙拉的事。

「不知不覺已經聊這麼久了呢。」

「基英先生和白雪小姐差不多該準備出發了。」

「嗯。對了，我想在出發之前跟你交接一下工作上的事……」

「沒問題。你的行李都打包好了嗎？」

「當然，只要拿下樓就可以了。」

雖然我很想省略交接直接逃跑，但萬一我不在的時候工作上出了差錯，最後還是要由我負責收拾善後。

大部分的事情我都已經事先跟黃正妍講好了，不過金賢成還是自己聽一遍比較有幫助。

時間所剩無幾，於是我一邊讓他看我事先準備好的資料，一邊開始說明，他也點頭回應。

金賢成的智力值不低，一定能理解的。

其實也沒有什麼大事需要他做。

「我想應該不會有什麼大事要做，畢竟新人都找好了，新的工作分配也確定下來了，你只要整理和理解已經分門別類的資料，再以最終負責人的身分做出決策，或是確認該確認的事情就好。」

「好。」

「煉金企劃室的工作會由正妍小姐向你報告，帝國法務組則是由新來的金美英負責。我交給事業部處理的工作已經有完整的作業指南了，麻煩你把生產線和通路全部確認一遍……至於我打勾的這些，如果你可以親自幫忙確認的話就太感謝了。」

「好，我知道了。」

「危機應變委員會提出的事項全部檢查一遍就可以了，還有……」

我一句接一句說下去，金賢成的表情每分每秒都在變化，我想大概是因為他發現我事先做好了很多事情吧。

好能幹的人——我看得出來他在心裡這麼想。

其實這和能不能幹無關，就只是公會職員和我嘔心瀝血的產物而已。

雖然我不喜歡工作，但還是為了向重生者展現我能幹的一面而用盡了全力。

在找到新人之前，我根本沒辦法做出這樣的成果。我能坐穩現在的位置，有一部分都是多虧了我忠誠的奴隸所做的付出。

無論背後的原因為何，金賢成認為我很能幹就是一件非常美好的事。

我認為我沒必要把自己的功勞歸給奴隸，頂多之後再多照顧金美英就夠了。

「差不多就是這樣……」

「好，我都理解了。」

聽我說了這麼多，金賢成的臉上也開始慢慢浮現出罪惡感，顯然是在為把鄭白雪推給我的事感到愧疚。

你知道就好。我已經原諒你了，賢成。

「呃……謝謝你。」

「大部分的計畫和作業指南，正妍小姐都知道。」

我很想再說一句「你只要和記憶力極佳的人體電腦一起辦公就可以了」來結束這段說明，但總覺得有點對不起黃正妍，所以硬是把到了嘴邊的話吞回去。

因為叮嚀了很多件事，我回過神來才發現時間已經過了很久。

雖然還想挑出一些地方說明得更詳細一點，但我不能再讓車熙拉等下去了。

「那我要出發了，賢成先生。」

「好，等你回來之後就會變得比較輕鬆了吧，我是指工作方面。」

「雖然我沒有這個意思，但我好像把工作都推給你了，真是抱歉。」

「你不用覺得抱歉，這對帕蘭來說也是一個很好的機會。雖然我的工作也有點多，還要幫德久先生跟藝莉進行訓練……但我本來就有在想該招募新的小隊成員來參與遠征和處理委託案件了。」

「哈哈哈哈哈。」

「謝謝你。」

「不會，我才要感謝你。」

我們的道別實在太過溫馨，害我有點擔心自己是不是立了死亡 flag[4]，但我想應該是不會出什麼事。

帕蘭還是會一如往常致力於彌補之前的損失，讓公會步入正軌，而朴德久會成長得不快不慢，潛在能力突出的金藝莉則是會有爆發性的成長。

琳德會一直充滿活力，人才當然也會湧入帕蘭。

說不定金賢成認識的未來人才已經是公會的一員了。

金賢成看著我，眼神有點深情，看來他也對我產生了相當深厚的感情。

我本來覺得自己不是一個重感情的人，此刻卻心頭一熱。

不要那樣深情地看著我，大哥懂你的心情，臭小子。

我默默伸出手，金賢成也伸手回握。就只是一個簡單的握手——簡單到我覺得是不是應該抱一下才對，於是不著痕跡地向他靠近，卻感覺莫名尷尬。

金賢成看到這樣的我，輕輕勾起嘴角，率先拍了拍我的背。

這個帥氣的小子，身體還真結實。

我跟金賢成結束了有點尷尬的道別後，朴德久也悄悄湊了過來。

「大哥……」

那傢伙張開雙手，像是要我也抱抱他，但我只是用拳頭敲了敲他的胸口，便接著開口。

我可不想抱他，因為感覺被他抱會很痛。

「德久，你要時時刻刻記得，如果我能做到的話，你可以做得更好。」

「我會每天銘記在心的。」

4 暗示角色即將死亡的徵兆。

「還有，記得跟正妍小姐一起吃頓飯。她每天都纏著我，要我幫她安排跟你吃飯的機會。」

「欸?!」

「熙英小姐也請保重，雖然我不會離開太久……」

「好的，基英先生也工作加油。」

「我不在的期間禁止做志工服務。等我回來以後，我們再繼續打造美麗的琳德吧。」

「好……」

「小鬼妳也保重。」

「嗯，叔叔你也加油……」

我望向拿著包包的鄭白雪，便看見她彷彿擔心自己被丟下似的，一溜煙跑過來緊緊跟在我身邊。

打開公會總部的大門後，正在門外等我們的是頂著一頭紅髮的車熙拉，然而比她更顯眼的是在她身後的野獸。

那隻擁有鳥頭獸身和巨大翅膀的動物是我只在神話裡聽過的怪物。

「獅鷲？」

「這種動物在琳德境內只有兩隻，需要遠距離移動的時候，沒有比這傢伙更好的代步工具了。神聖帝國雖然想大量繁殖，最後卻失敗了……牠就是這麼珍貴。」

「這樣啊……」

「我沒想到會是三個人一起去……不知道我家噗噗會不會不高興，畢竟本來載兩個人是最剛好的。」

「紅色傭兵沒有其他人要去嗎？」

「其他人會隨後跟上，他們走陸路。先去那裡等不是比較輕鬆嗎？既然都要去首都了，就要好好享受一下啊。快上來吧，我坐第一個，親愛的坐第二個，那邊的小老婆坐最後面……你們最好抓緊，別掉下去了。」

我點頭後慢慢爬了上去，但是不知為何，總覺得無法適應這種感覺。會害怕是正常的，光是坐在這隻怪物的背上就讓人覺得莫名緊張，我只能緊緊抓住車熙拉的腰。

感覺有股好聞的味道，我好像還碰到了什麼柔軟的東西，但我沒有餘裕沉醉其中。

「噫噫噫……」

好痛。

不知道我的舉動是不是又激怒了鄭白雪，她抓住我的腰，想讓我和車熙拉分開，似乎沒留意到我一旦放開車熙拉，我們就會一起墜落地面。

白雪，要是掉下去的話，我們兩個都會死，拜託妳別拉了……

我已經有一種之後會出事的預感了。

獅鷲慢慢起飛，對我們揮手的公會成員在我眼中變得越來越渺小。

剛才來不及道別的黃正妍和李尚熙也透過窗戶悄悄向我們道別，之前幫了我很多忙的朴重基和金美英也是。

「你花了滿多時間跟大家道別呢。親愛的，你這麼快就和他們產生感情了嗎？我還以為你不是那種人。」

「熙拉姐，我也是人。」

「其實你也有可愛的一面嘛。你可以再抓緊一點，小老婆也小心別掉下去了。」

就像車熙拉所說的，我盡量貼緊她之後感覺好多了。正當我有點緊張地對其他人揮手時，下方果然傳來了一道聲音。

「大哥！大姐！你們回到公會的時候要三個人一起回來喔！」

我們不到兩個月就回來了。就算要兩年後才會回來，也絕對不可能變成三個人。

前提是認真點頭回應朴德久的鄭白雪別做出突發行動。

妳別下定決心啊，白雪。

儘管聽到了奇怪的叮囑，有人為自己送行的感覺還是不錯的。

我想起了朴德久初次來到琳德時說的話──新世界啊，我朴德久來了。

我記得不是很清楚，不過大概是這樣的吶喊。

當我飛向天際後向下俯瞰，立刻就理解朴德久當時激動的情緒了。

無邊無際的大陸看起來好小，彷彿能收入掌心。

第46話 巫女

「在天上飛的感覺如何？」

「感覺很棒，熙拉姐。」

雖然有點可怕，但是感覺不錯。能夠將廣闊的大陸盡收眼底確實讓人有種享受著特權的感覺。

唯一的缺點是乘坐感比不上其他大眾運輸工具，不過從遠處眺望的風景還是給人一種彷彿來到國外旅行的感受。

最引人注目的莫過於雄偉的自然景觀——巨人的瀑布、巨大的樹木、巨大的森林及巨大的峭壁。雖然我不曾走遍地球上所有觀光景點，但我敢保證我現在從空中看到的景色絕對是地球上的風景無可比擬的。

「好壯觀。」

「因為這裡有怪物，總不能像在地球上那樣亂開發嘛。要是沒有怪物的話，下面那些樹林早就被砍伐開墾了，畢竟是很珍貴的資源。」

車熙拉說得沒錯。這個地方連觀光產業都沒有，生態界之所以能保持原貌，也許真的是因為怪物的關係。

換句話說，怪物相當於大自然的守護者。

我以前聽說過有人把人類比喻為地球的癌細胞，如果能對這番言論產生一點共鳴的話，從同樣的角度來看，這個地方的怪物就等於是消滅癌細胞的疫苗。

這裡要是沒有怪物，我所看到的自然景觀說不定早就被夷為平地了。是不是可以來開發一下觀光產業呢……竟然連這種時候都在想這種事，我自己都有點被嚇到。

「基英哥……」

這時，鄭白雪的聲音傳入我的耳中。

她似乎覺得自己一直被排除在我和車熙拉的對話之外，於是緊緊抱住了我。

我輕輕摸了摸她的手，這是再自然不過的反應，畢竟她願意忍耐就已經很了不起了。換作是平常的話，大概早就出事了。

與其說這是因為在受詛咒的神壇發生了重生事件而產生的效果，感覺更像是鄭白雪本人決定選擇諒解。

我不清楚實際原因，但是可以大致推測，因為車熙拉是我的救命恩人。

大陸是很危險的，就連在城市裡都不知道會發生什麼事了，外頭的危險性更是不言而喻。

鄭白雪應該也多少感覺到了這一點，畢竟她是當時那起事件最大的受害者。

在幻境裡，她為了保護我不受到各種未知因素的威脅，選擇和我一起永遠住在副本裡。以為自己重生後，監禁我的想法也跟著消失了，因此鄭白雪現在或許正處於必須忍讓的時刻。

雖然感覺很不安，但她是能夠守護基英哥的女人——她說不定是這樣看待車熙拉的。不對，她一定是這麼想的。她也許會覺得自己正在利用車熙拉，否則她不可能這麼安分。

鄭白雪正在逐漸成長是值得高興的事，卻也令人感到憂心。

就在我胡思亂想的同時，時間不知不覺流逝。經過半天的飛行，出現在眼前的是與自由之都琳德截然不同的風景。

「哇啊……」

緊緊抓著我的鄭白雪發出了感嘆。

「你們是第一次看到吧？」

我點了點頭。

高大的哥德式建築、反射著夕陽餘暉的巨大神殿，即便身在遠處，也能看出它們的宏偉。

「嗯，好美。」

除了我們之外，好像也有其他人來到了這裡，我可以看見還有其他幾隻獅鷲在空中飛翔。

看來不只韓國，其他城市的公會會長也聚集到了這個地方。

我向下俯瞰，映入眼簾的是貝妮戈爾神聖帝國首都的百姓。

跟我想像的中世紀風格相比，這裡給我一種更先進的感覺，但是看起來並不會覺得髒亂或不衛生。

「這裡的文明沒有我們想的那麼落後，反而具有相當悠久的歷史與傳統。百姓和貴族都對自己的文化感到自豪，也具備與那份自豪相符的武力和智慧。實際上，在帝國首都也能看到我這個程度的強者。」

「看起來不像……」

「你最好別小看這個地方，瞧不起帝國人的玩家都活不久。」

「謝謝妳的忠告，熙拉姐。」

車熙拉說得沒錯。我用「心眼」隨便查看了幾個士兵的能力值，都不比我在琳德見過的人差。

當然，如果把人一個個拿來比較的話，還是我們的戰力更優秀，不過人口差距也不容忽視，因此雙方的總戰力自然不相上下。

雖然我有料到他們具備一定程度的武力，但實際狀況超乎我的想像。尤其是如果對方擁有車熙拉這種程度的戰力……

沒有哪個組織會瘋狂到無視這樣的戰力並侵略神聖帝國。以前或許有過，但現在既然沒有那種傢伙，就表示那些腦袋不清醒的猖狂猴子都死光了。

「那家餐廳還滿好吃的，真的很美味，小老婆也可以跟我們一起去吃。那邊那間打鐵舖意外地有很多高品質的東西，偶爾甚至會有被判定為英雄級的武器，價格也比琳德便宜。啊，有些玩家會選擇在首都定居。聽說雖然要獲得許可會有一點麻煩，可是一旦在這裡安定下來，人生就等於成功了一半，這種話最好能信。」

「只要是人生活的地方，不管哪裡都一樣呢。」

「是啊。」

車熙拉比我想像中還健談。

我可以感覺到久違的出遊讓她很開心。我當然不認為是因為跟我在一起的關係，她的心情本來就說變就變，所以一定是因為能夠久違地逛逛首都，才讓她如此興奮。

「還有那裡是我們接下來要住一陣子的王城，不過我們當然不會整天都待在那裡，那裡面有點無聊。」

在她鉅細靡遺地說明自己的首都觀光計畫的同時，獅鷲繼續往王城的方向飛去。

我一邊把車熙拉說的事情塞進腦袋裡，一邊不忘用「心眼」掃視其他人。

獅鷲在類似降落場的地方降落後，正在等待我們的帝國士兵映入眼簾，其中最顯眼的當然是穿著一身華麗重甲的老爺爺。

他對車熙拉微微一笑，看來兩人的關係不差。

「好久不見了，熙拉。」

「好久不見，爺爺。你比我想像中還硬朗呢，你還沒退休嗎？」

「當然。話說回來，之前傳聞傳得沸沸揚揚的……我看看，你就是傳聞中的傭兵女王的情夫嗎？」

「我叫李基英。」

我理所當然地發動了「心眼」，那位老爺爺的整體能力值便立刻在眼前展開。

維克哈勒特，七十四歲，能力值……比車熙拉還高。

車熙拉所說的強者大概就是指這種人吧。

即便用怪物來形容他的戰鬥力也不為過。明明身穿重甲，卻看起來行動自如，應該只要一掌就能把我的腦袋搧飛吧。

我看見他上下打量著我。

「嗯……請多指教。你後面的是……」

「她是我家親愛的的第二個愛人。」

緊咬下唇的鄭白雪也開口接話，雖然看起來不太高興，但還是有好好低下頭介紹自己。

「我是鄭白雪。」

做得好，白雪。

「看來這小伙子比我想的還有能力啊……」

「所以我才會把他帶來這裡啊，不然我會隨便帶著別人到處跑嗎？反正我之後再慢慢介紹親愛的給你認識……爺爺，我們要不要久違地來對練一下？」

「還是算了吧，我不想再把王宮鬧得雞飛狗跳，下次有空的話我再當妳的對手。嘖，妳不管過了多久都沒變啊。」

「我只是有好一陣子沒機會活動筋骨了。話說我們這次也是第一個到的嗎？」

「不是。很可惜，你們是第二個。從自由城市席利亞來的人已經等很久了。」

「是誰？」

「春日由乃。」

「巫女？」

「沒錯，不知道是什麼風把她吹來的……」

「那女人明明老是遲到，還真是稀奇。」

兩人一邊交談一邊向前走去，看來維克爺爺對我沒什麼興趣。

坦白說，這樣我反而比較自在，如果只因為是傭兵女王的情夫就備受關注，可能會導致我行動困難。

車熙拉和維克爺爺聊起來後，鄭白雪便立刻朝我這裡貼了過來，一副非常開心的樣子。

我本來想跟她說話，但現在偷聽車熙拉和維克的對話更重要。

掌握權勢的人之間平凡無奇的對話對我這種人而言是絕佳的情報來源。

春日由乃？

我猜是在日本人落腳的席利亞經營大型公會的人。

車熙拉沒有表現出什麼敵意，看來至少不是大和公會的人。

正當我不斷將新的情報存入腦中時，有個穿著樸素的女人從遠處出現。

與其說樸素，不如說給人一種端莊的感覺。她的周圍有幾個人像是在輔佐她一般，跟在她身邊。

是日本人嗎？

最前方的女人閉著雙眼，靜靜走了過來，就像眼睛看不見似的。

長長的辮子看起來幾乎要碰到地面，沉穩的模樣不知為何令人印象深刻。

〔您正在確認玩家春日由乃的狀態欄與潛在能力。〕

〔特性『看透本質、過去與未來之眼』抵抗了特性『心眼』。〕

該死……

我立刻低下了頭，因為我完全沒料到會出現這種狀況，腦海中頓時湧現千頭萬緒。

正當我擔心對方是不是接發現了我在偷看她的情報時，狀態欄又接著發生了變化。

〔玩家春日由乃主動公開了自己的狀態欄與潛在能力。〕

這又是怎樣……

〔您正在確認玩家春日由乃的狀態欄與潛在能力。〕

〔姓名：春日由乃〕

〔稱號：靜默的巫女〕

〔年齡：20〕

﹝傾向：墮落的求道者﹞
﹝職業：巫女（傳說級）﹞
﹝職業效果：習得基礎魔法知識﹞
﹝職業效果：習得中級魔法知識﹞
﹝職業效果：習得高級魔法知識﹞
﹝職業效果：習得高級咒術知識﹞
﹝職業效果：習得高級占星術知識﹞

﹝能力值﹞
﹝力量：13／成長上限值低於普通級﹞
﹝敏捷：20／成長上限值低於普通級﹞
﹝體力：17／成長上限值低於普通級﹞
﹝智力：89／成長上限值高於英雄級﹞
﹝韌性：15／成長上限值低於普通級﹞
﹝幸運：00／成長上限值高於傳說級﹞
﹝魔力：96／成長上限值高於傳說級﹞
﹝裝備：無﹞
﹝特性：看透本質、過去與未來之眼（傳說級）﹞
﹝總評：傳說級巫女，力量、敏捷、體力與韌性全都奇差無比，但是在幸運、智力與魔力方面具備高度潛能，擁有非常適合擔任後衛的能力。請不要因為她有低於普通級的能力，就認為她和您很相似，因為她和玩家李基英從本質上就不是同一類的人。傳說級特性『看透本質、過去與未來之眼』與職業的能力效益都算高，但也許是因為遭到某種東西汙染，看起來狀況不佳。建議您不要太靠近她。」

什麼啊……傳說級的特性、傳說級的職業，還有傳說級的潛在能力，任誰看了都會將她分類為強者。

我第一次看到幸運值的潛在能力這麼高的人，不過掛零的幸運值還是很令人在意。

當然，比那個更令人在意的是……她閉著眼睛面向我這邊，甚至流著眼淚。

這是怎樣？

＊　＊　＊

搞什麼？她哭什麼？

雖然還不確定，但她看起來是個盲人，然而她現在卻直直面向我這裡。

這個狀況實在令人難以理解，看到她不停流淚的樣子，反而是我驚慌得不得了，於是我忍不住看起了周遭其他人的臉色。

我拚命轉動眼球，卻感覺到她在朝我走來，讓我感到莫名不安。

這是什麼狀況……

我不動聲色地閃避她的視線，她隨即停頓了一下。

從她默默拿出手帕拭淚的動作看來，她剛才完全沒發現自己在流淚。

我完全搞不懂她在想什麼，況且她的表情很難解讀，因為她閉著眼睛。

我無法掌握「墮落的求道者」究竟是什麼樣的傾向，「看透本質、過去與未來之眼」到底是多麼瘋狂的特性，我也毫無頭緒。

我唯一知道的只有那雙眼睛凌駕於我的心眼之上。也就是說，我遇見了一個我完全無法理解的人。

媽的……遇見無法預測的人是最令人煩躁的事。

我之所以不太喜歡跟車熙拉待在一起，也是因為我沒辦法預測她接下來會做出什麼行動。鄭白雪是例外，因為她至少對自己的感情很誠實。

而眼前這個巫女的行為模式，已經超出了我能夠計算的範圍。

對於無法理解的行為表現出戒心是很正常的反應。我悄悄後退了一步，下一秒，親愛的車熙拉便擋在我面前。

從現在開始我只能靠妳了，熙拉姐。

「妳是怎樣？」

「好久不見了，車熙拉大人。」

「我們是很久沒見了……但妳突然跑到這裡來，還淚流滿面的，有什麼事嗎？」

「沒什麼，我只是來打招呼而已。」

「對誰打招呼？我們沒有熟到平常見面會打招呼的程度吧？我看妳好像有事要找我家親愛的……應該不是我的錯覺吧？」

「不是那樣的，我只是……我真的只是來打招呼而已，車熙拉大人。」

「妳知道席利亞有一群混帳害我們現在的情況有點敏感吧？我不知道妳跟這件事有沒有關係，但是坦白說，我看那邊那些雜種不太順眼，誰知道他們會不會又耍什麼花招。在這樣的情況下，妳竟然還來跟我打招呼……妳這個愚蠢的女人，要不是這裡是王城，妳早就死定了。」

「我不太清楚……您發生了什麼事情……」

「不知道的話就閉上妳的嘴巴，然後從我眼前消失。我不管妳是真的不知情，還是在裝傻，總之妳讓我家親愛的有點不安。」

車熙拉雖然可靠，但好像有種全身的刺都豎起來的感覺。

剛才聽見春日由乃的名字時，她的反應還讓我以為她們關係不差，看來琳德恐攻事件果然讓她變得有點敏感。

當然，如果那個巫女做出了和平常不同的舉動，那我就可以理解車熙拉為什麼會有這樣的反應了。

畢竟從車熙拉和維克爺爺的對話中聽起來，那個巫女不怎麼熱衷於參加這種聚會，但她今天不僅提早抵達，還以打招呼為由過來找人，難免會讓人懷疑她是不是別有居心。

車熙拉對巫女拋出一連串稱不上惡言的難聽話後，跟著巫女一起過來的小跟班們開始你一言我一語地回嘴，不過車熙拉當然不會因為小跟班們挺身而出就給他們好臉色看。

「您說得太過分了，車熙拉大人。由乃大人只是……」

「我叫你們閉嘴，垃圾。」

車熙拉甚至不動聲色地發動了魔力。

就在這時，春日由乃在一陣沉默後開口，「沒、沒關係的，各位，你們不用說了。我想可能是我的舉動有點太唐突了。」

「車熙拉大人，還有其他幾位……如果我打擾到各位的話，我真心向你們道歉。此外，如果席利亞做了什麼不對的事……請容我代替那些人致上歉意。」

她慢慢彎下腰、低下頭後，用極為沉穩的態度說了這番話。

我看見維克爺爺目不轉睛地盯著車熙拉，暗示她回應對方真誠的道歉。身為平時在帝國活動的人，肯定不願意看到兩位手握大權的人起衝突。剩下的就看車熙拉怎麼選擇了。

「我接受妳的道歉。」

做得不錯，熙拉姐。

「那我們就先回去了，祝各位度過愉快的時光……」

傭兵女王點了點頭，巫女便靜靜地沿著來時的路回去了。

令人哭笑不得的是，就在這時，我的耳中傳來一道聲音。

「希望您有空時可以來我房間一趟，我住在西館二樓。」

那道聲音顯然只有我聽得到。

「請您務必前來。」

這是什麼鬼情況？我完全說不出話。

從頭到尾沒有一件我能理解的事，她為什麼要找我？她真的是因為看到我而流淚的嗎？她為什麼要邀請我去她的房間？感覺一切都掩藏在帷幕中。

又不是要找我發生一夜情……如果是在飯店的酒吧裡收到這種邀請還比較令人高興。

我需要更多情報——這個想法自然而然浮現在腦海中，這時我正好聽見車熙拉對我抱怨。

「真搞不懂她在想什麼，實在令人毛骨悚然。」

「妳認識她嗎，熙拉姐？」

「我們這也才不過是第二次說話而已。看到她那樣說話還真神奇……這也是我第一次聽到她說那麼多話。」

「……」

「她大概在五年前來到這裡，然後在席利亞創立了公會……她是目前正在迅速崛起的新興公會『夜空』的主人。其實她的行動也充滿謎團，有人說她能看見過去和未來，還有人說她能看見別人看不見的東西，雖然都是一派胡言，但是想想她的言行舉止，又覺得不像是騙人的……其實我知道的也不多。」

「……」

「親愛的，不要用那種表情看我。我的部下和黑天鵝一定知道得很清楚，等他們來了再問他們就好啦。」

「嗯。」

「啊，有一個情報是確定的。」

「什麼情報？」

「那個女人是盲人。」

「這種事我也知道。」

我果然不該在這方面對車熙拉抱有期待。

應該多做點準備再來的，早知道就先叫人整理報告給我了。

「基英哥，那個女人有點奇怪。」

「是嗎？」

「嗯，她有點奇怪，感覺……哪裡怪怪的……」

鄭白雪其實不算很會看人，但那女人似乎已經被白雪討厭了。

我看到鄭白雪又朝我這裡靠得更近，讓我感覺有點尷尬。

「爺爺，我們可以回房了吧？」

「當然，那你們的晚餐要在……」

「我們今天會在這裡的餐廳裡隨便吃一吃。不對，你叫人幫我們隨便送點吃的到房間來，兩小時後送來……長途飛行還是挺累人的。」

「妳剛才不是說要對練嗎？」

「我沒心情了。」

「好吧，那就隨便妳。還有，我跟妳說過很多次了，不要製造無謂的紛爭……」

「我知道，不能打架。但我變得這麼敏感也是不得已的，你也知道琳德發生了什麼事吧？」

「我知道，熙拉，但想要抗議的話，應該透過專門受理的機關正式提出，妳實在太衝動……」

「我知道啦。」

「嘖，妳快上樓吧。」

「明天見。」

看到車熙拉像是在自己家裡一樣，在廣闊的王城裡到處跑的樣子，就能大致了解車熙拉在神聖帝國享有什麼樣的待遇了。

「這裡的飯菜也滿好吃的，雖然有點油，但偶爾才吃的話不會覺得膩。總之我們先到房間去吧。」

第一次來到王城的我和鄭白雪只能完全仰賴車熙拉帶路，彷彿小狗緊緊跟在狗媽媽後面，那副模樣連我自己想想都覺得有點好笑。

我們沿著樓梯不斷往上走，不知不覺就來到了車熙拉的房門前。

打開房門後，映入眼簾的是無法只用「寬敞」二字形容的巨大空間。房間裡還有隔間，一眼望去總共有四五個房間，看來我們會有各自的房間。

雖然我沒有去過高檔飯店，但應該沒有任何飯店能比得上這裡。

「房間很多，你們可以隨便選一間住，廁所也有兩間。」

「這個房間很棒耶。」

「這是帝國分配給我的房間……不錯吧？其實偶爾過來住一下還算可以。雖然我不太喜歡這種東西，但偶爾享受一下奢侈的感覺也滿好的。晚餐大概還要兩個小時才會送來，在那之前你們就自便吧。我有點事，要出去一趟。」

「知道了。」

「如果覺得無聊的話，可以去附近逛一逛，反正不會有人說什麼的，也不會有危險。」

「嗯。」

車熙拉看著我，爽快地說道。

她會這麼早過來應該也是有理由的，我猜肯定是有和工作有關的急事。她拿好東西後，關上房門離去的模樣看起來有點匆忙。

車熙拉一離開房間，鄭白雪就立刻跳上床感受床鋪的柔軟，心情似乎很好的樣子。

我想提醒她幾件事，最後卻沒有說出口，畢竟她到目前為止都表現得很好，而且我現在沒空關心鄭白雪，因為我很在意那個巫女。

——希望您有空時可以來我房間一趟，我住在西館二樓。

她用懇切的語氣拜託我的聲音不斷在我的腦中迴響。

我也想過那會不會是陷阱，但又覺得她沒有愚蠢到會在神聖帝國的王城裡做出令人無法理解的事。

最重要的是，她很可能知道我擁有「心眼」這項特性，這樣一來我就不得不去找她了。

總之，我無論如何都應該去找她進行一次對話。

事實上，「心眼」這項特性即便說是我的飯碗也不為過，這是欠缺各項能力的我唯一能使用的武器，我不是很想讓別人知道這項武器的存在。

剛好車熙拉不在，要去的話，現在就是最好的機會。

萬一我想到的最壞情況真的發生，那我無論如何都得把她除掉。

「白雪。」

「什麼事？」

「我可能要出去一下。」

「啊……好。」

「妳可以在這裡等我一下嗎？我馬上就回來。」

雖然表情有點不情願，但鄭白雪不會限制我的自由。

她用被拋棄的小狗般的眼神看著我點點頭，而我留下她走出房間只花了一眨眼的工夫。

我當然不忘對王城裡的侍從和下人問一些問題，或是讓他們對我留下印象，因為萬一我出了什麼事，就需要有人說明我的行蹤。

雖然很令人不安，但我覺得是陷阱的可能性不大。

我的身體一旦出了問題，鄭白雪就會馬上收到信號。再加上巫女的房間離這裡不遠，我一定能撐到鄭白雪趕來。

我摸了摸包包裡滿滿的藥水，又忍不住摸了一下毫無動靜的尤里耶娜。

這麼說來，剛剛春日由乃接近我的時候，尤里耶娜也沒有反應，這表示她沒有被判定為敵人。

從種種跡象看來，她應該不會對我做什麼。

我和李雪浩之間的事都處理完了，席利亞的人不可能事到如今還想殺了我。她如果要對我不利，反而會把問題鬧大。

我慢慢走了一會，便看見在屋外待命的夜空公會成員。他們彷彿正在等我似的，率先向我致意。

這到底是怎樣啊……

「請進入這個房間。」

「好。」

「您的武器……」

看到尤里耶娜的男人向我示意，表示可以暫時替我保管，但我當然不可能把尤里耶娜交給他。

這時正好有一道聲音從屋內傳來。

「沒關係，請讓他進來吧。」

「是，巫女大人。」

男人點點頭後，輕輕將門打開，出現在我眼前的是閉著雙眼跪坐在地的盲人。

我摸了一下尤里耶娜，想知道有沒有危險，但它依然沒有反應。

「我正在等您。」

「您找我有什麼事嗎？」

「我的……主人。」

她在說什麼鬼話？

春日由乃慢慢脫下外衣向我行禮，一連串舉止令人瞠目結舌。

她的臉龐顫抖著，喜悅的淚水奪眶而出，看起來不像在說謊，然而這個情況任誰看了都會覺得荒唐，我只覺得自己的大腦好像暫時停止了運轉。

「啊啊啊啊……我的主人，我等您等了好久。請您懲罰、懲罰我這個沒出息的僕人吧……我的主人。」

媽的，這個瘋子……

我往旁邊一瞥，以前從未看過的詭異道具便闖入視線中。

「請您務必懲罰我……我的主人，我、我的主人。」

「神經病！」

面對這個突如其來的狀況，我試圖重新打開房門，卻只聽見門鎖喀噠作響，絲毫不見門要打開的跡象。

「請懲罰低賤的僕人……」

「給我滾一邊去！」

第047話　暗黑世界

在這樣的情況下，我除了驚恐大叫之外，沒有別的選擇。不僅剛才的狀況讓人理不清頭緒，眼下局勢的發展也難以捉摸。

站在我面前的這個巫女，恰恰就是個瘋女人。

我不停地拽著門，緊閉的大門卻動也不動。這並不是我所預想的那種陷阱，但情況卻比想像中更令我驚慌。

就在這時，眼前的巫女不斷地磕頭，說著我完全無法理解的話。

「主人！主人！我等了好久，只為了這一天的到來。」

「媽、媽的！」

「我的光芒，我的摯愛，我的一切啊。」

「別過來。」

看到她緩緩爬過來，我的背後頓時竄上一股涼意，完全不曉得該如何應對。

該呼叫鄭白雪嗎？

不管我願不願意，只要和那個女人有了肢體接觸，鄭白雪都會接收到信號。

說不定察覺到我發生了意外，她就能馬上趕來，不對，也許此刻她正朝著這裡前進。

即使如此，這麼做究竟正不正確，著實令我皺緊眉頭陷入苦思。

面前這個巫女突如其來的舉動，讓我完全忘了來到這裡的最初目的。

設法得知她要我來這裡的用意，以及確認她對於我有多深的了解，才是我的目的。

我下意識地向後退，背部不知不覺抵住了大門，而她還在剛才磕頭的位置附近。雖然門被鎖上，但她應該沒有傷害我的意圖。畢竟如果她真的想傷害我，早就該動手了。此時此刻，她的身軀微微顫抖，看起來相當不安。儘管如此，眼下先設法與她對話肯定不會有錯。

雖然想過是否該扮演巫女口中那位主人，我卻覺得有些不妥。如果那雙眼睛能看透本質，那麼她應該也能察覺這種雕蟲小技。

我偷偷地環顧一下四周，緊接著坐在椅子上，此時巫女一臉期待地凝望著我。當我覺得有些不尋常時，立刻回頭一望，稀奇古怪的器具依然擺放在那裡。但我一點也不想知道那些物品的用途。

「啊啊啊啊……主人。」

別發出那種聲音，也不要對我有所期待。

雖然不清楚我坐的椅子上為何掛著鞭子，但目前的第一要務是與她正常地談話。然而問題就在於，我無法判斷該用何種方式展開對話。

不確定該配合她的步調，又或者必須由我來主導，著實令我困擾不已。

本該占據絕對優勢地位的甲方，竟然高喊著自願變成乙方，甚至還以一副悽慘的模樣自居。

這時，我發現自己思考得太久了。當我正想著，無論說些什麼，眼下都必須先開口的同時，巫女率先出聲。

「務必請您不要對我使用敬語。」

這樣好多了。

「妳知道我是誰嗎？」

「您是我唯一的主人。」

「我不是問這個。我想問的是，妳是否知道我的身分？」

「我只知道您是我的主人。」

現在是怎樣……

「第一次見到您的那一瞬間，我就知道，您就是我一直在尋找的那個人。果然是那個能夠看透一切的心眼……」

「妳果然知道。」

「萬、萬一讓您感到不舒服的話，我很抱歉。」

「坦白說，我有些不知所措，也不知道妳說的主人是什麼意思。上次似乎是我們第一次見面……我之所以來到這裡，只是為了確認，我不明白妳對我這麼做的理由。妳說的沒錯，我的內心確實有些不舒坦。」

「小女子惶恐。我、我竟然連主人的心情都不能理解……我非常抱歉，這、這樣的失誤。請、請您殺了我。」

「……」

「該怎麼辦……當時我似乎太過激動了，所以沒有思考周全。請您原諒我！」

她不是在演戲。此時緊閉的雙眼流出的淚水，與剛才的眼淚，在意義上完全不同，似乎帶有一種極其慌亂的感覺。

我似乎能更加確信眼前這個女人並沒有說謊。

這個女人能看見未來與過去，這是目前我唯一能確定的，因為狀態欄的特性說明也寫著同樣的內容。

〈特性：看透本質、過去與未來之眼〈傳説級〉〉

〈付出一定的代價，就能窺視他人無法看見的事物。〉

「妳看過未來的我嗎？」

說不定未來的我對她造成了負面影響，而不斷窺視未來的巫女，也逐漸身受其害。

倘若那個巫女的言行舉止都不是在說謊，這樣的假設不無可能。

「或者，妳曾經遇見過去的我？」

「主人，兩者都不是。準確來說……不是未來也不是過去。雖然我不知道該怎麼表達，但我的確能看見一些東西。我說的話聽起來或許有點奇怪，但我眼前出現的畫面，既是過去也是未來。準確來說，是刻在我身體裡的記憶。」

「刻在身體裡的記憶？」

「不，應該說是刻在靈魂裡的記憶才對。雖然不知道該如何定義……但自從六年前我來到這裡……」

「不是說四年嗎？」

「雖然對外宣稱四年，但實際上我來到這裡已經是六年前的事了。不過，您想要的話，也可以說是四年前……」

「不，那不重要。總之，請妳說明。」

「我、我第一次來到這裡時，眼前所看見的畫面，是我和主人在一起的模樣。雖然不知道該對您說些什麼，不過我記得當時相當幸福。當然，對剛來到這裡的我來說，這樣的記憶令我難以適應……」

「是什麼理由讓妳覺得妳所看到的一切不是未來？」

「如果是未來，畫面通常是白色的，而過去則是灰色的。還有，假如不是過去也不是未來，畫面會呈現黑色，我把它稱為暗黑世界。」

「原來如此。」

這番話相當具有說服力，而且狀態欄不會說謊。

倘若她看見的不是過去也並非未來，那麼她所看見的一切不言而喻——是第一次人生吧。

雖然有可能是平行宇宙或胡說八道，甚至是妄想症的可能性更高，但我腦中立刻想到的，只有金賢成曾經歷過的第一次人生，所以她說的也不無可能。

這個女人似乎對我早已有所了解，我所擁有的特性她也一清二楚。

看來她似乎沒有發現她看見的可能是第一次人生。倘若她所看見的暗黑世界確實是第一次人生，那麼她幾乎等同於重生者。

問題是，關於我的事情——我活下來了嗎？

在第一次的人生中，我果然存在，但我認為自己應該不太可能存活下來。

在我經歷第一次人生的同時，金賢成應該還不是重生者，所以我並沒有選擇追隨他，恐怕和朴德久一起行動的可能性反而更高。

至於這一次人生，光是在新手教學副本裡，金賢成就出手救了我兩次。要是沒有金賢成，李基英這個人大概也沒有機會前往大陸。

此外，看到春日由乃對主人一副卑躬屈膝的樣子，想必前世的我，應該具備一定的能力。

雖然不曉得發生了什麼，我的心情有些微妙。

當然，所有假設的前提是她所見到的一切，確實是第一次人生。

即便目前還沒有定論，但多獲取一些訊息也不是一件壞事。

「妳還看見過哪些畫面？不對，應該是說關於我的事情。」

「其實，我能看到的並不多。非常抱歉，我的特性並不是想看什麼就能立刻看見。過去或未來偶爾能夠想看就看，但如果是暗黑世界……」

難道會受到懲罰？

「如果是暗黑世界的話，只能看見零碎或是印象深刻的畫面。當然，我最常看見的，是和主人在一起的場景……不，其實大部分都是我和主人相處時的記憶。」

「妳可以確切說明是什麼樣的記憶嗎？」

「說、說出口有點害羞……不過那……那是……」

她悄悄凝視著我身後的物品，此刻，我才意會到巫女的反應代表什麼。

李基英，你這傢伙到底都幹了些什麼？從狀態欄來看，她才二十歲而已。

雖然不曉得過去的我何時與她相遇，但這簡直荒謬得讓人失笑。

「不，妳不說也無所謂，我大概能了解。那麼，我換個方式問吧，在暗黑世界裡，我們是如何相遇的？這也無法看見嗎？」

「不、不是這樣的。和主人您有關的部分，大致上都能看見。只不過，都是一些零碎的片段，所以很難仔細說明，不過我記得，在暗黑世界裡，是我親自找到主人的。」

「什麼？」

「在暗黑世界裡，我偶爾也能看見和主人在一起的未來。看到畫面中自己無比幸福的模樣，我當時感到非常慌亂，甚至見到自己和主人相處的場景時，還會感到痛苦。其實剛來到這裡的時候，我也是這樣，所以能夠理解另一個自己。不過暗黑世界的我，看起來真的非常愚蠢。不自量力地同情主人，想拒絕跟主人在一起的未來，卻又下意識地憐憫著主人。」

「原來如此。」

「那時我將身負重傷的主人接回來，一心只想為主人療傷。於是就這樣和主人一起度過了很長一段時間。」

「原來是救命恩人。」

「我、我只覺得慚愧。總之，主人的身體幾乎痊癒之後，我看到的場景是……」

「是什麼？」

「是主人緊緊掐住我脖子的畫面。」

「什麼？」

「主人緊緊掐住我的脖子，雖然後來看不見詳細的畫面，但主人說的話我記得一清二楚。」

不知怎地，我感到莫名不安。

「他說了什麼？」

「他說『收起妳那廉價的同情心，妳這個骯髒的女人，你們這些傢伙都一樣』。然後……我和主人的緣分就這樣緊密交織在一起，接下來出現的場景，是經過了很久之後的將來。在暗黑世界裡，我和主人的緣分就是這麼開始的。呵呵……」

什麼跟什麼啊，我實在無法理解兩人為何會就此締結良緣，故事情節荒謬得讓我的大腦陷入混亂。

我平復了一下莫名有些激動的情緒，開始一一理清腦中的思緒。

第一，巫女能夠看透未來、過去與本質。和在第一次人生能看見過去與未來的巫女不同，經歷第二次人生的巫女，連第一次人生都能看見。

第二，過去與未來無法隨意翻看，畫面只會隨機出現，看到的也都是不特定的畫面。

第三，巫女能看到的第一次人生具有一定的限制。照目前情況來看，她只能看見刻在靈魂的記憶。

第四，出於某種未知的原因，第二次人生的巫女想成為我的僕人。這恐怕是過度窺視第一次人生所產生的副作用。

第五，在第一次的人生中，巫女是李基英的救命恩人。

第六，第一次人生的巫女，見到第一次人生的未來畫面，也就是和李基英在一起的未來，感到無比混亂。她否定、拒絕接受自己的未來。

第七，儘管如此，第一次人生的巫女依舊因為同情，而決定拯救李基英這個人。她是如何找到我，以及在哪裡找到我，尚且無從知曉，總之第一次人生的巫女將瀕臨垂死之際的我救回家中。

最後，在第一次人生中，恢復健康的李基英，緊緊掐住巫女的脖子。時間流逝，第一次人生的巫女終究未能改變自身的未來，面臨任人擺布的結局。

撇除所有的利害關係，用一句話來概括的話，這簡直就是在救命恩人背後狠狠捅一刀。

第一次人生的李基英是個徹頭徹尾的人渣，而且渣得無可救藥，沒有辯駁的餘地。

我雖然在內心暗自謾罵第一次人生的自己，但其實整體來說，局勢還不錯。

在這樣的情況下抱持這種想法，我也有些過意不去，不過要是到目前為止，我的判斷準確無誤的話，現在的我相當於獲得了一名實力媲美車熙拉和金賢成的隊友。

並且她會無條件對我忠誠，簡直是完美的隊友。

這樣一來，選擇職業就不需要考慮召喚術師了，因為她就相當於全新的召喚獸，這應該能稱得上幸運。

眼前這個巫女，不光是席利亞的大型公會首領，還能透視過去與未來，擁有不同於既有魔法概念的力量，是個超乎常理的存在。雖然尚且無法評估她的準確戰鬥力，但在能力值與潛能方面，她的利用價值遠遠超過鄭白雪。

我微微揚起嘴角。

看來我確實是個無可救藥的垃圾。

當然，在完美地將她納入麾下之前，我還有一些好奇的部分，必須進行確認。

我立刻對著一臉焦躁不安、緊緊盯著我的巫女開口。

「我再問幾個問題。在暗黑世界裡，我是怎麼死去的？」

這是最令我感到好奇的問題。

「那個部分我無從得知。」

「妳的意思是，看不見嗎？」

「沒錯，看不見。大概是因為我比主人早死掉。」

「是嗎？妳是怎麼死的？」

「我為主人而死。雖然看不見詳細的情況，但我唯一知道的是，身處於暗黑世界的我，對於自己的結局沒有一絲後悔。」

「嗯……這麼說來，我還真好奇我們究竟是如何結下這段緣分。」

「很抱歉，不過我聽不懂您的意思……」

「就是字面上的意思。如妳所知，我能夠窺視他人的狀態欄。多虧妳主動開啟狀態欄，我才能親眼看到關於妳的資訊……」

「是的。」

「除了魔力值九十六以外，妳還是個擁有傳說級職業與特性的魔法師。不，應該說是咒術師才對？」

「是的，沒錯。」

「我無法用眼睛親自確認妳說的暗黑世界，所以難以理解。不過在那個世界，我算不上強者，對吧？」

「不是的，主人您比任何人都英勇……」

「不是這個意思。我是指單就身體的能力條件來看。我說的沒錯吧？」

「是的……確實如此。」

「令我百思不解的是，妳為何不對我做出反抗。妳說，妳看見我掐住妳的脖子，但這之間遺漏了說明，假設我們在暗黑世界中相遇的時機點比現在更晚，就更不合理了。」

「是的。雖然看不見確切的日期，但我知道暗黑世界中的主人和我，從現在起大約還要再經過二到三年才會相遇。」

「也就是妳二十二歲的時候。」

「是的。」

「雖然相遇的時間並不是重點，但重要的是，當時的妳確實比我強。」

「小、小女子不敢。」

「我說的沒錯。坦白說，要是妳想殺我的話，我早就死了。不論是在這裡，或是在暗黑世界都一樣。但為什麼暗黑世界裡的妳沒有下手？」

我不得不對此抱持疑惑。

雖然不清楚背後的緣由，但第一次人生的巫女分明遭受了我的虐待。如果那她對我的行為妥協，就代表巫女的精神狀態並不正常。

或許那時的我使用了藥物或其他方式，但對於她這樣的強者而言，肯定起不了太大的作用。說穿了，那時巫女應該有無數次機會能將我推開。但即便如此，她之所以沒有這麼做，肯定有其他原因。

眼前的巫女大概也對於我的疑問感同身受，緩緩地點了點頭。我知道自己問對了問題。

「那個……」

「什麼？」

「因為我深愛著暗黑世界裡的主人。」

出乎意料的答覆讓我不自覺地往椅子扶手一拍。

她繼續說，「我無法直接感受到情感，所以很難在此向您說明，但在暗黑世界的我，看起來確實深愛著主人。」

「是在日復一日的細心照料下產生了情愫？」

「或許也能這麼說吧！不過我認為，大概是受到了某種命中註定的力量所牽引。」

「原來如此……」

「擔心主人的時間越來越長，思念主人的時間也隨之增加，和主人在一起的時光當然也變長了。當我一直看著暗黑世界的畫面，我在那個世界的心情起伏彷彿也傳到了這個世界，內心變得暖呼呼的。」

什麼跟什麼？一見鍾情嗎？

事實上，我從來不覺得自己長得帥氣。撇開有點細長的眼睛不談，確實沒什麼值得挑剔的地方，但還是跟美男子的外貌標準差了一大截。

帥氣這種修飾詞，用來形容金賢成再適合不過了。堅毅又炯炯有神的雙眼、高挺的鼻梁和美麗的雙唇，甚至連體格身形都是一等一的水準，說他是幾近完美的人類也不為過。而且他的個性也很好，單就萌生愛意來看，金賢成想必是更合適的對象。

……我似乎想得太遠了。總歸一句話，我實在難以理解我的身邊為何總是圍繞著女人。以鄭白雪的狀況來看，可以說是被逼入絕境才對我產生好感，但其餘的那些人，究竟為何對我如此執著，實在令我一頭霧水。甚至在第一次人生中，我什麼也沒做，卻平白無故得到了這麼能幹的春日由乃。

雖然目前還不能妄下定論，但是這種情況也算擁有某種特性吧？特性的說明欄上，大概會寫著魅惑或是誘惑之類的字眼。

「我想，或許就是因為這樣，我才能接受主人的一切。」

「另一方的立場呢？我也同樣愛著你嗎？」

「我想可能沒有。不過我是主人能夠寄託心靈的對象之一。沒錯，肯定是這樣。」

雖然無法得知李基英在第一次人生中的心境，不過她的話可能是對的。

我深有同感地稍微點了點頭，只見她再次磕頭。

「我大致能理解。」

「那、那麼……」

「剛才的話確實前後呼應。妳不只直接透漏自己的背景，還向我公開狀態欄，實在令我印象深刻。其實我能察覺，妳具有看見未來、過去，甚至是暗黑世界的能力，不需要特意向妳確認，因為我能看見妳所擁有的特性。」

「是。」

「不過，這還不夠。」

「什麼？」

「我是個多疑的人。我不只好奇妳出於何種心態，非得把暗黑世界的事和現在的自己混為一談，也懷疑妳是否如實轉述了妳所看到的一切。暗黑世界的我和現在的我不是同一個人；同樣地，暗黑世界裡的妳也並非現在的妳。當然，我們肯定會受到影響，儘管如此，就我的立場而言，還是會感到難以理解。妳能明白嗎？」

「當、當然。」

她瑟瑟發抖，神情略顯不安，似乎正苦惱著萬一被我拋棄該如何是好。

「還有，妳無法證明對我說的話都是真的，我也擔心妳是否只說了自己想透漏的部分。至於所謂的主人，我也還不清楚……坦白說，我的內心確實有些不自在。就算妳不管不顧地說了這些話，世界上又有多少人能接受呢？」

「啊……」

「我該怎麼做才能相信妳呢?」

「那、那個……」

「向我透漏關於暗黑世界的事,這根本算不了什麼。我絕對不可能只憑這一點就當妳的主人。該怎麼做才能在我們之間建立起妳想要的關係呢?」

雖然是一場背德的交易,但我必須這麼做。

「只、只要是您想要的,不、不管是什麼,我都可以給您。」

「我想要的不是這個。反正關係一旦建立,妳所擁有的一切,都會歸我所有……難不成,妳所謂的關係,只是口頭上說說而已?」

「不、不是這樣的。我、我的一切都歸主人所有。沒、沒錯。」

「我有能夠控制妳的方法嗎?不對,妳是否想過,該怎麼做才能讓我放心地接納妳?」

「當、當然有,畢竟主人您相當謹慎小心,我確實想出了一個辦法。」

她看起來略顯激動。

「什麼辦法?。」

「是咒術。」

「咒術?」

「是的,這是一種能夠幫助主人擁有我的咒術。它能將我身體的所有權歸屬於主人。」

還能做到這種事?我從來沒聽過這種方法。

我試著在腦中回想類似的魔法,卻什麼也想不起來,這大概是她為了這一天的到來,精心準備的辦法。看來她說的話還算符合邏輯。

「這是一種對自己施予咒縛的咒術,能夠直接將我的肉體與主人的精神世界互相連結。」

「我好像能理解妳的意思，不過……」

儘管有些擔心咒術是否也能反過來對我產生同樣的作用，但眼下我盡量不去設想那種可能性。

就如同她奮力一搏的誓死精神，我同樣也不想自找麻煩，只想盡快得到新的召喚獸。只要擲出一次骰子就能得到龐大的利益，就連不喜歡賭博的我也認為值得一試。

「那就試一試吧。」

「我知道了。那麼，我會盡快舉行儀式。」

她緊閉著雙眼，笑逐顏開的模樣映入眼簾。即便無法看出細微的臉部表情，但她卻像擁有了全世界一樣，任誰看了都會以為她中了大獎。

從懷裡掏出一把短刀的瞬間，她微微一縮。

當她連忙用刀子在手臂劃出一道傷口時，我頓時意會到，她打算用血液作為媒介來完成咒術。這和煉金術差不多嗎？

「請您稍等片刻……就快完成了。差不多了！」

「慢慢來也沒關係。」

儘管早已告訴她不必著急，她依舊慌慌張張地在地面上畫出咒術陣。同為魔法與煉金術專家的我看了她的動作，卻依然摸不著頭緒。

唯一能確定的是，這個咒術比我想像的更加困難，必須得由像她這樣的高階魔法師以血液作為媒介，忙得滿頭大汗才能完成。

別的暫且不說，這道咒語絕對具有一定的效力。

我抱持著既焦慮又期待的心情，在一旁等待。沒過多久，巫女便置身在咒術陣中央。

她依舊雙膝著地，面向我說道，「請您來這裡。」

我緩緩邁開步伐，用血液畫出的咒術陣隨一發出隱隱微光。尤里耶娜沒有任何反應，代表起碼咒術不會對我造成傷害。

微弱的紅光包圍著巫女，接著她一臉心滿意足地再次開口。

「我非常抱歉，不過還需要主人的血液……」

見到她張開嘴巴，把頭往上抬的模樣，我不自覺地在手上輕輕劃出一道傷口，將血液滴進她口中。

「我願將自身的一切，獻給眼前之人。這道咒縛是任何事物都無法打破的血之盟約，任誰也無法干涉。」

剎那間，光芒四射。

不知怎地，我總覺得必須揪住她的頭顱。

把手放到她頭上的那一瞬間，出現了令我難以理解的零星片段。

如巫女所言，畫面中的我緊緊掐住她的脖子，也就是她所看到的暗黑世界。

「收起妳那廉價的同情心，妳這個骯髒的女人，你們這些傢伙都一樣。」

「啊……可憐的人啊。」

「妳以為妳有資格同情我嗎？」

她流著眼淚，緊緊將我擁入懷中，畫面停留了好一會兒。

唰——

我再次睜開雙眼，只見咒術陣融進了巫女的體內。

「主人，成功了！」

看到她一臉喜不自勝的樣子，我的良心隱隱作痛。要是第一次人生的李基英目睹一切，肯定會朝著我大喊「你這傢伙根本就是個人渣」吧？

＊　＊　＊

一股莫名的罪惡感突然襲來，但讓事情順利落幕才是對的。

「我想測試一下……」

「好、好的。拜託您了。」

我克制住隱隱有些期待的表情，緩緩開口。此時，春日由乃的表情看起來異常欣喜。

「我沒有惡意。」

「是，我知道您是因為珍惜我才會懲罰我。」

「這不是懲罰，不過要怎麼想都隨妳……總之，從現在開始，妳將會無法呼吸。」

她表情無辜地面向我，對於我的動作沒有一絲反應的模樣，甚至讓我開始懷疑一切都是她的詭計。然而此時傳來的聲音，讓我不得不意識到自己的失誤。

「您必須注入魔力才行。」

我頓時感到顏面盡失。

我再次開口，只見她立刻吸入一口氣。

「妳將會無法呼吸。」

頃刻間，大量的魔力不斷流失，我的表情開始不自覺地扭曲。

雖然沒料到會流失如此大量的魔力，不過以徹底掌握巫女的肉體使用權來說，這場交易可謂物超所值。

她揪住頸部，艱難地發出咳嗽聲。這肯定不是演戲，她朝我伸出手，不停在地上打滾的樣子，正說明了她此刻有多麼痛苦。

「主……人……咳……」

或許是無法憑自我意識將空氣吸入體內，她死命地掙扎。眼淚自然而然奪眶而出，像是極度渴求空氣一樣，她的舌頭漸漸向前探了出來。

眼看著她即將斷氣，我只好立刻停手。讓她死在這裡，絕不是我想看到的結果。

「妳現在可以呼吸了。」

測驗結束。

我和她之間，的確順利建立了對各自來說都合理的契約。

她將先前缺乏的空氣一下子吸入體內，接著像要嘔吐似的開口說道。

「主人，謝、謝謝您。」

雖然不明白她對什麼心懷感激，總之她完成了能夠作用在自己身上的咒縛，而且相當完美。

這件事不會為我帶來任何負面影響，真要說的話，只有日後必須對她負起責任，應該不會有事吧？

如果在施展咒術之前，見到了剛才出現的畫面，我肯定不會蹚這趟渾水。眼前為何會出現那樣的場景，我無從得知，但我認為，這並不是咒術的效果，八成是她的身體與我的精神世界在連結的過程中，出了某些差錯。

那時巫女將我緊緊擁入懷裡的表情，直在我腦中揮之不去。至少，她救了我是不爭的事實。

我輕輕地扶起跪伏在地的巫女，她不明所以地望向我，還一臉天真地覺得高興。

即便剛才也有過一樣的感受，但我的良心依舊隱隱作痛。

以後我會善待她的。

我意會到了自己的所作所為比第一次人生的李基英更加惡劣，彷彿瞬間將一個純真的人類，逼入難以名狀的邪惡深淵。

見到暗黑世界裡的那副面孔之後，我沒來由地越發內疚，媽的……

不過，這是個合理的選擇，結果也還算理想。重點是，她是最樂在其中的人，從某方面看來，是個雙贏的局面。

當然，這也是在自我合理化。一想到真正能信賴的隊友終於到手，將良心的譴責拋到九霄雲外才是對的。

「雖然不知道該說些什麼……總之，謝謝妳。」

「那、那個……小女子受寵若驚。」

我輕輕地將巫女的長髮撩到耳後，一張瞬間漲紅的臉孔出現在眼前。

我微微一笑，此時巫女像是雙腿發軟似的，整副身軀無力地不斷往下沉，頓時令我不知所措。

看在她主動來到我身邊的分上，給她一些甜頭肯定不會有錯。

「啊，主人……」

我悄悄將臉湊近，只見她雙眼緊閉。接著，我在她的額頭落下一個輕吻，她的身子隨即癱軟倒下。

「謝謝您、謝謝您。」

「這比不上妳為了報答我的信任所做的一切。更何況，比起妳在暗黑世界悉心照顧我的溫情，這微不足道。」

「啊……」

「雖然只有短暫的片刻，但我好像也看見了妳見過的場景。」

「什麼？」

「那時，妳說我是可憐的人，對吧？」

「是的，沒錯。您、您是怎麼看到的……」

「我也不清楚。說不定就像妳說的，這是一種命中註定的吸引力。」

她一副樂不可支的模樣，而這確實是用來哄她的甜言蜜語。

此時，外頭突然傳來一陣騷動。

是鄭白雪嗎？

我與巫女產生肢體接觸的消息，似乎已經傳到了鄭白雪那頭。原本以為她忍得住，看來這下子又沒能克制住，朝我直奔而來。

雖然還有許多事情必須與這個女人談談，但也無法繼續將鄭白雪晾在一旁了。

「以防萬一，我確認一下，妳是否曾把我的事情告訴其他人？」

「當然沒有。」

「幸好。那麼今天的面談到此為止。」

「一切照您的意思。」

「當然，妳和我之間的關係也必須保密。」

「是，我明白了。」

她熟練地微微頷首，看來前世也經歷了類似的情況。

我同樣點了點頭，接著立刻把門打開。與先前不同，這次大門輕易地被推開。

當我在心中盤算著該如何安撫鄭白雪的情緒時，眼前出現了一名陌生男子。

男子的身軀略顯高大，腰間配帶一把長劍，那是……武士刀？

以中世紀為時空背景的大陸，竟然出現武士刀，實在荒謬。我也想過這或許是由魔法製造出來的產物，但我的腦袋卻無法運轉。

因為這位居高臨下注視著我的男子，吸引了我的目光。

我開啟心眼確認訊息，各種資訊頓時浮現在眼前。

〔您正在確認玩家伊藤蒼太的狀態欄與潛在能力。〕

〔姓名：伊藤蒼太〕

〔稱號：席利亞的風〕

〔年齡：28〕

〔傾向：心思縝密的謀略家〕

〔職業：武士（傳説級）〕

〔職業效果：習得基礎劍術知識〕

〔職業效果：習得中級劍術知識〕

〔職業效果：習得高級劍術知識〕
〔職業效果：習得高級魔力使用知識〕
〔能力值〕
〔力量：81／成長上限值低於英雄級〕
〔敏捷：99／成長上限值高於傳說級〕
〔體力：61／成長上限值低於稀有級〕
〔智力：89／成長上限值低於英雄級〕
〔韌性：66／成長上限值低於稀有級〕
〔幸運：34／成長上限值低於普通級〕
〔魔力：75／成長上限值高於英雄級〕
〔裝備：風之劍（英雄級）〕
〔特性：風之劍（傳說級）〕
〔總評：傳說級的武士，整體能力值相當高。其中特別引人注目的是超高的敏捷值。雖然韌性值較低，有些美中不足，但對於首重敏捷力的武士來說，韌性並不是必備能力。體力值較低反而令人惋惜。具有傳說級的職業與裝備，讓人難以忽視。和李基英玩家唯一的共通點只有傾向。希望您能多多努力。〕

為什麼今天遇到的全是一些怪物啊？

對方是首重敏捷的武士，雖然不曉得他是何方神聖，但看起來一點也不簡單。具備這種條件的人，根本不可能是平凡人，起碼和車熙拉相同等級，或者在她之上。

若以公會會長為標準來看，這樣的能力值無懈可擊。

有趣的是，他的傾向和我一樣，都是心思縝密的謀略家。但即便如此，一想到他擁有這種力量，我就不禁感嘆上天的不公。

當我正打算悄悄經過男子的瞬間——

「李基英先生？」

我感覺到男子的手，輕輕拽住我的肩膀。

「伊藤先生，有何指教？」

親愛的巫女對於眼前的渾蛋充滿戒備，然而這傢伙卻笑臉盈盈地一直望著我，真令人不爽。

「初次見面，我是大和公會的會長，伊藤蒼太。」

我頓時接不上話，因為琳德恐攻事件一瞬間掠過我的腦海。

伴隨著爆破聲，刀刃與箭矢不斷朝我襲來，這樣的記憶雖然算不上心理陰影，但也令人不快。即便是這樣，也不能顯露一絲動搖的跡象。

還真煩人……我嚥了一口唾液，接著握住他的手。

在這裡，嚴禁挑起任何紛爭，想必那傢伙不會傷害我，所以我不會有危險。

我的背後不僅有值得信賴的巫女，腰間的尤里耶娜也同樣會替我擋下突發的襲擊，雖然以他的敏捷值來說，恐怕有點難……

總之，先若無其事地展開對話應該是個不錯的選擇。

能在這裡相遇也是一種緣分，反正我來這裡的目的本來就是為了向大和公會提出抗議，所以盡可能獲取情報肯定不會錯。

「看來您好像曾經在哪裡見過我？」

「不。雖然不曾見過面，卻聽過您的傳聞。我的意思是，您是近期琳德恐攻事件的核心人物。」

這小子微笑的樣子還真礙眼。

雖然我認為在他刻意裝蒜，但他的神態卻比想像中平穩，大概是因為跟我有相同的傾向吧。

「剛聽到消息時，我嚇了一大跳。沒想到自由之都的市中心竟然會發生恐怖攻擊，雖然處在不同的城市，但大家同樣都是從地球來到這裡的居民，我實在非常擔心呢。」

「嗯……謝謝您的關心。」

「不過話說回來，有消息指出，琳德指控發動這起恐攻的嫌疑人是大和公會。」

那又怎樣？

此時此地進行的對話令我相當不自在，談論這件事情的同時，起碼必須有車熙拉在場才對。

「這件事情還是日後再找機會說吧，現在似乎不是適當的時機。」

我稍稍扭過頭來，再次感受到了緊緊揪住肩膀的那隻手。

果不其然，此時春日由乃立刻站出來，設法擺平局面。她平靜而沉穩的嗓音朝四面八方擴散。

「您想對我的客人做什麼……」

「噢，沒什麼。只是想再多聊聊罷了。」

「請注意您無禮的舉動。」

就在此時，某處傳來一股殺氣。

該死。

察覺到這股不尋常氣息的人，不是只有我。剎那間，我的周圍被罩上一層灰濛濛的屏障。我立刻看向旁邊，春日由乃迅速地念出咒語，伊藤那個渾蛋則揚起一邊的嘴角冷笑著。

沒想到他會在這裡做出瘋狂的行徑，不過既然他能在琳德發動恐攻，我不得不猜測他可能想在這裡解決我。

倘若與伊藤蒼太交手，即便巫女再怎麼強大，一對一的肉搏戰對魔法師而言依然相當吃力。以面前這名武士的實力來說，恐怕沒多久就能突破她的防護罩，砍斷我的脖子。

我瞬間沒來由地懷念起金賢成溫暖的懷抱。

嗡嗡——

這時，尤里耶娜主動從我的懷中衝了出來，伊藤蒼太的表情卻依舊充滿笑意，讓我有種不祥的預感。

「呃啊……」

「尤里耶娜，不行！」

在我放聲大喊之前，尤里耶娜早已貫穿身旁一名劍士的頸部，這一招可以說是完美的致命一擊。

心思縝密的謀略家？該死。

男子的喉嚨發出咳血的聲音，往地上一倒。伊藤蒼太隨即緊握住劍柄，口中喃喃道。

「不、不、不……李基英先生，您這是在做什麼？怎麼能讓您的劍突然亂飛呢？還是在神聖偉大的貝妮戈爾帝國首都，噗呵……我的一名愛將就這樣死了。噗呵呵……我可以把這當作是您對我們大和公會的宣戰嗎？」

當我將他那副挑釁的神情盡收眼底時，不得不認知到他不只傾向和我一樣，就連行為模式也如出一轍。

第048話　敵人的後背

或許是因為同性相斥的緣故，一見到那傢伙的表情，頓時令我火冒三丈。沒想到我會落入這種低級的圈套。

他知道一旦我遭遇危險，尤里耶娜就會出動。說他利用了尤里耶娜本身的功能，一點也不為過。

雖然那傢伙死了一個小嘍囉，但比起接下來即將發生的事，這絕對是一次划算的犧牲。不，根本連那個小嘍囉是不是他的手下都無法確定。

他究竟是早有預謀，還是見到我之後臨時起意設下陷阱，我無從得知。不得不承認，我確實中了他的詭計，但這還不能說是最終結局。

雖然無可奈何地被擺了一道，我身旁的春日由乃能為這起突發事件作證，我也可以向偵查員說明尤里耶娜的功能，但是……難道真的要公開尤里耶娜的相關資訊了嗎？即便對我來說是一件煩心事，不過一想到能在背後捅那小子一刀，這筆交易也不虧。

然而，這件事肯定不會就這樣落幕。

萬一那傢伙早已與神聖帝國的首腦聯手，在日後的辯論中，仍有可能再度引發糾紛。一旦進入審判，可能會對我相當不利，畢竟不論如何辯駁，都改變不了他的部下死在我手裡的事實。

那傢伙的傾向確實和我一樣，顯然他已經做好了萬全的準備。就算他的劇本還沒寫完，肯定會從現在開始策劃更大的藍圖。因為如果換成是我，也會這麼做。

巫女春日由乃與我站在同一陣線，這或許是唯一不在他計畫中的事，他甚至極有可能為此額外準備應對措施。

我試著在腦中整理剛才發生的狀況，此時前方傳來那傢伙的聲音。

「你打算怎麼做呢？我親愛的部下死了，在這個神聖帝國的首都。」

「伊藤先生，請您別開玩笑了。是您的部下先渾身充滿殺氣地威脅我的客人，這起事件鐵定會被視為正當防衛來處置。」

「真令我意外啊，巫女大人。我不認為我們的關係有任何嫌隙。」

「那只是您單方面的想法。您的部下威脅我的客人是既定的事實。」

「那麼，希望您能仔細說說他如何威脅您的客人。不，就算是威脅，怎麼能光憑這一點就不分青紅皂白地讓劍亂飛呢？不管怎麼看，我方都是受害者。雖然不期待您胳臂向內彎，但至少您得懂得分辨誰是受害者、誰是被害者，對巫女大人來說，這才是明智之舉。當然，對於您旗下的夜空公會來說也是。」

「您……」

春日由乃是能夠讓我託付信賴的對象。即便那傢伙再怎麼哄騙，也無法順利得逞。至少，她和她的夜空公會絕對會盡全力為我辯護。

但眼前的局面該如何收拾，我實在沒有頭緒。

我看了一眼尤里耶娜，它或許是察覺到自己似乎鑄下了大錯，不停在我身邊打轉。我將垂頭喪氣尤里耶娜再次放回腰際，接著開口說道。

「我很抱歉。」

「基英先生，這不是只憑一句抱歉就能解決的事。」

「我所持有的武器——詛咒之劍尤里耶娜，是一把擁有自我意識的劍，會對威脅主人的行為產生反應。」

「哦，原來是這樣，居然還有這樣的武器！」

「我還以為您早就知道了。真令人意外。」

「我當然聽說過琳德裡有一位冒險家得到了傳說級武器。不過，誰能想到那個武器就是這把劍呢？」

無論是聽說的，還是親自確認過，他肯定早就知道了。總之，我敢肯定那討人厭的傢伙，就是琳德恐攻事件的主謀，否則他沒有理由針對我。

「沒錯。我雖然不清楚您的公會成員為何會威脅我……」

「我們公會的成員沒有威脅您。」

「不，確實威脅了。萬一這件事鬧到法庭，我會出面證明您的公會成員威脅我的客人。當然，目前在場的夜空公會成員也能作證。」

多虧春日由乃這番話，我現在非常有信心。

「巫女大人要不要說那些證詞都無所謂……不過在我看來有些奇怪呢，因為他現在看起來分明能夠操控那把劍。還有，萬一如您證詞所言，確實是我方先威脅您的客人，我忠心耿耿的手下也沒有非死不可的理由。我的部下為何會散發出殺氣，暫且不清楚，或許是殺死自己同伴的凶手與李基英先生長得有些相似，所以他才會沒來由地發火也說不定。」

「……」

「只因為這樣一件小事，就被一把劍刺穿了脖子……哪裡還有比這更悲慘的事呢？不能好好看管武器也是一種罪，真是越想越心痛啊。」

這個王八蛋……他不斷強調自己是被害者，看來似乎鐵了心要在我頭上扣一頂加害者的大帽子。

那我不妨欣然接受？反正如果必須自殘，我也辦得到。要是現在抓起旁邊那個死人的劍，往肚子一捅，正當防衛肯定成立。

問題就在於，眼前這傢伙絕不會讓我稱心如意。以他高達九十九的敏捷值來說，說不定根本不容許我這麼做。

我雖然不想變成只能不停高喊著誣陷的鸚鵡，但試著反駁，或許也是個不錯的選擇。

「一開始，我好好走著我的路，是伊藤先生您一把抓住我，把我擋下來。雖然發生了突發事故，但這也不禁讓我懷疑，您是否為了其他意圖，犧牲其中一名公會成員。」

「怎麼可能！您的想像力真豐富。」

「這不是想像，只是實話實說。」

「這種狗屁陰謀論，您還是留著解釋給帝國的偵查員聽吧。總之，首都裡死了人，必須按程序處理。噢，他們正好來了！」

儘管裝出一副平心靜氣的模樣，我的胃部卻不斷翻攪，因為此時首都裡全副武裝的侍衛們，正朝著這裡跑來。

被當成嫌疑犯也好，中了那傢伙精心準備的圈套也好，都令我感到無比煩躁。

「發生什麼事了？」

巫女率先回答，接著是那傢伙，最後才是我。

「大和公會的成員威脅李基英先生，出於正當防衛，李基英先生的劍刺穿成員的頸部，成員當場死亡。」

「準確來說，那不是威脅，只是彼此一時之間產生的誤會，但他卻不分青紅皂白地讓劍飛了過來。」

「那把劍是能對外來的威脅發揮作用的武器。至於為何會發生這件事，我能夠提供關於這件武器的資訊讓各位確認。我確實受到了大和公會成員的威脅，而夜空公會的春日由乃及其公會成員都能為我作證。」

顯然，三方的主張有所出入。

侍衛們互相交頭接耳，隨後跑向某處。看來他們打算請上級前來裁決。

果不其然，沒過多久，一名穿著更為華麗整齊的男子慌忙地跑來，然而這件事也不在男子的管轄權限之內，他又連忙飛奔離去。

情況變得越來越複雜，伊藤蒼太肯定巴不得出現這樣的局面。

一想到事情的後續發展，就令人頭疼。他們應該會展開調查吧，而嫌疑犯當然就是我。

不論出於什麼原因，發生了什麼事，由誰先挑起爭端，就結論而言，現在神聖帝國貝妮戈爾的首都裡死了人。

我們這些從外部世界來的玩家雖然被稱為自由民，但嚴格說起來，同時也受到帝國法律的約束。帝國不允許公會之間發生激烈衝突，眼下殺了人的我，將會被當成殺人嫌疑犯。這就是伊藤蒼太所說的程序。

如我所料，一名穿著華麗的男子緩緩朝我們走來。

「我是隸屬於帝國神聖騎士團的卡里頓。抱歉，您必須跟我們走一趟。」

雖然有些不快，但還在可以接受的範圍內。日前三個人的證詞不一，伊藤蒼太也同樣可能是加害者。眼下他肯定會以被害者的身分接受調查，但倘若有了我們巫女大人的證詞，或許也能平息我作為殺人犯的輿論。

此外，我眼前這個名為卡里頓的男人，從態度上看來，尚未完全把我視為嫌疑犯，他反而相當尊重我。

當然，我同樣得經歷相當於羈押的程序，才會接受調查。不過我相信絕對能夠翻盤。

「是，我知道了。」

我隨口應答，準備邁開步伐。

此時，默默低著頭的春日由乃緩緩開口，一字一句傳入我耳裡。光是聽見她不同於往日的嗓音，就讓人毛骨悚然。

「不准動。」

「嗯？」

「要是敢把我的客人帶走，我會讓你們求生不得，求死也不能。我分明說過，是那些傢伙威脅了我的客人。」

地面頓時隆隆作響，剛才看過的不明咒術陣，開始向四周擴張。

巫女緊閉的雙眼瞬間一瞪，宛如黑洞般漆黑空洞的眼眸映入我的眼簾。

那雙眼睛顯然擁有巨大魔力。在我看來，甚至能將方圓百里的萬物化為灰燼。

我不禁咽了咽口水。

「巫女……」

甚至就連那個討人厭的傢伙也吞了一口口水，開始握住劍柄，因為他知道眼下的局勢一觸即發。

「把你的髒手從我的客人身上移開。」

「……」

「我說了，把手拿開。」

情況似乎不太妙……能為我辯護自然是件好事，但惹出麻煩卻不是我所樂見的。神聖騎士團的卡里頓同樣一臉惶恐，緊皺著眉頭盯著我們，接著拔出手中的劍。

「我們只是打算按照程序採取行動。還有，首都裡禁止使用這一類魔法。就算是您也……」

「我不會再說第二次。」

到了這個地步，看來得由我出面收拾才行。

「由乃小姐，沒事的。我認為眼下應該先接受基本程序上的調查才對。」

周遭的魔力開始下降，原先如地震般搖晃的周遭，也漸漸停止晃動。

「基英大人……但是……」

「這沒什麼，妳只需要如實幫我作證就可以了。」

反正真相昭然若揭。

伊藤蒼太一臉笑意地盯著我，彷彿在說「這個世界從不靠真理運轉，對吧」。他看起來似乎想用盡任何手段，將犯人的罪名栽贓到我頭上。

「調查將在羈押的狀態下進行嗎？」

邁開腳步的同時，我開口詢問，緊接著馬上得到了答覆。

「不，這畢竟只是程序上的調查而已。當然，我們會盡可能地提供您舒適的環境，但行動範圍難免會受到限制，這一點還請您諒解。」

「是，當然。」

「大和公會以及當時在場的人，全都會接受調查。」
「他們的主張和我的有些不同，對吧？」
「抱歉，不過確實如此。總之，由於這是一起命案……」
「原來如此。我能夠透過代理人提供證詞嗎？」
「是的，當然可以。」
「我知道了。那我們走吧。」

＊　＊　＊

「哈啾。」
「妳感冒了嗎？」
「延周姐，不是的。抱歉，我突然打了噴嚏。」
「妳最近好像太操勞了呢……認真工作雖然是一件好事，但最重要的是妳的健康。這次帶妳過來，就是希望妳能趁這個機會好好放鬆！對了，妳覺得首都怎麼樣呢？」
「這裡似乎很適合居住呢！雖然是第一次來到這裡，但感覺相當不錯，人們的眼神裡充滿朝氣，我完全沒料到神聖帝國的文明發展程度竟然這麼高，或許是比我想像中的更有系統，所以我才會嚇了一跳吧？」
「我就知道妳會這麼說。」
「不過話說回來，延周姐，妳的妝今天特別服貼呢！」
「妳這丫頭……」

「不對，應該說妳的皮膚變得更好了？延周姐，妳最近在談戀愛嗎？」

「我哪有那個美國時間啊？忙都忙死了……不對，別說我了，最近在談戀愛的應該是妳吧……妳還不打算告訴我嗎？我早就知道了，但如果妳能正式介紹給我認識，那就再好不過了……」

「等關係進展得更深入，我會告訴妳的，我家親愛的畢竟有自己的考量。」

「也是。噢，我們到了。」

「誠摯歡迎黑天鵝公會的各位來到神聖帝國。朴延周大人，好久不見了。」

「是的，好久不見。」

「呵呵。今天來了一位新面孔呢！方便請教這位的尊姓大名嗎？」

「當然沒問題，智慧？」

「是，延周姐。各位好，我是在上一次的新手教學時，加入黑天鵝公會的李智慧。非常榮幸能在光榮偉大神聖帝國見到各位帝國民，以後請多多指教。」

第049話 靈魂伴侶

這裡比想像中舒適，以一名殺害大和公會成員的嫌疑犯來說，這樣的待遇相當優厚。不是睡在硬梆梆的地板，而是舒適的床上，供應的飯菜也具備一定的水準。

實際上，我原本還在擔心得和罪犯們吃一樣的食物。

從他們對待我的態度來看，不得不承認車熙拉或春日由乃的影響力大得超乎我的想像。如果我只是個普通的老百姓，根本用不著接受審判，人頭老早就落地了。

傭兵女王的情夫和巫女的客人，這種地位所帶來的影響力，想必能讓一個人從有罪變無罪。這就是權力令人著迷的原因。

但現在還不能掉以輕心。

雖然就我如今的地位來說，丟掉小命的機率相當渺茫，但對於那些一心期盼帝國戰力減弱的人來說，同時招惹傭兵女王和巫女，並不是一件好事。

因此，相較於失去一名人和公會的普通成員，保護我更重要。

重點是，伊藤蒼太那個該死的傢伙葫蘆裡到底賣什麼藥。刑罰的強度與罰金多寡，恐怕取決於那傢伙有多麼能說會道。

總而言之，目前我的性命安全無虞。我只擔心一件事——外交關係變得不利。這件事確實可能隨著解讀方式不同引發糾紛。

我草草地結束一餐。此時眼前的車熙拉，臉色略顯不悅。

「坦白說，我還滿慶幸的。」

「嗯？」

「死掉的是那個傢伙，而不是親愛的。」

「我還以為妳會說出難聽的話，真令我意外。」

「我的心情當然也沒好到哪裡去。不僅原本計畫好的一切全部泡湯，你一聲不響地跑去巫女的房間，把自己弄成這副德行，更令我火大。你應該知道，我多少有些注重面子，但令我高興的是，不管是否出於自願，你殺了一個大和公會成員，而且相當果斷……」

「真是謝了……」

「你和巫女是什麼關係？」

「……」

「沒想到理應跟大和公會站在同一陣線的女人，竟然從頭到尾聲稱我們親愛的無罪，這是怎麼回事？你該不會偷偷背著我攀關係吧？要是那樣的話，我可能會有點傷心呢。」

「信不信由妳，但前天確實是我和巫女第一次見面。」

「你應該知道，如果連我都敢欺騙的話，我絕對不會善罷甘休，對吧？」

「我為什麼要騙妳呢？妳還記得我和春日由乃第一次見面時，她望著我哭得唏哩嘩啦的模樣嗎？」

「當然。」

「那個女人可以看見未來。」

「胡說什麼……」

「當然，並不是想看什麼就能看見，即便能夠看見，也全是一些零星片段。不過她確實可以看見未來。」

「你不是在開玩笑吧？」

「我親自確認過了。其實，仔細想想就能得到答案。如果不是因為這樣，一個十六歲的女子，怎麼可能在短短四年間建立大型公會？我大概能知道她為何執著於我，因為那個女人在未來會與我有所關聯。」

「胡說八道。」

「這就是她一見到我就哭哭啼啼，而且現在還極力為我辯護的原因。信不信都是熙拉姐妳的自由。」

車熙拉臉色微慍，她沒來由地拍了一下桌面，目不轉睛地盯著我瞧，接著再次開口。

「哈……你這傢伙，根本就是個行走的發電機呢！」

「妳知道我心裡只有妳一個人，不是嗎？」

「親愛的，太得寸進尺不是一件好事。」

車熙拉輕輕敲打著桌面，表情有些扭曲，任誰都能感受到她的怒氣，看來她不太喜歡這一類的玩笑話。

「所以……你有方法，對吧？我雖然不停從中作梗，但輿論並不樂觀，這畢竟是第一次有人在神聖帝國首都發生衝突，還鬧出人命。你雖然不至於被送上斷頭臺，但紅色傭兵與琳德的立足之地卻可能因此減縮。即使不是什麼大事，卻是個敏感的問題……」

「我腦子裡有很多想法，雖然計畫可能有所變動，但結果不會改變。」

「你還是規規矩矩地做事吧，畢竟我曾在背後支持你，是因為你能為我帶來好處。你最好牢牢記住，即便你在我眼中充滿魅力，這終究也只是附加因素。」

「我知道。熙拉姐，謝謝妳。」

「……晚上我會再來。親愛的，你好好休息，仔細思考。不要有壓力。」

「妳也是。」

她看起來心情不錯，雖然不曉得是何時開始好轉的，但確實隱約帶著一抹微笑。車熙拉果然和鄭白雪一樣，情緒全都寫在臉上。

唯一的問題是，她的心情就如同狀態欄上的「狂女」稱號一樣，說風就是雨，毫無規矩可循。

比起接受調查，要應付一天照三餐前來探望的女人們，當然令我精疲力竭，這當中又以鄭白雪和春日由乃尤為棘手。

「嗚嗚……基英哥……嗚嗚嗚嗚……」

鄭白雪一踏進這裡，便開始號啕大哭，一副天要塌下來的模樣。見到我被關押起來，原本還期待在首都和我一起度過兩人時光的鄭白雪，看起來相當痛心。

她擔心我可能受到更嚴重的懲處，不停地撫摸著我的臉頰一邊痛哭，模樣相當誇張。任誰看來都會以為我早已被判死刑定讞。

可想而知，鄭白雪大致聽說了事情的經過之後，按照慣例，對伊藤蒼太投以滿滿的憤怒。此外，鄭白雪或許認為春日由乃是整起事件的起因，所以也同樣對她充滿敵意。

為了防止再次發生意外，個別對鄭白雪實施特別教育是再理所當然不過的事。但即便如此，她的憤怒依然遲遲無法平息，我甚至得把她交給車熙拉管束。

……她今天難道不會來嗎？

我的內心或許也開始不自覺地等待著鄭白雪的到來。一思及此，我搖了搖頭。

春日由乃的狀況也和鄭白雪相去不遠，雖然她為了我，必須不斷與外界交涉，因此無法經常來探望。但她必定會在一天之中挪出幾個時段，前來向我報告最新的進展。

即便對她們有些過意不去，但在這樣的情況下，我期盼的既不是鄭白雪，也不是春日由乃。我心心念念等待的，是能夠為我辯護的律師。

我當然也能為自己辯護，但既然要找一名能替我辯護的人，由大型公會的核心幹部來擔任代理人，想必是個不錯的選擇，而且最好是個聰明又有能力的女人。

當我暗自忖度著各種想法的同時，房門緩緩打開。原先還以為不是鄭白雪就是春日由乃，但此時站在我眼前的，是我一直以來等待的那個女人——李智慧。

她望著躺在床上的我，一邊喃喃自語。

「這是什麼鬼樣子……簡直就是個失敗者嘛！還真是丟人啊，你徹底地掉入陷阱裡了呢！看來很傷你的自尊心吧？我還是第一次看你這麼生氣呢。」

「我看起來像妳說的那樣嗎？」

「一眼就能看出來。」

儘管無從得知她究竟是善於察言觀色，還是對我相當了解，我卻不得不對此感到吃驚。即便認為自己必須維持平常心，但感到惱火也是情理之中的事。畢竟在背後捅人一刀是我唯一的專長，如今卻硬生生地中了他人的圈套，更何況是被一個擁有絕對武力優勢的怪物，用荒唐的伎倆狠狠地算計。

儘管我表面上笑臉盈盈，內心卻燃燒著熊熊怒火。

連鄭白雪和車熙拉都未能察覺我的心理狀態，但李智慧只看一眼就能點出要害，坦白說令我有些驚慌，卻不討厭。

每次見到李智慧都覺得她確實與我相當合拍，果然是靈魂伴侶。

「我還以為你已經有所行動，但好像不是這麼一回事呢。」

「我當然是在等妳。」

「看來只靠傭兵女王的情夫、巫女的客人這樣的頭銜還不夠？」

她說的沒錯。由黑天鵝的幹部，同時還是深受會長信賴的高階幹部，來擔任我的代理人，別具意義。所謂當權者之間的人際關係，就是這麼一回事。

在韓國，按照慣例，擔任過法官或檢察官的律師，同樣也享有第一次訴訟案件獲判勝訴的潛規則優待，原因不言而喻——因為面子格外重要。

「不能說完全沒有幫助，但更重要的是，我需要智慧姐。」

「嗯……這句話說得真好聽呢，基英哥。」

「那真是太好了。其實智慧妳說的沒錯，說我不生氣是騙人的，我的自尊心也確實受到了傷害……被人捅了一刀，傷口到現在還火辣辣地痛著。」

「需要我陪你一起哭嗎？」

「不必了。我正在策劃一件大事，希望妳能幫我。這件事不是以牙還牙、以眼還眼就能輕易結束。當然，妳也能從中得到一些好處。」

「就算沒有好處，我也會幫你，因為我骨子裡多少有點浪漫情懷。那種在別人計畫好的事情上搞破壞的人也同樣令我火大……那麼，第一步，必須先找回應有的權利，對吧？」

「拜託妳了，代理人。」

「別擔心，委託人。」

李智慧迅速從位子上起身，她並沒有走向我，而是朝著侍衛前進。我大概能猜到她會說些什麼，因為這就是我希望她扮演的角色。

「喂，你。」

「是。」

「李基英大人的武器在哪裡？」

「噢，那個武器目前……為了進行調查，暫時由我們保管……」

「請立刻把它拿過來。」

「什麼？」

「請你立刻將武器拿過來。」

「那、那個……因為那是在命案現場使用的武器，目前正交由我們來保管。就算您要求我們拿過來……」

「調查到現在還沒結束嗎？據我所知，我們明明已經說明了道具的功能，你們也實際確認過，並且經過了多次測試，這樣還不夠嗎？」

「不管怎麼說，它還是有一定的危險性……」

「我同樣也是為了防止意外發生才請你們拿過來。我想你們應該知道，先威脅我方委託人的，是大和公會的成員，當時在場的春日由乃小姐也可以為此作證。你們怎麼能在被害者和加害者尚不明確的半監禁狀況下，將我方委託人的武器沒收呢？」

「有人被殺害，程序上……」

「詛咒之劍尤里耶娜，是能夠確保我方委託人安全的基本工具。要是失去了保命工具，我的委託人因此發生意外的話，後果你能負責嗎？傭兵女王絕對不會坐視不管。」

「可是……」

「我問你們一句，你們知道那件武器的價值嗎？那是這片大陸上少數幾樣被破解的傳說級道具之一。你們這麼做，是認為要是功能出現任何問題，自己能夠承擔後果嗎？據我所知，擁有自我意識的武器，如果與主人分離太久，就會出現副作用。萬一尤里耶娜真的出了什麼差錯，哪怕只是一點小問題，我也會代替我的委託人對你們提出控訴。」

「我們只是按照神聖帝國的程序辦理，即便您要提出控訴……」

「沒錯，神聖帝國是無辜的，無庸置疑，但你們就另當別論了。我要控訴的不是神聖帝國，而是壓迫我方委託人的你們。」

「這……」

「我方委託人持有的武器，用金錢也無法衡量它的價值。像這樣的武器，要是沒有好好保管，你們以為自己能夠全身而退嗎？要是我對你們提告，這裡的所有侍衛，不僅會瞬間背上一大筆債務，還得和大型公會進行漫長的官司訴訟。你們所信任的神聖帝國會站在哪一邊，應該再明顯不過了吧……你們有把握嗎？」

「……」

「不曉得你們現在的所作所為，是不是基於確信一旦發生意外，神聖帝國會保護你們。如果不是這樣，就閉上嘴，立刻把我男友的東西拿來。把我的話如實轉告給上級，如果上級沒有權限，就再往上呈報，無論如何給我想辦法解決。要是解決不了，你們就自己想辦法將尤里耶娜拿來……不這麼做的話，我會一併對相關人員提出控訴。」

「那、那個……我們的權限……」

「沒聽見我說的話嗎？叫你們的上級或負責人過來！誰是這裡的負責人?!到底是誰敢這樣處理事情?!」

智慧姐，妳實在太帥了！

這種感覺簡直就像在強勢姐姐的陪同下，要求店家退換高價位商品。至少在我看來，此時的她，集帥氣與魅力於一身。

＊　＊　＊

李智慧扯開嗓子大吼一通，隨後露出痛快的表情。

侍衛跑得上氣不接下氣，連忙向上級彙報。不出我所料，李智慧噙著一抹微笑，朝我走來，緊接著開口。

「那麼接下來，說說看彼此的想法吧？以剛才的狀況來看，你應該猜到了……答案有點簡單呢。」

「嗯。」

「我數一、二，我們一起說。」

「……」

「一、二。」

「安全第一。」

「安全第一。」

「真是心有靈犀呢！你知道現在輿論對我們不利吧？」

「當然。」

「拿回尤里耶娜是第一要務，畢竟基央哥才是被害者，不是嗎？其實，要他們歸還武器恐怕有點困難……如果要擬定替代方案，我們最好能得到神聖帝國當權者的幫助。」

「維克哈勒特？」

「你認識他嗎？」

「他和熙拉姐有交情。雖然我並不清楚詳細的情形，但他是神聖帝國公認第一的武士……如果是他，我們肯定能達成目的。不，甚至能獲得多到數不清的好處！」

我和李智慧想要的，當然不只人身安全，我們真正想要的是扭轉輿論，這是第一目標。一點小事就能帶來變化。好比突如其來的凶殺案，使得首都裡的輿論喧囂塵上。我被到侍衛關押的消息，並不是什麼值得高興的事，不過……一旦大眾認知到，此時的我正受到妥善的保護，一切就另當別論了。

我並不是被侍衛關押，而是被堪稱神聖帝國最強武士的維克哈勒特保護著。儘管只是隨行人員有所不同，但光是這樣，就能翻轉眼下的輿論。

「畢竟受到生命威脅的人是基英哥。」

「因為狀況十分危險，我也無可奈何。雖然傭兵女王或巫女的保護也有一定的效果，但不管怎麼說，讓他們親眼見識到，為神聖帝國賣命的人與我站在同一陣線，想必會更有效。畢竟大和公會不知道何時會派殺手前來，拿這個當作藉口再好不過了。」

「你也想在琳德挑起事端吧？」

「答對了。」

「利用輿論來激起反日情緒，雖然只是一樁小事，卻也有值得關注的地方。」

「曾發起琳德恐攻事件的主謀大和公會，在逼迫、威脅無辜的帕蘭公會成員李基英的過程中，發生了難以避免的意外，無故蒙冤的被害者，反而陷入了必須接受審判的危機。這樣還可以吧？或者寫得更聳動一些，『無罪的韓國人正面臨被人頭落地的危機』，這樣如何？」

「還不錯，不過你知道這會引起軒然大波吧？」

「當然，這就是我當初追求的結果。懲罰我就等於懲罰琳德。」

「神聖帝國原本就排斥衝突，以他們的立場來看，想必未來會比現在更加忌諱有人招惹基英哥。他們還真懂得明哲保身，我滿欣賞這一點的……」

「妳的品味還真奇怪。」

「我不是說過嗎？我欣賞有野心的男人。既然如此，像基英哥一樣卑鄙的當權者，我當然也非常喜歡。」

「彼此彼此。」

「雖然我們也不願意惹麻煩……不過，與其讓基英哥死去，還不如開戰。」

「戰爭不會這麼容易爆發。」

「我也有相同看法……但仔細想想，這似乎和我的認知有所出入。事實上，由基英哥來應付一切也無所謂，但你非得找我來當代理人，讓事情發展到這一步，看來你另有計畫？」

「當然，雖然對妳有些抱歉，不過還需要妳為我代勞。」

「我本來就打算這麼做。與其讓被害者親自出面……由大型公會的代理人出面，效果會更好。你好好休息吧。」

「不需要我幫忙吧？」

「那還用說，這種事自己處理更方便。」

我當然知道李智慧有多麼能幹。即便如此，不是自己親自經手的事，會感到不安也是正常的。尤其在拉攏車熙拉的老朋友維克哈勒特這件事上，我也想過是否該給予她一些幫助。但是，不到兩天後，我不得不體認到李智慧強大的控訴能力。

「我的委託人要是精神出了問題，你要負責嗎？不對，我看現在已經出現問題了……

「噢，肯德里克大人？您是這裡的負責人？

「肯德里克大人，關於半監禁狀態所造成的精神損失，您打算怎麼賠償？

「對於大和公會的調查，是否正在順利進行？」

李智慧最棒了！做得太好了！

她彷彿打定主意般四處奔走，將神聖帝國的走狗一網打盡，簡直讓我以為見到了三國時期的呂布。雖然有所預料，但沒想到她竟做得如此徹底，甚至讓我對肯德里克和侍衛們感到抱歉。因為我很清楚他們對我有多麼照顧。

雖然他們很無辜，但我能理解李智慧此時的所作所為，她正在強烈地主張我們才是受害者。

「大和公會的成員出於某種理由，打算暗殺帕蘭的李基英」。以在首都散布這樣的謠言來拉開輿論操作的序幕，效果出奇地好。

不，單純只用「出奇地好」來形容還不夠。黑天鵝的重要幹部為我辯護，傭兵女王也護著我，還有持續為我方提供有利證詞的巫女。這樣的情況，絕對是那些人不樂見的。

李智慧緊咬著三個關鍵字：安全、威脅、性命。

令我驚訝不已的是，她的辯護能力確實相當卓越，總是能一針見血。也多虧有她，我的注意力才能更集中在個人計畫上。

要是沒有李智慧，對付大和公會想必會更加棘手。

「我的委託人正承受著極大的壓力。」

「考量到這一點，我們也有盡可能地給予方便……」

「這就是您所說的『給予方便』？只要您看了黑天鵝公會祭司開的診斷書，就能知道我的委託人在精神上有多麼不安。想到他留下的心理創傷，就能知道你們這些人是如何壓迫我的委託人……話說回來，剛才提到的尤里耶娜怎麼還沒拿來？真令人擔心是不是出了什麼問題。」

「我們還在想辦法。上級部門目前還在開各種會議……請您多多包涵。」

「我究竟要說幾次同樣的話？你們一直維持這樣的態度，實在讓我很為難。尤里耶娜真的沒有出任何問題嗎？」

「武器沒有任何問題。」

「那也得由我們來確認。肯德里克大人，我再說一次，尤里耶娜是我方委託人的個人財產，也是保護性命安全的唯一工具。受到了一次威脅，並不能保證不會有第二次。就案情來看，大和公會威脅我方委託人的性命是無可否認的事實。無論如何，你們最好解決這件事。」

「為了防止突發狀況，我們會派侍衛二十四小時監視。」

「假如伊藤蒼太打算前來殺害我的委託人，我不認為你們有能力阻止。很抱歉這麼說，不過一想到神聖帝國的部分人員和大和公會可能有所勾結，我認為有必要使用更確切的保護裝置。向維克哈勒特大人提出的保護申請尚未核准，你們也不打算歸還尤里耶娜，那我們到底該怎麼做？」

「這……」

「如果凶手找上門來，是要我們乖乖送死嗎？距離我們申請人身保護已經過了十八小時，我方委託人依舊處於極度不安的狀態。」

「那個，呃……」

「要是向維克哈勒特提出的保護申請無法核准，至少應該拿出一點誠意吧？傭兵女王對此也非常擔心。在這種侍衛經常得離開崗位的狀況下，對在首都受到性命威脅的被害人所採取的保護措施竟然如此不周全。我恨不得立刻將我的委託人帶回琳德。」

「我們也正在盡最大的努力為您提出申請。您、您應該也知道，維克哈勒特大人非常忙碌，所以……」

「我擔心你們只是隨口說說。」

李智慧雖然也努力地提出申請，但車熙拉私底下肯定同樣委託了她的老爺爺友人，結果卻比預期來得晚，我不免有些焦躁，幸好一切看起來就快結束了。

皇天不負苦心人，如我所料，沒花多久時間就完成了第一個目標。

「肯德里克大人，批、批准通過了。」

侍衛的神情無比幸福，流了一身冷汗的肯德里克，此時嘴角也浮現一抹若有似無的微笑。他這陣子備受李智慧和代理人團隊的折磨，會出現這樣的反應也合情合理。

「維克哈勒特答應親自保護李基英先生的人身安全，也會在今天之內交還尤里耶娜。」

「辛苦了。」

「沒什麼，肯德里克大人。」

「這真是太好了，李智慧大人。批准通過了，接下來維克哈勒特大人將會正式保護李基英大人。就如同您剛才聽見的，對尤里耶娜的調查也已經告一段落，我們會將武器歸還……不過，進入特定區域時，不能攜帶武器，還請您見諒。尤其是與維克哈勒特分開時，尤里耶娜……」

「肯德里克大人，將大和公會的成員與我們徹底分隔開來，才是第一要務，他們確實威脅著我方委託人的性命。被逼迫的是李基英大人，不是他們。」

「好，我會盡力。」

比起拿回尤里耶娜，這次收穫了更大的成果。

一陣關門聲傳來，李智慧微微揚起嘴角，走進房裡。

「辛苦了。」

「沒想到連尤里耶娜都能拿回來，得到了不錯的收穫呢！以後維克哈勒特也會保護基英哥！」

「光是聽到消息，心情就變好了。」

當初最令我們擔心的其中一件事，順利解決了。

「行動受到限制還是令我有些擔心，不過這場交易不算虧。反正身邊有我們智慧姐這麼得力的助手，再加上有維克哈勒特伴隨左右，反而對我們的計畫有幫助。」

「你到現在還不肯告訴我嗎？」

「我自己知道就好，這樣效果更好。事情一日開始進行，妳自然而然會知道。」

「真傷心……不過就像你剛才聽見的，禁足限制將會慢慢鬆綁，在維克哈勒特的陪同下，也能參加社交聚會、做禮拜。」

「維克爺爺和大和公會私底下沒有往來嗎？」

「據我所知，他們確實有一些關係……你想聽嗎？」

「當然。」

「我想你應該知道，神聖帝國分成『皇帝』與『教皇』兩大派系。那個老爺爺是死忠的皇帝派，和追隨教皇派的大和公會可以說是死對頭，彼此結怨已久。」

「真有趣呢！琳德那邊的狀況呢？」

「還不錯，挑起反日情緒簡直是小菜一碟。你不必太擔心，照現在的氣氛看來，萬一基英哥受到了不當待遇，隨時都可能爆發戰爭。那個老爺爺之所以站在基英哥這邊，說不定也是有琳德在背後撐腰。」

「繼續幫我留意琳德那邊的輿論。」

「不用你交代，事情也進展得非常順利，所以不用著急。比起這個，你是不是差不多該到外面看看了？大和公會那邊正在展開行動……至於教皇廳那邊，雖然我也正在布局，但不管怎麼說，率先站穩腳跟的是他們，我們能做的終究有限。」

「皇帝派那邊，我會一個一個親自交涉。目前代理人團隊的陣容尚未確定吧？」

「我還沒物色帝國那邊的人選，這必須交給基英哥你負責。反正和維克哈勒特一起行動的話，自然有人會追隨，一點也不難，既然如此，不如和他建立緊密的關係更好！」

「看起來他已經和熙拉姐建立深厚的友誼了……這應該不是什麼難事。」

「嗯……那麼明天的宴會你會參加吧？」

「應該會吧。」

「殺人嫌疑犯竟然在貼身護衛的陪同下參加宴會……」

「別人聽了會誤會的。我才是受害者……不過讓妳炫耀一下也無所謂，因為這都是智慧姐的功勞。」

李智慧隱隱噙著一抹微笑。

＊　＊　＊

果不其然，李智慧和我提出的解決辦法，漸漸開始扭轉了輿論的風向。事實上，以防範刺客的名義藉機拉攏維克哈勒特，不僅能悄無聲息地在首都內製造輿論，甚至也有牽制伊藤蒼太的效果。

對於尤里耶娜的特性與功能，以及與春日由乃的證詞吻合的整起事件，我得提供更多的說明。

我是否刻意讓長劍飛出傷害他人，雖然依舊是個問題，但如果伊藤蒼太沒有向教皇廳提出特殊請求，我的嫌疑很快就能洗清。嫌疑犯的標籤之所以還緊跟著我，是因為這是神聖帝國未曾發生過的命案，教皇廳為了賦予這起事件特殊性，並顧及日本大型公會的體面，正在死命掙扎。

而這一切之所以變成這樣，都是因為琳德當前的局勢。

琳德與席利亞本來維持著良好的關係，但無罪的市民落入了被認定是琳德恐攻事件主謀的大和公會手裡，並且隨時可能人頭落地，這樣的消息令大部分的市民心生不悅。

當然，人頭落地只是謊言，我現在還坐在椅子上，安然地喝著飲料。不過更重要的是，讓琳德的市民相信這件事。

事情還沒結束，先向琳德市民灌輸大和公會侵略琳德的觀念，醞釀他們的敵意，才是我的真實目的。

李智慧打破常規的輿論操縱，似乎比我的手法更加激進，我甚至開始擔心琳德與席利亞可能真的發生戰爭。尤其當我看過新聞後，發現紅色傭兵和黑天鵝並沒有制止部分激進派的行為。

〔日成公會於鄰近席利亞的拉瑪德山脈進行轟炸魔法演練〕

〔今日上午九點，琳德的日成公會在拉瑪德山脈進行轟炸魔法演練。這項魔法能以超長距離攻擊橫跨席利亞境內的拉瑪德山脈，是日成公會至今未曾公開的技術……（中略）……對此，日成公會的最高領導人李雪主表示：『日本人的行徑傲慢狂妄至極，不斷地挑戰我國公會的忍耐底線。』她毫無顧忌地採取強硬態度，誓言讓自由城市席利亞陷入火海，並宣布三天後將三面包圍席利亞領海，進行超長距離轟炸魔法演練……（中略）……──《琳德日報》戰地記者金成景〕

日成公會的舉動令我感到驚慌，因為我確實曾經在某些激進分子口中，多次聽過日成公會的名號。我下意識望向李智慧，詢問事情的真相。

「這些傢伙做這些事，沒問題吧？」

「你不必擔心，他們的目的是錢，昨天已經付清了。雖然他們早已事先將計畫告知我方……但看到他們行為，我也不免有些不安呢。沒想到他們竟然做到這種地步。」

「過於激烈的挑釁不是件好事……」

「他們的公會成員確實有點奇怪，不過黑天鵝會及時止損，你大可放心。」

「你們私底下認識嗎？」

「嗯……說是認識，不過也只是一起喝過一次酒。我看他們的腦子似乎不太正常，不想和他們走得太近，誰知道會在這種地方派上用場？他們是一群歌詠戰爭的瘋子，我本來還不想與他們打交道……現在想想，人脈果然是多多益善啊。」

「還真是什麼人都有。」

「沒錯，做做樣子嚇唬人，實際進行演練的效果反而更好。多虧戰爭一觸即發的消息在琳德境內迅速流傳……對方也差不多該做出回應了。」

說穿了，現在的琳德和不定時炸彈沒兩樣。來自席利亞的商人擔心受到戰火波及，正忙不迭地離開琳德。就連來自臺灣的大型公會也為了無辜的自家人民，展開一連串的避難措施。

儘管如此……

「戰爭不會爆發。神聖帝國向來極力避免糾紛發生，戰爭怎麼可能爆發？眼下神聖帝國與共和國或王國聯盟的關係也處於僵局，兩個城市在此時發生戰爭，簡直就是天方夜譚。他們就藉此機會盡情地進行轟炸魔法的演練吧，反正越是這麼做，基英哥的處境就越安全。」

「對了，既然都走到了這一步，也順便盡可能地散布關於尤里耶娜的資訊。尤其是那個連神聖力都無法淨化的大範圍詛咒……就說席利亞正在用尤里耶娜當作媒介，研究能夠讓整座城市籠罩在大範圍詛咒之下的魔法，而且已經取得實際的成果。」

「還不錯呢！」

「還有，他們派遣外來的戰地記者進入席利亞製造輿論……對了，記得寫信請日成公會發表他們目前正在開發精神攻擊武器。雖然這樣好像太愛耍嘴皮子了，總之，比起由正常人公告，瘋子親自行動更有效果。」

「好，我知道了。日本那邊的輿論，你開始著手了吧？」

「我正在引起他們的恐慌，我們巫女大人也正在努力地為我四處奔波，所以日本那邊妳不需要擔心。不，是盡可能不要插手。」

「還真厲害啊，你什麼時候又攀上春日由乃了？」

「妳很好奇？」

「不，沒關係。只要有利用價值的話，何必管她是誰？」

「我非常喜歡智慧姐這一點。」

「現在是在跟我告白嗎？」

「妳說呢？」

李智慧慢慢將臉湊向我，我同樣微微起身。

此時，外面傳來叵叵的敲門聲。

「基英哥！」

「看來時間到了。」

「好像是呢。我也得開始準備了。」

「我會幫你準備，我已經告知傭兵女王了，你再等一下。」

社交宴會即將在今晚舉辦。

為了讓在外面敲門的鄭白雪進到房裡，我朝著房門走去。

喀噠一聲，門緩緩敞開，鄭白雪不同於往常的模樣頓時出現在門後。

或許是一直以來，她總是穿著一身連帽魔法袍，此時為了參加社交宴會的這身裝扮，令她格外耀眼動人。

彷彿為她量身打造的全白洋裝凸顯了她穠纖合度的曼妙身形，搭配上項鍊與耳環，整體看起來相當乾淨俐落。可愛又傻氣的臉蛋上，畫著略顯成熟嫵媚的妝容。

整體來說，這身裝扮既不過分誇張，又能展現出自身截然不同的魅力。

「白雪真美麗。」

「真、真的嗎？」

「當然。」

「嘿嘿……」

鄭白雪一臉雀躍的同時，眼神時不時瞟向位於房間一角的李智慧，她的眼神與其說是敵意，倒像是滿懷感激。畢竟李智慧將我從半監禁狀態解救出來，還替她製造與我相處的機會，鄭白雪會出現這種反應也是當然的。

「天啊，白雪小姐真漂亮呢。」

「真、真的嗎？謝謝妳，智慧小姐。」

「妳今天看起來特別成熟呢！這麼快就打扮好，一定是想快點讓基英哥看看，對吧？」

「是的。」

「你們這對情侶真可愛。對了，我正打算替基英先生打扮……妳要在外面等嗎？還是坐在這裡……」

「我要坐在這裡！」

「好的，妳方便就好。」

鄭白雪一坐定，我的裝扮作業便正式開始。

雖然想乾脆就這麼參加聚會，但無論如何，穿著合適的服裝出席是不可或缺的。然而李智慧為我準備的裝扮堪稱戲劇性十足——我完全沒料到以擁有眾多女性成員聞名的黑天鵝，竟會派出自家的設計師。

「都進來吧。」

「好。」

「雖然長得不是特別帥氣，但資質還不錯。請各位全力以赴。總不能讓我們基英哥被人看不起，對吧？」

「是，李智慧大人。」

長得不是特別帥氣，確實是無法否認的事實。

她們瞬間蜂擁而上，我不自覺嘆了口氣。我決定撒手不管，反正一切李智慧都會看著辦。

「把瀏海微微往上梳更好。麻煩化妝組將基英哥塑造成善良無害的樣子，最好能帶一點沉浸在憂鬱中、體弱多病的感覺。服裝組盡量避免選用強烈的色系……能突顯出重點會更好。」

「是。」

「不能用紅色。要看起來像被害者，最好能勾起眾人的憐憫之心，才能搏得那些貴婦的同情……盡可能地看起來年輕又稚嫩……別穿西裝，換上帝國樣式的服裝。」

「是……是的，我知道了。」

佛要金裝，人要衣裝的道理，我當然知道。外在形象同樣也是政治的一環。不過，黑天鵝的成員頂著滿頭大汗，為了達到李智慧的要求，不停地忙進忙出的樣子，確實相當有趣。

在地球上叫得出名號的化妝師和造型師，甚至是美妝部落客，全都齊聚一堂。

坦白說，即便看了鏡中的自己，我也看不出哪裡變得不一樣，但在鄭白雪眼中，似乎不是這回事。

她那一副要將我看穿的眼神，開始漸漸變得朦朧。

「白雪。」

「……」

「白雪？」

「……」

「白雪?!」

「什麼……是！」

見到她甚至連話都聽不清楚的樣子，要說我的外貌正逐漸變得帥氣，一點也不為過。

「我交代的事情都辦好了嗎？」

「什麼？」

「要送到帕蘭的物品和請妳轉交給巫女的信。」

「是的，全都辦好了。我已經按照基英哥說的，用魔法緊緊封好了。」

「做得好。白雪果然是最棒的。」

「嘿……嘿嘿。不過基英哥，從現在開始你不用繼續待在這裡了嗎？」

「嗯。雖然行動上不是完全沒有限制，不過如果只是參加社交聚會，他們會給予寬容，這都是智慧小姐的功勞。」

「這樣啊……」

「再過一段時間，應該就能洗清罪名了。」

「那、那太好了。」

和鄭白雪交談的同時，時間也在一點一滴流逝。

李智慧與黑天鵝公會的成員此刻正為了完成我的造型，忙得不可開交。而我眼中的自己，也漸漸出現了明顯的改變。

天啊……不知怎地，有種搖身一變，成為美男子的感覺。雖然無法突破天生的資質，但這種程度確實能和金賢成一比……

不知怎地，我突然能理解一個人如何靠衣服、髮型和化妝技術脫胎換骨了。

當一切進入收尾階段，我緩緩起身，再次看著連身鏡中的我。服裝的樣式相當顯眼，但這身綴滿笨重裝飾的帝國貴族服裝，走起路來非常礙手礙腳。

「基英哥，轉一圈試試。我來看一下需不需要調整。」

「好。」

「裝飾有點歪了呢。」

李智慧緩緩開口，指出需要改正的地方，黑天鵝公會成員們則面不改色地進行調整。

李智慧悄悄地來到我身旁，為我的衣著做最終檢查，就像妻子為即將出門上班的丈夫繫上領帶一樣。究竟是為了向鄭白雪炫耀，或者純粹出於個人欲望，我無從得知。但鄭白雪此時看起來一臉不快……她不如當眾鬧脾氣，我還比較好受。

李智慧輕輕地戳著鄭白雪的痛點，侵犯她的領域，手法確實高明，簡直跟狐狸一樣狡猾。

「基英哥真帥，對吧？白雪小姐？」

「什麼？嗅……對。」

就算即將面對重要的場合，她也不會停止這種挑釁的舉動。

「剩、剩下的我來……」

「既然妳都坐到現在了，不如繼續坐著。這種事還是得讓專家來做，不是嗎？」

她不動聲色用手臂環住我的脖子，替我整理衣領，就像刻意針對鄭白雪做出的舉動。

夠了吧，智慧姐……

「很好，大功告成。」

「智慧小姐，謝謝妳。」

「謝什麼，這都是我該做的。白雪小姐年紀還小，什麼都不知道，我當然得努力扮演好基英哥的賢內助，不是嗎？女朋友太年輕可真麻煩呢。呵呵。」

這番話擺明了就是挑釁。看到李智慧表情的那一瞬間，我更加確信我們是天生一對了。李智慧的神情和我平時的表情幾乎沒兩樣，就好像在說「這就是賢內助，小屁孩」，讓鄭白雪挨了一記悶棍。

「那麼，兩位可以離開了。我也得開始準備了。白雪小姐，基英哥今天就拜託妳了。」

「好……」

第050話 絕不讓步

「基英哥、白雪小姐，我們聚會上見囉！」

李智慧大致完成我的裝扮後，立刻轉身離開氣氛不太妙的現場，我突然有些埋怨她，因為鄭白雪的表情不太對勁。幸好，她似乎沒有渾身充滿殺氣，或者冒出打算將我生吞活剝的念頭，不過臉上卻蒙上了一層挫敗感，久久無法散去。

「基英哥，裝、裝飾歪了。」

「哎呀……應該沒什麼問題。」

根本沒有歪。

「不對，的確歪了！我、我來幫你調。」

「噢……好……白雪，謝謝妳。」

她當然深刻地體會到了自己與李智慧的差距。不同於自己跑得上氣不接下氣，只為了展現精心裝扮的美麗模樣，李智慧將我細心打點好，最後才走出房門。

當然，我並不是小毛頭，也不認為女人只能擔任像那樣的賢內助。要是金賢成得立刻上臺，我自然也會站在李智慧的位置，替他打點好一切。雖然不能替他化妝，但服裝造型和整體形象的塑造，都是我們這種賢內助的分內之事。

我的代理人團隊，以及作為代理人團隊代表的李智慧，會做出這種舉動再合理不過了。

問題是，把一切看在眼裡的鄭白雪，如何看待這些行為。

李智慧一副「這就是所謂的賢內助」的模樣，還有那句「年紀還小，什麼都不知道」肯定猝不及防地打擊了鄭白雪的內心，因為這是事實。

從她剛才就異常焦慮的表現看來，李智慧救過我的功勞，肯定早已在她的腦海裡消失殆盡。

「有、有灰塵。」

「噢，白雪，謝謝妳。」

「基、基英哥……你的頭髮好像沾到了什麼。」

或許是受到了超乎想像的衝擊，她突然開始對我百般殷勤。眼淚不斷在眼眶打轉，彷彿下一刻充滿愧疚的淚水就要傾瀉而出，讓我覺得渾身不自在。

她在責怪自己，因為她覺得該照顧我的人不該是李智慧，應該是自己才對。

以我的立場來看，比起讓鄭白雪為我忙進忙出、打點一切，交給李智慧處理反而更理想。不過，這樣的想法絕對不能說出口。

「因為我從早上開始，就很、很忙。我也在準備……要是有多餘的時間，我也會來幫基英哥打扮。都、都是因為基英哥要我做的事……才會忘、忘記……」

沒關係，白雪，不必解釋……

「不，沒關係的。因為我知道白雪妳有多麼努力。看到妳今天這麼漂亮，我很高興。」

要是鄭白雪得知此時李智慧正在處理的事情，肯定會陷入自責。

和只負責簡單跑腿工作的鄭白雪不同，李智慧不僅操縱了琳德的輿論、散布假消息、拓展首都的人脈，甚至為我辯護。

不過，我對於鄭白雪的期盼，並不是擔任李智慧那樣的角色。

「白雪妳幫了我很多，不要太過擔心。」

她只需要像現在這樣好好地忍住情緒，並且如往常一樣，一步一步成長茁壯就行了。畢竟這裡不是她這種大魔法師表現的機會，而是我和我靈魂伴侶的舞臺。

「基、基英哥……」

我悄悄向外走去，最近剛認識的維克哈勒特與他的幾名騎士團員隨即出現在前方，他們是今日前來守護殺人嫌疑犯的護衛們。

「您好，維克哈勒特大人。」

「小伙子，來得有點晚呢。」

「感謝您對我如此上心。」

「沒想到事情會嚴重到需要叫上我這個正在休息的老頭……小伙子，你的膽子比我想像中還大啊。」

「小心一點總不是壞事。」

「熙拉說她會在入口處等你。那麼，我們慢慢走過去吧？」

「是，當然沒問題。」

「嘖，為了以防萬一，我想問一句……席利亞那邊的人被殺掉，是不是……」

「維克哈勒特大人，當然不是。無論如何，我不過只是個性命受到威脅的被害人。尤里耶娜只是為了保護我而做出正當防衛。」

「原來如此。」

「您應該也很清楚，因為伊藤蒼太和救皇廳互相勾結、壓迫我方，所以我才會被誣陷為嫌疑犯，這一切都是他們精心策劃好的行動，只為了報復我們帕蘭指控大和公會是琳德恐攻事件的主謀。他們為了掩蓋真相，打算私底下暗殺我，或者誣陷我為殺人凶手。」

「是這樣嗎？」

「沒錯。當時他們沒能擋下尤里耶娜的攻擊反而更令人詫異，不是嗎？維克哈勒特大人您是怎麼想的？」

「我不懂你在問什麼。」

「假設現在我把自己擁有的這把劍，拿來傷害周圍的任何一個人。維克哈勒特大人，您能擋下攻擊吧？」

「……」

「伊藤蒼太同樣擁有足以抵擋尤里耶娜的能力。恐怕大多數受邀來到這裡的自由民，都能擋下尤里耶娜的攻擊。因此，我故意殺害那傢伙並非事實。」

「但是你現在是嫌疑犯。」

「因為這世界從來不靠真理運轉。這已經不是一起單純的命案，而是參雜各種政治因素的角力戰。這是一場皇帝派與教皇派的政治鬥爭，也衍變成了琳德與席利亞的權力之爭。」

「所以你才會在琳德散播奇怪的謠言。」

我只知道他是一名武將，沒想到他的腦子也相當精明。

我一臉煩躁，不得不微微屏住呼吸。

「我老早就見過許多像小伙子你這樣的人，只會靠一張嘴。」

所以我才討厭這種反應快的老頭。

他彷彿經歷過大風大浪，察言觀色的能力堪稱一絕，歲數果然沒有白長。

在我整頓好思緒前，老頭立刻開口，「那樣的人，通常會為了自身的安危，犧牲無數人的性命。不過自己多半沒有好下場，周遭的人自然不必多說，最終連自己都會走向毀滅。」

「我不明白您的意思……」

「嘖，不要裝傻。我多少也聽過你的事。現在琳德不斷對席利亞發起挑釁的行為，不都是你的傑作嗎？」

老頭靜靜地凝視著我，他的眼神令我一分不自在。想當然耳，此時再繼續裝蒜也無濟於事。

最終，我不得不開口。

「您只說對了一半。我能理解這件事在您眼裡看來不是件好事，但就我的立場來看，我別無選擇。說得誇張一點，要是我沒有在琳德做這些事，我現在應該站在法庭上，而不是參加聚會。不僅中了伊藤蒼太那群教皇派的圈套，還得承受一些苦頭。」

「你不會死的。」

「我當然不會死，因為我既是傭兵女王鍾愛的情夫，也是夜空公會巫女的客人。但那又如何呢？如果我只是個沒有任何靠山的普通人，在這樣的狀況下，您能肯定我的人頭不會落地嗎？」

「這……」

「恐怕很難。『讓步』這兩個字，只適合像您這樣的人。就算是為了讓衝突減到最小，故意輸給了對手好了，但是老先生，所謂的人類非常單純，只會把一次又一次的善意當成權利。讓了第一次，下一次還得再讓，讓了下一次，還會有下下一次。」

「……」

「在無數的自由民中，我來到這裡還不到一年，現在卻能站在這裡與您交談，您認為這是為什麼？沒有特殊才能和專長的蠢貨怎麼可能在這裡？這可不是因為我是傭兵女王的鍾愛的情夫，更不是因為我是巫女的客人。」

「……」

「而是因為我在任何事情上都不讓步，現在才能在這裡。」

「嘖……」

「因為我不讓步，所以才能得到神聖帝國最強武將的保護；因為我不讓步，所以才能在傭兵女王背後享盡榮華富貴；因為我不讓步，所以才能參加社交聚會，而不是站在法庭上；因為我不讓步，所以才能活著。能力出眾的人，也就是能在讓步的位置上站著的那些人，絕對無法了解我們這種人。」

「你的想法真特別。」

「任何人都可能有這樣的想法。想想神聖帝國的皇帝為何得看教皇的臉色，答案顯而易見。這大概是好幾世紀以來，不斷讓步的結果，讓了一步之後，又讓下一步，局面才會演變至此。想避免衝突的人，是無法為自己發聲的。我當然能理解老先生您愛護國家的心，但這都是因為您是強者。這世界上像我一樣，巴不得他人做出退讓、身敗名裂的人不計其數。說穿了，這些人都是被老先生給豢養出來的。」

「強詞奪理，全都是狡辯。」

「我常常聽到這樣的評價。即便如此，我想您肯定也會對某部分感同身受。倘若即便我揮劍，對方也絕不讓步，依舊貪圖我的東西……那麼會如何？」

「兩方應該會起衝突，大打出手吧。過去，我的雙手曾經沾滿鮮血，我也因此過上了充滿後悔與自責的人生。」

「但是您無比敬愛的皇帝和後代子孫，都會過上幸福的人生。當然，我能理解和平的重要性。我不是要您立刻將教皇派全數驅逐，畢竟他們已經成為了神聖帝國的一部分。儘管如此，為了守護權利，您還是不應該讓步。」

「……」

「我並不是為了挑起戰爭才這麼做，我只是不願讓步而已。」

「萬一……你說的那些人也不讓步，你會怎麼做？」

「這個嘛，我同樣也想避免戰爭爆發。不過，我能明確地告訴您，我絕對不會避開，要避也是對方避。現在我已經把牌打出去了，要接受或避開，取決於他們。」

「要是他們不閃躲呢？」

「我說過，牌已經扔出去了。」

「你這小伙子比我想像得更可怕，也更傑出……我總算能理解熙拉為何會看上你了。」

「老先生，我就當作您在稱讚我了。」

「嘖，你喜歡熙拉那丫頭嗎？」

持續前進的途中，老頭冷不防地說了一句。他還真不會看眼色。

此時，身旁的鄭白雪立刻望向我，像在等待我的回應。不論答案是什麼，我都難以啟齒。

這個時候，有個我非常喜歡的詞語——

「一半一半。」

「那還真是萬幸。」

「您看起來很疼愛她。」

「當然，聽起來或許有些可笑，不過熙拉對我來說就像女兒一樣。」

我沒有回覆最後一句話，因為宴會入口似乎就在眼前，車熙拉站在那裡等待著我的到來。

一身鮮紅色洋裝與一頭紅髮，搭配著紅色項鍊與鮮豔紅唇，她陌生的裝扮瞬間映入眼簾。

「爺爺、親愛的，你們聊什麼聊得這麼起勁？」

「沒什麼。」

「我喜歡的兩個人就這麼肩並肩地走進來，心情真好。小老婆也，嗯……很美呢！走到哪都毫不遜色呢！親愛的，這件衣服我好久沒穿了，看起來還可以吧？」

暴露的洋裝無法遮蓋的地方布滿了傷痕，那些傷痕說明了她一路走來經歷過多少場戰役。

看來與老頭對話時，我似乎過度沉浸於感傷的情緒。我能深切地體會到，她雖然和我不是同一種人，卻也和我過著類似的人生——戰鬥。

在站上這個位置之前，她同樣也奮不顧身地勇往直前。

車熙拉是火，永不熄滅的熊熊烈火。

她一臉自信滿滿，一點也不在意身上大大小小的傷口。她有自信絕對不會逃避自我，事實上，她也不會逃避。

「真美。」

不自覺脫口而出的一句話，頓時令車熙拉滿臉通紅。

此時，鄭白雪緊握住我的手，微微使勁。

接著，一旁傳來迎接我們的聲音。

「紅色傭兵公會會長車熙拉大人、帝國騎士團團長維克哈勒特大人，以及帕蘭公會的李基英大人、鄭白雪大人，請入場。」

第051話　發動陷阱卡

我對聚會並沒有太大的興趣。計畫已經擬定好了，事到如今，在社交場合公開亮相，對我來說負擔不大，反正只要做好該做的就行了。

新登場的人物果然走到哪都被備受關注。尤其，我不僅是傭兵女王的情夫，更是這次爭議事件的主角。

我的處境相當有利。光是來到這裡，就等於向外宣布自己擺脫了某部分的嫌疑。對我來說，得到維克哈勒特的保護只是錦上添花，反正根本不會有人敢攻擊我。

大門一敞，高級奢華的裝潢立刻映入眼簾。

一旁擺放著桌子，侍從端著點心和紅酒在人群中穿梭，一群黑髮的東方人十分顯眼。其中最惹人注目的，是頭髮顏色樣式五花八門的帝國貴婦。她們的衣服布料看上去相當高級，身上的配件也價值連城。

緊接著，一群穿著神聖帝國神官服飾的人也出現在眼前，想必他們隸屬於教皇廳。令我感到有些意外的是，他們身上的服裝與飾品看起來同樣要價不菲，看來這裡的宗教似乎並不重視清廉的品格。

在我準備邁出步伐前，車熙拉悄悄將手伸了過來，一臉為即將發生的事感到愧疚的樣子。

「親愛的，抓住。」

在神聖帝國，通常是男人在一旁護衛女人。但車熙拉似乎不吃這一套，她揪住我的手，開始引導我前進。

手臂在魔力的流動下隱隱作痛，但我依舊緊閉雙唇，緩緩前進。

該死……真他媽的痛。

車熙拉大步邁開步伐，以一副絲毫不在意他人目光的模樣，居高臨下地觀察著四周，果然是我認識的那個傭兵女王。

一名孱弱的男子在強悍女人的保護下入場，不曉得在場的人會怎麼看……但確實對於塑造形象有所幫助。

「那位就是……」

「看來傭兵女王大人一見鍾情的傳聞是真的。這還是第一次，對吧？」

「長得和我想像的有點不一樣呢。我還以為會看起來更粗曠一些……」

「看起來是有實力的煉金術師呢，大概是學者吧……」

「這張臉看起來實在不像會傷害人耶，甚至有點可愛……」

「噢，我也感覺到了。有種讓人想保護的感覺。」

「沒錯，就是那種感覺！」

「傭兵女王的品味真好呢！那位男士乍看之下非常平凡，但隱約有種性感的氣質……」

「沒錯、沒錯。我也感覺到了。」

她們手中拿著扇子，微微掩住嘴巴，談論著關於我的事，但內容全都一字不漏地傳入我耳中。

那些大嬸在說些什麼啊……儘管不能百分之百確認，但我在貴婦圈似乎頗受歡迎。

雖然不能理解「讓人想保護」是怎麼回事，但她們眼中的我似乎正是如此。其中當然也有一些男人望著我，一副倒胃口的模樣。

即便有點不甘，但如果他們能記得我是傭兵女王的愚蠢跟班，也未嘗不是件好事，反正我的價值總有一天會顯現。此時此刻，把我當成被害者更好。

首先，我要他們產生「那種傢伙哪有能力殺人」的懷疑。雖然不知道這是不是車熙拉的目的，但多虧了她的舉動，在大眾心中植入這樣的形象也算成功一半了。

進入會場也有一段時間了，但直到現在，眾人的目光依舊集中在我們身上。想盡辦法上前搭話的人，開始走向我們。眼下該先與誰交談，是個重要的問題，對方最好是當權者。

鄭白雪站在一旁，緊緊咬住嘴唇。

「小老婆的臉色看起來不太好呢。明天換妳跟親愛的一起入場吧？」

「噢……好。」

「我這個人最愛好公平了。」

在這樣的情況下，車熙拉還不忘默默地照顧鄭白雪，令我無比感激。

就在我們持續環顧四周的當下——

「看來主角們都到齊了呢！」

「卡特琳公爵夫人，好久不見。」

「維克哈勒特大人，您也別來無恙啊。傭兵女王大人，您好嗎？」

「是，我很好。」

先朝我們開口的，是個頂著一頭藍髮的女人。只看一眼就能知道她的地位。

卡特琳公爵夫人，她可以說是這場聚會的核心人物。

雖然身處公爵夫人的位置，但身上特有的親和力，讓她在聚會上結交了許多人脈。

卡特琳公爵夫人代替年邁體衰、長年臥床的丈夫，親自站上前線處理大小事，因此在神聖帝國也擁有龐大的影響力。也就是說，她是建立友好關係的最佳人選。

「這位就是爭議事件的主角？」

「我是李基英。」

「我是卡特琳，很高興認識你。你和我想像的有些不一樣呢。」

「我在您心中是什麼形象……」

「我還以為會看起來更嚇人呢！沒想到長得這麼俊俏。」

「謝謝您。卡特琳公爵夫人也如傳聞一般美麗呢！」

「天啊，看來你聽說過我？」

「是，當然。平常聽熙拉姐說了許多關於您的事。」

這種程度的吹捧是應該的。如我所料，她的嘴角隱約噙著一抹微笑。

「傭兵女王大人，妳要是不介意的話，我能暫時借一下妳的男朋友嗎？」

「當然沒問題，公爵夫人。我原本還擔心他會覺得無趣，真是太好了。」

「呵呵，謝謝。」

鄭白雪雖然一臉惋惜，但終究接受了車熙拉的批准，畢竟車熙拉還得去忙別的事，比如和黑天鵝的會長一起商討目前琳德的局勢。

鄭白雪同樣也必須和宮廷的魔法師打個照面，而我則負責應付公爵夫人。

我緩緩朝卡特琳公爵夫人伸出左手臂，她滿臉驚喜地望著我。其實，這只不過是為了保護剛才被熙拉姐握過的右手，在她眼中卻像是保護她的紳士行為。

此時，除了她以外的其他貴婦，也開始緩緩地朝我走來。身處於八卦事件的中心，受到這樣的待遇，一點也不為過。

各種視線和疑問從四面八方不斷投來，雖然有些猶豫該從何處說起，不過不能單刀直入地直接進入核心，而是要先打穩地基。從最無關緊要的話題著手，想必更有幫助。

「天啊……你跟傭兵女王大人……」

「我和熙拉姐是在我們原本的世界認識的，從那時開始，熙拉姐就幫了我很多忙。」

「哎呀，原來是這樣啊。」

「尤里耶娜那把劍，您是在哪裡得到的？」

「為了拯救隊友，前往副本進行攻掠時得到的。原本這把劍應該屬於我們公會會長金賢成，但尤里耶娜選擇了我。」

「真厲害呢！我對自由之都非常感興趣，所以聽過帕蘭經歷的事。那是在攻掠受詛咒的神壇副本途中發現的寶物，對吧？」

「您了解得真多。」

「是。據說多虧你製造的藥水，讓詛咒的效力減半，才能順利完成攻掠，我說的沒錯吧？第一次有煉金術師能直接為攻掠帶來幫助，這件事在琳德也是相當熱門的話題呢！」

「不敢當。」

「天啊，是真的嗎？」

「真有趣呢。」

有些人早已對我有所耳聞。當然，他們並未做過事先的調查。這八成是李智慧利用她的三寸不爛之舌到處替我宣揚的結果，而且她肯定只說了好的一面。

就在我們聊天交談，增進彼此友誼的當下——

「自由城市席利亞的大和公會伊藤蒼太大人，入場。」

狠狠擺了我們一道的傢伙從入口處緩緩走來，一張俊俏潔淨的臉龐旋即落入我眼中。

來自四面八方的目光，瞬間集中在他身上。不只教皇派，從貴婦和其他貴族們的視線裡，也能察覺他們對那傢伙抱持著莫名的好感。

他平日裡肯定在形象管理下了不少功夫。真有兩把刷子呢……能收到這麼多人充滿好感的目光，也是一種本事。

打算向那傢伙打招呼的人，早已從各個角落走上前去。乍看之下，他彷彿也在對我炫耀自己所擁有的人脈、能力，以及力量。

言行舉止氣度不凡，加上長著一張善良的面孔，任誰看來都不覺得他會在背地裡要手段。雖然不曉得他何時來到這裡，不過這段時間以來，這裡的人民都由他來管理，想必大眾對他的信賴超乎我的想像。

他和頂多只與維克哈勒特有交情的車熙拉不同，黑天鵝的朴延周同樣剛成為會長沒多久、春日由乃也不具有那樣的人格特質……雖然不想用這種幼稚又俗氣的詞彙來形容，但伊藤蒼太確實是這裡的人氣王。

此時，他緩緩朝我走來，令我有些詫異。

我瞬間轉換成另一種表情，露出略微膽怯的神情與姿態，那傢伙卻一副笑顏逐開的模樣。

「好久不見呢。」

我摸不清他向前搭話的意圖。純粹為了炫耀？打算和解？還是沒料到招惹我反而引起了更大的風波，所以心生畏懼？我不認為他會這麼想。

「是……好久不見。」

貴婦們悄悄地讓出一條路，維克哈勒特則開始對那小子產生些許的防備心。作為我的護衛，會有這樣的反應很正常。

伊藤蒼太一臉略帶玩味的神情，看起來充滿興致。

那傢伙並沒有摸透我的底細。他肯定也以為這次的事件能輕易解決，結果卻不同，我沒有站上法庭，而是出現在這裡。

琳德目前的局勢一觸即發，以神聖帝國的立場來看，同樣不能對我輕舉妄動。

或許是頭一次經歷這種情況，所以令他感到新奇有趣。對於他那種擁有一切的人來說，我說不定只是他的玩具。

「李基英大人，您似乎誤會了些什麼。」

王八蛋……這不是在認輸投降，也不是心生膽怯、閃避我擲出去的卡牌和骰子。那傢伙居高臨下凝視著我，如同勝利者向失敗者施予恩惠一般。

他在對我表達，他為我送上了我想都沒想過的讚嘆聲、為我喝采、讓我能進入這個他為我準備的空間。

「你很努力呢！真不錯。所以你現在打算怎麼做？反正你也知道除此之外，沒有其他選擇，不是嗎？握住我的手吧，這才是最明智的選擇。」

那傢伙的聲音就這麼傳進腦中，說不傷自尊心是騙人的。

此時身後傳來一道聲音。

「事到如今還說什麼誤會？說屁話也要適可而止。」

「車熙拉大人，席利亞也只是想和琳德保持友好罷了。不管理由是什麼，現在兩邊的局勢都過於激烈了。」

「所以呢？」

「神聖帝國不希望戰爭發生。我想，不論事件的來龍去脈為何，彼此的心結最好能夠解開。雖然失去一名部下，我非常心痛……但比起在神聖帝國留下我們之間交戰的歷史，這樣的選擇更理智吧？」

簡單來說，他表現出一副為了和平，願意犧牲小我的模樣，並且強調自己變成了犧牲品。

「伊藤蒼太，這些話你應該對著我家親愛的說，不是對著我。」

「是，當然這些話也是對著李基英先生說的。希望不要再衍生出更多問題了。萬一我們的行為讓您覺得受到威脅，我真心向您道歉。」

他彎著腰行九十度鞠躬，朝我伸出手的模樣真是可笑。

當著神聖帝國當權者的面，我似乎除了回握他的手之外，沒有其他選擇。我裝出一副無可奈何的樣子伸出手，只見他緊緊握住我的手，臉上帶著一抹微笑。

可惜有一件事是這傢伙沒預料到的……

「感謝您做出合理的選擇……咦？」

「呃啊！」

打從進到這裡的那一刻，我的右手臂就不太正常。

我要發動陷阱卡了，你這個王八蛋！

「啊啊啊啊！」

＊　＊　＊

我當然不會就這麼善罷干休。不論是折斷手臂或是讓肩膀脫臼，都值得一試，但我為他準備了一份更「豐厚」的禮物。我在車熙拉注入的魔力中，偷偷加入了自己的魔力，於是開始出現難以想像的成效。

即使車熙拉早已警告我，這種作法將會帶來劇烈的疼痛，但沒想到痛感比想像中強烈。

「啊啊啊啊啊！」

我的右手臂瞬間噴出大量鮮血。

車熙拉一臉著急地把我的手臂截斷。這不是為了攻擊我，而是一種急救措施。

走進會場前，她提前在我手臂植入的魔力失控地竄往身體其他部位，假如現在不將手臂卸下，她的魔力將會瞬間炸毀我的腦袋。

劇烈的疼痛襲來，但見到伊藤蒼太一副有口難言的表情，我的疼痛彷彿消失得無影無蹤。他簡直就是止痛藥。

「王八蛋！」

車熙拉的演技真好，她心急如焚的模樣，讓這起突發事件變得更加真實生動。

車熙拉從一開始就擔心計畫可能帶來危險性，因而極力反對，現在她會如此著急也情有可原。

此刻我只想放聲大笑，但嘴裡卻只能傳出痛苦的慘叫。

「呃啊啊啊啊啊！」

我的手臂瞬間脫離身體，感受到疼痛再正常不過。不，應該說，截至目前為止按捺住的慘叫聲，一下子迸發出來。

車熙拉護衛在身側時，我一直強行壓抑難以招架的疼痛，但根本忍受不了這樣的痛覺。一想到終於不必再強忍疼痛，我反而迸發出更淒厲的慘叫聲，就像初生嬰孩一樣。

突然被血液濺了一身的貴婦們，集體發出尖叫聲，開始遠離我；鄭白雪則是驚慌失措地連忙衝向我。

車熙拉扯開嗓子到處尋找祭司的聲音在空中迴盪，她握緊拳頭，緊接著朝伊藤蒼太揮出一拳，光是風壓就足以讓周圍的一切向四處飛散。

「呃啊！」

「可惡！」

如果想證明自己才是真正的被害人，那麼就必須身體力行。即便有點痛苦，但這才是正確的選擇。

車熙拉迅速地揮出拳頭，伊藤蒼太的雙眼卻直勾勾地盯著我，露出扭曲的表情。在地板打滾的同時，儘管只有一瞬間，我依然用盡全力揚起得意的笑容。

呵，愚蠢的傢伙。

匡啷！

伴隨著一聲巨響，車熙拉使勁往伊藤蒼太臉上揍了一拳。那傢伙的身體在空中翻滾好幾圈，接著撞上一面牆。

砰！

「你這該死的傢伙……」

「咳咳……」

煙霧散去後，浮現在眼前的是撞上牆面、口吐鮮血的伊藤蒼太，以及緩緩朝他逼近的車熙拉。他的韌性值並不高，此時肯定承受了難以想像的劇烈疼痛。

一切發生得過於突然，雖然在場的人多半一臉錯愕，但我一發出慘叫，所有人的目光便再度被我吸引。

「基、基英哥，你沒事吧？基英哥……嗚嗚嗚……基英哥……」

「嗚嗚嗚……基英哥……」

鄭白雪對一切毫不知情，斗大的淚珠不斷沿著雙頰滾落，她緊緊抓著我的手臂放聲痛哭。不曉得何時跑來的李智慧也連忙撕掉禮服一角，幫我止血。

我想現在的畫面應該不錯，就像在戰爭片中經常出現的一幕，非常經典。

「這是怎麼回事？」

李智慧向祭司問了一個答案顯而易見的問題，然而她的心裡比誰都更清楚事發經過。

她一副怒不可遏的模樣，演技堪稱一絕。

「請替他進行治療，斷裂的手臂必須接回去。你現在在做什麼？還有時間發呆？立刻把祭司叫過來！」

「快點叫祭司……祭司！」

「再拖下去，恐怕就不只斷一隻手臂了。」

「他的傷勢如何？」

「從外部刻意注入的魔力在手臂亂竄，幸虧車熙拉大人緊急截斷手臂，阻止魔力侵蝕全身，不過傷患應該相當疼痛。總、總之，眼下似乎得先進行縫合，在一切還來得及之前，必須先除去手臂殘存的魔力。誰、誰能幫忙……」

「我、我來。」

「白雪小姐，拜託妳了。」

多虧前來替我治療的祭司給出的建議，事情正朝著有利於我方的方向前進。

我也想過刻意製造出動靜，盡可能讓在場所有人聽見，或許會更好，不過該聽見的人似乎都聽見了。

突然竄上右手臂的魔力是這起事件的主因。

刻意將魔力注入，意圖傷害我的始作俑者是誰，不言而喻，正是所有人腦海中想的那個名字。

眾人的偶像，伊藤蒼太，此時進退兩難的那小子，一定就是犯人。

唯有具備高階魔力運用知識的人才有辦法往我的手臂注入魔力，讓魔力瞬間爆發。這種職業效果通常只有被歸類為強者的人才能擁有，而在這個會場裡，最多不會超過五個人，眼下能讓人立刻想到的，只有車熙拉、維克哈勒特和伊藤蒼太。

維克哈勒特根本沒有多餘的心力在我身上注入魔力，因此嫌疑人只有兩名。然而親愛的熙拉姐不可能這麼對我，由此可知，犯人幾乎已經確定了。

那傢伙大概也意識到自己掉入陷阱了。

我偷偷抬起頭，只見鄭白雪努力將截斷的手臂重新接回去，消除殘存的魔力。在她身後的伊藤蒼太則是不斷從口中湧出鮮血。

「咳咳……嘔呃呃呃……」

即便是突如其來的攻擊，他也肯定能避開。有點可惜。

那傢伙吐血的模樣令我無比爽快，但他也有可能趁這時對車熙拉反擊。

儘管如此，我依然相當痛快。

在那傢伙周圍的大和公會成員，似乎正絞盡腦汁準備對付車熙拉，可惜他們絕不可能成功。即便內心有想祭出最後一擊，但以眼下的情況來說，相當困難。

此時維克哈勒特擋在車熙拉面前，再加上侍衛們及時趕來，一切似乎到此告一段落了。維克老爺爺緊皺著眉頭，嚴肅地凝視著車熙拉。

「夠了，別再得寸進尺了。」

「爺爺，讓開。我的目標不是你，而是你後面那傢伙。」

「熙拉，這裡不是演武場。」

「現在是誰在搞鬼，爺爺你不也很清楚嗎？但你和其他侍衛阻擋的卻不是那小子，而是我……你還分不出來誰是被害者、誰是加害者嗎？還需要更多證據嗎？那王八蛋可是現行犯，是一個打算在我面前殺死我家親愛的、死了也活該的傢伙。」

很好，她完全就是在耍賴。

一切根本完全說不通，都是強詞奪理。即便伊藤蒼太是個瘋子，也不可能瘋狂到在這個聚集無數重要人物的場合，將魔力注入我體內，妄想炸毀我的頭顱。

不過，我的情況也大同小異。我同樣不可能糊塗到在神聖帝國殺死那傢伙的公會成員，而且我也沒有那個膽……

當時有口難言的窘境，也算是悉數奉還了。

只要有證據，就能輕易捏造事情經過。就像那傢伙對我做的一樣，真相由我來創造。

「妳不是也知道這件事不尋常嗎？儘管他威脅過李基英，也不可能愚蠢到在這裡做出這種事。事情分明有哪裡不對勁。先按照程序，聽聽他的說法吧！」

「誰知道呢，那得看你怎麼想了。畢竟我家親愛的大腦裡可是有相當重要的情報。雖然目前還沒有物證，無法確切地說明，不過因為是頗具影響力的情報……所以我完全能理解伊藤蒼太為何會出此下策。他不計一切代價，只想讓我家親愛的永遠閉上嘴。因為他知道，只要我家親愛的一開口，他絕對不可能全身而退。」

車熙拉賣力獻上的精湛演技，超乎我的預期。原本還擔心她的演技會略顯粗糙，但或許是情緒激動的緣故，她表現得相當出色。

「什麼……」

「他渴望讓李基英閉上嘴的程度，足以讓他在這裡做出這種事。他有這麼做的動機，我保證。」

這當然是謊話。

「當初他威脅我家親愛的，利用尤里耶娜誣陷他是罪犯，也是基於相同的原因……」

這也是謊話。

「如果說，這與琳德恐攻事件有關聯，就說得通了吧？」

無庸置疑，這個也是謊話。

「就算是這樣，妳應該也很清楚自己不能為此事做出懲處吧？愛人受傷，妳的情緒難免有些激動，我能夠理解。不過，請妳務必想想自己的身分，否則我也只好舉起我的劍……」

維克哈勒特一臉心急如焚，他肯定也因為車熙拉驚人的演技而開始懷疑車熙拉說的話是否為真。

然而，來到這裡之前與維克哈勒特的對話，正在否定這項可能性。他剛才說過車熙拉對他而言就像女兒一樣，可見他似乎對車熙拉抱持極大的信任，不會埋怨自己看走眼。

維克哈勒特默默地舉起劍，眉頭依然緊皺著。局面要是繼續僵持下去，也無濟於事，因此我只好緩緩開口。

「熙拉姐，我……我沒事……」

「親愛的！」

車熙拉頓時一驚，急忙朝我衝過來的模樣無比美麗，讓我不自覺地心跳加速。

不知怎地，我突然對重生者感到過意不去，總覺得在這個緊要關頭，比起金賢成，車熙拉更重要。

「沒事吧？親愛的，手臂還好嗎？」

「熙拉姐，我沒事……不要惹事。」

「好……我知道了。」

或許是激動的情緒平穩了下來，車熙拉再次恢復以往的三腳貓演技。

見到伊藤蒼太被維克哈勒特和護衛重重包圍的模樣，就令我無比痛快。

「總之，我們必須先逮捕你。不曉得你為何會在這裡犯下這種錯事。」

「我沒有攻擊李基英先生。」

「你必須依照程序接受調查。」

所謂的程序……真是一個好用的詞。

「是，我願意接受調查。但是我絕對沒有攻擊李基英先生。我想告訴在場的各位，我不但沒有故意接近李基英先生試圖殺害他，也不曾威脅過他。」

「以後你還有機會辯駁。總之，先跟我們走吧。」

「是。」

那傢伙悄悄瞟了我一眼。雖然只有短暫的一眼，不過從那張極其猙獰的面孔看來，他心中的怒火想必燃燒地格外旺盛。

就連我被那傢伙擺了一道之後，也氣得難以入眠。何況像他那樣高高在上、沒有一絲缺點的人，被不起眼的小蟲子反咬一口時，更會感到羞恥。

雖然無法得知他的想法，但他八成想立刻將我生吞活剝。要是能夠那麼做，我恐怕早已被碎屍萬段，屍骨無存，否則肯定會成為他的畢生之憾。

如果他真的想殺我，那他的確選錯方法了，當初他根本就不該挑起這場政治鬥爭。

還沒結束呢，好戲才正要上場。

我突然想傳達某些訊息給那個依然死命盯著我不放的傢伙。

朝他緩緩地豎起中指，一股通體舒暢的快感瞬間掠過後背，我默默地揚起嘴角。

你這隻可憐蟲，去死吧！

*　*　*

腦中一邊想著應該克制住笑意，卻忍不住笑了出來。被人群重重包圍，接受人們安慰與關心的此時，我理應忍住情緒，但笑意卻像根針一樣，持續往身體鑽。

「似乎發、發作了。請祭司繼續念咒語，也請魔法師們確認身體裡是否殘存不受控的魔力。」

「是。」

幸好李智慧了解我的情況，她向眾人謊稱我正受到魔力影響，我只好偷偷地抓住手臂，再次在地板上翻滾。

春日由乃悄無聲息地來到我身邊，一臉焦慮不安地在周圍徘徊。

其實，我沒有理由繼續在這裡。我的身體早已恢復得差不多，比起在這裡被眾人圍觀，還不如舒服地在房裡休息。我之所以還在這裡裝模作樣，理由可想而知——只是為了告訴眾人我們才是被害者。

當然，在場入戲最深的人無疑是鄭白雪。

「嗚嗚嗚，基英哥！嗚嗚嗚嗚嗚……」

「我沒事……」

「嗚嗚……」

鄭白雪哭得一把鼻涕一把眼淚，看起來可憐極了。

對她來說，眼前發生的一切都是真的。自己深愛的基英哥，與邪惡的凶手雙手交握時，發出了痛苦的慘叫聲，甚至差點命喪黃泉，她當然會表現出那樣的反應。

任誰看來都可能誤會我早已奄奄一息。

見到鄭白雪哭得傷心欲絕，幾個富有同情心、心地柔軟的貴婦也偷偷擦拭眼角的淚水。

雖然事先告知過春日由乃，但她或許不太熟悉眼前的景象，只是在一旁凝視著我，默默地流淚。

我的任務是讓自己看起來更痛苦一些，但一直賴在地上無病呻吟也不是辦法。李智慧應該也和我想的一樣，認為必須收拾眼前的局勢。

就在此時，車熙拉一肩將我扛起，經典的一幕再次誕生。

車熙拉似乎一點也不在乎我身上的血漬，即便瞬間渾身沾滿血，但在神聖帝國的貴婦眼中，此刻的她無比美麗。比起任何文學作品的情節，眼下發生的一切反而更加值得回味。

以女人來說，車熙拉的肩膀相當寬闊，被她扛在背上，確實有種備受保護的感覺。儘管不曾仔細撫摸，也能感受到她健壯的體形。不像朴德久空有一身肌肉，她的身材相當精實。

一想到伊藤蒼太拚盡全力擋下這副身軀所揮出的拳頭，我沒來由地再次發笑。他沒死也真是太厲害了。

車熙拉一拳掄上臉頰的瞬間，他肯定卯足了全力保護自己。從他口吐鮮血的模樣看來，那傢伙八成受到了致命傷。說穿了，相較於我，伊藤蒼太肯定受到了成倍的傷害。

我和車熙拉匆匆離開會場。

鄭白雪也不停地擦著眼淚，跟在我後方。

李智慧或許認為自己必須維護場內秩序，依舊滔滔不絕地發表言論。得知我的狀態一切正常，她似乎認為留下來處理善後對我方更有幫助。雖然我不免有些失落，但這才像李智慧，而且這麼做對我也有利……

不管怎麼說，李基英號正在全速航行，朝著舒適的病房前進。

一抵達病房，車熙拉將我放到病床上，臉色依舊略顯凝重。

祭司們來到病房後再次為我治療，但是即便在這樣的狀況下，我也難忍笑意。

鄭白雪同樣後退一步，靜靜地望著我。此時，車熙拉小聲地開口，「情況怎麼樣？」

「已經好很多了。只要像這樣好好靜養，應該不會留下後遺症。」

「辛苦了。你們可以出去了。」

「是。」

「小老婆，妳也出去。」

「不……」

「白雪，妳到我的房間打開第二個抽屜，裡面放著一封信。麻煩妳現在幫我將那封信交給巫女。」

「基、基英哥……嗚……」

「我的身體已經沒事了，妳應該聽話才對。」

「呃……嗯。」

「我已經沒事了。妳先回去換件衣服，梳洗一下再過來。轉交完信件之後，我們就繼續待在一起吧。妳很乖，對吧？請轉告春日由乃，我現在沒有大礙。」

「好的，我知道了……」

雖然不明白車熙拉為何要求鄭白雪離開，但我同樣希望她能暫時離開房間。這時正好有件需要她跑腿的事，可以拿來當作理由。

鄭白雪的眼眶依然沁滿淚水，令我有些過意不去，不過她一臉憂心忡忡的模樣，讓我實在無法光明正大地放聲大笑。

祭司們早已慌慌張張地離開，鄭白雪也無可奈何地走出病房。

「噗哈哈哈哈哈哈！」

隱忍至今的笑意，難以克制地瞬間爆發。

「……」

「噗哈哈呵……咳咳！」

一下子笑得太過用力，我甚至咳了起來，車熙拉則是一語不發地望著我。

「感覺就像在心裡憋了十年的惡氣，終於發洩出來了！熙拉姐，妳剛才有看到伊藤蒼太的表情嗎？咳，噗呵呵呵。」

「……」

「事情比我想像的更完美。說真的……要是那傢伙能避開妳的拳頭就更好了……真可惜呢！乾脆在那裡揍死他更省事。不，現在仔細一想，幸好他能活下來。我為他準備的禮物還有很多，不能讓他這麼快死去。熙拉姐，妳剛才有控制力道吧？還是那傢伙的反應太快呢？噗呵。總之，不管怎樣都無所謂……咳。」

不停大笑的同時，車熙拉的表情逐漸有了轉變，她的表情寫滿了煩躁……她幹嘛那樣？

感受到她臉上帶著一絲怒氣，我不得不開始看她的臉色。沉默了好一會，車熙拉才小聲地開口。

「親愛的。」

「嗯？」

「這好笑嗎？」

她是怎樣啊？

「你這個王八蛋，我問你好笑嗎？管他是伊藤蒼太還是什麼的，你差點就直接去見閻王了，你知道嗎？」

「我沒死……」

「別跟我說什麼沒死所以無所謂之類的屁話。要是我沒有及時把手臂截斷的話，你真的就掛了，說不定還會一輩子殘廢……」

「所以我才會說我相信熙拉姐啊！」

「我不是在說這個，而是你的態度。我活到現在，看過了這麼多瘋子，還是第一次看到像你這麼瘋的人，王八蛋！我偶爾也會遇到把命當作賭注的人，但沒有人像你笑成這樣。你就那麼想死嗎？」

「不是……」

「想死的話，隨時告訴我，我能直接把你打死。」

「熙拉姐，妳幹嘛這樣？」

不知怎地，此時的她和平常的樣子相當不一樣。原本還以為對於這齣完美的戲碼，她會和我一起放聲大笑，然而見到她這副模樣，我頓時感到不知所措。

不過，看到她緊閉雙唇，我大致能察覺她為何會出現這種反應。

天啊……沒想到傭兵女王也有這一面。我雖然想過，或許車熙拉是真的對我動了真心，但我不得不立刻打消這個想法，因為我怎麼樣都無法想像她會迷戀我。

我腦中一片混亂，無法否認的是，她確實在擔心我，不對，如她所言，她對我有好感同樣也是不爭的事實，不管出於什麼理由，總之這算是好兆頭。

「妳在擔心我嗎？」

「閉……」

我輕撫她的臉頰，她一語不發、緊閉雙唇的樣子，落入我的眼中。

「熙拉姐，妳不必擔心。因為有妳在，所以我才能大笑，我完全不認為姐會失手。我不是在賭命，只是確信我絕對死不了。」

「你……」

「熙拉，謝謝妳。」

我舉起還不太能動彈的手，輕柔地將她的臉轉了過來，她的身體開始靠過來，頓時令人有些錯愕。我默默地湊上雙唇，隨即感受到她戰慄的身軀。

她在緊張。雖然我也難以置信，但車熙拉確實渾身緊繃。

即便這只是暫時的，但是見到她自然而然顯露出渴望我的那一面，我很肯定自己猜對了一半。她在這樣的狀況下，依然緊緊揪住我受傷的手臂，模樣相當有趣。

一想到她可能撲上來，我發出了一聲驚叫。

「啊！」

「抱、抱歉。」

「沒事，熙拉姐。」

這種反應也非常新奇。

或許意識到了自己的反常舉動，車熙拉有些難為情，死命地想從嘴裡擠出一句話。

「不、不管怎樣，事情如預料般順利，真是太好了！」

「嗯，這樣就夠了。情況的確翻盤了！」

「你有其他的打算，對吧？我照你的要求說了那些話，現在大家肯定很好奇你知道的祕密，想知道為什麼伊藤蒼太打算把你解決掉。要是沒有確切的證據，他很有可能順利地被放出來。」

「我知道，因為神聖帝國不喜歡糾紛。」

「對大型公會的會長判刑，這件事確實可大可小……不過，一想到大和公會背後有教皇廳撐腰，大概一周以後，伊藤蒼太應該就能像你一樣，若無其事地在公開場合露面。」

「大可不必擔心。坦白說，我另有計畫，而且這件事我只打算讓妳知道。」

「什麼？」

「妳只要知道，這和我剛才請白雪替我跑腿的事有關就可以了。」

她的臉上寫滿了好奇。

雖然想過就此打住，不繼續往下說或許會更好，但這件事她早晚會知道。即便提早告訴她，計畫也不會出任何差錯。

只不過，對她來說，這件事聽起來可能有點荒唐。

「讓幻覺藥水流進日本。」

「什麼？」

「透過春日由乃，讓幻覺藥水從帕蘭流進日本販售。當然，巫女與帕蘭將會對外採取與這批藥水無關的立場……人們只會知道，日本的新興戰隊正在開發並販售這批藥水。」

「你……這傢伙……」

「可想而知，打著新興戰隊的名號，讓幻覺藥水在日本流通的幕後藏鏡人就是伊藤蒼太，這樣的謠言將會在日本到處流傳。現在那傢伙必須遵守調查程序，因此行動上會有所限制，此時就是放假消息的大好時機。當然，我不會親自動手，我已經替自己買了好幾份保險。真相會一點一點地水落石出……最終扼住那傢伙的脖子。」

「親愛的，你知道不只教皇廳，伊藤蒼太在權貴之間的形象也非常好吧？」

「所以這樣更好。人們對於惡人犯法多半不感興趣，要是對方的形象良好，反而更容易下手。等到伊藤蒼太再次出現在社交圈時，他的風評想必早已下滑到難以挽回的地步，形象也會毀於一旦，再也無法東山再起。妳知道像他們那種人，認為在這個世界上什麼最有趣嗎？」

「什麼？」

「在背後說別人壞話。」

此時，車熙拉微微錯愕的神情，落入我的眼中。

第052話　獵巫

閒來無事的貴族和貴婦，本來就愛說別人閒話。在我看來，這些幾乎是全人類都熱衷的話題。

戴著善良面具的伊藤蒼太，為了隱藏自己的弱點，企圖暗殺無辜的平民，這樣的消息完全足以轟動整個社交圈。

如果那傢伙只是個普通人，說不定就沒辦法引起這麼大的風波了。正因為他溫和敦厚的外表，加上正面的形象，讓他成為縱橫社交圈的大明星，才能引起軒然大波。

結束與車熙拉的對話之後，我花了一整天的時間安撫鄭白雪，雖然覺得有點浪費時間，但聽到李智慧早已如火如荼展開行動的消息，我簡直樂不可支。當然，只要一有空，我也會多說幾句閒話，但在這方面，李智慧才是高手中的高手。

我也差不多該一起動一動嘴巴了。

今天找上門來的是許久未見的春日由乃。她默默地跪著，向我磕頭行禮。

「主人，您的心情看起來很好。」

「當然。沒有後遺症，也比想像中更活動自如。」

「那……您是否覺得疼痛？」

「雖然還是會痛，不過沒有大礙。雖然我事先有吃止痛藥，但在魔力的作用下，我的身體內部還是亂成一團，止痛藥也沒太大的效果……話說回來，販售幻覺藥水的事，目前進度如何？」

「我有按照主人的吩咐處理好了。幻覺藥水已經流進市場了，銷售狀況也不錯。」

「銷售狀況如何？」

「以今天來看，淨收入超過兩萬金幣，這是扣除黑市交易得到的數據。」

「在這麼短的時間內能有這樣的成果，非常好。」

「是的。純粹買來滿足個人需求的人數正在成長……期待日後會持續增加。」

「還不錯呢。」

我不認為商品會乏人問津。這款幻覺藥水不僅售價低廉，對一般老百姓而言能輕易入手，還能讓人暫時忘記現實世界的痛苦，能夠在這種沒有夢想和希望的世界占有市場，也不是一件奇怪的事。

在受詛咒的神壇研發的精神治療藥水，經過我的一番改良，最後變成了幻覺藥水。而問題就在於，這款藥水具有輕微的成癮性。如果和藥師一起商量再製作，或許不會有太大的問題。不過當初的藥師就是我自己，所以根本沒有其他人能處理這款藥水。

「應該沒有被發現吧？」

「當然沒有，主人。在黑市販賣的商品由我的私人營業所作為人頭戶，販售幻覺藥水的新公會也已經開始順利運作，甚至也有大和公會的成員使用幻覺藥水……」

「又是一個有趣的消息呢。大和公會那邊有其他的消息嗎？」

「無法掌握準確的情況，不過在伊藤蒼太接受調查之後，公會的氣氛發生了轉變。不僅拒絕與和我方公會進行貿易，更持續和其他公會接觸。」

「對策呢？」

「我方公會也同樣繼續試著和其他公會保持聯繫。主人，您不需要擔心，畢竟現在日本人對於伊藤蒼太的評價不太好。」

很好，難得有這麼舒心的消息。不只在這裡，那傢伙在其他地方同樣風評不佳的消息，簡直令我喜不自勝。

這大概是作為大型公會的夜空親自譴責那傢伙所產生的結果。雖然在部分保守派的影響下，關於夜空的輿論不算正面，總之只要等到一切塵埃落定，所有事情都能順利解決。

「如果有任何特殊情況發生，繼續向我彙報。」

「是的，主人。我會繼續留意一切。」

「對了，妳沒有看見其他畫面嗎？」

「是。目前為止還沒……」

「這項能力雖然有好處，卻也有不方便的地方啊。」

「我很抱歉。請、請您懲罰我！」

她再次跪伏在地面上，但眼下我似乎無法如她所願地給出懲罰，因為此時門外傳來車熙拉的聲音。

「親愛的，你不是說和卡特琳公爵夫人有約嗎？」

「噢，熙拉姐，我馬上出去。」

我的聲音聽起來略顯彆扭。我的周圍環境雖然發生了些微的變化，但改變最多的，莫過於和車熙拉的關係。

從她的言行舉止看來，似乎早已將上次反常的模樣忘得一乾二淨，不過最近變得更常主動和我交談。尤其是和春日由乃獨處的時候，她總是毫不避諱地來找我。

她肯定對於我和未來的春日由乃結識這件事耿耿於懷，只是沒有表現出來而已，因為她是自尊心強的傭兵女王。

雖然我不理解車熙拉的態度為何會和往常有些不同，但她或許有自己的原因。畢竟喜歡一個人，本來就無法用常理來解釋。

當然，我在她心中的重要性增加，可能是我未經深思熟慮的推論。但從結果上來看，確實不能否認我的地位變得比以前更穩固了，這是件好事。

「我該出去了。」

「好，您請便。」

「我一直都很感謝妳。」

傭兵女王是一回事，同時我也沒有忘記必須經營好與春日由乃之間的關係。控制春日由乃相對容易許多，光是輕撫她的髮絲，春日由乃就會像鄭白雪一樣，心滿意足地沉浸在幸福之中，更不用說她早已將自己的身體託付給我。

「主人，您似乎很開心呢。」

「噢，我並不是覺得和妳相處非常無趣才這樣，是因為能和卡特琳公爵夫人一起痛罵伊藤蒼太讓我很開心。對了，繼續和神聖帝國的大人物們保持良好關係……那麼，下次見。」

我緩緩打開房門，只見車熙拉的視線集中在我們身上，她盯著巫女看了好一陣子，模樣有些不對勁。春日由乃只是低著頭，沒有做出其他反應，但或許感受到了車熙拉的視線，她開始望向車熙拉。

「我們聊一聊好嗎？」

「噢。」

「親愛的，你先去忙你的事。我們有些女人之間的事需要聊一下。沒問題吧，巫女？」

「好，當然沒問題。我同樣也有話想對車熙拉大人說。雖然還有很多事需要處理，但如果只是稍微聊一下，我可以撥出一些時間。」

「那太好了。那麼親愛的，等等見囉！」

我雖然有些害怕，不曉得她們會聊什麼內容，但我認為最好還是不要牽涉其中。眼下我必須立刻赴約，比起這兩個女人的對話，和別人一起分享我的喜悅更重要。

帝國的神聖騎士團代替暫時離開的維克哈勒特老先生，和我一同前行。

沒多久，一群在庭園裡享受下午茶的貴婦出現在眼前。

「哎呀，李基英大人。」

「卡特琳公爵夫人、愛麗絲伯爵夫人，很高興見到兩位！噢，今天瑪麗蓮千金也一起來了呢，在座的各位也好久不見了。」

「聽說基英大人要一起喝下午茶，所以人家都想參加。您的身體好些了嗎？」

「雖然現在行動還有些不便……但我怎麼能錯過和美麗的各位一起聊天的機會呢？大家肯定都被上次的事情嚇壞了……今天能受邀在此和各位相聚，我非常感激。」

「別這麼說。當時我們也非常慌張，沒有好好照顧到您，我們實在感到非常抱歉。」

「那種情況任何人都會害怕。沒想到各位反倒還特地邀我前來，實在是感激不盡！」

「能和基英先生一起聊天，我們也非常開心。」

怎麼可能不開心？

我從不覺得自己善於言辭，不過光是在恰當的地方給予讚嘆，或是為她們鼓掌，就足以讓這些閒閒沒事做的貴婦們，高興得幾乎要飛上天。

無論對話的內容是什麼，現在的我是首都最炙手可熱的大紅人，對她們來說，光是和我聊天就能感受到優越感。

群體交流能夠形成情報網，她們可以說是位在情報網的中心，因此任何消息都能透過她們瞬間傳遍整個首都，而我也相當樂於把這整起事件當成茶餘飯後的話題。

果不其然，貴婦們已經七嘴八舌地聊了起來，我不禁揚起嘴角。雖然開啟了不同話題，但對話內容最終都會回到那傢伙身上。

「真是的……沒想到他竟然是這麼可怕的人。」

「就是說啊！誰知道他會在社交聚會上做出那種事？我到現在都還心有餘悸。」

「我也和愛麗絲伯爵夫人一樣。他和教皇廳似乎交情匪淺，我還以為是個值得信任的人，果然人不可貌相啊！」

「其實我聽說過一件事……」

「噢！瑪麗蓮千金有什麼小道消息嗎？」

「是。這是一個教皇廳那邊的朋友告訴我的。話題有點敏感……我是因為相信大家才決定告訴各位，希望大家一定要保守這個祕密。」

「那是當然的。」

我敢保證，眼前這位瑪麗蓮千金所說的話，在這個聚會結束後不超過三個小時，馬上就會傳遍整個首都，這必定會成為眾人皆知的祕密。

「伊藤蒼太那個人，和教皇廳的艾莉爾大修女，那個……」

「什麼?!」

「噓！愛麗絲伯爵夫人，請您小聲一點。」

「有傳聞說，他們倆有不正當的關係。當然，這件事情還未經證實，不過從他經常在深夜進出教皇廳的行徑來看，似乎滿有說服力的……」

「其實，艾莉爾大修女的風評也不太好。表現上一臉和善地笑著，背地裡卻做出那種事。難怪這次舉辦聚會的時候，她進出首都的次數特別頻繁。我當時還覺得有些奇怪，心想那個人或許和伊藤蒼太有些關聯……」

「教皇廳也和以前不一樣了。哎呀，他們是為神奉獻的人，我當然不應該懷疑他們的真心，但是這之中也有一些行為不檢點的人。」

「其實，在席利亞那邊的朋友告訴我，伊藤蒼太在自由城市的風評似乎不太好。」

「什麼？」

「不是在調戲良家婦女，就是在欺負弱小，經常做出一些違背騎士精神的事。因為他是公會的會長，大家也只能睜一隻眼閉一隻眼。不過一直到最近，他的影響力大幅下滑，所以才出現各種批評的聲音。」

「原來如此……」

「有人說他是地下世界的首領，也有人說他經營黑市，把其他種族的奴隸……」

「天啊……好可怕呀！」

不需要我開口煽動，那傢伙早已成為眾人口中的人渣。不光是和教皇廳暗自勾結，一些狗屁倒灶的傳聞也憑空被捏造出來，到處流傳。在這裡虛構捏造的謠言，多半會變成事實，然後在首都鬧得沸沸揚揚，而我也樂在其中地參與對話。

「對了，我也聽說過他在經營黑市。」

其實我沒聽過，這是我捏造的謠言。

「哎呀……真的嗎？」

「是的，聽說在那裡能買到各式各樣的東西。站在我們自由民的立場，其實有不少人認為，大和公會的成長速度實在不尋常。當然，我並不是在無視大和公會立下的功績，不過和攻掠副本及其他成果相比，公會規模壯大的速度確實有點可疑！」

「天啊……」

「雖然很難確定真實性，不過聽說他正在用不正當的手段擴大公會的規模。對了，這個消息的來源還不確定……」

過了今天，消息來源就確定了。

「原來如此。這難道……和您知道的事情有關嗎？」

「是的，不過現在還不能告訴各位。以我現在的處境來說，不得不小心一些……我也擔心會造成不必要的麻煩。」

「看到李基英大人您傷得這麼重，這些消息想必也不是空穴來風。他應該是作賊心虛吧？」

「真是的……我之前還跟那個人一起喝茶聊天……」

「世界上沒有任何人能相信，不是嗎？瑪麗蓮千金？」

「沒錯。卡特琳公爵夫人說的對，我要把這些事情一字不落地告訴父親。」

「我也是。」

「我也是，一定要把這些事告訴我丈夫。」

要是伊藤蒼太在場，肯定會覺得荒謬至極，甚至忍不住笑出聲來。

過了一段時間之後，她們開始直接批評伊藤蒼太。

「骯髒的垃圾。」

「其他的自由民都因為這件事而挨罵，當然，我不是指基英先生……」

「沒關係，我完全能體會各位的心情。」

就算能理解，這麼有趣的事怎麼能結束呢？光是想著明天該散布哪些謠言，就讓我樂不可支。

溫暖的午後日光和一杯好茶，最重要的是，有趣的八卦，簡直跟毒品沒兩樣。這就是人活著的滋味啊！

* * *

當然，沉醉在其中的人不只我。

日子一天天過去，伊藤蒼太的風評跌落谷底，甚至鑿穿了地表，假設這個世界的結構和地球一樣，那傢伙的風評恐怕已經抵達地核了。

不到四天，那傢伙就變成了棲身於黑社會的帝王、肆無忌憚進行奴隸和器官買賣的敗類，還是為了鞏固自身的權力，不惜讓雙手染滿鮮血的冷血動物，而且還調戲無數良家婦女，根本是徹底的人渣。

而伊藤蒼太為了掩飾見不得人的一面，企圖殺害我的這則消息，也為毫無根據的傳聞而增加了一些可信度。

由於謠言過於荒唐，少部分的人並不相信這些熱騰騰的八卦。但那有什麼關係呢？反正人們一點也不關心現在首都裡鬧得沸沸揚揚的傳聞究竟是真是假，因為那是無聊日常中的樂趣。

所有人都不希望讓這點小樂趣消失、不希望這些樂趣都是謊言，他們想把對話內容當成主題，進行獵巫。

比起公爵、伯爵或當權者，由他們的另一半，也就是貴婦們來執行更是明智的選擇。想必她們回家後就會代替我，將一整天聽來的所有關於伊藤蒼太的八卦，鉅細靡遺地告訴自己的枕邊人。比起處處受到微弱牽制的我，由他們信賴的家人來轉達更好，那些貴婦就相當於不必支付薪水的免費人力。

對於一落千丈的形象和輿論，對方也派出了一些人力，竭盡所能地想辦法應對。當然，想平息所有的風波，對他們來說實屬勉強。

即便他們不停辯駁，但在社會大眾早已對他們反感的情況下，按照現代的處理方式，他們後續肯定會召開記者會來證明自己無罪。不過，伊藤蒼太還處於乖乖接受調查、活動範圍受到限制的狀態，他現在肯定心急如焚。

而我恰好相反，此時的我開始怡然自得地在四周遊蕩。教皇廳裡那些極力想將伊藤蒼太從醜聞的泥沼拉出來的人，都是我的重要客人。

「哎呀，格朗副教區長大人，好久不見。」

「呵呵，不是才過一天嗎？」

「哈哈哈，我一直都很想見您。和格朗副教區長大人見面，一起聊聊和神相關的事，對我來說非常有幫助，我也很樂在其中。」

「李基英大人，您太看得起我這個微不足道的祭司了。對了，今天我要為您介紹一個人，您聽過潔西卡主教嗎……」

「當然。看來今天又能更接近貝妮戈爾女神一點了！」

「潔西卡主教大人非常期待能認識您。」

「我也是。」

今天先與格朗副教區長碰面，明天則是潔西卡主教。與潔西卡主教建立一定的交情之後，我又立刻繼續物色其他對象。

「噢，李基英先生，您來了！」

「我想盡快和潔西卡主教大人見面，所以馬上過來了。」

「我們不是說好單獨見面時，叫我潔西卡就好嗎？今天我們要一起去見大主教。安杜林大主教聽說了關於基英先生您的事，他說一定要和您見上一面。」

「壓力有點大呢……但是看在潔西卡的面子上，我得鼓起勇氣。」

「基英先生真會說話。」

同樣地，與潔西卡主教打好關係之後，又順利地跨出一步了。

「安杜林大主教，幸會。」

「能和最近的話題人物見上一面，真是我的榮幸。」

「能親自見到您，更是我的榮幸。我經常聽潔西卡主教提起您，今日一見，完全超乎我的想像呢！」

「哈哈哈哈。李基英信徒，您說話真有趣。話說回來，現在也到用餐時間了，不如一起用餐吧？巴傑爾樞機主教也會和我們一起。潔西卡主教有空的話，也一同前往吧。」

「承蒙您的盛情。」

順利地跨出一步之後，我又繼續往更高處邁開腳步。

馬不停蹄地和各種人見面，其實我現在連他們的名字都記不太住。但為了擊潰伊藤蒼太，這種事根本不算什麼。

「巴傑爾樞機主教，雖然有點突然，但我準備了禮物。」

「李基英信徒，您大可不必這麼做。何必這麼客氣？這真是……」

「您收下吧，這是我的一點心意。這是一瓶能為您排憂解愁的好酒。對了，這是我獻給教皇廳的捐款。」

「怎麼還準備這些……」

「這些金額或許遠遠不足以貢獻給神，總之我先帶來五萬金幣，表達一點心意。日後有機會的話，我會努力持續捐款。」

「深愛著神的李基英信徒，我明白您的心意了。」

「哈哈哈。其實我準備的不只這些，我也想直接捐一些善款給巴傑爾樞機主教。」

「那、那是什麼意思……」

「我相信您會為了神，好好使用這筆捐款。」

「咳……」

巴傑爾樞機主教一口收下了我為他準備的禮物，模樣著實有趣。

教皇廳早已徹底敗壞。通常所謂的宗教一旦達到一定規模，就會開始腐敗墮落，周圍的人見狀或許會眉頭緊皺，但這裡正好是我這種人胡作非為的絕佳場所。

「話說回來，要不要也一起見見總大主教？李基英信徒。」

「好的，當然得見他一面。」

「對了，在那之前我想先介紹一個人……赫麗娜？」

「是，巴傑爾樞機主教。」

「這位是尊貴的客人。請妳先做個自我介紹吧？」

「李基英信徒，很高興認識您，我是異端審問官赫麗娜。」

「噢，我經常聽到您的名號。聽說您的工作就是砍斷骯髒異端頭顱這種神聖的職業。不過，恕我失禮，沒想到您竟然是一位如此美麗的女子。」

「哎呀……」

「一肩攬下所有人都倍感壓力的事，真是辛苦您了。」

除此之外，我當然也沒有忘記暴力集團和基層的人。

其實經營人脈一點也不容易，因為需要留意的地方出乎意料地多。

倘若問我，主動聯繫、主動打招呼，和在重要的日子送上一份薄禮，究竟有什麼了不起，我應該也答不上來。不過大多數人做不到這些事，多半有其原因，畢竟這世上肯定有人把主動聯絡交情不算深厚的人當成一件苦差事。

對他們來說，自己的時間更寶貴，守護自己的領土和地盤更重要。比起和別人喝咖啡聊是非，更專注於自我開發，和沒必要的人聯絡反而會令他們倍感壓力。

我尊重他們的選擇，不過這種人多半會在人際關係上吃虧，因為世界是腐敗的。

認識一些人、互相交談，本身就能帶來好處。比起一面也不曾見過的陌生人，人們更容易對熟悉的人產生感情。有些人因為地緣關係，在就業的競爭中慘遭淘汰；有些人因為缺席幾次公司聚餐，就深刻體會到了同事們的疏遠。

雖然這只是我個人極端的想法，但這個名為社會的體系，對我這樣的人而言非常有利。從這個角度來看，上次的聚會和碰面，對我方來說著實獲益良多。

在這不算短的期間內，我的行程早已排得擠不出任何一丁點時間。當然，忙碌的人不是只有我，車熙拉也有和高階公職人員之間的聚會。以她的性格來說，肯定百般不情願，不過一天短暫露一次面，對她這種個人主義者而言，還算勉強能接受。

實際上，春日由乃才是為了我而忙得焦頭爛額的那個人。幻覺藥水的販售和管理事務全都落到她的頭上，尤其她還必須同時負責自由城市內部的輿論操縱，這似乎讓她感到分身乏術。

鄭白雪雖然比較輕鬆，但隨著和我見面的時間變少，她也開始感到壓力。值得慶幸的是，上次的事件或許帶給她相當大的衝擊，她開始專注在修練魔法，整天待在房間裡不出門。

而和我一樣行程滿檔的人，當然就是李智慧。

結束一天的行程的李智慧，看起來同樣相當疲憊。

「你昨天晚上做了什麼？」

「和潔西卡主教及異端審問官赫麗娜待在一起。」

「還真厲害啊。」

「只是一起參加禱告會而已。」

「整個晚上？」

「嗯。」

「誰會信你的話？不過我不太在意這種事，你自己好自為之。」

「信不信由妳。」

「話說，她們有利用價值對吧？基英哥？」

「暫時能派得上用場。」

「那就好。有新的消息嗎？」

「我個人的計畫進行得還算順利……我並沒有特別提起關於伊藤蒼太的事，不過他們一聽到我要捐款就笑得合不攏嘴。妳那邊如何？」

「我有一個熱騰騰的全新消息。你聽了肯定會嚇一跳……」

「是什麼？」

「審判的日子確定了。」

「確實是值得驚訝的消息。」

我根本沒想到會進入審判的環節，這件事可以說是出乎意料之外。

我和李智慧雖然努力地到處散布謠言，混淆大眾的視聽，但以那傢伙的地位來說，進入審判的時間，理應比現在更晚一些，畢竟我也有嫌疑。

如我之前所言，我和伊藤蒼太的關係，就像戰火一觸即發的琳德和席利亞。

萬一那傢伙受到了不當的審判，席利亞肯定會發生動亂。站在神聖帝國的立場，即便得到處看別人眼色，也要圓滿地解決這件事。

我雖然想過，說不定這場審判的結果，只會對他處以罰金，不過他們不可能那麼愚蠢，畢竟伊藤蒼太站上法庭的瞬間，就等於正式被貼上了嫌疑犯的標籤。

假如他知道我和李智慧正在一點一滴削弱他的影響力，就不可能選擇對自己不利的戰場。因為那傢伙的政治生涯，距離完全終止只差一步，而顧慮外界眼光的教皇廳，同樣難以繼續對他伸出援手。

「法官們收買得如何？」

「一半一半。有些人和我見了面，有些人似乎站在他們那一邊……你不覺得情況有點奇怪嗎？」

「嗯。」

「聽說是伊藤蒼太親自要求召開審判。」

「原來如此……」

「我在想，他或許打算在局勢變得更糟糕之前及時收手，不過似乎又不是這麼回事……看他這麼認真地行動，說不定手中握有足以讓我們忌憚的把柄。」

「這樣啊。」

「因為基英哥你的伎倆也沒有多光明磊落。當然，現在還不曉得那傢伙手中的情報影響力有多大。總之，他想方設法站上審判臺，想必不會帶著捏造的消息，又或者，是一個任誰都無法看出破綻的高級假情報。」

「是嗎？」

「你的反應未免太冷淡了吧……難道你已經提前想好應對辦法了？」

「噗……呵呵，差不多吧。妳應該知道我為自己買了很多份保險吧？」

「知道。」

「我在腦中根據不同的狀況，想了數十個不同的應變對策。當然，其中也包括伊藤蒼太親自申請審判，對我展開攻擊的情境……」

「嗯……」

「我敢保證，那傢伙做出了最壞的選擇。要是那傢伙真的如我預料地展開行動……噗呵呵，他馬上就能深刻地體驗到什麼叫作背後被人捅了一刀。智慧姐，拭目以待吧。」

＊　＊　＊

距離伊藤蒼太接受審判日子越來越近。

簡單的一句話，卻意義非凡。原本情緒高昂、陷入狂熱的琳德市民，高喊著「這就是正義」，舉杯歡慶；席利亞的市民則是因為這突如其來的消息，一時無法回過神來。

當然，主動要求開庭、增加自己嫌疑的人是伊藤蒼太，但那些遠在琳德和席利亞的人，絕對不會知道。我方沒有必要告訴大眾這項事實，伊藤蒼太同樣不會讓席利亞的人知道。

上一次的被害者是我，這一次他鐵定也打算當一回被害者，但對我來說，重要的只有那傢伙將要接受審判這項事實。

他想在日本國內操縱輿論的不良居心已經被春日由乃擋了下來。

其實大部分的民眾根本不必知道這些實情。他們只要知道，那傢伙是以加害者的立場站在法庭上，還有善良的李基英以殺人未遂的嫌疑被逮捕，最終進入審判程序，這樣就夠了。

外人眼中的審判，只關乎加害者伊藤蒼太傷害被害人李基英，將被處以何種程度的刑罰。在這場審判中身居要位的人們，大概也明白這將會成為政治鬥爭的戰場。這正是李智慧焦慮不安的原因，她擔心審判恐怕無法順利進行。

「基英哥，事情發生得有些突然，不曉得我們準備得充不充足。」

「智慧姐，這樣就夠了。法官收買得相當順利，我們也和教皇廳那邊培養了一些交情，不是嗎？」

「雖然大概知道你隱瞞了什麼，但我也有在意的事。就算你說買了很多保險，究竟派不派得上用場還無法確定……這裡的審判和現代畢竟有些不同，或許只是走個形式。不知道那傢伙會如何幫自己開脫，一想到這點……會擔心也是正常的吧？」

「妳不必擔心，因為伊藤蒼太非常聰明。」

李智慧一言不發地望著我，她還是頭一次這麼擔心我。她好像大致看出了事情的現況和發展，但這樣也不錯，因為這代表伊藤蒼太同樣大概抓到了頭緒。

「我相信你。」

「嗯。智慧姐，妳放心吧。」

即便內心依舊不安，但她似乎鐵了心要擺脫這種狀態。這樣正好，李智慧盡可能不去擔心，或者沒有餘力擔心，就代表計畫正在隱密地進行中。

雖然好奇伊藤蒼太會使出何種招數對付我們，但一切都會在我的掌控之中。我之所以一個人大費周章地設下重重陷阱，是為了盡可能不被發現。

不過，看到李智慧依舊一頭霧水的神情，我只好緩緩開口。反正我正好覺得等待開庭的日子百無聊賴，在一切發生之前提早告訴她，似乎也是個不錯的選擇。

「妳還是很好奇嗎？」

「說不好奇是騙人的。只是你要我別擔心，我才盡量不去在意罷了。本來設陷阱就應該這樣，你不是說我到處奔走行動會妨礙你嗎？畢竟好幾個人一起行動，總是更惹人注目。」

「準確來說不是這樣。如果是一般狀況，有妳的幫助當然更好，陷阱也能設計得更完美一些。我之所以非得瞞著妳私自行動，是為了讓伊藤蒼太知道，我是一個謹慎的人。智慧姐，妳覺得事情會如何發展呢？不……我換一種方式問，單憑妳的個人感覺，妳認為事情會發展到哪一步？妳覺得我原本打算怎麼做？」

李智慧思量片刻，接著緩緩開口：「首先，徹底終結伊藤蒼太的政治生涯，等到那傢伙被教皇派和皇帝派兩邊孤立之後，再慢慢讓事情落幕。方法嘛……」

「是什麼？」

「大概是基英哥你目前在日本販賣的毒品吧？除了這個之外，還有其他的。不過我認為剩下的那些，都只是為了吸引他人注意的幌子。因為奴隸買賣、器官非法交易和經營黑市，大多是捏造的消息。」

「原來妳知道啊？」

「當然，我沒有任何物證，這只是根據目前局勢和我個人直覺的推斷。我沒有私底下調查，就算真的調查了，我的權力有限，想知道這些事也很困難。拿毒品當作明確的證據，把伊藤蒼太從以前到現在做過的非法勾當一併記上，徹底擊垮他。這就是你的計畫，對吧？」

「再說得淺白一點。」

「伊藤蒼太旗下的大和公會，在席利亞境內販賣毒品。用這一則假消息來解決那傢伙，就是你原先的計畫。」

「沒錯，這是第一步。那麼，我為什麼要隱瞞這件事，不告訴妳和其他人呢？」

「因為你得小心一點才行。雖然你應該有各種理由，但這是最準確的答案。」

「這的確是正確答案。不過我剛才也說了，在這個時候最重要的是，必須盡可能展現我在這件事情上有多麼小心謹慎，讓伊藤蒼太誤以為我另外為他準備了致命的一擊，甚至連我最信任的代理人都不知情。」

「嗯……」

「實際上，我捏造的假消息就是致命的一擊。李基英斷臂事件也只不過是障眼法……萬一他對於在城市販賣幻覺藥水的事一無所知，那麼他大概會因為販賣毒品罪遭到致命的打擊。

這是第一種狀況。」

「我懂了。」

「現在，還有另一種狀況。試著假設那傢伙已經發現了幻覺藥水的存在，不僅從目前市面上流通的幻覺藥水嗅出一絲不尋常，甚至察覺這是陷阱，並展開一番調查。我認為，這個情況的可能性更高。因為妳說過，是他本人主動要求開庭的。」

「我也是這麼想的。」

「但是他應該很難找到證據。因為這件事只有我和春日由乃知道……如果那傢伙真的有本事，的確可能找得到，又或者乾脆捏造假消息。他在調查的過程中，想必費了很多心力吧。就像我剛才說的，這件事連智慧姐都未曾參與，他在追查我的底細時，肯定也想了很多，因為找不到證據，所以覺得非常奇怪，比如說……」

我稍作停頓，李智慧連忙開口接下去，「比如說，懷疑你不只準備了這個？」

「嗯。」

「我大概理解你的意思了。可是，如果發生第二種狀況，他已經知道你想把幻覺藥水事件栽贓到他頭上，連你的下一步都知道的話，要怎麼辦？」

「妳覺得我下一步會怎麼做？」

「假如我是基英哥的話，肯定會讓春日由乃背這個黑鍋。一併解決春日由乃和伊藤蒼太，這可以說是最合理的作法。要是伊藤蒼太主張目前在席利亞販賣幻覺藥水的人不是他，而是李基英和春日由乃，那麼基英哥就只能靠出賣春日由乃來脫罪了，不是嗎？」

「噗哈。」

「你會作偽證，把兩個人一起解決，對吧？不過，基英哥，現在丟掉春日由乃這張牌太可惜了。如果我猜得沒錯，你還是趁現在調整一下計畫吧。我能理解你的憤怒，但為了一個瘋子犧牲巫女……太不划算了。」

「我看起來有那麼垃圾嗎？」

「我只是假設如果我是你的話會怎麼做，因為那是最合理的選擇。」

「妳說的沒錯，確實很合理，但是我並不打算拋棄春日由乃。就算伊藤蒼太確實順利查出幻覺藥水事件背後的真相，日後在法庭上拿出我販賣幻覺藥水的情報，就當作我真的因此陷入危機好了……這件事情的前提打從一開始就錯了。」

「什麼意思？」

「這不是毒品。」

「你說什麼？」

「我說，這不是毒品……準確來說，我說它是毒品，它就是毒品。如果我能證明它不是毒品，那麼它就不是毒品。」

「什麼……」

「如果伊藤蒼太不知道幻覺藥水的存在，它就是毒品。那傢伙馬上就會變成毒販，被砍下腦袋，或是慘遭致命的打擊。相反地，要是伊藤蒼太拿出販賣幻覺藥水的證據，誣陷我是毒販的話，這瓶藥水就不會是毒品。」

「那怎麼可能呢？」

「為什麼不可能呢？只有我能檢驗出藥水的成分，在這片陸地上，沒有其他煉金術師能比我更了解。我是創造出幻覺藥水的始祖，如果沒有剖開我的腦袋，絕對無法得知配方。」

「原來是這樣……」

「有件事我只跟智慧姐稍微透漏……」

「好。」

「妳知道幻覺藥水裡，用來當作基底的催化劑是什麼嗎？」

「……」

「是聖水。」

「你說什麼？」

「就是在貝妮戈爾神聖帝國公開販售的聖水。在伊藤蒼太說出這瓶幻覺藥水是毒品的瞬間，遊戲就結束了。說聖水製成的藥水是毒品，這難道不是在褻瀆神聖嗎？噗哈哈哈哈哈！知道幻覺藥水的存在又能怎麼樣呢？他到死都不會知道這瓶藥水是聖水做的。」

「……」

「噗哈哈哈哈哈。他乾脆一無所知地被當成毒販，就這麼死去，或許內心還會比較舒坦一點。在他妄想翻轉局勢，誣陷我販賣毒品的那一刻起，異端審問官就會馬上出動！噗哈哈哈……咳咳。沒錯，智慧，我承認那傢伙確實很聰明，但無論伊藤蒼太是聰明還是愚蠢，當我發明的藥水流進日本的那一瞬間，遊戲就已經結束了，因為那傢伙不是煉金術師。」

「原來如此。」

「反正他的選擇已經被決定好了。噗哈哈哈！所以我才會說那傢伙做了最壞的選擇，假如他真的打算拿幻覺藥水這件事來攻擊我，那他根本搞錯方向了。這就是我想看到的結果——他的家人和公會成員，都會因為他的異端身分，命喪黃泉……因為這裡是信奉貝妮戈爾女神的神聖帝國。」

李智慧靜靜地看著我，她大概正在努力地整頓腦中的思緒。

可能出現的狀況很多，但最具代表性的，只有兩種。

第一，伊藤蒼太不知道幻覺藥水的存在。此時，我準備的是伊藤蒼太販賣毒品的假證據。伊藤蒼太將被判以販賣毒品罪，一切結束。

第二，伊藤蒼太知道幻覺藥水的存在，企圖指控我販賣毒品，並帶來了證據。此時，我準備的是幻覺藥水的配方。我只要平心靜氣地承認這瓶偉大的藥水是我的就可以了。接著，伊藤蒼太將會被判以褻瀆神聖罪，然後一切結束。

不管那傢伙選那一條路，在前方等著他的，都是地獄。

「噗哈哈哈哈哈！」

我實在忍不住笑意，最近太多值得笑到下巴脫臼的樂事了。

此時李智慧盯著我，臉上微微泛起紅暈。

「基英哥。」

「嗯？」

「你真的很性感呢。」

「是妳的眼光太奇怪。」

「還是一個了不起的人渣。你真的很有魅力。」

不知怎地，我竟然一時之間無法回答第二句話。

稍稍看一眼時鐘，發現差不多到了開庭的時間。我站起來，開口說了一句話，李智慧隨即點了點頭。

「智慧，一起去為這一切畫下句點吧。」

「真令人期待呢。」

第053話　摻在真相裡的謊言

既然要站上法庭，就得好好端正儀態和心態。心態雖然和我無關，但表現在外的儀容肯定至關重要。比起參加社交聚會，這次我需要做更多的準備。

這次的衣著打扮同樣由李智慧負責操刀，而從上次學到教訓的鄭白雪，果然沒事就在一旁探頭探腦，盡全力想幫忙，得到我的感謝之後，她才一臉心滿意足地望著我。但事實上，她對這件事情的貢獻連百分之一都不到。

我和代理人團隊的代表李智慧一同出發，緊接著，莊嚴肅穆的法庭出現在眼前。

我方的代理人團隊早已就定位，另一邊是宗教領袖。見到潔西卡主教、赫麗娜異端審問官等重要人脈，我悄悄點頭致意，她們的嘴角隨即浮現一抹滿意的微笑。

總是笑臉迎人的巴傑爾樞機主教，也若有所思地微微板起臉孔。他是我珍貴保險的其中一份，所以得悉心照料，畢竟只有樞機主教級別以上的祭司才能召開宗教審判。

對面則是陪審團。

原本陪審團的人選是由隨機抽籤決定，但見到卡特琳公爵夫人和瑪麗蓮千金坐在其中，看來似乎不全然如此。由於這場審判不是陪審制，她們稱不上擁有多大的權力，但畢竟還是有影響力的觀眾。

她們和我對上眼，立刻莞爾一笑。

四周的椅子圍成一個圓，將我包圍在其中，上方坐著為這場審判增添光彩的觀眾們，就像古代的劍士們彼此切磋較勁的羅馬競技場。戰鬥雖然不會真的發生，但這個比喻相當貼切。

「因為這也是一場仗。」

「什麼？」

「沒事，智慧小姐。」

「真無聊。」

我搖搖頭，要她不必在意，於是李智慧再次埋頭研究手上的資料。由於無法得知接下來會發生什麼事，所以她想確認各種對策和其他事項。

內心隱隱不安的情緒逐漸消散，原先空著的座位，也開始一個接一個地被填滿。早已收買得差不多的法官們、證人席的車熙拉和春日由乃，以及親愛的伊藤蒼太紛紛入座。

「請被告入場。」

其中一側的門緩緩敞開，那傢伙的模樣相當理直氣壯。就像在強調自己不是罪犯一樣，他若無其事地環視四周，然而兩手之間的手銬，宛如在昭告天下人，這傢伙就是個犯人。

早已安插在觀眾席的我方同僚，此時緩緩地開口。

「那、那個人渣！」

「他以為這裡是哪裡，竟然還敢把頭抬起來？」

不必多說也能感受得到現場的氣氛瞬間高漲。

與伊藤蒼太站在同一陣線的人，也開始扯開嗓子喊叫，雙方一邊吼叫的同時，還不忘指著對方的鼻子罵。然而躁動並沒有維持太久，因為此時傳來了大法官的聲音。

「請所有人保持肅靜。從此刻開始，在神聖的法庭內擾亂秩序者，不論任何理由，法庭將予以強制驅離。」

「……」

「在此宣布，此次審判由被告伊藤蒼太，也就是大和公會的會長主動提出。在審判開始之前，先為貝妮戈爾女神獻上禱告。請巴傑爾樞機主教大人親自帶領禱告。」

「我將為各位禱告。」

不管哪裡都有複雜又令人煩躁的程序。雖然恨不得馬上進入審判，但這種想法絕不可能說出口。

當所有人閉上雙眼祈禱時，我偷偷瞟向那傢伙，只見那傢伙同樣緊盯著我。

隨便瞧一眼就能知道伊藤蒼太此時怒氣滿點，他肯定還記得被帶去接受調查前，我朝他比了中指。

他瞪著一雙布滿血絲的眼睛，緊緊地盯著我，臉上的表情簡直和惡鬼沒兩樣。如果這裡不是法庭，他應該早就把我碎屍萬段了，真他媽可怕。

不過正是因為知道他無法動彈，所以我也沒有必要害怕。為了防範突發狀況，維克哈勒特和帝國騎士團守在我的身邊；那傢伙的雙手也被徹底捆綁，他沒有任何辦法能傷害我。

此時，我再次舉起我的中指，盡可能地揚起嘴角，迅速地伸了一下舌頭。

伊藤蒼太緊咬的嘴唇，滲出了鮮血。但是那樣死命地瞪著我又有什麼用呢？

我的嘴角差點失守。雖然知道禱告時必須保持莊嚴，但他那張打算和我較量一番的表情，令我感到無比痛快。

這是我第一次感受到如此明確的惡意，在這樣的情況下，還能不散發出殺氣，確實令人佩服。但就算是這樣，我也不會把中指放下。

「為了展開公正的審判，請您賜予祝福……」

「由衷感謝辛苦的巴傑爾樞機主教。這場審判預計進行六十分鐘……」

針對大法官正在說明的程序，我點了點頭，反正都是一些已知的內容。雖然辯論得來回好幾次，但假如一切正如我所料，就算花上一整天時間折磨這傢伙都不嫌久。

「首先是原告的證詞……審判將由李基英先生的代理人團隊代表李智慧小姐開始發言。原告？」

「是，尊敬的大法官大人。在開始發言之前，請您先過目我方所整理的資料。」

「請拿過來。」

「十月十八日社交聚會當天的事，並不是第一次發生。一直以來，我的委託人持續地接到死亡恐嚇和不具名的威脅，原因就在於帕蘭公會的李雪浩和大和公會暗中進行某種交易。」

「請繼續。」

「我的委託人李基英先生，在十月一日遭受了襲擊。想必在座的各位一定還記得之前的琳德恐攻事件，這起恐攻事件和各位目前得知的隨機恐攻不一樣，準確來說，這不只是企圖殺害我方委託人的暗殺事件，數十名無辜的琳德自由民也因此被捲入這場風波。帕蘭公會、紅色傭兵公會，以及黑天鵝公會，在調查李雪浩的過程中，發現他與大和公會的伊藤蒼太私下接觸，甚至得到了相關證詞。然而就在幾天後，也就是十月七日，李雪浩的屍體卻在拉瑪德山脈附近被人發現。」

我們智慧說得真好。

「在拉瑪德山脈附近發現的李雪浩屍體嚴重毀損，充滿被人拷問的痕跡。而且，我們在屍體上面發現了大和公會經常使用的武士刀所留下的痕跡。我可以提交剛才的資料和李雪浩的屍體，作為證物。」

當然，一切都是捏造的假情報。當初殺害李雪浩的，不是他們，而是我方。對擁有李雪浩的屍體的我方而言，想要一些小手段，根本輕而易舉。

「除此之外，琳德恐攻事件大部分的凶手，早在落網之前就已經自殺了。但從他們身上檢驗出的毒藥成分，和日本刺客慣用的手法一致。」

「我有異議！沒有證據能證明恐攻事件刺客身上的毒藥來自大和公會。該證據不適合採用。」

「這部分我會先當作證據。請將相關的資料拿過來。」

「是，尊敬的大法官大人。」

那並不是偽證，我雖然沒有能證明那些刺客是大和公會派來的證據，但只要方式正確，子虛烏有的事也能變成證據。

「雖然刺客的身分未能查清楚，但能夠辨認出他們大部分是從自由城市席利亞來的日本人。他們當時拿的武器樣式和魔法的作用機制，也同樣大多來自席利亞。我將此作為證據一併提交。」

果然，伊藤蒼太的代理人站在對面努力地辯駁。

「我有異議！就算他們用的魔法作用機制或者武器樣式源自於席利亞，也不能證明他們真的是席利亞派出去的人。這都是受過專業訓練的他方勢力，意圖將一切栽贓給大和公會……」

「這部分我會先當作證據。」

「那根本都是胡扯！」

「請安靜。原告發言的時間還沒結束。」

大法官大人正在認真地採用我方不嚴實的證據。呵，都到了這個地步，他們應該能察覺出問題了。

那就是，李智慧已經和神聖帝國的大法官見面無數次，雖然無法親耳聽到確定支持我方的承諾，但他們也收了不少好處，因此或多或少也打算睜一隻眼閉一隻眼。

獻給貝妮戈爾女神的禱告詞中，那所謂的公正審判，壓根就不存在。

「我有異議！那個證據……」

「我認為這足以作為證據。請將相關的資料拿過來。」

「是的，尊敬的大法官大人。」

就像這樣。

「我有異議！這不是物證，而是單純的心證。希望您能考慮到資料造假的可能性。」

「肅靜！原告發言的時間還沒結束。總之，這些資料我會先過目。代理人，請把資料拿過來。」

「是，謝謝您。無比尊敬的大法官大人。」

還有這樣。

「我有異議！」

「我會當作證據。」

「大法官大人，謝謝您。」

以及這樣。

滿坑滿谷都是證據。

對那傢伙來說，這裡不是法庭，而是審判臺。

被要求保持肅靜的人們，每當大法官點頭時，總會獻上掌聲，但輪到伊藤蒼太那一方開口時，他們便會投以冰冷的日光。

這場布局無懈可擊。儘管他們咬定這是捏造的證據，大法官依然選擇採納。我設下的重重陷阱，全都在暗示所有惡行皆是伊藤蒼太所為。

「大法官大人，尤里耶娜事件也是類似的狀況。大和公會的伊藤蒼太為了陷害我的委託人，利用從李雪浩和琳德恐攻事件中得來的情報，打算把殺人犯的罪名栽贓到我的委託人頭上。傳說級道具尤里耶娜的資訊欄顯示，只有在我的委託人受到威脅時，它才會發動攻擊。」

「原來如此。」

「大和公會的風間博之在伊藤蒼太的命令下，對我的委託人展現出殺氣騰騰的模樣，並做出實際的威脅行為。這是過去這段時間裡，針對尤里耶娜的行為模式進行調查後得到的分析報告，再加上巫女春日由乃所提供的證詞，一併作為證據提交。」

「我會進行確認。請夜空公會的春日由乃到證人席。」

「好……剛開始我看到的是……」

陪審團或宗教領袖們聽著春日由乃的證詞，頻頻點頭。沒想到能如此順利。春日由乃的證詞果然相當有可信度。

春日由乃說完證詞之後，李智慧繼續發言。

「請原告做出最後的陳述。」

「是的，尊敬的大法官大人。想必大家都還記得，上次社交聚會的殺人未遂事件。雖然多虧了車熙拉大人，這起暗殺事件沒有成功，不過在所有貴族和宗教人士聚集的場所，犯下這種人神共憤的罪行，我認為不需要特意提出證據。到目前為止，我所提到的證據，以及從實際情況看來，伊藤蒼太對我的委託人懷抱惡意，通通都是不可否認的事實。那天他故意在我的委託人手臂上注入魔力，在場的每個人都看到了。」

「是。」

「這部分我就不另外提出證據了，因為在座的各位都是證人。以上。」

結尾也非常完美。

伊藤蒼太的代理人雖然也時不時插上幾句無力的辯解，但無論如何似乎都難以引起人們的共鳴。

雖然不曉得他會用什麼方式反駁，但是伊藤蒼太肯定不會就此收手，那傢伙能幹又聰明，絕不會就這樣倒下。不論是造假的情報還是其他事情，他手上八成握著些什麼。

讓我見識一下我所期待的事情吧。

如我所料，此時伊藤蒼太緩緩開口。

「這不是事實。代理人李智慧所說的，和真相有所出入。琳德恐攻事件、尤里耶娜事件，還有殺人未遂事件，也同樣不是我做的。準確來說，雖然是日本人發起的行動，但我敢保證，這些事全都與我無關。」

「被告，請你不要胡亂發言。」

「我沒有亂說話。各位，以及無比尊敬的大法官大人，雖然有點突然，但您是否聽過目前在日本境內流通的……幻覺藥水？」

如我所料，他上鉤了，而且還咬得死死地。

幸虧你這麼精明，發現了自己身邊所發生的微小變化。

幸虧你得到了原本無法得到的結論，並用捏造的情報來挖掘我和幻覺藥水的關係，把它攤在陽光下。

噗哈哈哈哈哈哈哈哈！謝啦，你這個聰明的傢伙！

儘管內心狂笑不已，我依舊一語不發地閉著嘴。

＊　＊　＊

假如對方是個腦子有洞的蠢材，或許不會知道我方的殺手鐧是什麼，但如果是那個謹慎的傢伙，肯定能察覺。

在我用藥水緊緊扼住那傢伙的喉嚨之前，以他的立場來說，必須先下手為強，因此他八成認為這是個好時機。

看到他準備送我一記致命暴擊的傲慢嘴臉，我的嘴角險些失守，不過我得繼續演戲，裝出一副神色凝重的樣子。

我努力自我催眠——現在的我非常驚訝，並且陷入了危機。

想擺出猙獰的表情也不容易……該報名演技課了嗎？翻遍整個琳德，說不定能找到一個開過演員訓練班或是當過演員的人。

當我開始想著其他事，使勁全力憋住笑意的同時，伊藤蒼太持續籌備著他的致命一擊。

或許是感受到了眾人的目光集中在自己身上，他開始掃視周圍的觀眾。看到他這副游刃有餘的模樣，不知情的人肯定不會把他當成罪犯。

此時，他的其中一位代理人拿出一小瓶藥水，那正是李基英，也就是我本人所製造的藥水。

「這是目前在日本境內流通的幻覺藥水。」

「請不要陳述與審判無關的內容。」

匡地一聲，李智慧慌張地一掌拍在桌面上，言行舉止擺明就是作賊心虛。提前告訴她這件事，簡直做得太對了。

「大法官大人，我有異議！那個人說的內容和這場審判毫不相干。」

「不是的，大法官大人，我現在要說的，絕對是在這場審判當中能起到關鍵作用的核心證詞，也是絕對不能漏掉的部分。尊敬的大法官大人，請您務必允許我發言。」

伊藤蒼太一說完話，大法官微微搖頭，不過那傢伙似乎也安插了一位法官，他悄悄地在大法官耳邊說了幾句，伊藤蒼太也裝出一副無可奈何的樣子。

「你可以發言了。」

「謝謝您。就像我剛才說的，這是目前在日本流通的幻覺藥水。雖然才剛開始正式販售，但在更早之前，這瓶藥水就已經偷偷流進黑市了。一瓶要價二十金幣，說貴不貴，說便宜也不算便宜。」

「所以有什麼問題嗎？」

「問題就在於這瓶藥水的功效。尊敬的大法官大人，這瓶藥水就像它的名字一樣，能讓人類看見自己想看見的幻象，相當於一種迷幻藥。不只如此，它還有致命的成癮性。」

「大法官大人，我有異議。」

「我想再多聽一些被告的陳述。」

李智慧從旁提出異議的時機點堪稱一絕，她皺緊眉頭，臉上寫滿了憤懣，她要是說之前曾在劇場待過，我也相信。

伊藤蒼太盯著李智慧的神情端詳了片刻，接著再次開口，「沒錯，就是各位想的那樣，這瓶藥水具有成癮性。就像毒品一樣。」

賓果。

幹得好！我幾乎都想為他加油打氣了。

但問題是，該如何把這瓶藥水和我方牽扯在一起。如果胡扯亂編一通，那可就打錯如意算盤了。那傢伙似乎想再多說些什麼，我也得再觀察一下。

「幻覺藥水流入黑市時，我們大和公會就已經開始關注，並努力地追查藥水的來源。因為我實在非常好奇，究竟是誰想靠這瓶說是毒品也不為過的藥水來牟取不當利益，同時讓自由城市染上毒癮。」

「……」

「第一次發現他們的行跡是在十月一日。雖然原告誤會並指控我方是琳德恐攻事件的主謀，但根據我方的調查，襲擊李基英先生的凶手，就是席利亞的小型公會『影子』。」

伊藤蒼太說得頭頭是道。

「被告，你的意思是，你有相關證據嗎？」

「是的，大法官大人。」

大法官仔細地檢閱那傢伙準備的資料，看來他準備得相當齊全。

他應該無法在短時間之內憑空捏造出小型公會的相關資訊，八成是拿現有的公會當代罪羔羊。

「小型公會『影子』是一家犯罪型公會，專門販售一些非法物品、藥品等違禁品，並從中獲利。由於他們總是暗自在城市裡散布這些商品，自由城市席利亞當局也相當頭痛。剛開始，這只是我單純的推測，雖然靠我們公會搜集情報的能力，也無法得知影子公會為什麼會襲擊帕蘭的李基英先生，但卻發現了一個非常關鍵的線索。」

「是什麼？」

「那就是，琳德恐攻事件並不是單純的恐怖攻擊，而是兩個販毒組織，『影子』與『天空』之間的地盤鬥爭。」

他做得真棒。

「被告，這是什麼意思？」

「我的意思是，讓幻覺藥水在日本市場流通的人，以及將販毒組織之間的勢力鬥爭，包裝成琳德恐攻事件的幕後主使者，還有新興公會『天空』的會長，就是坐在原告席的李基英先生。」

真是無懈可擊的致命一擊。

新興公會天空的會長確實就是我，讓幻覺藥水在日本流通的人也是我，但和實情有些不同的是，琳德恐攻事件不是販毒組織間的勢力鬥爭。在真實情況裡巧妙地摻進一些憑空的杜撰，這種手法讓我感覺彷彿看到了另一個自己。

雖然謊言能不能被當成證據採納還是個問題，總之他交出來的證據水準相當優異。

「現在一臉受挫，坐在原告席的李基英先生，提前和交情匪淺的夜空公會春日由乃小姐暗中勾結，創立了新的公會。公會的名稱就是天空。非得拉上春日由乃小姐一起的原因，大概是為了讓只在黑市販賣的藥水能正式在席利亞上市。而我，準確地猜中了他們的計畫。」

正解。

「他們建立了一套系統，謊稱名為幻覺藥水的毒品是治療劑，按照規定的程序，合法地在日本散布藥水。」

這也是正解，雖然那不是毒品。

「不過才短短幾天，就成功地累積好幾萬的淨收入。」

不只好幾萬，大把大把、數也數不清的金幣，不斷地進到我的口袋。

但無論如何，我不得不感到驚訝。沒想到在這麼短的時間內，他能推測出如此接近事情的真相，甚至在行動受限的狀態下，還能偽造證據，看來那傢伙的確有本事。

我的臉色越來越黑，那傢伙卻說得越起勁。

「想必各位都知道，上次的尤里耶娜事件，神聖騎士團和大和公會也另外展開了調查，而調查結果又出現了一項有趣的事實。被詛咒之劍尤里耶娜貫穿頸部的風間博之，確實意圖殺害李基英先生。尤里耶娜的確能感知主人受到威脅，而風間博之也確實受到了尤里耶娜的攻擊。」

「被告，這麼說來，你承認在尤里耶娜事件當中所犯的罪了？」

「是的。沒有管理好公會成員是我的錯。風間博之曾經是大和公會的一員，即便同時擁有兩個身分，他也還是我們公會的成員，由我來受懲罰，應該很合理吧？」

「你的意思是……」

「沒錯，死去的風間博之也是影子公會的一員。在琳德的暗殺計畫失敗後，他甚至企圖在首都行刺，這大概也是影子公會逼不得已的選擇。因為就我所知，販毒組織之間的鬥爭幾乎都是這樣，要是幻覺藥水流進了市面，自己販賣的藥品就賣不出去了。因此，他們肯定想不計任何代價除掉天空公會的會長李基英先生。」

劇本寫得真好，把兩次的暗殺事件導向販毒組織之間的鬥爭，這樣的故事情節簡直堪稱曠世巨作。

眼下的局面，任誰都會看得津津有味。

「你有證據能證明李基英先生製造並販售幻覺藥水嗎？」

「當然有，無比尊敬的大法官大人。幻覺藥水的前身，就是帕蘭公會在攻掠受詛咒的神壇副本時，發揮關鍵作用的精神治療藥水。只要仔細看看帕蘭公會所販售的《受詛咒的神壇攻掠日誌》，就能發現兩者有許多相似之處。」

「被告，請繼續說。」

「根據帕蘭的攻掠日誌，受詛咒的神壇副本每隔一段時間，就會讓人們產生幻聽和幻覺，進而造成負面影響。而李基英先生認為抑制幻聽和幻覺的方法，就是讓人們產生新的幻覺。基於這個理論，精神治療藥水就這麼誕生了。要說市面上的幻覺藥水和精神治療藥水有什麼不同，差別只在於成癮性的有無。」

「大法官大人，我有異議！被告巧妙地避開最重要的暗殺未遂不談，顧左右而言他。現在審判主要的重點不是幻覺藥水，而是社交聚會的暗殺未遂事件。」

「不是這樣的，大法官大人，這些事情肯定環環相扣。我向貝妮戈爾女神發誓，社交聚會上發生的暗殺未遂事件，絕對不是我做的。李基英先生身上為何會發生那樣的事，我無法下結論，但我認為這起事件同樣和影子公會有關。因為以幻覺藥水和李基英先生之間的關係來看，隨時隨地都有人想取他性命也不無可能。犯人明明知道事實，卻非要栽贓我和大和公會，大概也是得知我在背後調查幻覺藥水的緣故。我認為暗殺未遂事件是自導自演的可能性，也同樣必須考量在內。

「大法官大人，我知道這場審判的重點不是幻覺藥水，但不能否認的是，所有的事件都與幻覺藥水有關。考量到藥水的危險性，我認為必須請坐在原告席的李基英先生，親口說明事情的真相。」

伊藤蒼太極其滿意地點了點頭，周遭觀眾的內心，顯然也因為他的話而變得搖擺不定，實在太有趣了。

那傢伙滔滔不絕的同時，還不斷地提出證據，任誰聽了都會認為我才是那個大壞蛋。這稱不上是完美的「捏造」，因為其中有一半以上都是事實。

雖然不曉得他用了什麼方法，將我方的底細摸得如此清楚，但針對一項證據鍥而不捨地深入挖掘，最終導出令人信服的推論，依舊讓我想為他鼓掌喝采。

不知不覺就輪到我發言了。我偷偷望向伊藤蒼太，只見他自鳴得意地揚著嘴角，看到我一臉吃癟的模樣，他肯定認為自己贏得了勝利。

這時，我不再擺出一副受挫的模樣，緊皺的眉間頓時舒展開來，下垂的嘴角也盡情地上揚。

我淺淺一笑，感激地向他點了點頭。那傢伙的神色隨著我的表情變化，開始變得越來越慌張，模樣極其滑稽。

我從容不迫地開口，伊藤蒼太立刻皺起了眉頭。

「尊敬的大法官大人，確實是我讓藥水在市面上流通的。」

第054話 第三張牌

「尊敬的大法官大人，確實是我讓藥水在市面上流通的。」

這番話在旁觀這場審判的觀眾之間引起了一陣騷動。

我努力地嚥下瞬間迸發的笑意。

巴傑爾樞機主教看起來相當鎮定，但其他人似乎對這突如其來的轉變感到不知所措。有這樣的反應也情有可原，畢竟要是某一天突然發現總是笑臉迎人的鄰居竟然是個毒販，大多數的人大概都會擺出這種表情。

雖然從我嘴裡說出這些話有點難為情，不過我在神聖帝國的形象簡直好到突破天際，因此大家當然會很意外我就是伊藤蒼太口中的毒販。

伊藤蒼太似乎認為我藏了底牌，他連忙開口說道，「竟然這麼平心靜氣地承認自己犯下的罪刑，還真是厚臉皮啊。大法官大人，還有必要再聽下去嗎？現在原告和被告的身分已經對調了，快點把那傢伙關押起來，依程序……」

但眼下眾人期待的，不是他的發言，而是從我口中吐出的真相。

「說什麼關押和程序呢？我確實有讓藥水在市面上流通，但我從來沒有親口認罪。你現在還是被告。」

「在自由城市販售毒品如果不是罪，這像話嗎？況且你還想把加害者的汙名冠在無辜的人身上，簡直是罪加一等。」

「我不明白你在說些什麼，伊藤蒼太先生。」

「李基英先生，你剛才不是親口說自己就是讓毒品流通的人嗎？」
「所以呢？」
「你要是打算裝蒜的話……」
「幻覺藥水不是毒品。」
笑意持續在體內蠢蠢欲動，因為此時此刻那傢伙臉上寫滿了驚慌，他根本無法預測我的想法和下一步。
他似乎正在琢磨著，或許我只是在虛張聲勢，不過謹慎如他，肯定會以我方留有一手為前提，採取行動。
「尊敬的大法官大人，我販賣的幻覺藥水不能稱為毒品。請在座的各位神聖帝國市民給我一個機會，讓我對這款幻覺藥水進行說明。」
「這……確實需要一些說明。」
「大法官大人！」
「我允許你發言。」
非常好。
「伊藤蒼太先生的證詞絕大部分都是事實。我在受詛咒的神壇中研發出治療劑，也確實從治療劑中獲得啟發，製造出幻覺藥水。透過春日由乃和名為『天空』的新興公會來讓藥水流通，同樣也是事實。至於藥水在黑市販售，我雖然不知情，不過這也可能是事實。」
「請繼續說明。」
「當然，比起事實，他捏造的證詞更多。琳德恐攻事件是販毒組織間的鬥爭，這是假的；死去的風間博之是影子公會的一員，這也是假的。還有，暗殺未遂是我的自導自演，這當然也是假的。」

「大法官大人！」

「被告，請你暫時保持安靜。現在開始，原告提供的證詞內容，將在這場審判當中起到十分關鍵的作用。」

這段時間以來和我方交好的大法官似乎也希望我們勝訴，那默默支持我的模樣為我增添了些許的勇氣。

「當然，其中最大的謊言，就是把幻覺藥水說成毒品，這完全是一派胡言。」

「你有證據嗎？」

「準確來說，幻覺藥水是以治療為目的所研發的藥水。」

「治療？」

「沒錯，就如同在受詛咒的神壇使用的精神治療劑，幻覺藥水同樣也以治療為目的被製造並上市販售。被告表示，影子公會和我方之間的地盤爭奪是後續一連串事件的導火線，但這根本不是事實。伊藤蒼太所效力的大和公會，才是影子公會的盟友。」

大和公會和影子公會互相聯手是我大腦的原始設定，儘管眼下無法提出任何證據，但這樣的大放厥詞，我認為更有效果。

「大家應該都聽說過，伊藤蒼太旗下的大和公會，不只進行奴隸買賣、器官非法交易和販售非法藥物，同時還經營黑市。」

這其實是我說的。

「大法官大人，我有異議！這項傳聞毫無根據，原告提出的證據內容相當薄弱。」

「你等等就能見識到最有力的證據了。大法官大人，一切要從夜空公會春日由乃小姐來找我開始說起。相傳在很久以前，在日本境內流通著非法的毒品，這不是指幻覺藥水，而是真正的毒品。自由城市席利亞長期暴露在非法毒品之下，許多人也因為毒品而承受著痛苦。這是我從她的口中聽來的。」

「……」

「於是她委託我製造治療劑。」

「原來如此……」

「沒錯。就像各位腦中想的那樣，幻覺藥水就是毒品副作用的治療劑。帕蘭公會和夜空公會不只治療染上毒癮的人，還查出了非法毒品來自何處。一切大概就是從這時候開始的。」

「原告，這是什麼意思？」

「我指的是，長時間以來，我不斷地受到暗殺的威脅，彷彿對方不希望我接近真相。除了琳德恐攻事件以外，把我當成目標的威脅越來越多。雖然我們不清楚日本毒品市場的主導權在哪個組織手上，但多虧這些暗殺行動，讓我得知了不少內幕。如同我方在審判剛開始時所提到的，試圖暗殺我的是大和公會。噢，或許是影子公會也說不定，我是指收到大和公會指令的影子公會成員。」

「大法官大人，這全都是謊話和狡辯。剛才的發言提到幻覺藥水是現存毒品的治療劑，這毫無事實根據。我還真好奇具有成癮性的幻覺藥水該如何成為毒品的治療劑。」

「伊藤蒼太先生，為什麼你會說它不能成為治療劑呢？幻覺藥水的效果已經在受詛咒的神壇被證實了。還有，希望你能注意自己的用詞，幻覺藥水確實帶有輕微的成癮性，但把它稱之為毒品，就跟把紅酒這種個人愛好的食物稱為毒品沒有兩樣。」

「那是……」

「一開始，它就是被用來當作治療劑的商品。要是沒有人暗中阻撓，想必早已流通到各處了。審判官大人，伊藤蒼太之所以持續威脅我，都是為了阻止這個被稱之為幻覺藥水的治療劑進入市場。」

「簡直是胡扯。審判官大人，我們公會的煉金術師在幻覺藥水中發現了誘發成癮症和幻覺的大麻成分。」

為了得到更有力的證據，他肯定會檢驗其中的成分，但我沒料到他竟然準確地驗出了其中一項催化劑，真令人驚訝。

找那些算得上有能力的煉金術師幫忙調查，確實值得給予肯定。但是，這片大陸上沒有比我更有能力的煉金術師。

「原來已經檢驗過成分了？那疑點可就更多了，大法官大人。明明已經檢驗了成分，竟然還把幻覺藥水稱作毒品。」

「李基英先生，含有大麻成分的藥水如果不叫毒品，要叫作什麼？」

「伊藤蒼太先生，您真的好好檢驗過成分了嗎？您要是真的確切掌握了幻覺藥水的相關資訊，肯定不會說出剛才那些話。不對，是不該說。」

「什麼……」

「幻覺藥水是由聖水製成的。」

不只那傢伙，場內瞬間闃然無聲，一片寂靜。

我忽然意識到這場審判變得越來越值得玩味，眼前發生的一切實在有趣，令我不自覺發笑。

伊藤蒼太此刻的表情簡直扭曲得不能再扭曲。他連忙轉頭望向巴傑爾樞機主教和其他的宗教人士，端詳他們的神情，那副德性一點也不像能在城市呼風喚雨的當權者。

「伊藤蒼太先生，所謂的治療劑本來就是這樣，加入大麻是為了治療。而且就算只有一丁點貝妮戈爾女神賜予的聖水，也能淨化體內的有害物質。站在煉金術師的立場來說，確實很方便。」

「……」

「其實，只憑女神大人的聖水來完成淨化也綽綽有餘，沒有必要另外研發治療劑。不過，正在一口一口地蠶食自由城市席利亞的怪物，並不是只有非法毒品。伊藤蒼太先生，幻覺藥水所帶來的，正是女神大人賜予我們的正義。」

「……」

「你竟敢說女神大人的聖水是毒品。這不就是褻瀆神聖嗎，各位？」

眾人依舊噤若寒蟬，但原本寂靜一片的場內，沒過多久便陷入一陣瘋狂。因為此刻與我交情匪淺的異端審問官赫麗娜，頓時發出震天怒吼。

「褻瀆神聖！」

剎那間，周圍的其他異端審問官也染上了瘋狂的氣息，場內的怒吼聲此起彼伏。

「褻瀆神聖！褻瀆神聖！」

「異端！異端！」

我雖然認為貼上異端的標籤似乎有些過頭，但這的確有利於我方。

事情的發展越來越有趣，我不禁失笑。驚慌失措的伊藤蒼太則是臉色越來越凝重，他連忙開口。

「尊、尊敬的大法官大人，都是因為我的愚昧無知，才會把幻覺藥水當成毒品。如果我事先知道的話，絕對不會說出剛才那些話。巴傑爾樞機主教，您不是也知道我是多麼地崇拜、相信貝妮戈爾女神嗎？尊敬的祭司大人，請原諒我的無知。我絕對沒有其他意圖。」

此時此地，擁有最高地位的宗教人士是巴傑爾樞機主教，是他啟動了只有樞機主教級別以上才能召開的宗教審判，那傢伙會不斷討好他也不無道理。可惜的是，巴傑爾樞機主教早就已經和我們站在同一陣線上了。

不過話說回來，那傢伙的反駁其實相當合理，如果改口說幻覺藥水不是毒品，就等於否定了自己到目前為止的所有發言。換句話說，比起直接否定證詞，說自己毫不知情反而還有機會辯駁，存活機率也更高。

問題是我準備的可不只這些，最大的反轉就在於巴傑爾樞機主教已經服下的東西——那就是我準備的珍貴葡萄酒，而且是特級品，呵呵呵。

幻覺藥水不僅能讓人看見自己想看見的畫面，也能像在受詛咒的神壇那樣，利用藥師的特權，讓人們看到我想讓他們看見的。

或許信徒喝了女神從天上降下的聖水後，就會把眼前看見的景象當成神的啟示，信仰尤其堅定的巴傑爾樞機主教也一樣。

巴傑爾樞機主教喝了我送去的葡萄酒，眼前會出現什麼畫面呢？該死的伊藤蒼太，他恐怕怎麼樣也想像不到。

「現在開始，我判定這起事件超出帝國法庭的權限，我以神聖帝國教皇廳第二樞機主教的權限，向詹姆斯大法官正式提出申請，在此時此地召開宗教審判。」

巴傑爾樞機主教用嚴肅表情說道。

這才是我精心為伊藤蒼太奉上的禮物。

這部分在伊藤蒼太看來，可能會感到有些驚慌。他變成神聖褻瀆者已然是不可否認的事實。只不過被他自己說中，的確是因為無知才造成的。

把幻覺藥水誤認為毒藥，都是拜他沒有完全調查清楚所賜。如果現在改口是不小心犯錯，可能還有機會讓人覺得情有可原。

＊　＊　＊

但關鍵在於要求進行宗教審判的巴傑爾樞機主教。

我當然不是為了敦親睦鄰才接近樞機主教級的祭司們，怎麼可能這樣到處周旋、累得像狗一樣，就單純為了交朋友？

雖然交到這樣的朋友也不是壞事，但和樞機主教級的祭司們見面，對我來說是個讓伊藤蒼太當眾吃鱉的好機會。

以聖水釀造的葡萄酒當作贈禮並讓對方產生幻覺，簡直易如反掌。更何況送給巴傑爾樞機主教的葡萄酒，是我特別製造的特級品。

就算製作原理和廉價的幻覺藥水一樣，卻是後者無法比擬的奢侈品。

〔新鮮的葡萄酒（英雄級）〕

〔混合各種複雜材料，以聖水製成的葡萄酒，被稱為神的禮物。限定第一杯具有永久提升神聖值2點的效果，以及恢復耗損神聖力的功能，有時候還會讓人看到特別的畫面。〕

製造一瓶只需要大約八千金幣，其實製作這樣的東西並不會太複雜，只是過程有點辛苦。因為有位在帕蘭的煉金術工廠，幻覺藥水可以算是不用牽掛，最困難的還是尋求釀造新鮮葡萄酒的必需材料。萬一伊藤蒼太並未接受調查，我肯定不會主動去尋找材料。

一旦成功釀造葡萄酒，接下來要做的事就簡單了，那就是和巴傑爾樞機主教一起用餐，並且和他分享葡萄酒。巴傑爾樞機主教喝下葡萄酒看到的畫面，更是臨門一腳。

他看見了二十年後的世界。從地獄召喚而來的惡魔，以及與惡魔締結契約的伊藤蒼太。

我替巴傑爾樞機主教擬好的劇本，是一個男人慘烈的生平，也是奮力守護貝尼戈爾女神與神聖帝國的烈士奮鬥史。

而與這個男人對立的第一大惡棍，就是垃圾般的惡魔崇拜者伊藤蒼太。這個與惡魔立下契約的傢伙從踏上這片大陸後，就非常緩慢且謹慎地滲透教皇廳內部。

從現在的時間點推進五年後，他不僅以接近完美的程度蠶食整個教皇廳，連神聖帝國的教皇也受到了他的操控。我們的英雄巴傑爾樞機主教則是唯一能對抗伊藤蒼太，身負教團希望的抗爭者。

巴傑爾樞機主教與伊藤蒼太的抗衡持續了非常漫長的時間，直到他失去所有心愛的人，自己也迎來非常悲慘且痛苦的死亡，宛如某個世界末日場景。

眼看著教皇廳被來自地獄的惡魔們包圍而哭喊著，目睹伊藤蒼太在那之中隨意屠殺信徒們，自己的結局卻只能在心臟被插上一刀而死。

我實在難以忘懷巴傑爾樞機主教看完幻覺後的表情，當時他看似還是有些懷疑眼前的畫面是否為神的開示，但從隔天他堅定的表情看來，他已經完全認為那就是女神的旨意，因為他足夠虔誠。

巴傑爾樞機主教相當於去了一趟未來，某方面來說也是重生者兼先知者，現在伊藤蒼太正是他立刻要剷除的政敵。這樣的形容再貼切不過了。

就像金賢成第一次見到鄭振浩的時候，敵人已經無路可逃。

這是我準備的最後一份保險。雖然還有幾招，但現在我手裡握著的是最能確實催眠這些傢伙的方法。

「詹姆斯大法官大人？」

「我知道了。我正式接受巴傑爾樞機主教大人的請求。從現在開始這件事已脫離帝國法庭的權責，我以神聖帝國的帝國法庭大法官之權限，宣告這場審判就此結束。」

伊藤蒼太露出扭曲的表情，不敢相信眼前的情況。

「尊敬的巴傑爾樞機主教大人，我能明白您的心情，但實在無法理解現在的狀況。就算我對這瓶幻覺藥水的認知錯誤，我也絲毫沒有玷汙貝尼戈爾女神大人的心思。該受到懲罰的是坐在被告席的李基英！」

「我為什麼該受懲罰呢，伊藤蒼太先生？」

「你把大麻成分混入女神大人的聖水裡，這不就是不敬之舉嗎？」

只要聽起來合理就隨口喊叫出聲，恰好證明這傢伙已經陷入危機。

「這怎麼會是不敬呢？伊藤蒼太先生，大麻成分和聖水都能起到淨化作用啊。女神大人崇高的力量足以讓所有的事物回歸純淨，當然也能淨化你那不敬的心靈。」

「不、不只是這樣，巴傑爾樞機主教大人！帕蘭公會的李基英利用女神大人的聖水獲取不當利益，中飽私囊。」

「幻覺藥水的部分販售所得正持續奉獻給教皇廳，你大可不必擔心非法利益。另一部分預計用於毒品成癮者的復健治療。這是用女神大人的聖水製成的東西，不可能用在徇私的事情上，畢竟我跟你不一樣，罪犯伊藤蒼太。」

「你叫誰罪犯……」

「當然就是你這個現行犯。如果你說幻覺藥水並非毒品，不就表示你剛才的證詞全都是虛假的嗎？你自己親口承認了你的錯，就算不轉移到宗教審判，你也會就此被宣告有罪。啊，為了確定你是否對自己的發言感到後悔，我想重新問一遍，幻覺藥水究竟是不是毒品？」

「……」

「傲視群雄的大和公會會長伊藤蒼太先生，請回答我的問題。幻覺藥水究竟是不是毒品？」

「這個問題根本不值得回答。」

「什麼意思？」

「女神大人的聖水怎麼可能是毒品？提出這個問題本身就是大不敬。大法官大人、巴傑爾樞機主教大人，這是陷阱與誣陷，我要求重新召開審判……不，我要求休庭，大法官大人！」

就算你懇切地呼喊大法官，他也不可能再理你，因為權限已經移交給巴傑爾樞機主教了。

「法庭的權限已經不屬於我了，被告。休庭與抗告等要求，請待宗教審判結束之後再進行。」

「怎麼會……巴傑爾樞機主教大人，這是誣陷啊。這是帕蘭公會李基英的骯髒手段，他從一開始就想讓我掉進陷阱。只要再給我一點時間，我就能提出確切的證據。」

雖然我不太明白，像他這樣的人怎麼會在這時候變成鸚鵡，不斷重複著誣陷、誣陷，但這證明了他真的很急迫。

即便四處張望、擺出冤枉的姿態，眾人的反應仍舊冷漠。已經被揭露一次謊言，現在再怎麼說自己是無辜的，也沒人相信這些證詞。

我反而可以確信，這樣的舉動會讓巴傑爾樞機主教更火大，因為在貝妮戈爾女神大人啟示的未來裡，舌燦蓮花也正是伊藤蒼太的特長。

「閉嘴！」

「……主教大人？」

「閉嘴！你這個汙穢的異端！」

「我、我不是異端，巴傑爾樞機主教大人、赫麗娜異端審問官大人。雖然我確實有些誤會，但我絕對沒有背叛過貝妮戈爾女神大人。」

「別搞笑了，骯髒的異端。你、你以為沒人知道你黑暗的內心嗎?!」

「我是冤枉的。」

「從你頻繁出入教皇廳開始，我就覺得有點奇怪了。」

「我不明白您的意思。」

「我叫你閉嘴。骯髒的異端！你以為我真的不知道，你這傢伙已經勾結地獄來的惡魔嗎？」

「什麼？」

「你這傢伙自從來到這裡，就打算與惡魔們聯手吞食神聖帝國。這件事我早就受到女神大人的啟示了。」

「那是什麼意思……」

「崇拜惡魔的汙穢傢伙。從內部開始慢慢蠶食神聖帝國，意圖讓教皇廳的一切崩壞滅亡，你做的這些女神大人都已經傳達給我了，懂了嗎！」

「您、您好像誤會了。我勾結惡魔？這毫無根據。就算您正在氣頭上……」

「不管你怎麼狡辯，你為了不讓以貝妮戈爾女神大人的聖水製成的藥品在日本販售而打算暗殺李基英信徒，這依然是不爭的事實。」

「我向您重申一遍，暗殺事件絕不是我做的。想要暗殺李基英的是影子公會。」

「那就是你所謂的犯罪組織間的紛爭嗎？」

「我、我不是指販售幻覺藥水屬於犯罪行為。只是影子公會或許也不希望以女神大人的聖水製成的治療劑在日本流通，所以才會試圖要暗殺李基英……」

「這和你剛才說的不一樣。」

「我只是犯了無知的錯誤。」

「你這傢伙總是如此。來人啊，異端審問官在做什麼？赫麗娜！赫麗娜！」

「隨時聽候您差遣。」

「立刻逮捕並處刑這個崇拜惡魔的傢伙，不需要經過宗教法庭，直接審判！就連為這個異端開庭都是浪費。不，不只是這傢伙，把現在在神聖帝國裡的骯髒惡魔集團一併抓捕，包括在席利亞的卑鄙異端。」

「是。」

「立刻派遣其他異端審問官與神聖騎士團前往席利亞，務必將骯髒的惡魔崇拜者斬草除根！」

我能明白巴傑爾樞機主教的心情，畢竟當時神聖帝國滅亡崩潰的諭示畫面就在眼前，一時反應激動也是理所當然，只是沒想到連開庭都直接省了……

無論是否根據程序開庭，這傢伙都會在痛苦中死去，但我本來還想多跟他玩一下。即便知道最後他依然會一敗塗地，卻也好奇他有沒有別的招數，至少能成為餘興節目。

審判廳裡一片混亂，我還是看見了伊藤蒼太望向這裡的表情。

他似乎有點理解事情怎麼會變成這樣、自己是如何陷入這種困境、巴傑爾樞機主教又為什麼會這麼激動了，他想說些什麼，卻始終沒辦法開口。

因為他也明白，所謂的宗教，原本就無法講道理。

「立刻將那個惡魔崇拜者拉上火刑臺！」

「處死異端！」

「就地處刑褻瀆神聖者！」

被逼到角落的傢伙最後只剩下兩個選項：接受這些異端審問官與獵巫無異的審判，或者奮力抵抗這荒唐的狀況並且逃之夭夭。

第一個選項還有些微的生存機率，遭受拷問可能要經歷一些痛苦，但或許最後還有一絲希望。但第二個選項就是另一回事了，抵抗教皇廳的舉動會被視為那傢伙勾結惡魔的鐵證，他將無可避免被貼上惡魔崇拜者和異端的標籤。

雖然我非常好奇他的答案，但很遺憾，他的選擇看來只有後者，因為我看見神聖騎士團和異端審問官們正朝惡狠狠地向他撲去。

＊　　＊　　＊

「逮捕異端！」

「立刻處刑惡魔崇拜者！」

他當然不可能乖乖被捕。然而法庭裡的祭司已經渾身充滿怒氣，反抗是他唯一的路。噗哈。

「乖乖接受審判吧，惡魔崇拜者！」

「他媽的！」

站在他身旁的兩個人瞬間向後倒下，綁住雙手的手銬也形同虛設，一下子就被他解開。

我想得沒錯，他根本不可能束手就擒，帝國騎士團中也有幾個人被他收買了。

「天……立刻處死這個崇拜惡魔的傢伙！」

「抓住他！他是異端！馬上將那個異端帶到我面前！赫麗娜！現在就取下他的性命！現在！」

「是。」

周圍很快陷入混亂，不，甚至沒辦法單純用混亂這個詞彙形容。

問題是那些人的能力並不足以傷害伊藤蒼太，卻還是前仆後繼地湧入法庭，擠滿整個空間的畫面讓事情看起來真的很嚴重。

現在也差不多到了決擇時刻。他要奮戰，或是逃避呢？

在這種就算是主張和平的甘地[5]也會斷然選擇自保的緊急狀況，神聖騎士團的方向最終還是傳來了悲鳴。

伊藤蒼太在抵擋向自己飛馳而來的武器時，讓其中一位騎士受了傷。

「啊啊啊啊啊！」

5　甘地（1869年～1948年）為印度國父，提倡非暴力哲學思想。透過非暴力的不服從運動反抗暴政，帶領印度獨立。

「這骯髒的異端傢伙！」

一直在旁邊觀察的李智慧看向這邊，小聲地說：「基英哥，這裡好像有點危險。」

「不怎麼危險，只要安靜看戲就好，事情變得更有趣了。」

「說得也是。」

已經有幾個人逃離現場了。大法官或身處高位的人們，都在帝國騎士團溫暖的保護下，得以遠離未知的危險。

有趣的是，拯救神聖帝國於水火的使命感，似乎讓巴傑爾樞機主教比誰都激動。

「立刻把那傢伙抓來這裡！異端審問官赫麗娜！他居然在神聖的宗教審判法庭做出如此違逆神聖的行為，他絕對是異端，絕對是惡魔崇拜者！」

「是！」

「不！我自己去！我要親手打死那個垃圾！把我的錘矛拿來！現在！」

「巴傑爾樞機主教大人，您不必親自出馬。」

「那還不快點抓住他！」

看起來連走路都不穩的主教，如此急促的模樣與其說可笑，反而是可怕。果然受到女神啟示的戰士就是不一樣。

戰況終於在異端審問官赫麗娜開始動作後，變得有看頭。她舉著錘矛飛奔而去的背影，就像是投身聖戰的聖戰士。

她是個強者，就算不能比擬維克哈勒特或車熙拉，至少也是值得受任組織首領的強度。硬要舉例的話，大概跟李尚熙或黃正妍差不多。

大主教潔西卡發動各種神聖力，建起防護罩與增益效果，得到幫助的神聖騎士團再次來到伊藤蒼太面前。

「呃啊啊啊啊！」

畫面實在太壯觀了，伊藤蒼太不該抵抗，卻又不得不抵抗神聖騎士團和異端審問官。他用盡全力阻擋不斷攻擊自己的人，高達九十九的敏捷值讓他動作俐落到超乎我的想像，但這樣的防守能持續多久還是未知數。

面對數十名騎士們的同步進攻，伊藤蒼太只能往後閃躲，用手將騎士推開，再防備從旁邊射來的刀劍。

我很佩服他在那種狀況還能避開所有攻勢，不過赫麗娜抵達前線後，那小子的表情明顯變得沉重。他撐不下去的。

這全部都是我一手造成的。

那傢伙焦急的嗓音就像是一種觸媒，讓我不由自主地爆笑出來。

「巴傑爾樞機主教大人！這一切都是被設計好的！」

「閉嘴！噁心的異端！」

「這全部都是誤會，請您……先撤回這些人吧！」

「閉上你骯髒的嘴！」

「赫麗娜大人，您不也很清楚我不是那種人嗎？」

「不准叫我的名字，崇拜惡魔的傢伙！」

「潔西卡主教大人，請您也說點什麼……」

「你們在做什麼？你們就這樣放任這個惡魔崇拜者賣弄奸巧的口舌嗎？還不快堵住他的嘴！」

可惜的是，異端審問官赫麗娜以及大主教潔西卡已經站在我這邊了。不需要新鮮葡萄酒的助興，她們也和我進行了熱烈的伊藤蒼太討論會。

或許巴傑爾樞機主教的震怒也是促使她們行動的關鍵。

這場絕倫的勝負充滿樂趣，不過是時候加上一點新把戲了。

我看向鄭白雪，發現她正在念咒語。

「魔力鎖鍊。」

以魔法形成的青藍色鐵鍊環繞在那傢伙的身邊，但他卻用手勢破解了魔法，著實令人意外。

鄭白雪看起來有點失望，我就用點頭和鼓掌讓她重新恢復勇氣。

稱讚能讓人成長，也能讓鄭白雪發憤。

「颶風利刃！魔力鎖鍊！空氣砲！」

居然是難得的三重施法。即使為了避免波及其他人而減緩力道，但身為團戰的主輸出[6]仍是毫不遜色。

我突然覺得自己好像也該做點什麼。我的魔法在這裡無法使用，但交給尤里耶娜也是個不錯的方法。

「尤里耶娜！」

它隨著我的手勢飛速趕到伊藤蒼太面前自動突進，甚至比普通的騎士更快，不愧是尤里耶娜。

有異端審問官和神聖騎士團這些坦克顧著前線，我們這些主輸出就輕鬆多了，更何況伊

6 負責對怪物造成傷害的攻擊者。

藤蒼太還不能任意反擊他們。雖然不知道那小子會不會攻擊我，但他到現在還努力主張自己無罪，看來至少能確認我方已經安全了。

他不會希望紛爭持續擴大，而是相信只要持續說服，這場殺戮就會逐漸平息。

「啊……不簡單呢？」

「就是說啊。」

「真是沒想到他這麼頑強……」

「要不要出動傭兵女王和巫女小姐？」

「不，還不需要做到那個地步……這種局面勢必會先保護貴賓，而且熙拉姐現在應該也看得津津有味……如果真的發生什麼事，她會自己參戰的。」

「啊，他躲開了！你專心一點。」

「以尤里耶娜的速度還是難以制服，他的動作實在太快了。大型公會的會長都這樣嗎？」

「我看你還是跟白雪小姐合作吧。不然就想點別的攻擊方法，你不是說被尤里耶娜割傷的話就會陷入詛咒嗎？與其貪圖一步就得到最好的效果，不如從在他身上製造小傷口開始。另外，你說過直接下詛咒也能發動類似黑色觸手的東西，對吧？」

「那個功能現在不能用啦。那好像是尤里耶娜自我覺醒的時候才能達到的境界……」

「那就沒辦法了。還有一種東西叫精神攻擊，你試著說點什麼吧，試著誘導異端審問官或神聖騎士團也不錯。」

這是來自戰略長李智慧的優秀建議。所謂的團戰本來就要不擇手段和方法。腦袋還沒來得及好好思考，我的嘴就忍不住了。

「請務必抓到那汙穢的異端。這卑鄙異端獲得了惡魔的強大力量，我們要團結一致對抗他啊！」

不出所料，我看見伊藤蒼太怒目而視的臉，但他已經沒辦法再做什麼了。

聽到我高昂的喊話，眾人的陣形變得更加系統化。如果剛才是群起激昂，現在就確實進入基本團戰模式了。

「非常好！讓我們處決惡魔吧！各位！」

「處決異端！」

「絕對不能讓他逃走，把門關上，只要大家堅持不懈，附著在他身上的骯髒惡魔之力就會逐漸消失。各位！讓我們以貝妮戈爾女神大人之名，繼續奮戰！」

「以貝妮戈爾女神大人之名！」

我又再次看見他怒視的眼神。

這時鄭白雪的魔法命中他的手臂，雖是簡單的束縛魔法，尤里耶娜剛好能趁這個瞬間擦過他的手，我也不自覺握緊拳頭。

萬一這裡是開放的戶外空間，他的敏捷值絕對是非常大的助力，但現在這個場合對他來說相當不利，四周都是封閉的牆壁，眼前是不斷壓制自己的人群，他甚至不能恣意攻擊。

或許是因為發現自己沒希望了，也或許是想撕爛我這不受控的嘴，他依然用盡全力抵抗，但他的身體狀態似乎不太正常，看來上次差點被車熙拉擊斃的傷害還沒痊癒，他卻不得不以這樣的身體對抗獲得大主教潔西卡增益效果的異端審問官赫麗娜。

我因材施教培養出來的鄭白雪，也扮演極重要的牽制角色。

「必須處刑這個異端！各位！他是神聖帝國的毒瘤！更是自由城市的敵人！我們一定要把這種傢伙斬草除根！大家一起加油！」

「該閉嘴的不是我，而是你，你這骯髒的惡魔崇拜者。貝妮戈爾女神大人會對你降下天譴的！」

「閉嘴！給我閉嘴！」

「成功就在不遠處！」

「閉、閉嘴……」

「你……你這個畜生！」

「骯髒的異端！這是神的審判！貝妮戈爾女神大人，請降下您的力量！」

他連一步都無法靠近我，不光是如此，除了肉眼可見的焦急情緒，他本來想故意忽略我說的話，最終卻還是忍不住報以怒罵。

雖然像是在生氣，但腦中的情緒並非只是表面看起來那樣，這正是尤里耶娜詛咒帶來的效果。再刺激他一下似乎會更好。

「感受女神大人的力量吧！」

「可惡，可惡！」

「各位，骯髒的惡魔力之力正在消退，我們的辛苦就快看到盡頭了，請再努力一下吧！」

「你……你們這些微不足道的蟲子們！像垃圾一樣的傢伙！」

「他顯出惡魔的本性了！」

「閉上你的嘴！」

「你總算露出本性了！骯髒的惡魔走狗！」

對戰的時間越長，他身上累積的細微傷口越多，激動的模樣更是精彩。我再次深刻體會到，我和尤里耶娜之間果然是天作之合。

他直直盯著我，似乎再也無法忍住心中的憤怒，並且意識到再繼續防守下去也說服不了巴傑爾樞機主教。

這小子終於下定決心作出反抗。不，說不定是因為中了詛咒而失去判斷情勢的能力。但真相如何，誰也不得而知。有可能單純想向我報仇，也可能認為削減神聖騎士團的戰鬥力，是他突破重圍的第一步。

唯一能確定的是，他確實比我想的強大許多。

慘叫聲開始從四面八方傳來。雖然看不清楚他的動作，騎士團和異端審問官們卻以不可思議的方式，瞬間被往後擊倒，假設那傢伙手上有刀劍，他們可能連手腳都會被斬斷四散。

話說回來，即使充斥整個空間的神聖力有助於提升一定程度的兵力，但這些兵力對那傢伙的作用卻只是限制行動罷了。

神聖騎士團和異端審問官自然不是弱者，這些人不僅堪稱神聖帝國最精銳武裝組織，赫麗娜、潔西卡等幾位的能力值也都不容小覷。

伊藤蒼太能堅持到現在實在不可思議，而且他身上還帶著傷，也沒有任何裝備。

我現在總算可以明白為什麼神聖帝國如此重視禮遇這些強者。之前遇見車熙拉的時候也是如此，能力特別卓越的人確實有資格獲得超越體制的待遇。

「抓住他！阻止他移動！用全力啊！」

「赫麗娜大人！」

「各位，不要讓他有機會逃跑！請再繼續堅持一下！」

正在我認真喊話時，路中間出現一道空隙。

暫時鬆懈的瞬間，我看到他的臉快速向我靠近，我嚇了一跳，卻不慌張。畢竟這傢伙想傷害我，還得先克服好幾道險峻的關卡。

在他成功接近我之前，比他更快出現的車熙拉從側邊狠狠踹了他的肋骨。

伴隨著巨響和慘叫，他直接被踹飛到對面的牆上。即便好不容易突破眾人的包圍，可惜沒能通過第二關。

「啊啊啊啊！」

「立刻逮捕他！」

「咳咳，放開我！李基英！我要殺了你！咳咳咳……我絕對要親手殺了你，絕對！快放開我！咳咳！」

「把他的手腳都綁起來！」

「放開我！敢靠近我的人全部都得死。」

雖然不在計畫內，但伊藤蒼太陷入詛咒後呈現的模樣，真的就像是被惡魔之力附身。被車熙拉踹了一腳，嘴邊不斷咳出血的樣子，讓人更加相信他就是惡魔之友。

假清高的傢伙，這就是最適合你的結局。

「呼……這下痛快多了。」

車熙拉的這句話，我完全同意。

第055話 判決

眼看著那傢伙迅速被異端審問官們團團圍住，這陣子的辛苦似乎終於得到回報，這種心情就像長達十年的消化不良突然痊癒，我一下子感到愉快至極。而比我更開心的，當然是獲得女神諭示的天選之人，巴傑爾樞機主教。

他的表情透露著微妙的愉悅感。或許是因為親手顛覆在幻象中見到的悲慘未來，順利達成了自己被賦予的任務。

「太好了！太好了！」

但事情還沒結束。

「等等，現在高興還太早！立刻派遣神聖騎士團與異端審問官前往席利亞。由潔西卡大主教正式坐鎮指揮神聖騎士團的出征。」

「是，樞機主教大人。」

如同先前提過的，巴傑爾樞機主教想要的不單是伊藤蒼太的死，他的目標是搜出所有染指席利亞的惡魔崇拜者，將他們一網打盡，而我們當然也不能錯過如此盛大的活動。

我偷偷看往春日由乃的方向，她似乎能明白我的心思，隨即點了點頭。

「巴傑爾樞機主教大人，如果不會造成困擾，我們夜空公會也能共同參與嗎？目前還不知道惡魔的爪牙何時才會完全脫離席利亞，如此緊急的狀況下，您確實需要幫助。」

「哦……非常感謝，春日由乃大人，感謝您的協助。女神大人絕不會忘記這次的事。」

假如我是公會會長，應該也會讓帕蘭加入異端審判的行列，不過金賢成和朴德久實在太忙了。就算金賢成可以幫忙，心靈脆弱的朴德久應該也會覺得這種事很吃力。

「我們黑天鵝公會也願意助您一臂之力。」

「紅色傭兵也是。但畢竟目標是席利亞，需要事先得到夜空公會的准許。假如可行，我願意派兵過來。」

「謝謝各位。」

黑天鵝和紅色傭兵加入這場盛事確實是正確的，這可是一整個大型公會消失的過程啊，想想那些人到現在為止累積的財富、資產和金幣，再怎麼樣都能分一杯羹。

身為首要功臣的我能得到多少持分，就算不明講也能想像得到——首先春日由乃獲得的大部分都會來到我這裡；除了李智慧會為我著想，紅色傭兵自然也會對我多加照顧。

恰好帕蘭有許多進行中的事業目前都因為資金問題而暫緩，販售幻覺藥水得到的金幣，加上從大和公會得到的挹注，就算在那些事業上揮霍好幾次應該還是綽綽有餘。

「託各位的福，神聖帝國的未來一片光明。」

「這是我們應該做的，巴傑爾樞機主教大人。現在是把蔓延在神聖帝國的癌細胞連根拔起的大好機會，能成為其中的助力是我們莫大的幸運。」

「呵呵呵。」

「我會先寄信通知夜空公會。」

「真的非常感謝，雖然現在還不能鬆懈，但因為有各位的幫忙，似乎可以稍微安心了呢，呼……」

在異端審問官們的壓制下不斷發出怪聲和悲鳴的伊藤蒼太，如今已被判出局。雖然也想和他聊幾句，但現在該盤點我的功勞了，這比一時的痛快更令人愉悅。

此時，我慢慢地起身，當我移動腳步，自然就會成為視線集中處，尤其是巴傑爾樞機主教，他用無比欣喜的表情迎向我。

「啊，李基英信徒！」

「您似乎放下了心中的大石呢，樞機主教大人。」

「咳……是的……」

「您的臉色從前幾天開始就看起來非常差，現在見到您氣色變得這麼好，我也就放心了。」

「雖然還有很多事要做，但至少最大的問題已經解決了。都是託李基英信徒的福，呵呵呵。」

「哈哈，我只是遵照女神大人的旨意而已，這一切不都是貝妮戈爾女神大人的意思嗎？其實我也希望帕蘭公會也能參與這場聖戰……但目前的狀態還是心有餘而力不足，實在非常抱歉。」

「你不需要感到抱歉，李基英信徒才是這次事件中最大的功臣。要不是你，我怎麼能抓出那些惡魔呢？呵呵。」

沒錯，我付出太多了。除了利用幻覺藥水治癒這個差點被惡魔玷汙的城市，也幫忙揭開伊藤蒼太的真面目。還藉由新鮮葡萄酒向巴傑爾樞機主教奉送女神的啟示，更在這場審判中提供確切的證據。

說得浮誇一點，這件事從頭到尾都少不了我。

「這我實在是不敢當。」

「不，你確實做到了值得盛讚的功績。況且帕蘭公會的勢力減弱也是因為大和公會，不是嗎？打理好內政才是最優先的，我比任何人都了解李基英信徒的心意。」

我想要的不只是口頭上的稱讚，雖然「給我報酬」這句話在喉頭打轉，但我還是先報以燦爛的微笑，樞機主教的聲音也隨即傳來。

「教皇廳會獎勵你的。不，不只是教皇廳，你為神聖帝國立下如此大功，想必王城方面也會給予獎賞，你的另外幾位同伴也一樣。啊！如果你有想要的東西，也可以直接告訴我。」

「我並不是為了得到獎勵才這麼做，巴傑爾樞機主教大人。」

「呵呵呵，我明白李基英信徒的意思，但你做了那些事，理應得到適當的報酬，我也才能感到安心。」

「我知道了……」

「這陣子辛苦你了，李基英信徒。」

「不會的，哈哈哈。巴傑爾樞機主教大人您更辛苦。」

樞機主教級的祭司說著豪言壯語，不難猜到我能得到什麼程度的報酬，應該至少是長官級的待遇。雖然一切都要等禮物拆箱才知道，但好歹也有大型公會會長級的待遇吧。我還不太清楚這種級別的人都能獲得什麼特別優待，說不定會分配一隻獅鷲給我，再給我一間王城裡的個人房。總之，會有各種附加項目是不可否認的事。

太棒了，這確實值得我賭上性命。如此令人心情爽快的結局，讓我實在控制不了上揚的嘴角。

目光看向另一邊，伊藤蒼太已經被以赫麗娜為首的眾多異端審問官們拘捕。周圍依然非常混亂，人們除了忙著收拾突然發生鬥毆的法庭，神聖騎士團也為了捕捉王城內的伊藤蒼太餘黨四處奔走。

其實我也沒有非得要做的事，但這時候很適合假裝忙碌。

「放開我！我說我沒罪！放開我！咳咳，咳咳。」

「崇拜惡魔的骯髒傢伙，要是再繼續賣弄你的唇舌，我就打爛你的嘴。」

「他媽的……可惡！」

伊藤蒼太的怒吼持續在背景中響起。

現在的他體無完膚，嘴邊還不斷吐出鮮血，不管怎麼看都很悲慘，完全不像曾經受眾人愛戴、掌握大權且所向披靡的公會會長。

車熙拉從旁踹出的一腳讓他的內臟徹底受損。至於他為什麼到現在還活著，大概是因為祭司們不想讓他就這樣死掉，於是在他身上施予神聖力。

光用肉眼就能看出他心中有多麼慌亂又委屈，相信他應該也認知到了自己輸得一敗塗地。

他可能會納悶，問題出在哪裡？從哪一步開始出錯？但我想連他自己也找不到答案，畢竟他的傾向和我一樣是心思縝密的謀略家，也總是站在居高臨下的位置。

即便心眼沒有確切說明傾向，但根據我這段時間以來看過的各種類型，已經可以大略了解怎樣的傾向會具備怎樣的個性。

很多事情沒辦法單純用傾向的名稱來判斷，而且只用單一面向就定論一個人，本來就很魯莽。我也只是用自己看見的傾向，盡可能推測最接近的情形罷了。

舉例來說，李智慧的傾向是自私的野心家，她的個性基本上確實有強烈的權力欲望，非常具有貪念，會為了達到目標而不擇手段，但她卻沒有狀態欄裡顯示得那樣自私。除非她完美隱藏自己的狀態而讓我的判斷產生失誤，否則所謂自私的野心家，這樣的傾向與李智慧並未完全吻合。

我和伊藤蒼太也是如此。我們兩個的傾向都是心思縝密的謀略家，喜歡在背後出謀劃策，參與某件事之前會思索各種變數。我個人會先模擬好最糟的情況，雖然我不能確認他是否也是如此，但應該和我差不多。

當然，那傢伙和我還是有差別。玩家伊藤蒼太不喜歡犧牲自己。其實我也不怎麼愛賭博，但是否願意主動擲出手中的骰子，就是那傢伙和我的不同之處。

如果是我，在尤里耶娜事件時，會讓自己代替公會成員受傷。就算有點勉強，也會親自擋在前面讓劍砍向自己。我不在意評判或周圍的視線，會選擇比較有效率的作風。

為了維護自己的形象，不願意放棄一絲一毫，就連事後再挽回都不願意，就是他第一個錯誤。

伊藤蒼太在眾多可能性中，果決地放棄所有相當於賭博的選項，因為對他來說，自身的安危和輿論才是最重要的。從這裡就能看出我們之間的差距從何而來。

因為我很迫切，比起擁有太多的那小子，我沒有選擇的餘地。

我沒有誓死向我效忠的手下，也不像他一樣強大；我歷經好幾次生死關頭，但他卻從未在鬥爭中感受到危機。所以他最後才會血肉模糊地哀號不已，而我站在這裡俯視著他。

我面無表情地陪同巴傑爾樞機主教一起移動，同時看著伊藤蒼太已經完全被綑綁，不斷扭動身軀的畫面。

「我要殺了你！我要殺了你！我絕對不會原諒……咳咳、咳。」

無所謂，全是聽不清楚的狗叫。

「看來他似乎連腦袋都被惡魔汙染了，巴傑爾樞機主教大人。」

我悄聲開口說的話，很快就得到了回應。

「是，他肯定連骨子裡都是骯髒的。」

「您要如何處置這個人呢？」

「應該馬上就會處刑。」

「您是說現在嗎？」

「對，立即處刑。雖然還沒想到適當的方式……但一定有適合這種卑鄙惡魔的刑罰。」

我心裡剛好想到一個答案，雖然不確定適不適合，但還算有創意。而當我輕輕說出口，映入眼簾的是樞機主教瞬間變明亮的表情。

「將他沉入聖水中如何呢？」

「哦……」

＊　＊　＊

「畢竟他從頭到腳都被惡魔汙染，這就是屬於他的淨化儀式。」

「聽起來是很好的方式。好吧，如果隨意處置他，可能會讓他身體裡的惡魔之氣汙染整座王城。這麼做才是對的！果然是李基英信徒。」

這只是我隨便拋出的建議，沒想到反應這麼好。

在身上綁石頭沉入海中，就是中世紀巫女們受到的處刑方式之一，我以為這裡也有類似的刑罰，看來並非這麼一回事。他們應該也有自己的一套作法，不過巴傑爾樞機主教感覺對我的提議頗為驚喜，真不錯。

伊藤蒼太的情況和李雪浩不同，他現在已經完全束手無策，但誰都不能預測他還會做出什麼事，趁現在趕快解決比較好，也就是說，沒必要特地設定處決日或再拖延下去。

巴傑爾樞機主教應該比我還著急，因為他看過其他人不知道的未來，只要想到未來會發生的事，當然連一刻都等不了。

「什、什麼……」

伊藤蒼太的反應當然十分驚慌。直到剛才還持續對著我咒罵的模樣突然消失，他終於慢慢開始對現實覺悟，真是愚蠢。

雖然是詛咒的影響，但看到他服貼地趴在地上，同時又喪心病狂的樣子，可見所謂的自尊心在如此絕境也是無濟於事。

當他聽到巴傑爾樞機主教大聲指示的聲音，臉色頓時變得更加慘白。

「現在立刻將青銅雕像搬來！青銅雕像！」

「是！」

「要用中空的青銅雕像！將裡面注滿聖水！」

「遵命。」

巴傑爾樞機主教的行動力極為迅速。不知道他往年有什麼事蹟，但我覺得選擇他擔任接收女神諭示的人，果然是正確的決定。本來以為他是堅持各種品德與修養的木訥個性，沒想到他內心竟如此狠戾。

這並不是批評。巴傑爾樞機主教的這種個性，正好和我搭配得非常順利。

「異端審問官們，讓那個惡魔崇拜者站起來。」

「是。」

「我將迅速完成這場審判。不，或許也不能稱為審判，向惡魔崇拜者詢問知罪與否本來就不妥當。直接進行處決儀式吧。」

「媽的……去死！」

「惡魔崇拜者，事到如今，就算你懺悔犯下的罪也於事無補了。神聖騎士團，將亂七八糟的場地收拾乾淨。」

「是，知道了。」

「銅像搬進來之前要騰出空間。對，往這邊，這邊！現在在場的所有人都將是處決儀式的觀禮者。你們都將成為女神的眼睛，親眼見證犯下罪行、背叛神明的惡徒下場，為這場處決作證。」

我真是越看越喜歡這個大叔了。一開始選中巴傑爾樞機主教單純是偶然，但這種不顧一切達成目標的類型，日後想必還能派上用場。萬一哪天巴傑爾樞機主教升遷，素日裡與他交好的我，握有的權力自然就會達到無敵的境界。

看來我要對他好一點才行，應該再為他準備幾瓶新鮮葡萄酒。

不久後，原本的審判法庭直接變成處決刑場。巨大的銅像非常醒目，男性的外表帶有一對龐大的翅膀。為了親近教皇聽的人，我惡補了不少神學知識，當然也知道這座銅像的身分。

拉勒凱爾，可說是貝妮戈爾女神左右手的天使。

這座製作精美的巨大銅像看起來同時躺進兩個成人男子也綽綽有餘，能在那樣的銅像裡嚥下最後一口氣，也不曉得算不算得上好結局。

不知道這座銅像原本的用途為何，但它背後裝有一道門，看來也曾被當作拷問道具使用，不過也有可能只是存放物品而已。當然它究竟要怎麼用和我沒有關係，看著祭司們往銅像內注入聖水比較重要。

彷彿已經事先練習過，他們用分寸有度的姿態將聖水倒進銅像裡，看起來有種奇妙的神聖感，不過在伊藤蒼太眼裡當然就不是這回事。

「瘋子……你們這群瘋子！腐敗的傢伙們！咳咳……瑪麗蓮千金！卡特琳公爵夫人！咳咳！妳們要放任這些瘋子不管嗎？詹姆斯大法官！怎麼能在神聖的法庭，咳，進行處決？您也瘋了嗎？春日由乃！妳果然背叛祖國了嗎！」

「背叛祖國這種話還真荒唐，這裡不是地球，伊藤蒼太先生。我們現在是屬於琳德與席利亞的帝國子民，犯了罪就該受到懲罰。在人人平等的這個社會裡，對罪刑的執行也相當公正。」

「李基英，你……咳……」

「所以說你為什麼要這樣？怎麼能和惡魔結黨呢？」

「我什麼都沒做，一切都是你這傢伙捏造的不是嗎……」

「被別人聽見會誤解的，伊藤蒼太先生。你也知道，一瞬間錯誤的決定就會導向這種結果。您不應該與女神大人為敵。」

準確來說，是不該與我為敵。他應該也有聽懂這個意思。

「貝戈妮爾女神大人從未寬恕敵人，只有對信仰自己的信徒們才會賜予慈悲。」

「你、你！」

「女神大人絕對不會原諒你這種作惡多端的傢伙。」

「咳咳……你……」

「現在悔改也早就來不及了，伊藤蒼太先生。我也不會假意祝福你能前往更好的地方。你犯下的罪行太多，不可能上天堂。只希望你下輩子千萬不要再做出錯誤的選擇了。」

我偷偷揚起嘴角。雖然有一點在意其他人的視線，但我還是想回敬他在春日由乃房間裡陷害我的事。他算計我的時候，應該完全沒想到最後會變成這樣吧。

「噗。」

就像他曾經嘲笑我那樣，我用同樣的笑聲報了仇。他被牢牢綑綁住的樣子是有點慘不忍睹，但也算是因果報應、恰好適合惡人的下場。

或許巴傑爾樞機主教也有和我同樣的想法，他嚴肅地開口，「封住罪人的嘴，讓他不能再賣弄口舌。」

「是。」

「你們這些愚蠢的傢伙！還不放開我？我叫你們放開我！」

他全身被綁住，想反抗也徒勞無功。嘴巴被套上馬銜般的道具後，最終只剩下怒視的雙眼，大概是在詛咒我們吧。

「呃！呃！」

先知巴傑爾主教自然不會因為那道眼神而動搖，反而慎重地用帶有怒氣的嗓音說道。

「判決！罪人伊藤蒼太，大和公會會長，同時身為琳德恐怖攻擊事件的加害者，為自由城市琳德的民眾帶來莫大傷害，更為了自己的私欲造成數十位人民死亡。不僅如此，還在帝國王城犯下千夫所指的罪行，威脅並試圖暗殺帝國的貴客，破壞追求紛爭最小化的帝國協定，成為帝國的罪人。」

「然而，這並非直接在此審判罪人伊藤蒼太的主因。他犯下勾結惡魔、策劃將神聖帝國蠶食鯨吞、在自由城市席利亞販售不法藥物、進行奴隸買賣和器官交易等人神共憤的惡行。甚至在神聖的法庭將貝戈妮爾女神大人的聖水褻瀆為毒品，說出虛假的證詞，違背女神大人。」

「我將其違抗異端審問團的審問視為崇尚惡魔的證據，在此即刻將萬惡不赦的伊藤蒼太……執行死刑。」

巴傑爾樞機主教剛說完，周圍就開始響起掌聲，這當然是正確的判決。

人們將四肢被綑綁的伊藤蒼太搬往銅像上方，無論他多麼不想被關在銅像裡，就算耗盡全力扭動抵抗，已經危及生命的傷勢也不可能讓他如願，他終究只能沉入黑暗狹窄的聖水中。

「呃！呃！」

伴隨著噗通一聲傳來，銅像被關起，在幾次類似敲擊牆壁的咚咚聲響之後，慢慢地趨於平靜。

他在下沉的時候，心裡在想些什麼呢，是後悔嗎？還是覺得委屈呢？我不想再去思考了，既然他想殺了我，這也只是回敬他而已。

咚——咚——咚——

從銅像裡傳來的敲擊聲完全消失後，他的人生也畫下與華麗生活截然不同的悲慘句點。雖然沒能看到他人生最後一刻的表情還是有點不痛快……但至少是個皆大歡喜的故事。

「辛苦了」、「勞煩了」、「這是正義的勝利」、「女神的祝福會降臨的」，我用這種形式上的簡單句子向眾人打招呼，邁開離去的步伐。

有的人開始祈禱，有些人持續討論那傢伙的惡行。

李智慧和車熙拉看起來還有事情要忙，所以先行離開。反正以後還有很多機會能跟她們慢慢聊，也不急於今天。

我輕輕牽起鄭白雪的手，離開這個混亂不堪的地方。這時身邊傳來一個聲音，跟我們搭話的人雖然有點意外，但話題本身是件好事。

「據說王城要分配獅鷲給你。」

「是嗎?真是令人開心的消息。」

「沒錯，年輕人。還不只如此，如同巴傑爾樞機主教所言，你會得到各種獎賞。最具代表性的就是高達數萬的金幣與道具配給。王城內將會有專屬於你的房間，生活用品也全數都是奢侈品。說不定還會頒布爵位給你……教皇廳方面幾乎已經拍板有關爵位的事了。」

「真是太好了。」

「如何，很滿意對吧?」

「當然。這對維克哈勒特大人來說也不是壞消息。老先生您擔心的席利亞與琳德之間的戰爭，在尚未發生前就已經徹底解決了。」

「這不是戰爭的問題。你讓無辜的人……」

「維克哈勒特大人，大和公會的成員並非無辜的人。伊藤蒼太無疑是個犯罪者，他不僅褻瀆神聖的女神，還與惡魔勾結私通，簡直壞到骨子裡。大和公會的人們也一樣，他們的行為就是助紂為虐。請您說話要小心。」

「……」

「換句話說，如果示弱的是我，我現在就不會站在這裡了。」

「我完全明白你的意思。你們之間應該發生了很多我不知道的事吧，但你的處理方式太過分了。」

「不，維克哈勒特大人還是不了解我。當你發現對方是敵人，就不應該對他抱持著慈悲心。所謂慈悲，是強者面對弱者的一種心情，而不是弱者對強者的忍讓。」

「誰會認為你是弱者?你早已不是弱者。」

「我自己是這麼認為的。維克哈勒特大人大概一輩子都沒辦法理解我。」

「這一點我倒是認同。我……依然沒辦法理解你。」

「但我們還是可以好好相處。」

維克哈勒特咧嘴笑了一下，點點頭。這種反應還不錯。

「要不要一起喝一杯？我有非常優良的葡萄酒。」

「你很閒嗎？」

「我很快就會去拜訪您的。」

我看著維克哈勒特的背影，目送他離開。其實我曾擔心他是否把我視為敵人，但他的眼神毫無敵意。

我在皇帝派人士眼中確實是不可或缺的人物，站在維克哈勒特的立場，也不得不與我保持親近的關係。話說回來，那老先生的眼神不知為何總讓我感到很煩躁……

「白雪。」

「是。」

「要一起喝葡萄酒嗎？」

「好、好的！」

其他小事都不重要，今天是心情愉悅的好日子。

向後看一眼，青銅雕像依然文風不動立在原地。

謝啦，臭小子。

第056話 回家

今天是個平凡無奇的日子，但對某些人來說，可能不是如此。席利亞的大型公會瞬間滅亡，輿論大概已經亂作一團了。

近來琳德日報針對這個事件的報導也占了很大的篇幅，不管去哪個酒吧，大家無一不在議論這件事。

王城內的大和公會成員，都已在伊藤蒼太死亡的當日受到處決。獲得夜空、黑天鵝與紅色傭兵協助的教皇廳軍隊，非常順利地剷除這些餘黨，而席利亞的人民也只是冷眼看著這荒唐的畫面。

坐擁戰鬥能力，或與伊藤蒼太維持密切關係的成員，絕大部分都陪葬了。

這些人只是站錯邊，就迎來如此悽慘的結局。當然也不是所有人都死了，雖然很少數，只要有酌情處理的餘地，還是能勉強保住性命。

我沒能在現場目睹大和公會的最後一幕，也不清楚詳細的狀況，但總之對我方來說是非常有利。

車熙拉在琳德恐攻事件受創的自尊心得以復原，也能對教皇廳展現更好的形象。

和夜空公會正式結盟也是相當大的成果。黑天鵝、紅色傭兵、夜空以及帕蘭，全新的聯盟在神聖帝國引起莫大的迴響。

自由城市之間原本就會交易、往來，但如此關係密切、彼此互相照應的聯盟應該是前所未見。

不過史無前例的事情還不只如此。

「那、那基英哥會成為祭司嗎？」

「好像是吧。」

教皇廳授予自由民爵位也是前所未聞，而那個人正是李基英。

太美妙了。當初以巴傑爾樞機主教的影響力推估的獎賞內容時，已經有隱隱的期待，沒想到真的獲得了爵位。

幾乎與大主教同級的榮譽主教之位其實對我來說有點超過了。以王城的爵位比喻，我擁有的權力差不多等同於伯爵，無論去哪個神殿都會獲得優待。畢竟是存在這個世界的幾位神職人員中，地位最高的，光想像就能感覺這個稱呼有多麼悅耳。

思考了一陣，我突然發現面前的鄭白雪露出不安又慘白的神情。我大概能猜到她在擔心些什麼，在問題擴大前，我最好趕快解釋清楚。

「妳不需要擔心。就只是字面意義上的榮譽主教……這個位置只有權力且沒有責任。沒必要參加禮拜，更不用一直在教皇廳出入。」

「原來……」

「當然也可以結婚和談戀愛。」

「哇!!!」

她果然是在煩惱這個問題，我想這對鄭白雪來說就是最重要的事。

與其他城市的祭司不同，祀奉貝戈尼爾女神的王城祭司們被明令禁止結婚，但以自由民身分成為榮譽主教的我，自然會得到通融。

「除了定期販售新鮮葡萄酒以外，沒有其他條件。這也不是完全零收益的交易……能創造我方的收入是最好不過了。」

「沒、沒錯。」

「與神殿保持密切關係是好事，尤其是在神聖帝國裡。」

「那準確來說，會有哪些好處呢？」

「有很多啊，首先最具代表性的就是受到優待。以教皇廳的職級來說，由上至下分別是教皇、樞機主教、總大主教、大主教，這樣想的話就能明白大主教的地位有多高了吧？當然中間還會穿插異端審問團長或神聖騎士團長等職位，但武裝組織在教皇廳裡，終究也只是第二順位。」

「原來如此。」

「嗯。我獲得的榮譽主教，在職級上可以想成和大主教的位置相當。」

「真的很高呢，嘿嘿。」

這個地位帶來的龐大權力不言而喻，其中最令人滿意的就是可以調動異端審問團和神聖騎士團。基本上只要我有需要，就能自由差遣他們。

當然不可能帶出去打副本或參加個人戰鬥，但光是這樣就夠了。萬一身陷危險之中，隨時都能得到教皇廳武裝組織的援助，這對我而言非常有利。

倘若能爬到樞機主教級的職級，就會出隸屬教皇廳的三大聖騎士來保護我的安全。雖然我從未親眼見過，但既然是教皇廳引以為傲的怪物們，實力必定與車熙拉或維克哈勒特相當，甚至在那之上，不過也有可能比他們弱一點。

無論如何，一個自由民躍升為樞機主教級的祭司可能有點勉強，但事在人為，未來誰也說不準。之前誰能想得到，我竟能獲得與大主教差不多的爵位呢？

假設我努力奉承五年左右，到時候可能會有空缺，而我就能趁機擠進那扇狹窄的晉升之門。畢竟真正的貴族不是皇親國戚，而是教皇身邊的親信。

當然，這並不代表我排斥皇帝派，唯有同時維穩大本營與多方關係，才能成為遊戲裡的贏家，這麼做對那些傢伙來說也同樣獲益良多。

首先如同維克哈勒特所說，王城會配給獅鷲給我，與車熙拉的不同，是隻全白的獅鷲，應該也是考慮到榮譽主教的形象，因為這個世界的宗教也是純淨的象徵。

向一旁望去，發現這隻獅鷲的體型不太像一般成年體，不過就算比車熙拉的小了一點，飛行能力也完全沒問題。

我內心升起一股喜悅，這種感覺就好像獲得了一輛昂貴的進口車。實際上，獅鷲在這個世界的高貴程度可不是在工廠裡的量產汽車能比得上的。

又有誰能想到，我來這裡竟然還能得到獅鷲呢？更何況還是兩隻。

另外那隻不是得到的禮物，而是搶來的，曾經屬於伊藤蒼太的獅鷲。

他被公諸於世的資產相當多，這是其中最令我垂涎的東西。

一開始，我沒有直接主張牠的所有權，而是偷偷放出我很想要的小道消息，再稍微向車熙拉撒嬌一下，就順理成章地接手了。

我那麼想得到牠的原因也很明顯，當然是要送給金賢成。對於獨自努力的重生者而言，這是最棒的禮物。

雄壯黝黑的獅鷲散發著雄性的氣息，和我的母獅鷲說不定能成為一對，發展成感情融洽的家庭。說不定五年後，獅鷲已經可以大量生產……雖然一直以來都有獅鷲無法繁殖的傳聞，但還是值得一試。

實在是太幸福了。

「基英哥，巴傑爾樞機主教大人來了。」

「啊……好。」

昨天已經聊一整夜，今天還是趕在我們要離開前特地來打招呼，看來他真的很喜歡我。甚至連卡特琳公爵夫人、瑪麗蓮千金、艾利澤伯爵夫人、潔西卡大主教、赫麗娜異端審問官，還有其他人都來了，我真的很感激他們。

率先開口跟我說話的人當然是巴傑爾樞機主教，他的眼神裡透露著不捨。

「你們還沒出發啊，李基英榮譽主教。」

「哈哈哈，傭兵女王還沒出現呢。」

「原來……」

「其實我也在期待巴傑爾樞機主教大人能來送我們。」

「呵呵呵，李基英榮譽主教總是這麼會說話，呵呵。」

「非常感謝您一大早就特地來送我們。」

「李基英榮譽主教要離開，我當然要來送別。希望我這個老頭子沒有讓你等太久。」

「不會的，我也非常開心。我一定會盡快再來拜訪您，巴傑爾樞機主教大人。」

巴傑爾樞機主教緊抓著我雙手的模樣相當有趣，他眼裡散發的是誰也無法觸犯的強烈信任。倘若他成為教皇，我就有可能升任樞機主教，想到這裡，我也牢牢反握住他的手。

然而，感到捨不得的人不只有巴傑爾樞機主教，瑪麗蓮千金也在掉淚。

她幹嘛這樣啊，真奇怪。

「李基英大人。」

「是，卡特琳公爵夫人。」

「您來的時機有些不恰巧，我感到很抱歉。您似乎也沒能好好享受社交聚會……」

「不是的，雖然前陣子有點忙，但其實這幾天我過得很開心。與您介紹我認識的人見面聊天實在非常愉快，感覺好像認識了所有值得一見的人，這一切都是託卡特琳公爵夫人的福。」

看著她的表情，我突然想起春日由乃提早返回席利亞前，那副痛哭流涕的樣子。直到我答應每個月去找她一次後，她才好不容易冷靜下來。真是件苦差事。

站在她的立場也是不難理解，要持續分隔兩地，心裡當然會感到痛苦。但考慮到春日由乃能在席利亞幫我做事，我真的沒辦法就這樣帶她回琳德。

「嗚嗚……嗚嗚嗚……」

「瑪麗蓮千金似乎非常捨不得呢。」

「李、李基英大人！您、您一定要再來喔。嗚嗚……」

「好的，瑪麗蓮千金，我當然還會再來拜訪您。只要有空我就會來，請您別太捨不得了。」

艾利澤伯爵夫人也是，我們一定會再相見的。」

「好。」

「潔西卡大主教大人以及赫蓮娜異端審問官大人，再見了。」

「好的，李基英榮譽主教大人，我們下次會親自去琳德拜訪您。」

「這是我的榮幸。」

一一向每位來送行的人打招呼其實頗為費勁。

以職位崇高的人士為主的交友圈最為要緊，但其他重要的人員也很多，例如具有第一手流通情報的貴族、潛力無窮且前景看好的騎士，這之中完全沒有可以忽略的人。

管理人脈就是如此麻煩，瞬間讓我有種成為人氣明星的感覺，真的有點累人，不過我當然不能露出破綻。

「如果你是第一次騎乘獅鷲，教皇廳可以另外為你派遣護送騎士。」

「哈哈哈哈，感謝您的心意，巴傑爾樞機主教大人。我已經騎著獅鷲飛過幾次，應該沒問題。一切多虧有貝妮戈爾女神的賜福。」

「這是李基英榮譽主教應得的。」

「您過獎了，巴傑爾樞機主教大人。」

當我開始感到厭煩時，車熙拉和維克哈勒特終於抵達獅鷲起降場，他們同樣也輪流到處打招呼道別。

車熙拉看了我一眼，輕輕揚起嘴角，「差不多該出發了吧？親愛的。」

「嗯，熙拉姐。謝謝各位的送別。」

「歡迎隨時回來教皇廳，李基英榮譽主教。」

「哈哈哈，真的非常感謝您。」

輕輕跳到獅鷲背上，鄭白雪也坐在我身後。

車熙拉騎著她自己的獅鷲，原本屬於伊藤蒼太的獅鷲則由另一位紅色傭兵公會的幹部負責，看來他會幫忙代駕回琳德。

我點點頭，獅鷲開始慢慢揮動翅膀，我們要回家了。

環繞在我周圍的世界已然顛覆，我認知中的「家」也從位在地球的住處變成了帕蘭。有點遺憾，但也不錯。

突然變得很想念家裡的人們，更重要的是不曉得我們的重生者看到各種禮物的反應會是如何。

賢成啊，大哥回來了！

＊　＊　＊

果然還是自己的家最好。事情解決後，住在王城的日子也很快樂，但自己的屋子和房間更舒服，這是沒辦法否認的事實。

一想到之前被攬在身上的業務壓力，還是會讓我有點害怕，不過現在應該已經處理得差不多了吧。因為金美英、能力超群的朴重基，以及愛慕著朴德久的黃正妍都會努力幫我分擔。想到這裡，我的嘴角露出了微笑。

我也很想知道金賢成、朴德久、宣熙英，還有小鬼金藝莉他們這陣子過得如何。從我優先想起小隊成員的表現看來，我已經不自覺對他們產生依賴了呢。

睽違許久的結伴出征好像也不錯，要不要集合去打個副本呢？一起去席利亞旅遊應該也不錯。雖然還不知道能不能空出時間，總之享受一下悠閒時光也不是壞事。

我將白色獅鷲取名為白波爾。沒什麼特別的理由，就只是因為牠是白色而已。

騎在獅鷲身上還是多少有點不適應，但牠看起來也正在努力照應我，讓我更開心了。

飛越一座小山，自由之都琳德終於映入眼簾，遙遠的畫面逐漸靠近放大。

我們回到琳德了。

降落的地方當然是紅色傭兵公會的起降場，因為帕蘭公會還沒有足以容納獅鷲的空間。

鄭白雪帶著不捨的神情離開我的背後，跳下獅鷲。我伸手摸摸白波爾的頭。

「咕嗚。」

真是個可愛的孩子。

「我可以暫時把牠交給妳照顧嗎？熙拉姐？」

「當然。」

「另一隻獅鷲也先拜託妳了，畢竟我們公會還沒有可以安置這兩個孩子的地方。」

「這不是什麼難事，親愛的。不過你要不要住一晚再回去？」

「不了，我要先回公會。」

「是嗎？真是可惜。」

「明後天我會過來一趟。如果妳有空，我有一些事要跟妳說。」

雖然她看起來有點捨不得，卻也沒有再挽留的意思。嘴上說著讓我住一晚，但她自己其實也有很多事要做，畢竟她也有好一陣子不在公會了。

我和鄭白雪就此離開紅色傭兵公會。在這段說短不短、說長不長的時間內，琳德還是與往常無異。真好，在廣場賣東西的人沒變，募集小隊隊員的人也沒變，我還是能看到忙著四處打怪的人，也能看到聚集在露臺聊天的人。

就在這時候，我發現一道莫名熟悉的壯碩人影，就連站在他身邊的女性背影也很眼熟，留著一頭長髮的模樣分明就是我們公會的魔法師。

聽不到他們在聊些什麼，但開懷笑著的側臉告訴我，他們很幸福。我不確定他們之間的關係發展到哪一步了，從旁看來顯然相當親近。

不用我說明，身旁的鄭白雪也認出前面的人是誰，小聲發出驚呼。

我嘴角揚起的同時叫了他的名字，他嚇了一跳，接著馬上轉頭看向後方。

「德久！」

「啊？」

他的表情從平常的模樣變成燦爛微笑，接著整個五官都皺在一起，不是心情不好或感到憤怒的那種，而是拚命忍住眼淚的感覺。就算見到踹開棺材爬出來的人，也不至於有那種反應吧……

「大、大哥！」

他整個人就像方向盤失控的八噸卡車，一股腦往這裡跑來的樣子也彷彿黃牛或犀牛暴衝而來。

他開心到擺出一副要把我擁入懷中的姿勢，雖然遲疑了一下是否該閃開，但我還是選擇歡迎他。

「大哥！」

結果證明我這次做了不太好的選擇。看到我也稍微展開雙臂，他似乎更感動了，在我們擁抱的瞬間，我突然有種窒息感。可惡……不應該抱的，我不禁擔心自己的腰馬上就會斷掉。

不過我依然輕拍了德久的背。兩個男人的熱情擁抱讓周圍人們對我們投以非常怪異的眼神，但這小子似乎沒有發現，甚至把我抱起來轉圈。

在廣場轉了好幾圈之後，他終於開口對我說：「大哥！你怎麼沒跟我說你們回來了……」

「噗哈哈哈，其他人應該已經知道了吧，你沒看到獅鷲飛回來嗎？」

「啊！騎著那隻白色獅鷲的人就是大哥嗎？」

「嗯。」

「我好像有聽說大哥立大功的事……但應該很辛苦吧？你的臉都瘦了。」

「不會，最近的日子反而很輕鬆。」

「話說回來，大哥……我在報紙上看到你被冤枉的事，你知道我心裡有多麼難過嗎？事情都解決了嗎？」

「當然，事情從一開始就註定會真相大白，而且也不是什麼嚴重的事，不用擔心。你不是已經透過我的信得知消息了嗎？」

「雖然大概了解，但我們在這裡也不清楚那邊的情形，更不知道詳細的來龍去脈。其實我很想直接過去找你，但每次都剛好接到你的信，想說至少目前還能知道你平安無事，要不然我都會煩惱到失眠。」

「噗哈哈哈。」

「這、這有什麼好笑的啦。大哥，說真的，賢成老兄只是嘴上不說，他一定也很想衝去找你。啊，我居然忘記大姐了，妳過得好嗎？」

聽朴德久這麼說，真是令人開心。

「是的，德久哥，我、我們過得很好。」

「不能再聊下去了，我們要趕快回公會，每個人看到大哥回來一定都會很高興的。」

「話說回來，你跟正妍小姐兩個人在這裡做什麼啊？」

我看著黃正妍提出這個問題，朴德久開始變得支支吾吾。自詡江原道戀愛博士的人，現在竟然也會感到害羞。

眼看黃正妍也低下頭、整張臉漲紅的樣子，想必我不在的這段期間，這兩個人之間一定有所進展。

「我、我們還是趕快回公會吧，基英先生。很開心能在這裡遇見你。」

「呵，快點走吧。」

下意識轉移話題的反應還有點可愛。

託他們的福，返回公會的路上變得有趣多了。鄭白雪和黃正妍持續聊著天，分享至今累積的話題；我當然也在和朴德久對話，大部分都是和公會有關的事。

「熙英小姐和藝莉最近怎麼樣？」

「熙英大姐每天都一樣，小鬼頭藝莉正在快速成長。」

「真的嗎？」

「那個年紀的孩子本來就長得很快，不是嗎？我每天都見得到她，所以沒有感覺，但公會其他人說她真的長大很多，基英哥看了肯定也會嚇一跳。」

「原來如此……」

「大哥好像不怎麼感興趣。」

「不是啦，藝莉成長得很快這件事我已經預料到了。那你呢，德久？」

講話的同時，我用心眼看了朴德久的狀態，整體的能力值都還不錯。

這陣子遇到太多怪胎，導致他的數值顯得不太驚豔，但還是能看出他確實有在成長。

〔您正在確認玩家朴德久的狀態欄與天賦等級。〕

〔姓名：朴德久〕

〔稱號：無，仍需多多努力。〕

〔年齡：23〕

〔傾向：單純無知的熱情家〕
〔職業：鋼鐵盾兵（稀有級）〕
〔能力值〕
〔力量：67／成長上限值高於英雄級〕
〔敏捷：34／成長上限值低於稀有級〕
〔體力：70／成長上限值高於英雄級〕
〔智力：27／成長上限值低於稀有級〕
〔韌性：71／成長上限值高於英雄級〕
〔幸運：23／成長上限值低於普通級〕
〔魔力：22／成長上限值高於普通級〕
〔總評：力量、韌性與體力都有不錯的成長，尤其是超過70點的韌性值與體力值相當亮眼。儘管相對不足的魔力值頗為可惜，但只要持續努力也還是可以晉升為前段班玩家。仔細想想，魔力值還是很遺憾呢。〕

韌性能力值七十，很不錯，不，應該是優秀。考量到韌性值比較難提升，從一開始的六十進步到現在的七十絕對不容易，這小子一定也做了很多的努力，畢竟他知道自己必須追上其他天才。

我也知道，他要趕上其他人是很勉強的。與生俱來的天賦無法改變，這我比誰都清楚，但我卻隱約覺得他辦得到。

「我呢……沒什麼好說的，就是和其他人一樣認真做事而已。」

「是嗎？」

「就是日常的訓練，能力值有上升了一些。另外也為了學習更多東西，拜訪之前遇見的前輩們，不過好像沒什麼成效。」

「到什麼程度？」

「韌性和體力超過七十，力量還是六十七，該死的魔力值都不增加……」

「你做得很好。」

「嗯？」

「你做得很好，只要像這樣繼續下去就可以了。」

「啊……」

「不需要勉強跟別人比較，德久。你照自己的方式努力，絕對會有收穫的一天。懂得思考是好事，但也不要太過執著，真的累了就來找我。你只要看看和我們一起從新手起步的其他玩家的能力值，或是不得不選擇非戰鬥職群的人，就能明白你的成長有多麼快速。」

「大、大哥……」

「不是有句話說，努力不會背叛自己嗎？」

我講這句話的時候，良心有點痛。努力有多麼輕易背叛人類的期待，我心知肚明。

但單純的朴德久好像因此產生了一些感觸，為了不讓他再次沉溺在感動的漩渦裡，我趕緊換下一個話題。

「我吩咐的事情都處理好了嗎？」

「應該是的。雖然我不清楚，不過大哥親自挑選的那個叫金美英的人，除了自己的業務以外，好像也會幫忙管理其他事情。」

「那真是太好了。」

「嗯，大哥很快就能親自去確認……我們賢成老兄也看起來沒什麼問題。」

「有其他特別的事嗎？」

「啊，這件事好像沒講到……我們有新進人員了。」

「新進人員？」

「好像是老兄親自帶回來的人，加入帕蘭有一段時間了。是個善良又親切的人，能力也很強……啊！大哥不在的這段時間，那個人擔任行政總長，協助處理公會事務……和我們賢成老兄非常契合，每天都黏在一起呢。」

不知為何，我感到有點不安。

「還有呢？」

「不知道該怎麼形容比較好……要我說應該是文武雙全的感覺，又聰明又具備戰鬥力。」

就算不意外有人代替我的空缺，卻沒料到是個新來的人。聽到對方和金賢成相當親近，心裡莫名緊張了起來。早已認識不少人才的金賢成，把他們通通帶回來帕蘭是我意料中的事，但時機比想像中早。

這之中勢必有第一次人生就在他身邊的人，或許會有我無法介入、與金賢成關係密切的人物登場。

身為金賢成左右手的我，現在會覺得惶恐不安也是正常的。

大概是命運的捉弄，我們大老遠就看到金賢成站在通往公會總部的路上，旁邊還站著另一個人。金賢成正與拿著長槍的人聊得熱火朝天，嘴角上揚著，露出燦爛笑容。

「啊……看來老兄是來迎接你的，大哥。」

朴德久還在耳邊叨絮著，但我一句話都聽不進去，理由很明顯就是因為那個聊到忘我的金賢成。

這小子從來都沒有對我那樣笑過……我心中不由得泛起一陣淒涼。

＊　＊　＊

這個比喻可能不太正確，但我的心情就好像出差回家的丈夫，看到妻子和其他男人有說有笑。甚至我兩手提滿禮物的樣子，更符合這個情境的設定。

我是多麼的努力……還幫他要了獅鷲。

就算金賢成過不了幾年也可能自己得到一隻，但我讓這件事發生的時間大幅提前是不爭的事實。放眼整個大陸，能擁有獅鷲的人不多，牠的價值已到了無法言喻的程度。更何況我帶回來的不只這個，還有其他驚喜。

目前紅色傭兵成員替我運回來的東西，已經堆滿一整個小房間還放不完，全部都是道具和財貨。

這些原本都可以成為我的個人資產，我卻決定交給我們的重生者。但這小子現在居然對著其他人展現我從沒見過的燦爛笑容，送他獅鷲的想法瞬間熄滅也不奇怪。

金賢成朝我們的方向揮揮手，雖然他也露出歡迎的微笑，但看起來已經變回平常的笑容。

我當然還是選擇先舉起手回應他。

「基英先生。」

「啊，賢成先生。」

他不像朴德久那樣飛撲而來，但也有稍微加快腳步過來擁抱我，這讓我感到些許安慰。即便如此，我還是很在意站在他身邊的那道人影。

「我看到獅鷲就知道你回來了。幸好我有先來等。」

「其實你不需要這樣。」

「不，這是我應該做的。基英先生應該非常辛苦吧。先前有聽說你被捲入各種事件……幸好你都成功脫身了。」

「哈哈。」

「大和公會的伊藤蒼太怎麼樣了？」

「就如傳聞所說，已經被處決了。他身上有太多條罪狀，沒有可以讓他逃脫的藉口。其實我也希望能免除他的死刑，但巴傑爾樞機主教大人非常堅持。」

「原來如此。」

「看來他並非只是褻瀆女神大人，應該還有很多我不清楚的其他罪行……」

他的反應並不是覺得可惜，反而像是慶幸伊藤蒼太已經死掉的感覺。以這個反應來推論，可見就算伊藤蒼太活著，未來也不會成為好人。畢竟他就是個沽名釣譽的混蛋，也曾經對琳德發動過攻擊。

即便不會像我讓巴傑爾樞機主教看到的未來那樣，成為惡魔崇拜者、懷著顛覆神聖帝國的陰謀，他未來應該也至少是金賢成討厭的存在。

雖然算是瞎貓碰上死耗子，但還是死得好。

我試探性向金賢成問起伊藤蒼太，他很快就給出回覆。

「你也有聽說過伊藤蒼太嗎？」

「是，聊天的時候免不了會聊到別的城市。據我所知，他不是什麼好人。在這次事件爆發之前，就已經有很多浮在檯面上的傳聞，他完全可以說是罪有應得，基英先生不需要有罪惡感。」

我才不會有那種感覺。

這件事搞不好會讓神聖帝國留下負面傳聞，或是成為琳德和席利亞之間的戰爭導火線，但重點是，伊藤蒼太的死能讓我們的重生者與未來變得更加美好。至於他究竟在第一次人生做了什麼爛事，已經不重要了。

「賢成先生這段期間過得好嗎？」

「我每天都一樣，要趕快讓公會更加穩定才行。其實從王城那邊傳來壞消息的時候，你交代的工作大部分都完成了……要不是你來信告訴我們不用特地趕去首都，我們一定會過去找你的。」

「哈哈哈，沒什麼值得擔心的事，反而還滿順利的。不知道你聽說了沒有，這次我還從教皇廳獲封了爵位。」

「什麼？」

「當然是可以保留自由民身分的爵位。因為巴傑爾樞機主教對我很滿意，授予我實在不敢當的職責。」

「啊，原來如此。」

「你可能沒有聽說這些細節。據說上次教皇廳授予外部人士爵位，已經是非常久遠以前了。準確來說，是兩百五十四年以前的事。我的職級等同於大主教，也有各式各樣的優待，對我們公會很有幫助。」

「這樣啊。」

這了證明第一次人生中，沒有人獲得榮譽主教的身分，但也有可能是金賢成對這方面不感興趣。

當我說到職級上與大主教相當時，金賢成的表情果然開始變得明亮，畢竟除了差遣異端審問團與神聖騎士團的權力，還有更多與神殿相關的上等待遇。

大哥我可是個很有能力的人呀。

「我完全沒料到事情會發展到這種程度……真是超乎想像啊。辛苦你了。」

他以為這就完了嗎？我決定要慢慢解開禮物盒的蝴蝶結。

就在這個時候，金賢成急著要提出下個話題，他的神情彷彿在炫耀似的，而我猜他八成是要介紹身旁的人。

我也能理解他把這件事當作成果，想在我面前展示的心情，但我還是覺得莫名心酸。

「其實我們也有一些新的改變。你可能已經聽德久先生說了，這位是基英先生不在的這段期間加入的新伙伴。」

「啊……原來是這位。」

「是的，她是這次加入帕蘭的曹惠珍小姐。」

站在金賢成身邊的是位拿著長槍的女了。稍高的身材搭配綁在腦後的長髮，不知為何讓人想起古代的武士，應該是說帶有某種軍人或騎士的氣息。她的五官線條相當鮮明，但卻莫名給人一種個性死板的感覺，實際上好像也是如此……

「我是曹惠珍，久仰大名，李基英副會長大人。」

「原來是曹惠珍小姐，初次見面，我是李基英。」

「是，您果然不是浪得虛名。以後請多多指教。」

接下來當然是透過心眼觀察這傢伙，她的狀態欄迅速出現在我眼前。

〔姓名：曹惠珍〕
〔稱號：凱斯拉克的老古板〕
〔年齡：25〕
〔傾向：死板的原則主義者〕
〔職業：槍術專家（英雄級）〕
〔能力值〕
〔力量：75／成長上限值高於英雄級〕
〔敏捷：82／成長上限值高於英雄級〕
〔體力：87／成長上限值高於英雄級〕
〔智力：51／成長上限值低於英雄級〕
〔韌性：71／成長上限值低於英雄級〕
〔幸運：50／成長上限值低於英雄級〕
〔魔力：60／成長上限值低於英雄級〕
〔特性：努力的人（傳說級）〕
〔總評：雖然沒有特別亮眼之處，但她對『武』的理解比任何人更透徹。不僅如此，在傾向及特性的影響下，她擁有能讓成長程度超過自身上限的力量。她是玩家李基英目前遇過的天才之中，類型較為特別的一位。〕

沒有特別亮眼個屁，琳德的無數居民當中，我還是第一次看到有人擁有這種能力值與潛能。撇除車熙拉那些人，我從來沒遇過可塑性這麼高的人。即使能力值全都沒有高於傳說級，整體卻維持相當驚人的平衡。

就像總評提到的那樣，只是大概看一下就知道這個人有多麼強大，所有能力值都在英雄級上下，甚至還能擔任行政方面的職位，這簡直是犯規。

「我好像是第一次在琳德見到妳。當然我也不可能見過這廣闊土地上的每個人……」

「啊，基英先生說的對。曹惠珍小姐不是琳德人，她以前住在凱斯拉克。因為不可抗力的因素，退出原本的公會後來到琳德，才會加入帕蘭。」

「你說凱斯拉克嗎？」

「是的。」

凱斯拉克並非自由民居住的自由城市，而是隸屬神聖帝國內的一片領土，周邊坐落幾座頗具價值的打怪場或副本，聽說有部分自由民定居在那裡。

從領土位置偏處南方，加上鄰近怪物森林這一點來看，確實稱不上是個好地方。除此之外，還有幾個顯而易見的缺點。

因為不是自由城市，必須繳納更高金額的稅金，實際上各方面的限制事項也不少。自由民在帝國法律中享有一定程度的自由生活，但僅限於琳德境內。倘若自由民移居到由貴族統治的區域，勢必要面臨一些犧牲。

「原來如此。」

仔細想想……瑪麗蓮千金就是來自凱斯拉克，我應該沒記錯。

其實曹惠珍是從凱斯拉克還是凱迪拉克[7]來的，都跟我沒關係。最重要的是，她分明是金賢成從第一次人生就帶在身邊的人，彼此間也相當信任。

她的稱號是凱斯拉克的老古板，傾向是死板的原則主義者，怎麼看都跟我完全不契合。看起來一點通融性也沒有，和我這個簡直把原則餵給狗吃的人，怎麼可能合得來。

但金賢成絲毫沒有察覺我的心思，還自顧自不斷在我面前稱讚她，讓我感到越來越焦慮。好像真的沒辦法跟她相處……雖然這只不過是根據傾向的推論，但我能打賭這樣的人跟我絕對合不來。

「其實基英先生交代的事，有一部分是惠珍小姐幫忙完成的。」

「啊……是嗎。工作量應該不少，謝謝妳的幫忙。」

「不，這是我應該做的。我只是按照您先前整理的文件來處理而已。」

「謝謝妳。」

「她真的是善良又有能力的人。基英先生和她聊過之後，想必就會明白我的意思。」

「原來如此。」

「而且她也擁有出眾的戰鬥能力。雖然我很想立即任命她為公會的主要幹部，但因為還必須經過基英先生的同意，所以目前職位的安排還在保留中。」

還真是謝了。其實站在我的立場也不好拒絕，但至少這代表著金賢成對我的尊重。

好在曹惠珍也不想接受這個職位。

「不，我實在無福消受這個提議。」

「別光站在這，我們趕緊回公會總部吧。藝莉和熙英小姐忙完之後，很快就會過來了。」

7 美國最暢銷的豪車品牌。

「是。」

「是，會長。」

誰都看得出來，金賢成正為了想把新朋友介紹給既有的朋友而雀躍不已。

他似乎很期待我們兩個的相輔相成，但我卻彷彿能預見未來發生的事——真正的忠臣登場後，我的地位就會莫名轉變成奸臣。

對於想成為重生者身邊最親密之人的我而言，這樣的情況堪稱危機。

＊　＊　＊

返回公會總部的途中，我們聊著各種話題。大部分都是最近過得如何、做了什麼事等等，利用這段時間分享近況，聊天的過程也非常愉快。

鄭白雪一開始對曹惠珍的態度有些警戒，當發現她跟我沒有交集後，便直接對她失去興趣，就只抱持著「有個新加入的人啊」這樣的想法持續觀察而已，很符合鄭白雪的個性。

不過朴德久的情形就不太一樣了，雖然熱情程度不及面對我的時候，但看向曹惠珍的眼神依然相當親切，相伴而行的模樣頗為親近，應該是在我回來之前就有一定的交情。

不過他們談話的內容還不錯，大概是像這樣——

「那個，惠珍小姐。」

「嗯？」

「妳覺得我們大哥怎麼樣？」

「似乎就像傳聞一樣，是個賢明的人。其實我在學習處理公務的時候，總是很好奇是誰把工作處理得這麼好……他果然就和我想像中的形象一樣。」

「要不是基英先生，公會要站穩一席之地可能還要花更久的時間。」

「沒錯，會長。老實說……我當時也覺得這應該不是可以獨自解決的工作量……」

「妳過獎了，這並不是只靠我一個人的力量，還要仰賴其他人的幫助才能完成這些事。帕蘭還有很多能力好的人。」

好久沒見到心情愉悅的金賢成，還有碎碎念講個不停的朴德久，讓我確切感覺自己已經回到家了，雖然有個完全意想不到的人物突然加入，讓我有點心痛，不過還是能理解金賢成的得意心情。

曹惠珍現在還在成長，也還不算能力巔峰狀態，卻已經達到這樣的程度。單純以潛在能力來看，未來還有更多變強的空間。特性「努力的人」也暗示她以後說不定會成為公會會長級的強者。

假設他們在第一次人生真的是非常熟悉親近的人，金賢成當然會對曹惠珍帶有好感，所以我想最重要的就是我要採取的立場。

要排擠她，還是要接受她？

照理來說應該選擇後者，因為我相信未來金賢成王國日益壯大後，保有這樣的人才方能對公會有所幫助。

文武雙全，還有超乎想像的戰鬥力與潛力，我沒有理由不接受她。問題就是我的影響力會因此變小，我一直以來都獨占著金賢成的愛，怎麼會甘心和這樣的競爭對手共處，也很難想像金賢成為女性瘋狂的樣子……

他應該不會那樣。不過假使像曹惠珍這種第一次人生的伙伴持續加入，我也不得不擔心金賢成會不會疏忽原有的小隊成員，戰鬥力相對較弱的我或德久，就很有可能從小隊中消失。

以另一個角度來說，為了避免所有權力過度集中在我手中，權力的分割是必要的，只是現在難免讓人覺得時機過早。等金賢成王國的勢力發展到一定程度後，再安排可以牽制我的勢力也不遲。現在是急需快速擴張的時期，沒有太多時間顧慮原則之類的東西。

當然，曹惠珍成為絆腳石的事，不過是我腦子裡的猜想，畢竟我總是會先考慮最糟的情況，也設想了各種變數。但金賢成露出我沒見過的燦爛笑容還是很令人在意。

暫時先像以前一樣吧。杞人憂天有時候會成為很大的助力，但不是每次都有必要。有個能力強大到超乎想像的人物加入我方陣營，應該要開心才對。

持續向前走，帕蘭的公會總部也逐漸映入眼簾。本以為大家會前來歡迎，但他們看起來異常忙碌，有很多人聚集在戶外，公會成員們也認真準備著什麼。

當我發現那是個歡迎派對時，心情頓時好轉。宣熙英、金藝莉還有許久未見的李尚熙都往這裡跑來，開始輪流打招呼。

「你回來了……」

「好久不見，藝莉。」

不怎麼說話的小鬼靜靜對著我打招呼。

「基英先生！你終於回來了。」

「是，熙英小姐，好久不見。」

宣熙英的招呼稍微激動了一點。

「辛苦了，副會長。」

「謝謝，李尚熙大人。」

連退居公會顧問的李尚熙都特地來迎接。

金美英也朝這邊親切地揮手，朴重基則露出心情愉悅的笑容。以整體的反應看來，他們順利度過非常忙碌的時期，可以享受悠閒時光了。

跟我打完招呼之後，每個人就開始輪流跟鄭白雪搭話，氣氛瞬間變得熱絡。

同一時間，食物持續被送到公會的大廳。準備這些東西的人，不用特地說明我也知道，顯然是金賢成。他應該是在看到獅鷲的時候就立刻下令了。

這小子非常懂心理拉鋸戰。雖然沒辦法完全消除我心中的淒涼感，但受到歡迎派對待遇的人又怎麼可能心情不好呢？

此刻我確實感覺到自己回家了，金賢成或許是讀懂我表情的意思，輕輕笑著說道。

「再次歡迎你回來，基英先生。」

「歡迎回家，副會長。」

「您辛苦了。」

短暫的派對開始了。所有的公會成員都很享受這次的聚會，就算他們要負責準備和收拾，但至少能在這個時刻一起享受。甚至有許多人開始微醺，就像參加熱鬧的祭典活動。

仔細想想，這是我們來到帕蘭之後第一次這麼放鬆。

鄭白雪啜飲著手中的果汁，依然一直黏著我；朴德久忙著四處打轉，大口品嘗著各種美食，他的身邊自然相伴著黃正妍，兩人的關係應該變得很親密，才會像情侶一樣同進出。

隨著時間過去，喝醉的人也越來越多。

「嗝……您知道我們多麼辛苦嗎？甚至有一點埋怨副會長。」

「真是辛苦了，美英小姐。啊，現在應該稱呼為金美英組長了。」

「什麼？」

「其實妳早該升為組長了。沒有人比我更了解金美英組長的辛苦，關於年薪的協商就訂在明天進行吧。」

「真的嗎！」

「妳以後上班就能得到更好的報酬了。公會資助給小孩子的金額也會稍微增加。」

「謝、謝謝，謝謝您！」

我當然沒有忘記這段期間辛苦工作的行政人員，其中最值得讚許的金美英組長當然是快速晉升。朴重基在旁邊用羨慕神情看著，看來也應該要給他一點獎勵。

「這是應該的。啊，我聽說曹惠珍小姐也提供了不少幫助。」

「是的，雖然她有點死板……但是個好人。」

大家對曹惠珍的評價不錯，從結論上來說更是受到許多人的喜愛。

在我們持續對話的過程中，旁邊響起宏亮的聲音。

「大哥！你吃看看這個！大哥！」

「白雪小姐也嘗一下。」

朴德久和宣熙英往這裡走來，手中拿著盛滿食物的小碟子，應該是要來分享好吃的東西。

「真的很好吃，基英先生。比附近餐廳賣的好吃很多……」

「是嗎？」

「白雪小姐也品嘗看看。」

「好，謝、謝謝。」

「真的超級好吃，你一定會嚇到，真的！」

那小子捧在手上的是簡單的燉肉，和目前看到的華麗菜餚相比有些遜色，樸素的樣子讓人無法聯想到是負責公會內餐廳飲食的主廚作品。

雖然隨意切塊的牛肉看起來滿好吃的，但我能肯定它的水準想必和遠征途中簡單烹煮的糧食差不多，實在不明白他們為什麼要如此大驚小怪。

「你快吃啊！快點啦！」

「好啦。」

拗不過朴德久，我拿湯匙盛起一口，突然感覺到它有些不同。

「喔！」

意外的滋味讓我慢慢抬頭站了起來。

「不好吃嗎？」

好吃。我沒有回答朴德久的問題，但表情卻說明了一切，我的眼睛現在可能睜得很大。

「這是誰做的？」

「是會長老兄和李尚熙大人做的。他們一起在臨時廚房忙了一陣子才做出來的，太神奇了！肉在嘴裡融化了對吧？」

「嗯。」

「入口即化的牛肋肉！」

「真的很好吃耶。」

「大姐覺得怎麼樣？」

「很、很好吃……德久哥，這真的很好吃。」

鄭白雪的聲音裡，不知為何參雜著挫敗感。

「大姐不也很會下廚嗎？」

「嗯？啊？啊……那個……對啊！我是多少學了一點……」

她的表情和反應看起來很明顯缺乏自信。不服輸的她也走向臨時廚房，表情卻讓我覺得彷彿看到即將被丟入銅像裡的伊藤蒼太，渾身散發著死刑犯登上斷頭臺的氣息。

……今天還是不要吃鄭白雪做的料理比較好。

每個人都三五成群，用自己的方式享受著派對。這時我注意到在一旁坐著的曹惠珍，她正安靜咀嚼著食物。我認為可以趁現在跟她聊上幾句，於是決定移動腳步向她靠近。

除了傾向，我也很好奇她究竟是怎樣的人。恰好鄭白雪沉浸在自己的廚藝挑戰裡，現在正好是搭話的好時機。

我先對還想跟我再多聊一下的金美英組長表達歉意，朝向曹惠珍走去的同時，她也抬頭看向這裡。

「妳覺得帕蘭怎麼樣？」

「是個好地方。以前只能根據傳聞大概想像，實際上比我想的更好。」

「這樣啊。」

「尤其是副會長回來之後，現在的氣氛更好了。」

「並不是常常這樣，我們也是第一次舉辦派對……」

「看得出這個公會的成員們對於會長及副公會長非常信任。」

「是的。」

「我也有幾個從新手教學就在一起的伙伴，來到大陸後卻因為各種利害關係或瑣碎的事而分裂，這麼看來，帕蘭的各位的確令人稱羨。」

她吃東西的時候沒什麼特別的表情，嘴巴卻反而說出相當感性的話。我有點懷疑她是不是喝醉了，但她看起來還很清醒。

這樣說來，我似乎能猜到她一開始的同伴為何會解散，她又為何離開凱斯拉克而來到這裡。人生在世不都是這樣嗎？

「尤其賢成先生非常相信基英先生。我們走出去迎接基英先生的路上，他也不斷向我提起基英先生的事。」

「原來是這樣。」

「我以為他平常是不怎麼愛笑的人，實在有些意外。」

站在我的立場，她說的話更令人意外，我瞬間意識到剛才那是一場誤會。

看著還在李尚熙旁邊忙著做料理的金賢成，我默默地笑了，不枉費我那麼相信那小子。

我同時也感覺到對重生者傾注的忠誠終於有了相對應的回報。

金賢成對我的信任，無疑等同於第一次人生就認識的人。

＊　＊　＊

不久前，我還差點就決定要撤回打算送出去的獅鷲，但人心就是如此善變，現在的我已經開始想要公開禮物了。

我大概知道金賢成是個不太懂得表達感情的人，但誰會想到他連開朗的笑容都能藏這麼深。

坦白說，我真的差一點心寒。雖然時間不長，但我堅持對我們重生者忠貞不二已經一年了，也曾擔心自己白忙一場，幸好現在終於開花結果。

連我自己也開始對這段感情較真，如果他卻不是這樣的話，就實在太奇怪了。

只要回想我這段時間的付出，應該就能充分理解。一開始在新手教學遇見總是面無表情的他，旁人免不了會認為他是經歷坎坷波折、拋棄人性的重生者，幸好最終在友情的力量下，逐漸融化他冰凍的心。

而且最近他臉上的表情也開始變豐富了。以前不管發生什麼事，他對我們總是很客氣，到現在還叫我「基英先生」就是最好的證據。他近來不僅會展現溫柔的一面，也變得愛開玩笑，不過某種模糊的距離感似乎沒有減少，才會讓人感到不安。

事實上，我們之間的關係比想像中更有進展。

未來如果我們賢成必須在同伴的存亡與即將毀滅的世界之間做出選擇時，我當然希望他選前者。一定要無條件先救我，這是當然的……畢竟人不能過於缺乏人性嘛。

我才不想喊著「你快走」、「代替我拯救世界」、「你一定要過得幸福，連同我的份一起」、「這段時間我過得很開心，這裡就交給我吧」，然後壯烈犧牲。

萬一我畢生效忠於他，結果那傢伙說一句「抱歉」就頭也不回地選擇成為博愛的救世主，好處豈不是都讓別人占了。

總之，那小子對我產生信賴是個好消息。

大概是如此美妙的消息導致我一時疏於表情管理，只見曹惠珍用看戲的表情，微笑看著我。

「您看起來很開心。」

「賢成先生平常比較不擅於表達情感，我也沒料到他是這樣看待我的。」

「你們能成為同事真好。」

「比起同事，我覺得更像朋友或兄弟。當然我不能確定他是不是也這樣想，總之這是我的想法。在帕蘭的其他人也一樣。」

「原來如此。」

「其實我們算不上是長時間相處，但小隊成員間都有建立起深厚的感情。」

「深厚的感情……」

只要不會死掉，我可以為金賢成、鄭白雪和朴德久擋刀，我一直以來都是這麼想的。如果她知道我有多麼費勁培養感情，一定會嚇到。

「我聽說妳是因為在凱斯拉克發生問題才來到這裡的，我可以問問是什麼事嗎？」

「啊，那個……」

我真的很好奇眼前這個女子究竟是如何來到這裡的，然而她卻一副不太想講的樣子。光看她支吾其詞的樣子就大概能猜到，她要不是犯了錯，就是有不可告人的祕密。

這之中一定有問題。就算她不講也無所謂，我還有另外的情報網……該寫封信給瑪麗蓮千金了，廣大的人脈就是在這種時候派上用場。

其實具備優秀能力值的自由民選擇幾乎要倒閉的帕蘭，本身就很奇怪。當然，金賢成為了網羅她，肯定少不了到處奔波，但還是難免讓人覺得事有蹊蹺，而且金賢成招募她時，應該也知道這些。

那小子很能言善道，想必招募曹惠珍時應該也替她遮掩了一些不符規定的地方，畢竟她值得讓他這麼做。

當我決定要另行找出答案，就沒有必要再糾結於這個話題了。

「如果妳不想講也沒關係，又不是審問犯人，請不要緊張。我有大致看過曹惠珍小姐的基本資料，妳在帕蘭非常積極地幫忙做了許多事，讓妳這麼辛苦，實在不好意思。」

「您過獎了。」

「看來大家歡迎的對象不只有我呢，惠珍小姐，歡迎妳正式加入帕蘭。」

「謝謝您，副會長。」

「不客氣。」

與她的短暫對話就先到此為止。目前還不需要擔心權力的分化，雖然再過一兩年就說不準了……不過只要繼續讓她認定我的地位在她之上就沒問題了吧。

結束談話並分開後不久，就看到鄭白雪慢慢往我這邊走來，她手中端著盛有她獨創料理的盤子。

朴德久避開我的視線，宣熙英也默默走開了。大家都明白那道料理是不能吃的，鄭白雪當然也很快就把目標轉向我。

我努力轉移視線，可惜鄭白雪已經來到我身邊了。

「基、基英哥，你要嘗看看嗎？」

我不太喜歡賭博。我也知道必要時還是非得下注不可，但以這件事來說，應該不是必須做的事情。

事已至此，我只能試著轉移話題。

「先別說這個了，我們去一趟紅色傭兵吧？」

「什麼？」

「既然都舉辦派對了，今天就把禮物給他們吧。」

「是……」

晚上十點，人心會開始變得感性，此時正是我們重生者獲得獅鷲大禮的最佳時機。問題是鄭白雪的表情明顯表達了如果我不吃掉這道菜，她就會生悶氣。

跟我一起來回的鄭白雪並沒有特別得到什麼獎賞，吃一口她做的菜應該能讓她內心平衡一點吧。

我果斷拿起湯匙放入嘴裡，就算在感受到滋味前直接奮力吞下肚，嘴裡還是瀰漫著一股奇怪的味道。靠……

雖然很在意剛才通過食道的爛糊食物究竟是什麼，我還是選擇先繼續話題，必須要盡快脫離這盤食物才行。

「好吃。」

「真的嗎！」

「那我們出發吧？」

「是!!」

或許是瞞著大家跑出來讓她覺得刺激，鄭白雪緊緊地黏著我。我們並不是為了公務來到外面，而是為了拿回暫時寄放在紅色傭兵的禮物。

不過我也好久沒有在夜晚走在琳德路上了，夜晚的琳德也非常熱鬧，與我想像中治安不好的樣子有些差距。貧民窟那邊是比較不安全，但廣場或與公會鄰近的區域甚至比白天更安全。

不僅有照明一整晚的夜明珠，還有夜市的攤販。每戶人家燈火通明，紅色傭兵公會當然也不例外。

在這麼短暫的時間內頻繁出入，實在不好意思打擾傭兵女王。我們默默走進馬廄和倉庫，將獅鷲和暫時寄放的物品帶走。

「咕嗚。」

牽著兩隻獅鷲走在路上，立刻讓所有人的目光都往我們身上集中。

打個比方的話，就好像在鄉下開著進口車。就算在首都，獅鷲也是相當稀奇的存在，整個琳德也不過只有四隻，當然會成為注目焦點。

賢成啊，這就是我要送你的禮物。

即便是金賢成，也跟一般人無異。即便他可能在第一次人生中騎過獅鷲無數次，但怎麼可能不喜歡獅鷲呢？

即將要交給重生者的黑色獅鷲，外表不但銳利有型，還很有魅力。畢竟牠曾經屬於相當注重外貌氣勢的伊藤蒼太，因此被打理得非常好。這可是極具實用性與戰鬥活用性的孩子呢。

周邊鬧哄哄的聲音越來越近，人們開始聚集而來，我作夢都沒想過居然能在這裡受到在地球從來不曾體驗過的矚目。

直到抵達帕蘭總部前，我們都沒能擺脫這些視線，當我逐漸開始覺得有壓力時，鄭白雪用一副「這是我男朋友」的表情盯著四周的人們。

幹嘛沒事讓人這麼尷尬……

但她似乎非常開心的樣子。

當我們回到帕蘭公會建築時，原本以為我們只是出去散步的人看到我們牽著兩隻獅鷲回來，紛紛露出吃驚的反應。

「大哥，你們去哪裡……嗯？那個是……」

「其實我本來想找時間各別見見大家……但現在恰巧在舉辦派對，似乎是個送禮的好時機。」

「哇！」

沒有人不喜歡禮物。

或許是以為這不關自己的事，公會職員們並沒有過多的關心，但我當然也準備了他們的禮品。

「來不及事先準備職員們的禮物，這次就簡單從首都買了一些東西回來。」

「好耶！」

話雖如此，那並非簡單的東西，全都是高級名牌的昂貴商品。

男性職員的禮物是鋼筆套組，女性職員則是拿到成套化妝品及包包。雖然所費不貲，但比起這次賺到的錢，根本就只是零頭而已。而且每個禮物還都附上了我的手寫信，因為我認為寫上每個人的姓名是應該的，這就是所謂的社會生活。光是正確記住屬下職員的名字，就足以振奮士氣。

看著在身旁協助分送禮盒的鄭白雪，我不自覺點點頭。

「我特別為各位幹部準備了其他禮物，希望職員們不要覺得不平衡。」

怎麼可能會不平衡，身為非戰鬥職群，收到這樣的禮物就應該感激不盡了。

「德久，你在上次的遠征中得到了盾牌，所以這次是劍……」

「喔？謝、謝謝！哇啊！」

確認配件功能後，朴德久眼睛睜得非常大。讓他感到驚訝的並不是沉甸甸的重量，而是能力值的變化。

〈以巨人的短劍製成的長劍（英雄級）〉

〈用被世人遺忘的巨人族曾使用過的短劍碎片製成的長劍，是名匠卡哈爾拉斯之作。只有少數人能操縱這把沉重的長劍，但只要能駕馭它，就可以發揮具有威脅性的破壞力。持有本道具即可提升力量值6點。不存在其他附加功能。〉

「李尚熙大人與正妍小姐分別是英雄等級的項鍊。」

「……謝謝。」

「謝謝你，基英先生。」

〈蘊含貝戈妮爾女神祝福的項鍊（英雄級）〉

〈蘊含貝戈妮爾女神祝福的項鍊，具備中級解除詛咒、中級解毒，以及高級治癒等魔法。持有後全部能力值將各上升1點。〉

「我們小鬼則是短劍……」

「謝啦……」

〈大魔法師艾札克的投擲用短劍（英雄級）〉

〈具備召喚與逆召喚功能的短劍。雖然不清楚它是通過何種途徑製造，但部分專家認為這支短劍或許是從其他次元穿越而來。劍身已有無數歲月的痕跡，背面刻著無法解釋的文字。

持有後敏捷值將上升3點。〕

「我為熙英小姐準備的是戒指。」

「謝謝你，基英先生。」

〔卡勒蕾娜女王的結婚戒指（英雄級）〕

〔已亡國的卡勒蕾娜女王珍藏一輩子的結婚戒指。極其單純的戒指，正是最能彰顯卡勒蕾娜女王品性的象徵。因為卡勒蕾娜女王懇切的祈禱而具有神聖力，配戴後將使所有神聖咒語的效果小幅上升。〕

所有配件都是特等品，其中一部分是被贈與的獎賞，另一部分則是大和公會滅亡後轉移到我手中。

其實除了這些，還有伊藤蒼太手中的風之劍，以及大和幹部們曾使用的幾項物品，但我想等到日後再分配。

每個人都得到禮物之後，只剩金賢成。

不過幾個月前，我還是只會從這小子身上獲取配件的對象，現在身分對調看起來有點荒誕。但我們的重生者值得獲得這份禮物，真好奇不習慣收禮的金賢成會露出什麼表情。

「我為我們帕蘭公會會長準備的禮物就是這隻獅鷲。」

「嘎！」

或許是感應到話題在自己身上，獅鷲輕輕展開了黑色翅膀。

即便早已意料到金賢成會很喜歡，他現在的表情還是比我想像中的更開心。雖然不是真的咧嘴大笑，但以他平常的表情為參考，這道笑容已經很燦爛了。

嘴角在他臉上畫出的笑容，看來一時半刻內是不會消失了。

連我都被自己的心意感動了。

第057話 內部檢舉者

金賢成不習慣從別人手中得到東西。我不確定他的第一次人生究竟如何，但以他高超的潛在能力來說，比起接受，應該更常站在給予方。

這樣的金賢成面對毫無預警的驚喜，當然開心無比。

他看起來沒辦法隱藏自己的情緒。就算不是擺出誇張的笑臉或咧嘴笑，但所有人都能從他不受控往上揚的嘴角看出他的喜悅。

看來他很喜歡這份禮物呢，如果他沒露出那種表情，我一定會更心寒。

黑色獅鷲被養得很好，而且在這片大陸，可以在天上飛行的交通工具堪比傳說級的道具，稀有的程度讓獅鷲的價值無法用金錢衡量。

或許是因為如此，周圍的人全部都是驚訝的反應。

「哇……」

畢竟這隻獅鷲並不屬於公會，而是我個人的資產。以這點來看，要果斷將牠當作禮物送出去並不容易。

對其他人而言或許是艱難的決定，但對我來說當然不是問題，再考慮到當眾公開贈送相對會帶來相當多的好處，就更簡單了。

我可以藉此向大家展示會長與副會長之間的關係是如此緊密，換句話說，就是權力的奠定，同時還能讓金賢成明白我有多麼忠誠。忠臣李基英的人設從此更加深植人心。

這時金賢成果然因為感到壓力而搖頭。

「我、我沒關係，基英先生。很感謝你的心意……但這太貴重了。」

當然貴重！這隻獅鷲該有多麼昂貴呀……

「不需要感到壓力，賢成先生。這段期間我從你身上獲得那麼多，這只是我的報答而已。啊，這隻獅鷲也是我在因緣際會下得到的。」

「可是……」

他的推辭也在我的意料之中。單純以禮物來說，確實過於沉重。但不管怎麼看，他都是想收下的表情，我突然意識到他的拒絕只是一種客套的流程。

金賢成已經準備好假裝勉強收下了。就好像努力婉拒叔叔給零用錢的學生，反正最後一定會收，先演一場表面的拒絕也無妨。

「尤里耶娜的事也是。如果你感到負擔，那我豈不是更愧疚。我也有自己的獅鷲，你就放心收下吧。」

快收下啊，你明明就很想收。

明眼人都能感覺他的心已經完全斜向收下獅鷲的那一邊了。最後，他輕輕點頭。

「既然你這樣說，那、那我就收下了。」

不要結巴啊……

「你真的完全不需要有壓力，哈哈。當作是我回報你一直以來送我的禮物就好。」

不過以後還是要慢慢還的，賢成啊。

「不，我得到的更多。我一定會報答這份恩情的。」

很好，就是這個態度，就是這樣！

我將黑色獅鷲交到他手上，金賢成伸手摸著牠。

如果收到禮物的人感到喜悅，送禮的人也會很欣慰。不只是金賢成，每個人的臉上都寫著好心情。

規模盛大的送禮儀式就此落幕，本來以為派對也很快就會結束，但留下來的人比我想像的多。

「既然如此，今天應該要玩個通宵。賢成老兄，可以嗎？」

「那明天下午開始處理公務。」

「吼……」

「我開玩笑的，休息一天也不是壞事。這麼好的日子，大家多喝一點也無妨。惠珍小姐也來跟大家一起玩吧。」

「是，會長。」

其實我因為長時間飛行而有些疲憊，不過趁機會放縱一天也不錯。

「基英哥，嚐嚐這個吧。」

「嗯。」

「基英先生，有關下次志工活動……」

「是，安排時間一起去吧。」

「不過你可以先跟我們分享究竟發生什麼事了嗎？」

「這就說來話長了。」

夜很長，時間很多。我們整晚喝著酒，同時分享這段期間發生的事。

金賢成沒講太多話，總是笑著望向大家；朴德久大概是太興奮了，開始翩然起舞；我一開始以為曹惠珍會不適應，後來她也從某個瞬間開始變得融入。鄭白雪和宣熙英不斷向我提問，目前還是未成年人的金藝莉，則是用埋怨的眼神瞪了叫她去睡覺的金賢成，不得已走回樓上房間。

我擔心的那些事情，此時此刻還看不出來。

當天空開始發白，這場狂歡才來到尾聲。我也以愉快的心情和有點頭昏腦脹的狀態閉上眼。

叩叩叩。

過了一會兒，我被窗外傳來的聲音吵醒。

腦袋出現「再睡一下」的想法，但身體卻感受到一股未知的重量，讓我不得不低頭看。

鄭白雪疊壓著我半個身體。

我記得昨天分明把她帶回自己的房間了。不曉得她為什麼會出現在我身上，但我猜她應該是假裝喝醉走進我房裡。

也有可能是我自己想不起來……唉，怎樣都無所謂，不知道我們保持這個姿勢多久了，持續被壓著的手臂傳來一陣麻痹。

出門遠征的時候也經常發生這種事，所以我現在已經見怪不怪。但看著還在呼呼大睡的鄭白雪，我想這個姿勢可能還要維持一會兒。

叩叩。

這時窗外不斷傳來聲響，我悄悄將視線轉往聲音的來源，看見一隻小鳥正不斷敲擊窗戶，腳上還綁著信紙。

太好了，看來寄給瑪麗蓮千金的信昨天就到了。

本來就預計很快能收到回信，但還是比預期更迅速，這讓對很多事感到好奇的我非常滿意。

而這些好奇心當然是來自於曹惠珍，她究竟在凱斯拉克遭遇過什麼事，實在吊我胃口。當然，目前還不需要抓住弱點威脅她，我只是想知道她到底隱瞞了什麼。

為了不吵醒鄭白雪，我悄悄打開窗戶，小鳥隨即走進房內。把綁在小鳥腳上的信件取下後，胡亂寫了回信，再次綁回去。即便只是「會再找時間去拜訪您」這種隨意的內容，對方應該也會感到滿意。

我小心翼翼打開信件，開始閱讀瑪麗蓮千金寫的內容。

「分開後不久就收到您突然的來信，著實喜不自勝。您離開尚不到一天，我便開始在心中悄悄刻劃李基英大人的模樣。而您及時到來的信件，溫暖地融化了我這棵被遺棄在淒涼寒風中的心。您與我的心意如此相通，會是我的錯覺嗎？」

開頭為什麼這麼長啊？

拿著有些厚重且冗長的信件，以為寫滿無數個情報而大致閱覽了一下，沒想到大部分都是類似這樣的內容。信裡看得出來塗改好幾次的痕跡，表示她真的下足了功夫。

「以貴族千金的身分作此表述深感羞愧，但與李基英大人在王城共同度過的時光如夢似幻，至今仍歷歷在目。為何我無法像飛翔的鳥兒，在天上自由展翅翱翔呢？懇切希望我的心意隨此信降落至您手裡。」

我真的不明白她為什麼要這樣。我們沒有單獨見面過，幾乎每次都會有卡特琳公爵夫人在場，彼此也沒有產生特別的感覺。

就算和她見面的次數應該僅次於巴傑爾樞機主教，但也沒發生過可能讓少女春心蕩漾的事情。我只是在相處的時候盡力保持紳士舉止，應該也不足以造成誤會，不管怎麼想都有點荒唐。

這封信越看越覺得奇怪。我實在沒辦法閱讀這些文字，翻到下一頁才終於找到想看的內容。

〔礙於時間限制，無法進行大幅調查，但我想這應該是李基英大人期待的資訊。我緊急召集自由民進行查訪，也請來曾和曹惠珍小姐待過同個公會的前成員，詢問有關她的事。查問的過程中，我也了解到小石公會與我們凱斯拉克領地有密切的關係。〕

真是令人驚喜的消息，有她幫忙調查，或許能輕鬆一點。

〔先從結論說起，曹惠珍小姐過去所屬的小石公會，曾接受我們領地的監察隊調查。監察案件包含各種案件，但我記得是以走私怪物附屬品以及逃漏稅嫌疑為主。〕

想想曹惠珍的個性，很難與這種事聯想在一起，感覺事情開始變得有趣了。繼續往下看，果然出現了我預想中的內容。

〔調查起始的原因是某個來自小石公會、有良知的自由民，率先向監察隊提供情報。當時幼小的我還不到參與家族事務的年紀，但據我當時的耳聞，協助調查的人即是曹惠珍小姐。即便當時她仍隸屬於小石公會，卻秉持著良心，親自向我方領地申請監察。〕

她是內部檢舉者？

我終於明白為什麼曹惠珍會來到琳德，甚至是帕蘭。

這對我而言是個有點頭痛的問題，我並不是要反對或責罵她的行為，其實她做了正確、值得稱讚的事。這是非常具有勇氣，完全不需要感到羞愧的義舉。問題是她的前公會成員不這麼想。

部分玩家認為自己並非帝國子民，因此不需要確實遵守神聖帝國的法律。一想到琳德大多數都是這種市民，就能快速理解，這些市民最大的特性，就是在稅金問題上非常吝嗇。

其實每個人或多或少都有逃稅，藐視帝國法律的狀況也層出不窮。曹惠珍之前的小石公會應該也是如此，或者可能更甚於此。畢竟犯下走私怪物附屬物還逃稅的公會，很有可能同時染指其他方面，例如奴隸買賣之類的……這些事總有一天會被攤在陽光下。

不管真相如何，最重要的是曹惠珍曾直接向凱斯拉克領主告發自身公會，成為內部檢舉者，接下來的事顯而易見——她就此成為背叛公會成員的內鬼，受盡責罵和侮辱。

只要想想現代社會中，內部檢舉者會受到怎樣的對待，答案便呼之欲出。「幹嘛沒事惹這種麻煩」、「就妳自己最清廉」等，除了受到這些大量的指責，也會瞬間遭受排擠。她勢必會被趕出公會，也沒辦法再加入其他團體，因為誰都不想把出賣團體的人留在公會裡。

甚至對她投以掌聲或豎起大拇指的人，肯定也不會想和她有直接的關聯，可能連跟她同一小隊都不願意。因為謊報小隊打怪的成果，從中獲取利益，也是冒險家長久以來的慣用手法。

繼續將目光往下，故事走向果真如同我所設想的那樣。

〔小石公會最後因證據不足而免於刑罰，但依據公會前成員的說法，曹惠珍小姐由於不可抗力因素而離開了該公會。爾後則再也無法於凱斯拉克立足，最後只能移居其他城市。雖曾揣測她可能前往琳德，她與李基英大人之間的相識卻是完全出乎意料之外，這或許就是所謂的緣分。〕

曹惠珍遵循良心做事，卻讓自己的人生完全走樣。

對所有團體而言，她就像一顆未爆彈，是不知道何時會揭露公會帳簿的危險人物。雖然我個人也理解、敬佩她的態度，但我的立場也不例外。

唉，這下糟糕了……

心中浮現許多往事的我，難免開始感到有些擔心。

＊　＊　＊

當然，公會裡的所有事情都是合法的。帝國法網恢恢，但依然有很多方法可以規避，我會如此信賴帝國法律專家金美英組長，正是因為她能巧妙地運用法條。萬一需要接受調查，也不會有違法的問題，但在曹惠珍眼裡卻很是危險的。

既然曹惠珍是原則主義者，說不定在我離開的期間，她早就發現公會裡的弊端了。問題還不僅如此，宣熙英的志工活動也是隱憂。

或許在某些人眼裡，清理貧民窟裡的垃圾、追殺底層犯罪者可以被視為對社會有益的事，但確實也是一種犯罪行為。

即便我能操縱輿論，以現代人的價值觀而言，依然是難以說服眾人，或許我也該將保持輿論自由視為執行方向之一。

對我而言，曹惠珍就是地雷中的地雷，她掌握的權限越大、影響力越高，我的行動就越受限。

我突然埋怨起我們的重生者，到底為什麼要在這個時機點讓她來到帕蘭呢？

帕蘭正在不斷壯大，現在不是讓她來整頓紀律的時候。這樣講很自私，但我不想被個人的良心綁住手腳。

她經過上次失敗，或許會稍微克制一點。但每個人心中的價值觀並不會這麼簡單被改變，就算可以裝作不知道這件事，我還是有必要再次審視這個女的究竟跟我合不合得來。

首先要先確認幾件事。

輕輕起身，壓在我身上的鄭白雪也跟著一起移動，我緩緩把她推到床鋪的另一側，簡單梳洗後快速出門。本來以為她在裝睡，現在看來是真的睡著了。

我要拜訪的人正是金美英組長。雖然不應該在休假日去找她，但我還是想趕快把事情處理好。

周遭非常安靜，大家應該都還在睡覺。我來到金美英組長的宿舍前敲門，一個小孩伴隨著嘎吱的開門聲出現。

「哦！」

「媽媽在嗎？」

「媽、媽媽！叔叔來了！媽媽！」

我以為自己還沒到被叫叔叔的年紀，強烈的打擊比想像中更令人心痛。

或許在小孩眼中，所有成年男性都是叔叔，但依然令人傷感。總之孩子們的呼喊似乎已傳到金美英耳裡，房裡傳來騷動的聲音。

在假日突然找到家裡來的上司最是煩人，即便是算得上恩人的我也一樣。

雖然有點抱歉，但我想這種程度的麻煩也是出於不得已，或者也可以把這當作是升任組長的就職儀式，畢竟有多少酬勞就要付出多少勞力嘛。

過了一會，金美英急匆匆拉開房門。

「副、副會長，您怎麼來了？」

「抱歉在假日打擾妳，但我有話要跟妳說，另外也應該重新擬定合約，所以就順便找妳一起處理了。」

「您只要說一聲……」

「這是不想讓別人知道的個人業務……」

「什麼？」

「跟公務有關。我可以進去嗎？」

「是，雖然很簡陋……」

我第一次參觀公會職員的宿舍，環境比想像中更好，也可能是因為她帶著孩子，所以被分配到比較好的房子，不過基本家具或餐廚用具等物品的品質都非常優良。

隨意看看周遭，站在眼前的孩子不知道為何看起來很頹喪，我下意識摸了孩子的頭，輕輕坐在椅子上。

「您用餐了嗎？」

「還沒，我一起床就過來了。」

「如果不介意的話……」

「沒關係，你們看起來已經吃過，就不用麻煩了。對了，孩子們……」

「啊！好的。你們可以先暫時待在房裡嗎？」

「好！」

孩子們馬上聽話地跑走了。

「孩子們很聽話啊。」

「他們從小就很懂事……雖然讓我輕鬆不少，但有時候也很心疼。話說回來，您來找我是為了什麼事呢？」

「只是有幾件事要確認。就像剛才說的，合約的部分我打算重新簽訂，年薪是七百金幣。」

「什麼？」

年薪七百金幣等同於七千萬韓圓，以不隸屬於小隊的一般職員來說，是她難以想像的優渥薪資，就算在地球也無法輕易達到。

「年薪七百金幣，日後還可能依妳的表現繼續調高。」

「這、這太……」

「不會太多。」

因為她要做的工作也很多。

「我知道金美英組長平常做的事早已跟妳的年薪不成正比，所以調漲了薪資，新的合約裡也變更了福利條件，請妳重新確認一遍。」

「謝、謝謝您。」

「妳慢慢看完再簽名就可以了，不急於今天完成。」

「好的。」

「另外，我今天特地過來還有一個原因……」

「是。」

「我希望妳能跟我談談曹惠珍小姐。」

「哦……就像我昨天告訴您的，她很有能力……」

「不是這些，我想問的是，我不在的這段期間，她做了什麼工作、處理過哪些事、如果有簽署文件的話，是簽了哪些文件、是否有什麼事情在處理過程中發生問題或狀況，把妳記得的全部告訴我。就算是很瑣碎的事也可以，她的個性、舉止、讓妳覺得有點怪異的行為、平常的為人等，通通都要。」

「這……」

「當然，我向妳打聽她的事是祕密。」

「是，好的……」

她瞪大眼睛，一副不明白這到底是什麼情形的表情。

「難道曹惠珍小姐有什麼問題嗎？」

「沒有特別的問題，但完全沒有問題反而也是一種問題。啊，我好像應該要先跟妳說明她的背景，這只能讓金美英小姐一個人知道。」

「是。」

「曹惠珍小姐從凱斯拉克移居到琳德，是因為內部檢舉事件。她揭露了公會的貪腐而遭到強制驅逐，消息傳開後，她也難以加入凱斯拉克的其他公會或戰隊，不得已之下才來到琳德。決定讓她加入我們的賢成先生應該知情，而我是從別的管道得到情報的。」

「了解……」

「當然，她做了正確的事，但這並不代表完全不用擔心。我現在想問妳的，就是這方面的問題，妳能明白我的意思嗎？」

「是……我明白。」

她當然聽得懂我說的話，其實我的問題只有一個——有沒有發生可能被檢舉的事？如果有的話，曹惠珍知道嗎？

「我明白您在擔心什麼了，副會長。」

「真是太好了。」

「我想您應該可以安心，至少不需要擔心太多。可能會造成問題的部分，我都已經做了事前處理……不管是藥水工廠、稅務，或是跟席利亞相關的幾件事，我都有先處理好才向會長報告。」

「原來如此！」

真是令人開心的消息。

「曹惠珍小姐辦理的業務主要是危機應對或副本攻掠策略組等比較動態的領域。但我沒辦法涉獵到那部分的事，掌握不了確切發生過什麼……」

「不，這部分沒關係。」

「無論如何，公會本身的營運都是透明且清廉的，並未違反法規，所有業務都合法進行，您可以安心。」

「太好了。那麼社會責任方面怎麼樣呢？把妳的感覺誠實告訴我就可以了。」

我看了金美英組長一眼，她點點頭繼續往下說。

「在藥水市場上，幻覺藥水壟斷的程度確實讓小型戰隊或個人煉金工作室難以維生……但在法律上沒有瑕疵。如果這次可以推動人眾支持琳德煉金術，應該也能符合社會責任。實際上，帕蘭公會的形象還不錯，其他方面也沒問題。」

我直直盯著金美英組長，她看似不好意思地低下頭。

她果真是很有才能的人，和我這種假聰明不一樣。比起只會煽動、造假和詐欺的我，金美英才是真正的高知識分子。

幹練的部下越多越好，這樣管理這些人的我也會看起來很厲害。

「做得很好。」

「謝謝您。」

她值得領更多薪水。我在合約註明的年薪欄位畫一條線，重新寫上金額，比既有的金額多加三百金幣，變成一千金幣。

她又瞪大了雙眼，但我用非常平淡的口吻回應：「我只是給出符合妳能力的薪資。妳主動將可能會引發問題的部分先行處理掉，我很滿意。」

「這比起您的恩惠根本就……」

「千萬別說什麼恩惠，我只是發掘了一位優秀人才，怎麼會是恩惠呢。啊，還有其他事情嗎？例如會長交給惠珍小姐的權限到何種程度，類似這樣的呢？」

「以客觀角度來說，也是有令人覺得誇張的地方。依照個人的能力和品行將她安排在重要職位，這個當然可以理解，但她得到的權限似乎比想像中大……」

「嚴格來說，金美英組長也是如此。」

「我、我只是做好副會長代理人的工作，沒有逾矩也沒有懈怠。」

「嗯。」

「惠珍小姐不太一樣。自從會長讓惠珍小姐加入後，不只立刻讓她投入業務，也把各種權限交給她。雖然這只是耳聞，但我曾聽說曹惠珍小姐即將升任為公會的祕書室室長。我也知道帕蘭公會會重用有能力的人才，但許多其他小隊成員都認為她擁有過多權力，憂慮的聲浪也越來越高。」

「原來如此。」

「這無關於曹惠珍小姐的人品和能力……」

「我懂妳的意思。」

想當然，眼前的金美英組長並不是嫉妒曹惠珍。金美英本來就不是會嫉妒別人的個性，何況自己根本無法和對方比較。即便她有卓越的工作能力，但曹惠珍可是武力首屈一指的強者，換句話說就是註定要站上顛峰的王者。

金美英也認同曹惠珍的品德，她純粹只是擔心曹惠珍在短時間內擁有過多權力而已。

「還有副會長的地位……」

還連帶把我的地位也放在心上，讓我有點意外。

「謝謝妳替我擔心。」

「這、這是當然的。」

「會長說會等李基英大人同意，才會指派曹惠珍小姐擔任要職，但我覺得會長似乎心意已決。」

「嗯。」

祕書室室長……以職責來看，權力幾乎與副會長不相上下。職級上當然還是我比較高，但與會長具有直接關聯的她，職責和權限的高度的確不容小覷。

金賢成並非想將權力分化，形成兩黨體制，他只是期盼我跟曹惠珍能達到相輔相成的效果。他或許認為兩個人才相互配合，帕蘭的未來就此擁有無限發展，但我和她根本就像無法相容的油和水。

金賢成沒辦法讀取別人狀態欄，沒發現我們兩人個性不合也是情有可原……但還是太誇張了。

我突然明白金賢成的第一次人生為何會失敗了，肯定是因為被像我這樣的混蛋扯後腿好幾次吧。

＊　＊　＊

我不確定第一次人生究竟發生過什麼事，但假設曹惠珍當時是金賢成的副官，那麼金賢成第一次領軍的公會，不僅前途後路明顯都被堵得死死的，更是高知識分子的遊樂園，他們思想呆板，不懂得變通。

萬一遇上像我或李智慧這樣的人，不費吹灰之力就能動搖這樣的公會。我們重生者失敗的原因，差不多就是如此。

洗劫這種不會防備小動作的組織非常簡單，就算不是我，也會有很多人會出手。他們很可能被鄭振浩打擊，也有很高的機率遭受伊藤蒼太的欺負，說不定還會因為李雪浩而陷入狼狽的困境，而且假如伊藤蒼太靠著李雪浩在琳德占有一席之地，他也能掌握非常大的權力。

賢成啊，你要是沒有我該怎麼辦呢？

往旁邊一看，發現金美英組長正望著我。

「您還有別的指示……」

「不，沒事了。目前還是先經觀其變比較好。啊，不過為了保險起見，希望妳先準備好面臨調查時可以使用的帳簿和資料。」

「是，我知道了。」

「有金美英組長的幫忙，我很安心。」

「謝、謝謝您。」

「抱歉在休息時間突然打擾妳。那我先走了，妳好好休息。」

「不會的，希望我有幫上忙。」

跟金美英對話的同時，我的腦袋依然不斷想著曹惠珍的事。目前還沒有任何定論，但讓她在我的掌控之中，無疑是我的一大課題。

帕蘭接受曹惠珍的加入已經是既定事實。金賢成對她非常信任，再加上他們在第一次人生的關係，這股信賴不太可能打破。另外，考慮到曹惠珍具備的成長潛能與戰力，讓她留在身邊是理所當然的。

問題就是該怎麼掌控她？難道要誘惑她？

完美掌控她的方法之中，最妥善的就是像鄭白雪一樣形成半依存的狀態。但要是認為她會基於這個原因站在我身邊，根本就是自我感覺良好。

鄭白雪和宣熙英都是因為我設計的圈套而產生嚴重的轉變，這次我不想再用這種方式了。更何況從她的個性看來，成功的機率也很低……

和金美英打完招呼離開後，我莫名有一種失去方向的感覺。

就算希望可以什麼都不要想，好好休息，但面對突如其來的變化和曹惠珍的個性，根本沒辦法靜下心來。

不過我沒花多長時間就決定了下個目的地。以現況來說，我該去的地方只有一個——跟帕蘭的最高權威者金賢成談談未來計畫以及曹惠珍的待遇。因為知道未來走向的人是金賢成，以那些未來為基準，做出決策的人也是金賢成。

我從起床就忙得團團轉，這算什麼假日啊。

「會長在嗎？」

「現在應該在辦公室裡。」

看來認真工作的人不只我一個，這件事讓我感到些許安慰。

他應該也正在處理各種業務，還有很多要做的事，我才能聽到他泡在辦公室裡的好消息，這也是討論工作的最佳時機。

加快腳步，輕輕敲響辦公室的門，立刻聽見裡面傳來「請進」的回應。

我一進門就看到金賢成坐在辦公桌前，以及同時望向我的曹惠珍，沒想到他已經有客人了。

「真是太巧了，我正想請基英先生來一趟。」

「是。」

「你吃過飯了嗎？」

「不，還沒吃。」

「那我們要不要一起……」

「好的，當然可以。」

我好像可以明白為什麼鄭白雪看到我跟別的女人在一起就會激動得直接撲過來。

雖然跟我現在的狀況不太一樣，但我非常在意曹惠珍和金賢成正在討論什麼，難道是我不知道的事嗎？一想到這就有點煩躁。

鄭白雪也是因為不知道我跟別的女人在做什麼而耿耿於懷吧。以前我總無法理解她的行為，現在我卻對她感到抱歉，以後我會更小心的。

在心裡向鄭白雪道歉後，我聽見金賢成對我說：「基英先生找我有什麼事嗎？」

「是，雖然不是什麼重要的事……」

「你儘管說。」

我能感受到他看向我的眼神充滿了愛，這是當然的，畢竟早在我送他獅鷲之前，他就很信任我了。

「沒什麼，只是想知道以後的計畫和行程……託惠珍小姐的福，公會狀況也差不多穩定了，我想應該很適合去一趟遠征，畢竟也到了該回歸本業的時候，所以想問問你的想法。」

「是的，其實我也有在想這件事。」

果然如此。

「我們確實應該提前商量好。基英先生身上有各種工作職責，必須提前安排行程。」

「你說得對。」

當然，金賢成在遠征這部分也沒有想過要丟下我。上次在副本就已經展現了我的價值，他可以藉此判斷我在任何遠征都能提供貢獻。

雖然比起其他魔法師，我的攻擊力稍嫌薄弱，但我能夠協助維持鄭白雪的精神狀態、臨機應變，以及全方面照顧整個小隊等等，他應該知道我能做的事比想像中多。一路看著我在煉金召喚師職業上的成長，也可以確定我不會扯隊員後腿。

不被算在遠征隊伍裡是我最應該警戒的事，所以我才會如此積極跟上，主動張羅一切。

「遠征時間目前還沒有決定好，但基英先生說得沒錯，為了各種業務發展，資金的擴充很重要，託基英先生的福，目前工作方面還有一點餘裕，現在出門遠征正合適。我剛好也有很多想法，想趁現在先跟你商量。」

「好的。」

「遠征的目的地在凱斯拉克。」

「……凱斯拉克？」

「對。」

瑪麗蓮千金一定會很開心。

「雖然不知道實際情況，但據說在凱斯拉克有怪物群異常的跡象。根據目前聽到的情報，懷疑是受到附近副本的影響，或者因為英雄級精英怪物的出現而反常。」

「這樣啊……」

「雖然機率很低，但也有可能是怪物群襲擊的前兆。凱斯拉克附近有眾多打怪場，應該很適合作為遠征目的地。我想聽聽基英先生對此的想法。」

「啊，我的想法也跟賢成先生一樣。這個想法確實相當不錯，雖然離開琳德，去到凱斯拉克令人有些意外……既然聽說惠珍小姐來自凱斯拉克，應該也能提供不少幫助吧？」

「是的，副會長。地理環境之類的事情，我應該能幫得上忙。」

「雖然沒跟你提過，其實我也想稍微拓展幻覺藥水的銷售市場。當然遠征是第一優先，但若可以和其他公會締結貿易契約就更好了。凱斯拉克應該也有不少穩定且占有一席之地的公會吧？」

「是的……雖然規模比不上琳德，但滿值得拓展商業市場的，畢竟那裡大部分的公會與戰隊都靠遠征維持生計，祭司也比琳德相對不足。」

我默默看向一旁，發現曹惠珍的表情不太自然，她嘴上回答著問題，臉部肌肉卻極為緊繃。看來她應該也沒想到居然會聽到要去凱斯拉克的消息。

不想再次面對彆扭的人事物是理所當然的，但金賢成卻一副非得要帶她一起去的模樣。

這次遠征應該會很辛苦吧，據金賢成所說，我們可能會遇到單純的副本攻掠，或是怪物群襲擊，甚至是英雄級精英怪物。

為了應對即將發生的未來事件，金賢成將帶領我們前往凱斯拉克，或許到了當地就會有點眉目……總之我一定能從這次行動得到好處，同時小隊也能變得更強。

最讓我滿意的是，屆時肯定也能以商務會晤為由，親自與小石公會會長對話，能獲得更多關於曹惠珍的情報。

金賢成用有點不捨的眼神看向突然不知道要說些什麼的曹惠珍，但卻沒有改變心意的意思。

「我們要何時出發呢？賢成先生。」

「嗯……」

我看著苦惱的重生者，率先開口，畢竟打鐵要趁熱。

「明天馬上就出發怎麼樣呢？相關物資可以之後再調配補給，但我個人針對幻覺藥水的流通有需要調查的部分，所以才想盡早出發。」

「這樣也可以。其實我本來希望在這一兩個月內出發，但這麼做也不錯，只剩下住宿的問題。」

「我想住宿似乎也不用擔心。我跟凱斯拉克領主的女兒有些交情，說不定可以借住在領主城。」

「那真是太好了。」

瑪麗蓮千金一定會張開雙臂歡迎。

我們前往餐廳、一起吃飯的過程中，大部分都在討論凱斯拉克遠征的話題。曹惠珍的話明顯變少了，金賢成則似乎很想關心曹惠珍的心情。

現在已經可以確定她在那邊確實有很不好的回憶，但她總不可能永遠都不再踏進凱斯拉克。只是發生的時機實在太早，金賢成好像很擔心的樣子，畢竟曹惠珍來到琳德也沒多久，她在凱斯拉克很有可能還是一顆燙手山芋。

除此之外，我們聊的就是普通且日常的話題，氣氛還不錯。

金賢成似乎希望我能注意到曹惠珍的優點，一直有意識地稱讚她。

直到用餐差不多快結束時，我才終於明白到這小子為什麼不停對我說這樣的話。

趁著曹惠珍暫時離開座位的空檔，他趕緊開口。

「你覺得如何？基英先生。」

「什麼？」

「我是說惠珍小姐。」

「她應該是不錯的人。有能力，品行也沒問題。我似乎能明白賢成先生接受她加入的原因。再加上本身具備的戰力及卓越的成長潛能，她確實是在各方面都很出色的人才。」

「真是太好了，我還擔心你會不喜歡她。」

這個不懂得看臉色的傢伙，難道不喜歡就會真的說不喜歡嗎？

「雖然時機好像太早了，但如同昨天向你提到的，我想讓惠珍小姐擔任要職，所以來詢問基英先生的想法。」

這應該就是他今天想叫我過來的原因。金賢成的眼神散發著某種期待，雖然我很開心他尊重我的意見，但還是不得不感到壓力。

唉……我得在回答前仔細想想。

第058話　你不知道我為什麼生氣嗎？

我真正想說的答案顯而易見，我當然不希望她得到過多的權力，反而還想把她清除掉，但我又不想在金賢成面前太明顯表現出想把她推開的態度。

魚與熊掌本來就難以兼得，但還是值得一試，何況我也不希望平白在金賢成眼裡變成野心勃勃的形象。

至少他願意問我的意見，這是件好事。

「在這之前，我想先確認，你想讓她擔任什麼職位呢？」

就算我已經聽說是祕書室室長，但當然還是要再問一遍。因為一開始他並沒有提到要給她什麼職位，表示金賢成這小子自己也覺得有點不妥。

「其實我還在考慮，不過……如果可以的話，讓她擔任公會祕書室室長怎麼樣呢？」

「什麼？」

「祕書室室長。」

「啊……這樣啊。」

「那個……坦白說，我也有想過其他選項，但這個職位應該會讓基英先生輕鬆許多。現在你負責的事情太多了，惠珍小姐能在各種方面提供協助。」

「嗯……」

「等你親自體驗過她處理事情的方式，應該也會嚇一大跳的。」

「我知道了……」

「就算是難以想像的部分，她也能幫很大的忙。」

「原來如此。」

老實說我反對，堅決反對。

正當我想說些什麼表達異議的瞬間，金賢成在我面前露出莫名有點焦躁的表情，而我很快就明白原因了。

第一，我臉上的反應不太明顯。

第二，他自己也很在意沒有事先和關係緊密的我商量，就安排了她的職位。就算現在有詢問我的意見，但畢竟是個重要的職位，他卻自己先想好就直接提出結論，所以才會這麼在意我的心情，真是可愛的傢伙。

本來以為這是個讓我非常滿意、贊同又開心的驚喜，沒想到驚喜竟在我難以解讀的表情中凝固。就好像打開禮物盒之後，收到禮物的我看起來不太喜歡，讓他倍感慌張。

而且我看起來不只是不喜歡，甚至有點不高興，讓他的內心變得無比焦慮，表情也自然轉成犯錯後的心虛模樣。這種反應也說明了金賢成並非獨斷專行的人。

雖然不了解第一次人生究竟是如何失敗，但或許真的是因為被扯後腿太多次，現在的他明顯對小隊成員的精神與狀態相當關心，尤其是和我相關的事。

金賢成並不是獨裁者。他是帕蘭公會的領導者，但他深知自己的不足之處，並且永遠記得他多麼需要身邊人們同心協力。回想起我要前往王城的時候，他的表情也像失去整個國家一樣。

從某個角度來看，這非常理想沒錯，我也不需要在這時反對他，反正在可以輔佐他的名單之中，我無論如何都要排在第一個。

我再次看了金賢成的表情，終於開口回應，「這個嘛……惠珍小姐是個名符其實的人才，但我覺得現在任命她當祕書室室長有點太早了，再觀察一陣子比較適當。不過我能理解賢成先生的想法，如果是為了被業務纏身的我著想，做出這個決定確實合理。」

「了解……」

「要是突然讓她坐上祕書室室長的位置，我認為或許會讓其他公會成員感到突兀。我個人的想法是再等一段時間……否則站在公會職員的立場來看，可能就像公司突然空降一位毫無經驗的CEO，一夕之間掌握實權的感覺吧。」

「我當然也不是沒有想過這些。但是基英先生暫時離開的期間，我覺得她已經充分融入……」

「原來只有我不知道啊……」

我用充滿酸楚的表情看向金賢成，不直接明講卻能讓對方感受到失望心情的演技，當然在這時要派上用場。

他的臉也稍微扭曲了一下。可能是因為沒想到本以為沒什麼大不了的問題竟然會造成這樣的結果，似乎從剛才就有點慌張。

而我深知現在這種狀況發生的前提是金賢成顧慮著我的感受，因此我的嘴角忍不住微微上揚，但還是故意不表現出來。無論是輕輕嘆息，或者故意少講話，都能有效假裝自己心情不好。

他應該也有發現，這場為了安排曹惠珍職位的對話已逐漸變得微妙。

「啊……我不是那個意思。」

「不，我相信賢成先生。你到目前為止從未做出錯誤的決定，就算我個人覺得有一點勉強，但或許也有我不知道的其他用意吧。」

「不是這樣的……」

「讓惠珍小姐擔任祕書室室長應該沒問題。很感謝你詢問我的意見，但畢竟賢成先生才是帕蘭公會的會長，遵照你的意思就可以了。」

「你好像誤會了。」

「不不不，我並沒有誤會。」

「我只是覺得基英先生很辛苦，所以自己這樣想而已，並不是現在立刻要執行，惠珍小姐也總是說這樣壓力很大……」

「原來如此。」

我就知道他會這樣回答。通常遇到這種狀況的人，大部分都會強調「我是為你好」。

但我的態度一直沒有緩和，雖然我不是生氣，也不是不耐煩，卻一直展現微妙的失落感，讓他的表情也持續呈現十分糾結的樣子，他連我怎麼了都不知道。

過度鑽牛角尖也不好，這不僅適用於戀愛，所有的人際關係都是如此。

硬要舉例說明的話，大概就像女生問男朋友「你不知道我為什麼生氣嗎？」的一種必殺技，沒想到效果超乎我的預期。

重生者的內心既苦惱又心痛，我必須努力演下去，盡可能拖延曹惠珍上場的時機。

「賢成先生……你不需要在意我剛才說的話。那也只是我個人的想法，如果惠珍小姐真的適任這項職務的話，請不要有壓力，直接任命她吧。」

我必須繼續情緒勒索！

「對了，我並沒有誤會什麼。站在賢成先生的立場，這些完全是你可以決定的事。」

誤會可大了！賢成啊，我完全誤會你了！

「我也沒什麼好失望的。」

我好失望！真的非常失望！

我盡力講著讓事態更難挽回的話。就算我嘴上說著沒關係，對金賢成而言卻已經難以執行任命，他再怎麼笨應該也不會白目到這種地步。他心裡一定焦急無比。

不過這麼做也只能先拖延時間，反正曹惠珍終究會牢牢占據某個高層職位，這是已經可以確定的事實。我也希望她之後能擁有一定程度的權限，這樣才能有效運用她的能力，這麼有才的人不好好利用就可惜了。

內部檢舉者的形象也是一種助力。她如果能在帕蘭以正常的方式站穩地位，或許曹惠珍這個人在大眾眼中也能成為一種宣傳。要是讓武力強大、聰明且形象良好的人屈居於一般小隊成員，這可是非常浪費的事。

最大的問題終究是她上場的時機。

其實現在的狀況不能說是我和她之間的較量，單純只是慣於揣測的我獨自和自己的猜想搏鬥罷了。雖然事情還沒有明朗，不過如果纏繞在她身上的問題得以解決，我就要徹底利用她，像養狗一樣。

「我想我該先走一步了，賢成先生。」

「什麼？」

「我吃飽了，應該去為遠征做準備了。」

「是，我知道了……」

「基本的物資我會先吩咐好，如果有什麼追加項目，直接指示他們用書面傳達給我就可以了。」

「那個……」

現在是趁勢離開的好時機。我輕輕打開房門，看到許多公會職員在外面。

「等等，基英先生！」

金賢成大聲呼喚我的名字，同時抓住我的手。

不知道為什麼，我成為了所有人視線的焦點，甚至有些公會職員莫名其妙紅著臉，大部分的女性職員還發出小聲的尖叫……搞什麼鬼啊。

「我……我還沒說完。」

我明顯感受到周圍的氣氛變得不太尋常，不知道從哪裡傳來「我說的沒錯吧」的竊竊私語，還有「天啊」的驚呼。

直到聽見「女朋友果然是煙霧彈……」的聲音，讓我瞬間明白那些人產生了什麼誤解。

不是這樣啊……媽的……

「那個……是我想得不夠周到，基英先生。」

我知道了，你先放開我啊。

「這件事沒有別的意思，我真的只是擔心基英先生會有壓力所以才……」

聽起來很奇怪欸。

「哦——」

耳邊傳來吵鬧的起鬨聲，我只能趕快關上門。

金賢成繼續開口解釋：「如同基英先生說的，時機稍微推延一些比較妥當。讓你覺得過於突然，我真心向你道歉。你才剛回來公會就跟你說這些，我自己想想也覺得有點奇怪。」

「不，那個……」

「基英先生也需要時間了解惠珍小姐吧。我明白其他公會職員可能會感到突兀，當然也包括基英先生。感到唐突或是失望更是當然的。都怪我思慮不周。」

我能感受到他的誠意。雖然好像造成了奇怪的誤會，但也無所謂，畢竟這世界不是只有鄭白雪不懂得與人相處。比我多活一次的重生者也依然不懂人情世故。如果要比喻，他就像一輛火車，不懂得進退屈伸，個性又很單純。

他的傾向是「善意的仲裁者」，在第一次人生經歷過林林總總的事之後，還能完整維持這份人性，實在非常了不起。

第一次在新手教學遇見時的表情，與現在已然大相逕庭，由此可知金賢成正在不斷找回先前遺忘的東西。

我喜歡這個善良的重生者。如果我是他，才不會在這種模稜兩可的情況中，這麼直接地道歉。

我看著他，開口回答，「不，真的沒關係，賢成先生。」

這句話有一半是真心的。

大哥原諒你了，賢成。

＊　＊　＊

和金賢成稍微認真談過後，又過了一天。

「所以怎麼樣了？大哥，你們談得還好嗎？」

「看就知道了吧？非常好。」

「這樣啊……」

「怎麼了？」

整理行李時，朴德久神祕兮兮地問。

「沒什麼，只是有點意外嘛。對了！那老兄怎麼樣了？」

不知道該如何形容，昨天的金賢成看起來就像枯萎的草，更準確地說，彷彿被第一次人生的亡靈纏上。我不曉得曹惠珍對金賢成而言是怎麼樣的存在，但我想他一定意識到自己犯了錯。

我能明白這段期間她帶給大家好印象，但在無法說服我的情況下讓她坐上重要職位，本身就沒道理。就算他辯解這是為我著想，我還是不太樂見金賢成過度執著於第一次人生的樣子。

結論就是意識到自身錯誤的他真的很像小狗，說不定他還曾期待從我口中聽到稱讚的話。

雖然很想說著「好棒！好乖！」這樣逗他玩，但我目前的立場還是希望曹惠珍的權力受到限縮，所以至少在金美英組長的任務完成之前，必須維持現在的狀態。

關於拒絕曹惠珍升職，我們對外宣稱的理由是她還沒有完全融入帕蘭。實際上如果屏除她的能力，為了顧及「曹惠珍與金賢成之間該不會有特殊關係」的揣測聲浪，這樣的說法也不無說服力。

雖然現在正在擴散的傳聞比那更奇怪，但關於金賢成和我的傳聞，應該會隨著時間流逝而消失。

但是金賢成自己好像還沒意識到，即便除去我個人的原因，現在就讓曹惠珍擔任要職確實不是時候，畢竟不能一開始就明顯差別待遇。

總之結論就是，站在這個位置的人，帕蘭裡只要有我一個就夠了。

我再次看向朴德久，輕輕開了口。

「總之，雖然好像有點可惜，但他應該也認同。」

「這樣的話就太好了……」

「你的表情為什麼怪怪的？」

「沒什麼，大哥和老兄兩個人的意見不同，我覺得有點神奇而已。呵。」

「但我們也沒有吵架啦。」

「哎呀，我有聽說啦。」

「聽說什麼？」

「那個，其他人說的話聽聽就好喔，就是大哥和老兄鬧矛盾的傳聞。聽說你們在餐廳有一點爭執，是真的嗎？」

「呃……」

「不、不會吧！你們真的吵架了？」

「不是什麼重要的事，也算不上吵架，就只是彼此有點誤會，不用放在心上。雖然他自己做了那麼重大的決定，再讓我最後一個知道，我是有一點失望……」

「所以……」

「最後我接受他的道歉，一切恢復正常。萬一我堅持反對也有可能會吵起來，但沒有發生這種事。無論如何，曹惠珍確實很有能力，帕蘭也需要像她這樣的人才。啊！提醒一下，你不要到處跟別人說……」

「好，我朴德久的口風最緊了。」

「要帶的東西都準備好了嗎？」

「幾乎都好了。」

「我可以確認一下嗎？」

「等、等等，再一下。」

「好久沒有長期遠征，可不能出錯。」

抬頭看四周，大家都在忙著準備遠征。

朴德久總是往我這邊探頭探腦又匆忙整理，黃正妍則是在一旁協助他。鄭白雪、宣熙英還有我們的小鬼金藝莉也都正在埋頭準備自己的行李。

突如其來要前往凱斯拉克的消息讓大部分隊員都有些驚慌，但可能因為有了先前的經驗，大家都張羅得非常齊全，順利將行李全數裝上載運的馬車。

嘈雜的聲音不斷從各方傳來，其實公會職員比遠征隊員更忙。

「那裡的補給品確實打包好了嗎？」

「是的，朴重基組長！現在要整理最後的部分了。」

「之後要運送過去的東西也事先安排好了，對吧？」

「是，煉金工具和催化劑、備用裝備已經先放進倉庫了。」

「獅鷲的飼料也要放進去。」

「是。」

「用基本防禦魔法保護這些東西，以防變質。叫組員先在那裡待命，我會過去再次確認。」

「是，我知道了。」

這時候後勤組就派上用場了，不枉費我設置這個組別，還付他們薪水。

不需要我自己一個人從頭到尾、所有細節都親自處理，每個人都能積極完成遠征的籌備，心中不自覺感到欣慰。

「那個，組長，雖然聽說是長期遠征，但補給品的份量似乎有點太多了，再加上還會在凱斯拉克當地採買，目前已經超過預算……」

「這是會長親自要求的，就照指示的那樣處理，不要有多餘的問題，這不是我們該問的。我們的職責是正確無誤的提供補給。」

「是，我明白了，組長。」

其實投注在凱斯拉克遠征的補給物資，感覺真的比平常的其他遠征誇張了點。朴重基身為遠征後勤組組長，分明最了解這一點。

這畢竟是公會長直接吩咐的事項，所以他沒辦法說什麼，而我也看得出來這次的物資量有些不尋常之處。不過考慮到凱斯拉克的現況，也不是完全無法理解。

我不確定目前常駐在凱斯拉克的人們是否知道自己身處的城市面臨何種狀況，但金賢成說過那裡有異常狀況發生。

是新的副本登場？還是怪物群襲擊？抑或是精英怪物？

只要仔細觀察補給品，馬上能選出機率最高的答案，這太明顯了。

我們的目的地距離帕蘭非常遙遠，他自然會設想到預防各種突發事件的對策，但金藝莉也不單純只會用弓箭，光給她用的箭就準備了數千支，任何人看了都會覺得奇怪吧。

不只是弓箭，由藥水工廠生產的基本體力藥水，也為了達到金賢成要求的份量正如火如荼地趕工，這分明是在為大規模戰鬥做準備。

從這部分就能輕易猜到凱斯拉克究竟發生了什麼事。

就算金賢成嘴上說只是為了應對怪物群襲擊，但看著已經知道未來的傢伙規劃如此浮誇的裝備量，我明白這次遠征目的絕非純粹的攻掠副本，也許不是怪物群襲擊就是團體戰吧。

我個人比較傾向怪物群襲擊這一邊。就算心中不安，卻也很期待，因為既然金賢成會主動投身危險的地方，表示報酬也同樣值得。

「經驗值一定非常可觀吧？」

「什麼？」

「不，沒什麼。熙英小姐，行李都準備好了吧？」

「是，個人行李都整理好了。」

「其他人呢？」

「都完成了，藝莉和白雪小姐的部分我有親自確認，惠珍小姐應該也已經準備好了，沒有任何問題。」

「太好了。那我去跟會長報告出發準備已經完成了。」

「好的。」

這邊完成了，接下來是另一邊。

「朴重基組長？」

「副會長。」

「你應該已經差不多根據清單做好準備了吧？」

「啊，是的，突然要準備這麼多東西，還是有些缺漏，等全部都補充完畢，就可以出發運往凱斯拉克。向您進行最後一次確認，這些補給物資全部運過去就可以了嗎？」

「是的，朴重基組長。只要確定沒有遺漏，全部運過來就對了。如果還有餘力，也可以再追加一些。辛苦你了。對了，如果之後需要補給的東西增加，我會讓信鴿傳信給你。」

「好的。」

這邊也完成了。

金賢成出現得正是時候，如此一來我就不必特別跑去向他報告遠征籌備已經完成，所有馬車的前置作業也都已進入收尾階段。

「可以出發了，賢成先生。」

「好，每次都麻煩你。其實你沒必要親自來確認這些……」

「畢竟沒有親眼確認過總會有點不安。」

「有基英先生真是令人安心。」

這才像話，小子。

「這不算什麼。遠征成員包含我們在內，黃正妍、朴德久、鄭白雪、宣熙英、金藝莉、曹惠珍以及五位公會職員，共十三名。除了部分物品，所有必需品都已經送上馬車。等其餘數量補充完後，就會及時以其他馬車運過來。」

「好的。」

「公會預計交給李尚熙顧問、金美英組長與其他組長代為管理。」

「我知道了。那我們出發吧。」

「是。」

公會成員們依序搭上馬車後，我也跟著動身。

除了要同時運載補給品，前往凱斯拉克的路也有點崎嶇，以馬車移動比較耗時，如果騎乘獅鷲的話很快就到了。

一行人經過的地方都相當平靜，沒有怪物突襲的疑慮，這段旅途就和出門郊遊沒兩樣，只要悠哉舒適地休息，應該很快就會抵達目的地。

「哇，好久沒有遠征了，好興奮啊。」

「我們不是去玩的，最好還是保持警戒。休息時間只限抵達凱斯拉克為止。」

「哼，大哥也太煞風景了啊？」

「哈哈哈哈。」

金賢成聽到朴德久的話也揚起了嘴角。

可能是受到心情的影響，我和金賢成經歷過不知道算不算摩擦的事件之後，感覺我們之間的關係好像更穩固了。

一想到昨天他焦急的表情，突然很想笑出來。我本來就知道金賢成的品性不差，但透過昨天發生的事，我更能確認這點。

接下來要做的事還有很多，我需要更了解曹恵珍，同時讓幻覺藥水在凱斯拉克上市。當然還要見見瑪麗蓮千金，說不定還要去神殿一趟。

現在尚不知道湧入凱斯拉克的是怪物群還是精英怪物，總之必須解決圍繞在整個城市本身的問題。

在眾多代辦事項之中，有一件我認為頗為重要的事，那就是保護重生者不被扯後腿。

賢成啊，你的背後就交給大哥來守護。

就在這時──

〔英雄級特性『心眼』已升級。〕

這麼突然？

第059話　瑪麗蓮千金

這本該是什麼都不用做的旅途，身心應該放輕鬆才對，問題是一直有讓我煩惱不完的事情。我不知道心眼等級為什麼會突然進化，但還是能猜到一點。其實這也只是我的假設，但合理判斷應該源自於金賢成。

〔您正在確認玩家李基英的狀態欄與天賦等級。〕

〔姓名：李基英〕

〔稱號：傭兵女王的情夫、貝妮戈爾神聖帝國的榮譽主教〕

〔年齡：25〕

〔傾向：心思縝密的謀略家〕

〔職業：活體煉金召喚師（傳統英雄級）〕

〔職業效果：習得基礎魔法知識〕

〔職業效果：習得基礎煉金知識〕

〔職業效果：習得中級煉金知識〕

〔職業效果：習得特殊召喚知識〕

〔能力值〕

〔力量：21／成長上限值低於普通級〕

〔敏捷：22／成長上限值低於普通級〕

〔體力：30／成長上限值低於普通級〕
〔智力：72／成長上限值高於英雄級〕
〔韌性：22／成長上限值低於普通級〕
〔幸運：60／成長上限值高於英雄級〕
〔魔力：33／成長上限值低於普通級〕
〔裝備〕
〔詛咒之劍尤里耶娜（傳說級）（已綁定持有者）〕
〔《拉姆斯．托克的煉金學概論》（英雄級）（煉金術師專用）〕
〔魔力護盾之戒（稀有級）〕
〔特性：心眼（傳說級）〕
〔總評：現在的程度總算像個正常人了。還算得上高的智力值和幸運值令人印象深刻，超過30的魔力值也值得稱讚。雖然不用特地強調，但其餘的能力值還是一樣廢。其中傳統英雄級的職業以及傳說級裝備當然是最亮眼的，雖然潛能有限，但您還是可以試著努力看看。就算只有一點點希望，我依然會為您加油。〕

不知道是不是錯覺，總評對我的態度好像變友善了一點，比起一開始叫我什麼都不要做直接等死，現在似乎能感覺到一點點鼓勵。

我不明白這個系統到底怎麼運作，從心眼等級提升的時機看來，很有可能是對金賢成誓忠的效果，當然也有可能是單純的巧合，但考慮到金賢成的重生者身分，又好像不是偶然。

金賢成的其中一個稱號是「阿塔努斯的重生者」。時光倒轉這件事，應該不是想要就可以做到的吧？說不定金賢成在時光逆流的過程中，曾受到某個人的幫助。

對方也許是超現實的存在，或是超凡的存在，也可能是神。祂或許就是創造這個系統、持續觀察著我們的人物，抑或是賜予我們特殊能力的那個存在，唯有這種高度的存在才能讓時光倒流成為現實。

問題是……那位人物為什麼要逆轉金賢成的時間？

答案很簡單，他一定也是有想要的東西才會這樣做。

我不知道祂想要什麼，不過至少這位超越一切的存在確實愛護並選擇了我們的重生者，而這次的升級或許就是那位為了獎勵我的忠誠而給的禮物。

讓我不禁覺得「這段時間辛苦了，以後也請多多指教」。

〔特性〕

〔心眼（傳說級）〕

〔可以瀏覽自己和他人的狀態欄與隱藏的天賦等級。雖然是傳說級的特性，但大部分的功能都因不可知的力量而被鎖定。〕

〔附註：可以查看自己和他人隱藏的特有癖好。所謂的特有癖好是玩家無法直接確認的一種能力值，只能透過玩家李基英擁有的傳說級心眼查看。〕

光是「大部分的功能都因不可知的力量而鎖定」這句就能得知我的推論應該沒錯，也就是只要以後繼續努力，就會逐步解鎖這些限制的意思。

當然這一切可能只是我的假設或腦海裡的想像，但是就算要我高喊「遵命！我將獻上所有忠誠！非常感謝老天爺！」也無所謂，得到新的能力才是最重要的。

其實我不太明白特有癖好跟特性有什麼不同、讓我看到這個又有什麼用意，不過至少可以得知它應該比我想得更有用。

特性是系統為玩家設計好的能力，特有癖好則是不仰賴系統，屬於個人持有的力量以及傾向以外的個性。大部分的特性都具備正面效果，特有癖好則不一定，也有可能非常負面。

例如像這種的。

〔您正在確認玩家李基英的特有癖好。〕

〔騙子的誘惑〕

〔能夠誘惑對方，使其對自己言聽計從。受到危險異性喜愛的機率上升。〕

當然還有這樣的。

〔您正在確認玩家鄭白雪的特有癖好。〕

〔滿盈血液的愛〕

〔願意對心愛的對象獻上一切，包含自己的生命與良知。在與愛人相關的特定狀況中，覺醒的機率特別高，請務必小心副作用。〕

以結論來說，現在我比以前更能控制身邊的人。

不確定特有癖好對個人會造成何種程度的影響，但以鄭白雪和我自己的癖好來看，答案也很明顯，癖好意外地非常吻合我們的個性。

鄭白雪只要遇到跟我有關的事，就能發揮超乎想像的力量，她總是異常執著於我們之間的感情，這也能歸類於自身具有的個性。

總之，在所有人都享受著旅途的同時，我卻只能認真琢磨新獲得的能力。持續研究新的能力，並且對現況進行分析，讓我變得有點精神耗弱。我本來想要放鬆身體、放空腦袋好好休息，現在疲憊的程度卻反而更嚴重，但這也讓我領悟到，如果能解開心眼所有的限制，說不定就能看見與對方有關的所有內容，甚至可能聽得到對方的心聲，如此一來，幾乎所有的情報都能掌握在手中。

貝妮戈爾女神大人！阿塔努斯大人！我會永遠效忠我們的重生者！請再多關照我一點吧！

我試著在心裡吶喊，但沒有發生任何改變。

沒有聽到貝妮戈爾女神大人的回應，耳邊反而傳來鄭白雪的聲音。她看著我的臉慢慢開口。

「基英哥，你看起來有點累。」

「啊，可能是因為睡不好……有點累呢。還有多久到凱斯拉克？」

「聽說好像再過一下子就會到了。不……已經快到了。」

「那就好。」

「那、那個，基英哥。」

「嗯？」

「那個……瑪麗蓮千金在凱斯拉克吧？」

「嗯。」

「我之前聽說……那個……男人都喜歡白人……」

不知道為什麼，總覺得這種話應該是朴德久亂講的。

我這幾天正好經常獨自沉思，不知道鄭白雪為什麼非常在意瑪麗蓮千金，突然有種被抓包的感覺，但我心裡浮現一種可能——她看到信了嗎？

仔細一想，我當時看完信就丟下還在熟睡的鄭白雪離開了。萬一鄭白雪看到瑪麗蓮千金的信，的確可能產生不必要的誤解，甚至可能把朴德久當成諮詢對象，聽他說些奇怪的話。

這豬頭時隔這麼久，又想當鄭白雪的愛情顧問了嗎？

現在的狀態已經夠我頭痛了，如果連鄭白雪都不聽話，絕不是一件好事。

但我最好先安撫她，就像金賢成對我的心情，我也不得不輕輕摸著鄭白雪的頭安慰她。

「我跟瑪麗蓮千金之間什麼都沒有，妳放心。」

自從上次受詛咒的神壇事件後，鄭白雪闖禍的次數確實有減少，但鄭白雪終究是鄭白雪，需要持續管理她的精神狀態，這部分即使不查看特有癖好也能知道。

「大哥，還有大姐！快出來看！」

「怎麼了？」

「我們好像已經到凱斯拉克了，哇……」

「好。」

我緊緊牽著鄭白雪的手走出馬車，眼前正是用石頭砌成的巨大城牆。

「哇……」

「很、很壯觀呢。」

「沒錯。」

堅硬且穩固的城牆看起來高聳無比，似乎任何攻擊都無法將它擊倒，的確很壯觀。就算因為城牆擋住城內景象，讓人感覺有些封閉，但光是這個畫面就足夠吸引人了。

琳德的發展已進入現代化，神聖帝國的首都富麗堂皇，而眼前這座城牆與城堡，則完全符合我曾在腦中想像過的異世界，宏偉的程度讓我不自覺讚嘆。

「太帥了。」

「你果然會這麼想。」

「啊，賢成先生。」

「我聽說凱斯拉克過去是貝妮戈爾神聖帝國最重要的戰略要塞。」

「原來如此。」

「他們為了防堵源源不絕的怪物而修築高聳城牆，同時也成為防禦共和國侵略的利器。即便現在已經沒有怪物攻擊城牆，但凱斯拉克的人民依然以這道高牆為傲。」

「確實值得他們自豪，畢竟地理位置真的很重要，這裡最接近國境邊界，旁邊還有偌大的森林……啊！這麼說來，森林是最近才開始出現異常嗎？」

「是，詳細事項還需要再確認，只聽說滯留凱斯拉克的傭兵或自由民生還率逐漸下降，偶爾也會目睹怪物從森林跑出來。目前還不確定原因，但這並非好兆頭。」

不確定原因……事先做好萬全準備的人說這種話，感覺有點好笑。

我持續輕輕摸著鄭白雪的頭，馬車也不停往凱斯拉克前進，隨著距離接近，城牆在我眼中也變得越來越高。

就在這個時候，我發現一道熟悉的身影，一旁還有無數騎士隨同在側，好久不見的瑪麗蓮千金出來迎接我了。
這讓我十分疑惑，我分明告訴過她抵達的時間還沒有決定，她究竟是如何準時出現在這裡的？
金賢成也默默看著我，感覺像是在問現在出來迎接的隊伍是不是衝著我來的。
我既想在重生者面前展現才幹，又不想讓鄭白雪心情不好。然而這道選了一種就勢必放棄另一種的終極選擇題，其實答案早已被決定好了。
「李基英大人！」
瑪麗蓮千金邊落淚邊朝向我奔來。
可惡……白雪啊，這次真的不是妳想的那樣。
我故意看著金賢成開口，但其實是說給鄭白雪聽的。
「我沒有告訴她行程……可能是因為遠遠就看到我們了吧。」
「原來如此。」
「咳，不然我們先打個招呼吧。」
「好的。」
從馬車跳下來，我自然地揮揮手。
「瑪麗蓮千金！」
本想適度握個手就好，但她卻完全沒有減速，直直往我這裡衝來。
「李基英大人！」
她緊緊抱住我的樣子，彷彿遠距離戀愛的情侶久別重逢，我感到無比慌亂。
在騎士們眼皮子底下，我沒辦法決定究竟要推開這個魯莽的小姐，還是就這樣放任她。

鄭白雪像平常那樣咬著下唇，曹惠珍和金賢成則是露出驚訝的表情。

似乎很久沒聽到小鬼金藝莉說話了，此刻她的聲音卻莫名清晰。

「渣男。」

*　*　*

我的心臟怦怦跳。

金藝莉的吐槽並不重要，瑪麗蓮千金把我當作好幾年沒見的遠距離男友才是最大的問題。

我稍微推離保持著擁抱姿勢的她，並向她打招呼，對方也立刻回應。

「好久不見，很高興能再次見到您，瑪麗蓮千金。」

「我也是，李基英大人。」

「我沒想到您會出來迎接呢。」

「其、其實我接到您說有空會就來的信之後，就一直在等待李基英大人的蒞臨。」

「什麼？」

從我寄信給她到現在，已經過了大約十五天，她竟然一直在這裡等我，實在有點荒唐，

這女的真奇怪……

〔您正在確認帝國民瑪麗蓮．貝拉．凱斯拉克的特有癖好。〕

〔執著的少女〕

〔對感興趣的事物瘋狂投入且執著。〕

靠……以後還是跟她保持距離比較好。

瑪麗蓮．貝拉的傾向是單純的貴族千金，當時認為沒什麼問題，但認真觀察後，我發現她的內心跟表面有點不一樣。就算無法確切說出問題，但確實不太正常。

她的優勢就只有凱斯拉克領主女兒的身分，適當劃清界線才是正確的。

真令人傷腦筋……我不想再看到第二個鄭白雪了。

「我在這座城裡，總是期待著從琳德傳來的消息。我相信您一定不會讓我失望的。」

「是……」

「您從琳德寄來的信件，我也都有親自收下詳讀。」

「……這樣啊。」

「今日早晨遠遠看見馬車駛來，您都不知道我有多麼高興。啊！只顧著跟您說話，還沒跟其他人打招呼呢。各位蒞臨凱斯拉克的貴賓，大家好。我是瑪麗蓮．凱斯拉克，請叫我瑪麗蓮就可以了。」

「幸會，瑪麗蓮千金。」

「這位是我所屬的帕蘭公會會長金賢成先生。其他幾位也打聲招呼吧。瑪麗蓮千金，您有見過白雪小姐了吧？」

「是，很高興能再見到鄭白雪小姐。我經常聽聞關於您的事，帕蘭公會的會長大人。」

「我也時常聽到基英先生提起瑪麗蓮千金的名字。雖然不會太久，但我們在這裡叨擾的期間就麻煩您了。」

時常聽到個屁呀……就算是客套也不要說這種話啊。即便我真的經常跟金賢成說到王城發生的事，但也只提到瑪麗蓮千金一次而已。莫名其妙說什麼時常聽到，這可不是個好說法。

只見鄭白雪的表情逐漸變得不對勁。

正當我思考著該如何解釋時，旁邊突然冒出喘氣聲，就好像好不容易追上我們一樣。

「呼……呼……李基英榮譽主教大人！」

「尤達大主教大人！原來您在凱斯拉克的神殿。」

這位也是我在教皇廳認識的人，雖然只是一起喝過茶而已，但這位來自教皇廳的大主教還滿黏人的。

「您應該先聯繫我，好讓我出來迎接呀，呵呵呵。」

「哈哈哈，我怎麼能讓大忙人在這裡等呢。我沒想到您在凱斯拉克，如果知道會遇到尤達大主教大人，我就能事先準備一點禮物了。」

「呵呵，看來我沒有跟您說過啊。至於禮物……咳，您有這份心我就很感謝了。」

「最近過得怎麼樣？巴傑爾樞機主教還好嗎？」

「呵呵，那位一如往昔，全心全意在祀奉貝妮戈爾女神大人……」

「原來如此。賢成先生，請過來一下……您有聽我說過吧？這位是我所屬的帕蘭公會會長金賢成先生。另外，這是我們公會的祭司宣熙英小姐，她擁有貧民聖女之稱，相當致力於奉獻，同時也是少數在琳德傳遞神的旨意的祭司之一。」

「喔喔喔，這位是金賢成大人，然後這位是宣熙英祭司大人……」

「是。」

「久仰大名，金賢成大人。我常聽說您光明磊落、正義凜然且具有強大戰鬥力。您的目光果然極為深邃，怪不得李基英榮譽主教大人對您讚不絕口啊。」

「您過獎了，尤達大主教大人。我是帕蘭公會會長金賢成。」

「維多利亞主教！請來這裡認識一下宣熙英祭司大人。」

「是，尤達大主教大人。」

「自由民中也有這樣優秀的祭司大人，確實是神的祝福。」

「哈哈哈哈哈。」

眾人彼此打著招呼，氣氛一時間變得喧鬧，我也因此得以離瑪麗蓮遠一點。

認識鄭白雪的人也靠近她打招呼，但她看起來不太想和這些人社交，反而一副要緊緊黏著我的樣子。

其中最忙的就是金賢成。突然朝自己湧來的寒喧與交際，讓他感覺有點慌亂。

人脈會創造人脈，這個人脈又會帶來新的人脈。我的策略就是在王城和教皇廳散播金賢成的事蹟，營造非常積極正面的人設。不費吹灰之力，卻也是一種能力，這就是我的作風。

原有的小隊員沒有太慌張的反應，但我們公會的新成員曹惠珍看起來還不能適應這樣的局面。

帕蘭具有極高的成長潛能，對外有紅色傭兵、黑天鵝、夜空公會結為同盟，更在藥水市場占據一席之地，但即便家財萬貫，在這個武力至上的世界，整體價值也只能落於人後，因此帕蘭的地位至今仍停在有待觀察的中型公會。

就算車熙拉和春日由乃兩人一起造訪凱斯拉克，大主教也不會出來迎接她們，而我們居然讓整座城市的主要人物全數出動，她會覺得意外也很合理。

惠珍啊，妳好好選擇棲身之處吧。

「我們別只顧著待在外頭，先請各位到裡面去吧。」

「呵呵呵，您說得沒錯，瑪麗蓮千金。李基英榮譽主教大人，我這老人聽到您來的消息太高興，耽誤您的時間了。」

「不會的，我非常開心您來迎接我們。」

「您果然還是這麼會說話，呵呵。那我們就如瑪麗蓮千金所說，趕快進去吧。請您先在領主城裡整頓休息，有空務必來神殿一趟。」

「當然沒問題，大主教大人。」

「信徒們一定也會很高興，呵呵。」

馬車走在騎士們列隊形成的路上，慢慢進入城內。

巨大的城門開啟，凱斯拉克內部景象隨即印入眼簾。儘管帝國民人口占有壓倒性的比例，但畢竟是有多數自由民旅居的地方，依然能時不時看見黑髮東洋面孔，與具有西洋人外貌的帝國民形成鮮明對比。

「您突然決定造訪凱斯拉克，我感到相當驚喜呢，李基英大人。」

「我也沒想到這麼快就會再見到瑪麗蓮千金，對吧？白雪？」

「是，基英哥。」

「啊……」

鄭白雪發現我沒有忘記關心她，心情才終於好轉，臉上笑瞇瞇的，不過瑪麗蓮就相反地有點喪氣。

金賢成則是被尤達大主教纏著聊天，有些成員也因為來到凱斯拉克而好奇地四處張望。但比起我們的小隊員，來自凱斯拉克的玩家史是感到新鮮，我們或許也是他們眼中的奇景。

他們的臉上盡是和剛才曹惠珍一樣的表情，讓我掩蓋不住笑意。

「噗哈哈。」

他們的想法實在太明顯了，無疑是在好奇現在進城的人身分究竟為何，竟讓神殿的大主教偕同凱斯拉克的騎士們一起出來迎接。

他們誤以為我們是貴賓，不斷想往這裡進行確認的模樣，讓我感到有點難為情。當他們發現我們不過是自由民，便會短暫露出驚訝神情。

然而，越往領主城方向前進，我就越能發現眾人視線的逐漸集中在曹惠珍身上。站在他們的角度，這代表當初不得不離開凱斯拉克的人再度回到這裡。

曹惠珍逃避著目光，刻意不看四周，但她的舉動明顯表示她很在意凱斯拉克當地民眾的視線。她似乎因為擔心會有認識的人出現而倍感壓力，由此可知她果然不是自願離開凱斯拉克的。

她分明做了正確的事，現在不知為何卻擺出罪人般的表情，努力裝沒事的模樣也很有趣。

「瑪麗蓮千金。」

「是，李基英大人。」

「您還記得曹惠珍小姐嗎？就是上次我跟您說……」

「啊！原來如此，我也從父親那裡聽說了關於惠珍小姐的事。」

「是……」

「我幾年前住在學校裡，所以從沒見過您呢。我聽說您以前也住在凱斯拉克，擁有令人印象深刻的表現……」

「不……並不印象深刻，我只是和其他自由民一樣……」

「多虧曹惠珍小姐和李基英大人這樣的自由民，我們神聖帝國才得以更加繁盛不是嗎？

我在此代表帝國子民向您表達感謝之意。」

凱斯拉克的金枝玉葉瑪麗蓮千金緊靠著曹惠珍說話，讓她更加受到萬眾矚目，事情變得越來越有趣了。

這群民眾之中，也有幾個讓我在意的人，他們要不是咂嘴就是皺著眉頭。我只是因為在意他們而隨意瞥一眼，但他們卻毫不避諱，在我們前往領主城的路上持續緊盯著曹惠珍不放。

這些人肯定是在凱斯拉克占有一席之地的公會中，算得上大型公會的小石公會成員，也就是曾被我們曹惠珍小姐檢舉的人。

總覺得該說些什麼，而我也確實想跟小石公會的人說說話。因為我突然非常好奇到底發生過什麼事、事件究竟如何爆發，那些人又採取什麼樣的立場。

「瑪麗蓮千金。」

「是，李基英大人？」

「我有點好奇……你們與這些旅居在凱斯拉克的自由民，維持著怎樣的關係？」

「我想應該偏向友好關係。有時候也會在領主城內招待他們……站在凱斯拉克的立場，我們也有受到這些旅居市民們的幫助。他們不僅協助降低怪物的個體數，也等於是分擔我們騎士原有的工作，我們當然心懷感激。」

「原來如此。」

「雖然程度比不上琳德，但我們凱斯拉克也在許多方面照顧著自由民，實行各種相關政策。總之不只是領地人民，我們也相當在乎自由民的福祉。」

「我懂了。」

「您還有其他想知道的嗎？」

「沒有了。不過，我突然有件事想拜託您。」

「什麼？」

「其實我們來凱斯拉克的原因，還包括和幾個公會簽訂貿易契約。假如由我們公會販售的藥水也能在凱斯拉克流通，想必對彼此都有好處。」

「這樣啊。」

「如果您方便的話，希望您能幫忙牽線。」

「好！當然了！只要是李基英大人拜託的……」

契約的事就先這樣，剩下的就是逐一跟那些人見面。正當我在腦袋裡不斷編撰各種劇本時，一道聲音從前方傳來。

「瑪麗蓮千金。」

陌生的嗓音是來自一個外表頗為高挑的男人。

只見曹惠珍的表情明顯變得陰暗，我很快就意識到了他的身分。

＊　＊　＊

眼前的男人就是小石公會的會長。

我立刻啟用心眼，查看這傢伙的能力值和特性。不能說很差，卻也不是特別了不起的數字，並非需要特別記起來的程度。

雖然我沒有立場說別人能力差，但這段期間見過太多厲害的人物，這傢伙只能完全被比下去。

傾向呢……熱情的野心家。

特有癖好呢……表裡不一的雙面人。

總覺得這個癖好有點拙劣，屬於沒什麼附加效果的類型。總之，我已經能在腦裡描繪出他大概是怎樣的人了。

看他現在朝我們走來搭話的方式就知道，曹惠珍背後的故事也即將開始有點眉目了。說白了，就是有一種想糾纏我們的感覺。

我不知道他確切想得到什麼，可能是想向我宣示他的存在感，或是想先發制人。

他似乎沒意識到這樣在隊伍中突然叫住瑪麗蓮，是對我們失禮的行為。但也可能是故意的，因為他看起來就像為了標記地盤而大聲鳴叫的鳥類。雖然不需要特地拿這件事做文章，但的確讓人不爽。

「啊，宋正旭大人。」

瑪麗蓮開口回應，我卻不怎麼放在心上，只是將手搭上鄭白雪的肩，默默走過他身旁。瑪麗蓮也選擇直接略過他，往我們這裡跟上，因為比起宋正旭，她更想繼續跟我們對話。

「他是誰？」

「他是小石公會的會長宋正旭大人……」

我回頭看了一眼，發現他皺著眉頭。被當面無視的人，會有那種表情也是理所當然。不過這跟我一點關係也沒有。他又不是為了跟我講話而來的，瑪麗蓮千金跑來找我也是她自己想這麼做，而我只是跟鄭白雪感情融洽地走自己的路罷了。現在這種尷尬的局面完全不是我的錯。

「原來是小石公會。」

「是的。」

「我有聽說，小石在凱斯拉克算是大型公會，冒險戰績也不錯。據說他們成功攻掠了三個稀有級副本、一個英雄級副本，對吧？」

「啊……我、我不太清楚……」

「沒關係的，瑪麗蓮千金。我們差點就錯過貴人了呢。如果方便的話，可以幫我請他過來嗎？」

「是，當然了。羅德里克爵士，可以幫我請宋正旭大人過來嗎？」

「好的，千金。」

一位看起來能力不凡的騎士迅速前去。

那個叫作宋正旭的傢伙原本就覺得沒面子，現在的臉色變得更沉重，看來應該是傷到他的自尊心了吧。又不是家裡養的狗，被這樣呼來喚去，應該沒有人會喜歡。

但再怎麼說，把他叫過來的人是瑪麗蓮千金，他又不得不聽命。最後他還是稍微咬著下唇，往這裡走來。

「剛才很抱歉，宋正旭大人，我一時沒注意到。」

「沒關係，千金。」

「是這樣的，這位從琳德來訪的帕蘭公會副會長李基英大人，非常希望能與宋正旭大人見上一面……」

「原來如此。」

他用眼神打量著我，臉上彷彿寫著「我就知道」。

宋正旭好像認為我叫他過來有什麼特別的用意，緩緩向我伸出手並開口打招呼。

「幸會，我是小石公會的會長宋正旭。本來也想正式去拜訪你們，真是湊巧。話說回來，帕蘭的會長在哪？」

這傢伙……講話有夠失禮。

「還有……好久不見，惠珍。我沒想到妳會加入帕蘭呢。」

「啊，好久不見，宋正旭大人。」

他竟然無視我？我不知道該說什麼，但還是可以理解。我只是副會長，而不是會長，宋正旭這個老鳥則掌握著凱斯拉克具代表性的公會。

非得用職級來分類的話，他確實在我之上，年紀也比我大，在這裡的資歷也是，因此他的態度自然就像平常隨便對待下屬那樣。

難道還有人不知道我是榮譽主教嗎？

這個消息似乎還沒傳到凱斯拉克的自由民耳裡，我想我應該要找個時間在報紙上登廣告。

雖然我是來談業務的沒錯，但也不想卑躬屈膝，業務員沒道理永遠都是乙方。我還是願意以適當地迎合他，但他既不是車熙拉等級的強者，也沒有曹惠珍那樣的潛在能力，自然不值得我放低姿態。

現在並非是我主動挑起爭端，反而比較像他在挑釁。

在這個地方大聲吵架非常愚蠢，所以我沒有特別回應他，而是用眼神向瑪麗蓮千金詢問眼下情形，她也嚇了一跳。

「請、請您注意禮儀。」

「什麼意思？」

「李基英大人是凱斯拉克領地的貴客，您太無禮了。」

「瑪、瑪麗蓮千金。」

「我沒想到您會如此讓我失望，宋正旭大人。」

「那個……」

「我代替他向您道歉，李基英大人。」

「咳，不，沒關係的。需要道歉的人並不是千金……對了，可以請您忘記我剛才說的話嗎？」

「什麼？」

「就是關於藥水的那件事。我們原本打算簽完合約再回去的……但似乎沒那個必要了，我想等我們遠征結束就應該盡速離開。」

「這……」

瑪麗蓮千金皺起眉頭，鄭白雪反而覺得開心。我輕輕將鄭白雪往我這裡拉，她立刻炫耀似的緊緊靠了過來。

開心的情緒全寫在臉上，有種驕傲的感覺，彷彿恨不得讓所有人知道，她是最受到喜愛的人。不過這樣的表情不太適合她，就算她很努力擺出致命性的神情，但在我眼裡卻只有可愛。

而千金的臉色則是逐漸蒼白，但是並非因為鄭白雪，應該是聽懂了我剛才話裡的弦外之音。

她腦袋裡可能充滿了這樣的潛臺詞：「貿易和藥水合約什麼的都不必了，事情辦完就差不多可以回去了。我本來很期待凱斯拉克之旅……結果卻不如預期。心情被這個沒禮貌的人弄得很糟，如果早知道是這種地方就不來了。」

「李基英大人，那個……」

「那我們走吧，千金。」

不一會兒，我就看到千金對著宋正旭開口，她的選擇非常明顯。

「請您向他道歉。」

「什麼？」

「請您為剛才的無禮舉動向李基英大人道歉，宋正旭大人。」

「那……怎麼會是無禮？」

這件事確實不需要這麼敏感對待。

「宋正旭大人應該比誰都更清楚我的意思。請您為剛才在李基英大人面前的無禮態度正式道歉。如果您不照做的話，我就再也不見您了。」

宋正旭的表情有些委屈，不過幸好尤達大主教不在這裡，倘若他沒有抓著金賢成到遠處講話，宋正旭這傢伙可能會被他找來的神殿信徒包圍。

「沒關係，瑪麗蓮千金，您不需要這麼做。」

「不，李基英大人是我們凱斯拉克的貴賓。」

其實我們也不能算是受邀而來……

「讓李基英大人受到無禮的待遇，就如同對我們家族無理。我不知道父親大人會怎麼想，但我一定要聽到宋正旭大人的道歉。」

「千金。」

對她露出感動的表情是應該的。瑪麗蓮千金是為了我才如此堅持，這點無論如何都不能否認。

其實在凱斯拉克與小石這種公會為敵並不是好事，我們之所以這樣持續壓迫對方，只是因為瑪麗蓮千金的小孩子脾氣。

如果硬要區分甲乙方關係的話，千金才應該是甲方……總之就是甲方自尊心受創，要求乙方道歉。

對宋正旭來說，簡直就是晴天霹靂。

「宋正旭大人，我是認真的！」

「瑪麗蓮千金，沒關係。」

我們兩人像極了憤怒的婆婆和勸架的媳婦。

我們還在熱鬧的路中間，自由民和帝國子民都在看。我自己也知道這個畫面相當不妥，整個狀況極其糟糕，而堪稱自由民代表的宋正旭正處於必須向我示弱的局面。

趁這個時候確認雙方的甲乙關係，也是不錯的選擇。

問題是他會認輸嗎？他的自尊心看起來很強，我猜他可能不得不蒙混過關。

如果是我，應該也會簡單帶過。畢竟道歉得不到任何好處，而且除了以前的公會成員曹惠珍小姐，還有幾名現任的成員正在看著。

眾多帝國子民和自由民都突然盯著這裡，當我以為事情到此為止的時候，沒想到宋正旭竟慢慢低下頭。

看著向我低頭的傢伙，我突然明白他為什麼會決定放下身段了，原來是為了博得瑪麗蓮千金的好感啊……除此之外，我找不到別的答案。

「請您原諒我的無禮，李基英副會長。」

「沒關係，宋正旭大人。」

「初次見面，實在是禮數不周。」

「哈哈哈，我也一樣，看來我們彼此都誤會了。瑪麗蓮千金，現在沒事了。只是失誤而引起的誤會，我原諒宋正旭大人了。」

帕蘭公會的副會長在大馬路上原諒凱斯拉克小石公會的會長，這畫面是多麼的美妙。不僅是小石公會，正在旁觀這件事的各個公會、戰隊與民眾，可能都會覺得我是個不好惹的角色。

此外，當然還有其他的收穫。

「我本來就打算前去拜訪小石公會，宋正旭大人。若您有經過領主城，希望您能與我聯絡。不，我會去找您的。」

「……」

「很高興今天能遇見您。那麼，既然您沒什麼要說的，我們就先走了。瑪麗蓮千金還有什麼要交代的嗎？」

「已經沒事了……那麼下次再見，宋正旭大人……」

「白雪、惠珍小姐，我們也走吧。」

「好，基英哥。」

「好的，副會長。」

「還有……嗯，惠珍小姐。」

「是。」

「我不知道妳在凱斯拉克經歷過什麼事，但妳不需要低著頭，更不需要對其他公會的會長表現得畢恭畢敬。惠珍小姐現在屬於帕蘭，也代表著帕蘭。請妳務必謹記，向其他公會或戰隊低頭，就象徵著帕蘭向他們低頭。我對妳不會有太多要求，但現在請妳做到這件事。」

「是，我知道了。」

我本來想利用瑪麗蓮千金將曹惠珍拉到同一陣線，但一見到宛如脫韁野馬的宋正旭，我又開始有了各種好主意。

第060話 小石公會

帕蘭在凱斯拉克適應良好。

瑪麗蓮千金為我們舉行了盛大的宴會，我們享盡山珍海味與美酒，度過了一段得以充分休息的時光，感覺長途旅程的疲憊都一掃而空。雖然這依然是工作的一部分，但感覺就像來到凱斯拉克度假一樣，也算享受了另類的特權。

不過金賢成當然是例外，因為他和認識在場大部分人的我不同，必須去向其他有權有勢的貴族打招呼。然而問題是，在其他地區的主教和貴族聽說我來到了凱斯拉克，也都聞風而來。在持續了超過五天的宴會上，金賢成必須記住所有人的長相，並與他們對話，這讓他看起來累壞了。

那樣的畫面一點也不適合那個和我體質不同、靠實力吃飯的傢伙。

在那些人當中，凱斯拉克伯爵想必又讓他更辛苦了一點。

瑪麗蓮．凱斯拉克的父親——凱斯拉克伯爵是和金賢成交談最久的人。這位比起文官，更像武將的貴族相當中意金賢成。事實上，憑他的能力值甚至能輕鬆打贏大部分的自由民。

正因如此，瑪麗蓮．凱斯拉克一直黏在我身邊會讓我的壓力非常大。

「咳咳，榮譽主教大人，小女似乎給您添了不少麻煩。」

「沒關係的，凱斯拉克伯爵大人，和聰慧的瑪麗蓮千金聊天對我來說也是很愉快的事，最近瑪麗蓮千金帶給我很多笑容。」

「您這麼說真是令人感激不盡，咳咳……其實小女的個性本來就是只要喜歡上什麼，就會完全沉迷其中。看來，她最近好像很喜歡李基英大人。」

「哈哈……」

「這裡只有我們，所以我才告訴您，其實小女還跟我發脾氣，要我向您提親，讓我相當不知所措。啊，這件事請您對瑪麗蓮保密，榮譽主教大人，她只是想拜託我試探您一下而已……」

「好的，原來如此……」

這種危險的狀況果然發生了。

「說來慚愧……我實在是抵擋不住小女的固執。一直說這種話，真是不好意思。」

「不會，我可以理解，伯爵大人。」

這已經是我們之間的第二次攻防戰了。

膝下只有瑪麗蓮一個孩子的凱斯拉克伯爵是個女兒奴，不管女兒想要什麼都會答應她。也就是說，瑪麗蓮千金身邊的一切他都想試著接受。

雖然他一開始看我的眼神就像看小偷一樣，但他自己大概也權衡過了得失，之後就一直像這樣對我拐彎抹角地施壓。

我已經在一個有勢力的公會擔任副會長，又擁有教皇廳榮譽主教的身分，不管在哪裡都不比他人遜色。當然，皇帝派和教皇派的關係並不好，但我如果能成為他們之間的橋梁，身價就會扶搖直上。

他一定是覺得在我身上有利可圖吧，畢竟貴族本來就愛計較利害得失。凱斯拉克伯爵已經算是沒那麼愛計較了，在論及得失之前，他只是單純想實現瑪麗蓮的願望而已。只不過就他個人的立場來看，撮合我和瑪麗蓮對他來說也不是一件壞事。

「對了，我聽說您和傭兵女王大人有點交情。」

「是的，我們是有一點關係。」

「那總是和您如影隨形的那位魔法師也是嗎？」

「雖然這麼說很不好意思，但確實如此。」

「這樣啊。嗯……那小女……」

「瑪麗蓮千金應該也知道這件事。」

凱斯拉克伯爵的表情看起來有點苦惱，我只好率先開口。

「那個……瑪麗蓮千金才剛成年，可能還懵懵懂懂，而且自由民對帝國人來說，本來就是有點神奇又特別的存在。我當然希望和美麗的千金結為連理，但我也非常擔心只要我犯下一點失誤，就可能在一瞬間毀了瑪麗蓮千金的前途。自由民有自由民的人生，瑪麗蓮千金的大好前程也才正要開始，您說是吧？」

「您說得有道理……」

「瑪麗蓮千金是將來要繼承與治理凱斯拉克的人，與其倉促決定婚事，我想您還是先冷靜下來，靜靜守候她就好。」

「嗯……」

「我也會好好說服瑪麗蓮千金的。」

「那就拜託您了。看來您是個比我想像中還要好的人呢，榮譽主教大人。」

靠……我在他心裡的分數提升了嗎？

「這沒什麼，伯爵大人，無論是誰都能想到。」

「哈哈！您真是謙虛。對了，我們今天要不要共進晚餐呢？我正好帶了好酒，小女也很期待。」

「謝謝您的邀請，不過我今天有其他事情要辦……不如明天再一起用餐，您意下如何？」

「明天也可以。」

「那我就先告辭了，伯爵大人。」

「好，很高興能跟您聊天。」

我輕輕帶上房門後，感覺耗盡了全身的力氣。

只要和凱斯拉克伯爵單獨共進午餐，談話內容大多時候都圍繞著這樣的話題。從他的臉色不太好這一點就能看出瑪麗蓮平常有多會對自己的父親死纏爛打。

其實和瑪麗蓮結婚對我而言也不是一件壞事，不過前提是我不用一直待在凱斯拉克。雖然自由民本來就很難界定算不算普通平民，但如果和貴族結婚，也可以成為貴族。

然而再冷靜想一想，我也不是非得和她結婚不可。

我已經是教皇廳的榮譽主教了，身分在貴族之上，地位相當於伯爵，因此凱斯拉克伯爵才會來找我對談。

如果凱斯拉克伯爵死後，凱斯拉克的統治權會由瑪麗蓮繼承的話，我可能還會考慮，不過就現在的狀況而言，瑪麗蓮只是一個累贅而已。

在帝國人的傳統思維上，婚姻就是家族與家族之間的結合、組織與組織之間的合作，但是這樣的觀念只讓我覺得頭痛。

我只要經營好和她之間的關係就好，想想鄭白雪、車熙拉、李智慧，就知道這麼做才是對的。

我離開房間後，便馬上看見瑪麗蓮千金朝我走來，一臉什麼都不知道的樣子。她明明打從一開始就計畫好了這一切，還裝出那種表情，實在很可笑。

「李基英大人！您和家父的午餐進行得如何？」

「凱斯拉克伯爵大人對我很親切，這頓飯我吃得很輕鬆愉快。」

「那、那真是太好了，家父還有沒有跟您說什麼……」

「說起來有點令人難為情，不過凱斯拉克伯爵大人似乎在考慮我和您的婚事。」

「真的嗎？」

「是的，哈哈……」

「父、父親也真是的……家父好像很中意李基英大人，還請您諒解。」

是她很中意我吧。

「感覺凱斯拉克伯爵大人很疼愛瑪麗蓮千金呢。」

「是啊，不、不過您、您是怎麼……回答的呢……」

「我告訴伯爵大人我需要再想一想。因為我有身為自由民的人生，而且結婚對我和瑪麗蓮千金來說都還太早了。」

「您的意思是……？」

「我覺得我們可以先慢慢認識彼此，瑪麗蓮千金。」

「啊！是……是啊！」

「還有，我請伯爵大人把今天的晚餐會延到明天了，因為我有點事要辦……那我就先告辭了。」

「好的，李基英大人。如果有什麼需要我幫忙的地方，歡迎隨時來找我……」

「好。」

這段時間該享受的都享受過了，現在該去工作了。

我邁開輕快的腳步，隨即見到了表情與剛才的瑪麗蓮截然不同的鄭白雪。

才剛和一個女人說完話，又和另一個女人見面，讓我感覺自己好像真的成了花花公子。

腦海中莫名響起金藝莉吐槽的聲音，但我決定無視。

「基英哥！」

「白雪，我們走吧。妳等很久了吧？」

「不、不會！」

「妳吃過午餐了嗎？」

「嗯，我跟其他小隊成員一起吃了。」

「太好了。話說回來，賢成先生在哪裡？」

「賢成先生說要去附近看看，好像是要去調查什麼……」

「嗯，知道了，那我們走吧。」

「嗯！」

「妳有帶資料吧？」

「有！」

「妳看起來心情很好。」

「因、因為很久沒有跟基英哥單獨出門了，嘿嘿……」

「仔細想想，確實是呢。」

久違的外出讓她的表情看起來有點興奮。

我之所以會帶鄭白雪出門，並不只希望她擔任我的護衛而已。要說護衛的話，我已經有凱斯拉克騎士在暗中保護我，還有神聖騎士團和異端審問官在。

和鄭白雪一起外出，更大的意義在於獎勵她這段時間的忍耐，或者應該說感謝鄭白雪在之前幾次對她來說絕對難以容忍的事件和狀況中，都好好忍住了。

我會慢慢補償她的，就像馴服小狗一樣，必須確實對她灌輸「只要忍耐就有獎勵」的觀念，不然她要是突然在凱斯拉克暴走就糟了。

李智慧一直都在不刺激到鄭白雪的前提下守著界線，而車熙拉和春日由乃則是打從一開始就在實力上占據壓倒性的優勢。然而瑪麗蓮千金只是一個毫無力量的普通人，要是因為被感情沖昏頭而胡亂做決定，也許哪天就會神不知鬼不覺地被鄭白雪解決。

幸好之前有先利用重生事件穩定鄭白雪的心理狀態，否則現在早就已經爆發上百起事件了。

「那我們現在要去哪裡呢？」

「我們先約會一下，再去小石公會。」

「約會……」

「因為白雪這陣子很努力。」

她迅速點了點頭，好像也覺得自己很了不起似的，那副模樣出奇地可愛。

「那、那我們走吧。」

「嗯。」

「凱斯拉克附近好像有很多可以逛的地方。」

「真的嗎？」

「當然。」

儘管時間不多，還是要好好享受一場像樣的約會。

「基英哥！你看那裡！是長得像烏龜的樹耶。」

「嗯。」

我們一起欣賞美麗的風景。

「好可愛喔。」

「請問這個多少錢？」

在路上看到漂亮的飾品，就買給她當禮物。

「我們要不要去看話劇？」

「……好啊！」

這和地球上的約會行程沒什麼不同。

「那裡可以搭小船耶！基英哥，我們去搭那個。」

「那個……之後再搭吧。」

「可是我現在想搭……」

「現在沒時間了，下次還有機會。」

這裡的文化雖然比地球落後，但還是有充分的娛樂可以享受。

「嘿嘿嘿。」

看到鄭白雪露出幸福的笑容，讓我忍不住在心裡問自己為什麼沒有早點這麼做。既然壓力會累積，那只要適時紓壓就好了。

我之前是很忙沒錯，但或許我之後應該特別為此抽出一點時間。

「好開心喔，嘿嘿……」

「妳喜歡真是太好了。」

手牽著手，偶爾給她一個擁抱，在晚霞升起的傍晚再給她一個吻。

她本來有這麼漂亮嗎？

其實我之前就有意識到自己隱約有點喜歡上鄭白雪了，不過像這樣認真地面對面看著她，好像又更被她吸引了。

而且她最近的表現都和正常人沒什麼不同，就更合我的心意了。

「一直以來都很謝謝妳，白雪。」

「我、我也很感謝基英哥。」

雖然別人聽到我說這種話，可能會覺得我瘋了，但如果要結婚的話，我覺得和這樣的女人結婚也不差。

「那我們接下來去小石公會吧。」

「嗯！」

＊　＊　＊

短暫的約會結束了。

透過這場約會，我不僅和鄭白雪度過了一段愉快的時光，也大概了解了凱斯拉克的現況。這就相當於做了一次市場調查，我可以很自然地確認物價水準，以及商品的行情。

如果要給凱斯拉克一個整體評價，可以說非常令人滿意。凱斯拉克的狀況比我預期的好多了。

琳德附近的打怪場大部分都已經處於飽和狀態，雖然工作機會很多，但想要工作的人也很多。相較之下，凱斯拉克還有很多工作機會，完全可以說是新興城市。

這裡有豐富的資源，自由民也已經逐漸落地生根，不僅位居戰略要塞，說是經濟樞紐也不為過。此外，商人和冒險家都很活躍，對生活必需品也有充分的需求，感覺在這裡買幾塊地也不錯。

我們的重生者曾經根據幾項資料告訴我，凱斯拉克即將在一個月內爆發某種事件，那正是我們來到凱斯拉克的原因。

然而現在凱斯拉克的氣氛一片祥和，人們看起來一點都不在意金賢成說的徵兆。坦白說，所謂的徵兆本來就有可能是金賢成編出來的，現在的凱斯拉克任誰看來都是一個悠然閒適的地方。

在他的第一輪人生中想必也是如此，人們在這樣的氣氛中毫無防備，突如其來的意外就這樣爆發，這裡的人應該大部分都死了，瑪麗蓮和小石公會恐怕也不例外。

「這裡的人運氣很好。」

「咦？基英哥，你剛剛有說什麼嗎？」

「我們稍微逛了一圈之後，我好像大概知道在這裡流通的藥水是什麼水準了。」

「啊！你的意思是，因為大家可以用到基英哥做的藥水了，所以運氣很好啊！」

「嗯，我之前也說過，凱斯拉克的祭司人手不足，這裡的藥水品質又糟糕透頂，和我製作的藥水沒得比。坦白說，那甚至比不上小孩子扮家家酒做出來的東西。」

「就是說啊。」

「雖然最近煉金術師的整體水準有所提升，但只要藥水的需求一多，連那種劣質品也能賣得出去。凱斯拉克還真是個好地方……」

「沒錯！」

「沒想到小石公會也有在製作藥水。」

「原來如此！」

鄭白雪不斷拋出肯定的吶喊。我對她笑了一下，繼續邁開腳步，小石公會很快就出現在眼前。

公會總部看起來很華麗，占地面積相當廣闊，可以說比帕蘭還好。我對建築的了解不深，但這棟建築任誰都能看得出來使用了高級建材。整體來說，炫耀的感覺非常強烈。就連紅色傭兵都沒有這麼誇張，這代表對方正是我想的那種人——重視形象，並忠於自身欲望。

我們隨即走進建築物裡，一進去就頓時成為眾人的視線焦點。但我們沒必要因此覺得尷尬，反而應該表現得光明正大。

公會的職員向我們打招呼，我點點頭，簡單回應了幾句。

隨後便有接待員朝我們走來，和他交談過後，我們被帶往會客室，好久不見的宋正旭就在裡面。他的旁邊當然還有幾名公會成員，那些人的能力值不差，一群人氣勢洶洶的樣子，不知道是不是想嚇唬我們。

自從我們在大街上發生不愉快的事件後，這是我們第一次見面。

他的臉色果然不怎麼好看，畢竟他當時在眾目睽睽下丟光了臉。既然他是個有野心的人，想必也很愛面子。按照他的個性，心裡肯定憋了很多不滿。

那又如何？在甲方和乙方關係明確的情況下，我沒必要特地扮演乙方的角色。這個道理不管是在地球上，還是在這裡都一樣。

「哎呀，好久不見了。」

「是啊，好久不見，帕蘭的副會長。」

「哈哈哈，雖然第一次見面時發生了一點不愉快，但還是很高興再見到您。」

「是啊，很高興見到您，李基英先生。」

「哈哈哈，您別板著臉嘛，小石公會會長。不知情的人看了，還以為您見到仇人了呢。」

「……」

「哎呀，正旭先生，您一直那樣看著我的話，就算是我，也會不開心的。而且我們今天要開重要的會議，別把氣氛搞得這麼僵嘛。」

「以一個有重要會議要開的人來說，我看您倒是滿閒的啊，帕蘭副會長。竟然從大白天就開始悠哉地約會，我們這些為會議做準備的人就像笨蛋一樣。即便您最近在琳德名震四方，我們凱斯拉克畢竟不是為琳德工作的廠商或部下，該遵守的禮儀還是要遵守吧，李基英先生？」

「您似乎有點話中帶刺呢，正旭先生，哈哈哈。」

「我現在沒有在跟您開玩笑，帕蘭副會長。」

「您好像誤會了。」

「什麼誤會……」

「我說的『重要會議』是指對小石公會而言，這場會議對我來說並沒有多重要吧？哈哈。來參加這種會議之前，先跟我的戀人約會，這樣也冒犯到您了嗎？噗呵呵。」

「你……」

「再說，我是不知道您有沒有跟蹤我啦……不過我才想說，我對您感到失望，您這樣很明顯侵犯了個人隱私吧？」

他一副覺得荒謬至極的樣子，甚至連五官都扭曲了起來，似乎還沒有理解我在說什麼。

我已經給他很多提示了，他卻一直維持同樣的態度，看來我徹底被討厭了。以一個培養出大規模公會的人來說，他的思考範圍還真是相當狹隘。

好想念精明的伊藤蒼太啊。

嗯……雖然我的確做了會被討厭的事，但他會討厭我說不定還有另一個理由，那就是瑪麗蓮千金。

這並不是毫無可能。渴望權力的男人把不懂事的貴族千金當作出人頭地的跳板，這種事不管在哪裡都會發生。這下我發現了許多關於這傢伙的有趣事實。

繼曹惠珍之後，接下來是瑪麗蓮嗎？

我一直嘻皮笑臉的表情顯然激怒了對方，他馬上接著開口。

「請您回去吧。因為牽線的人是瑪麗蓮千金，我才覺得可以見您一面，但我果然還是不想和不懂禮貌的人一起工作。」

「啊，您希望我就這樣回去嗎？小石公會會長？」

「我鄭重地告訴您，帕蘭公會副會長，我們小石不會和帕蘭進行任何交易。不對，不只是小石公會，凱斯拉克的所有公會和戰隊都不會想和帕蘭共事。」

「您會後悔哦。」

「下一次我就不會像這樣鄭重地告訴您了。如果不想被趕出去，就請您安靜地離開吧。」

「我也不會鄭重地對您說第二遍，小石公會會長，在您發脾氣之前，我希望您先聽聽看我想說什麼。」

「……」

「我就當作您同意了，噗呵，讓我慢慢說給您聽。宋正旭先生，請問您在地球的時候，有看過或聽過這種情況嗎？就是年輕人或藝術家開始聚集到某個特定地區的情況。」

「您現在在說什麼……」

「請先聽我說完。噗！我也不知道這種現象是怎麼發生的，總之偶然聚集到同一個地方的年輕人與藝術家會慢慢促進那個地區和街道的發展。每個人使用的方式都不一樣，有人繪製壁畫，也有人開設風格獨特的商店，逐漸創造出屬於自己的慶典和文化，為那個地方帶來變化。」

「……」

「那裡很快就會成為媒體焦點，媒體會到處宣傳那裡是『藝術家開拓的地區』，說那裡美食餐廳林立等等……噗呵呵。自稱名人的網紅或藝人會像出入自己的家一樣，在那些藝術家和年輕人創造出來的地方來來去去，並因此變得越來越有名氣。我相信您看過很多這樣的例子。」

「所以說……那和我們現在的情況有什麼關係？」

「這樣的地方啊，一開始或許看起來有模有樣，但最後總會迎來令人難過的結局。」

「……」

「因為……龐大的資本和大企業會突然闖進來唷。」

「什麼……」

「只想坐享其成的房東馬上就會提高店租和房租，把創造出榮景的年輕藝術家趕走。被逼走的年輕藝術家欲哭無淚，因為他們都是徹徹底底的乙方。說了這麼多，反正結論就是這些人會失去他們生活的根基，莫名其妙換來一場空。」

我看見他的表情開始扭曲。

「而大型連鎖企業，以及想嘗點甜頭的自營業者，會像是等待已久似的蜂擁而上，最後年輕藝術家打造的街道將被掌握龐大資本的掌權者占據。那麼問題來了！在我們現在所處的情況中，誰是年輕藝術家……誰又是掌握龐大資本的大企業呢？」

他的嘴唇開始顫抖。

「是誰擁有足以動搖你們生活根基的資本與影響力？」

接著是瞳孔晃動。

「是誰擁有足以撼動市場經濟的商品？」

還有指尖一顫。

「和紅色傭兵與黑天鵝之間有著密切的關係、被教皇廳的樞機主教任命為榮譽主教，又和凱斯拉克的伯爵千金關係非常親密的人究竟是誰呢？」

他當然馬上就有了反應。

我預想的反應要麼是對我卑躬屈膝，不然就是勃然大怒，看來他選擇的是後者。

不過宋正旭好歹是小石公會的會長，只有他靜靜地看著我，在他身後的其他傢伙則是面紅耳赤地對我破口大罵。

「你在胡說八道什麼！」

「這……怎麼會是胡說八道？」

他們的臉色霎時變得蒼白，像是受到威脅般，臉龐哆嗦，神情充滿懼色。

他們當然不是因為聽到我說的話而瑟瑟發抖，只要想想他們的視線聚焦之處就能得到答案。

他們的目光停留在一言不發地站在我身後的鄭白雪身上。鄭白雪擺出連我看了都覺得害怕的表情瞪著那些人。

哇……媽的，真是令人毛骨悚然，我還是放棄結婚比較好，否則我肯定無法壽終正寢。

＊　＊　＊

雖然沒有直接放出魔力威脅，但鄭白雪的神情讓人感受到一股難以言喻的恐懼。不知道是不是壓抑魔力造成的影響，她的髮絲緩緩漂浮在空中，眼睛眨也不眨地凝視著前方，表情看起來像是沒有一絲感情。

不曉得是不是「心眼」的效果所致，我甚至從她的眼瞳深處感受到了瘋狂，整體而言給人一種危險的感覺。

她不必放出殺氣或魔力，光用那種表情就能在別人心中植入恐懼，從某種角度來說也算是一種才能。

現在的氣氛就像有一團漆黑的影子，壓迫著除了我以外的所有人。

「那不是……胡說八道。」

其實我早就知道鄭白雪變強了，也知道她一直在一旁看著車熙拉和春日由乃這些擁有誇張實力的強者，並且為自身能力不足感受到很大的壓力。

也許鄭白雪沒有引發什麼大事件是因為她太忙了，因為除了和我在一起的時間以外，她都在瘋狂鑽研魔法。

今天要比昨天更強，明天要比今天更強，每天都要有所成長。

所謂的天才，就是這樣的一群人。

〔您正在確認玩家鄭白雪的狀態欄與潛在能力。〕

〔姓名：鄭白雪〕

〔稱號：無，仍需多多努力。〕

〔年齡：21〕

〔傾向：陷入愛河的擁護者〕

〔職業：大魔法師（英雄級）〕

〔能力值〕

〔力量：18／成長上限值低於稀有級〕

〔敏捷：17／成長上限值低於稀有級〕

〔體力：30／成長上限值低於英雄級〕

〔智力：71／成長上限值高於英雄級〕

〔韌性：25／成長上限值低於稀有級〕

〔幸運：63／成長上限值高於英雄級〕

〔魔力：81／成長上限值高於傳說級〕

〔裝備〕

〔失去光輝的生命樹魔杖（英雄級）〕

〔魔力黑影長袍（英雄級）〕
〔神聖防護（稀有級）〕
〔特性：成為魔法師的方法（英雄級）〕
〔總評：魔力值已超過80，雖然有道具效果加成，但玩家鄭白雪不到一年就展現出這樣的成果，可謂超乎常理。儘管其他能力值相較之下差勁至極，因此成長不平衡，但她的表現仍相當卓越。成長快速固然是好事，不過身體可能會吃不消，必須幫助她均衡成長。當然，照顧她的心理健康還是首要之務。玩家李基英，請加油吧。〕

現在鄭白雪的魔力值已經超越黃正妍了，正如總評所說的，她成為玩家還不到一年就有這樣的成長，實在令人難以置信。

儘管她只專攻一項能力，導致其他能力值的上升率極低，這樣的成果還是難能可貴。鄭白雪的能力在這片大陸上已經可以稱得上是前段班了，更何況在魔法方面天賦異稟的她所具備的價值，本來就勝過表面上的價值。

我在腦中整理完思緒後，又再次悄悄看向鄭白雪，只見她依然維持著剛才的模樣。

戰力還算高的小石公會會長看起來正在試圖擺脫鄭白雪帶來的影響，但他身後的廢物們感覺相當不知所措。宋正旭放出魔力後，後面的那些傢伙才終於得以喘口氣。

「哈啊……哈啊……」

「白雪，表情放鬆點。」

「好……」

「真是不好意思，我女朋友今天好像心情不太好，畢竟要不是各位，我們現在應該還在享受約會。咳咳，總之，接續剛才的話題。我要說的就是，我有能力將你們口中的不可能化為可能。」

「……」

「看來你們似乎不相信我，那我就簡單地說明給你們聽吧。我可以去拜託瑪麗蓮千金，也可以用粗暴一點的方式，拿宗教方面的理由對你們緊咬不放。我還可以將超低價藥水和商品大量輸入凱斯拉克，徹底破壞這裡的市場經濟，或是讓優秀的琳德自由民遷入凱斯拉克。啊！讓紅色傭兵在凱斯拉克開設店面也不錯吧？也許我可以問問看熙拉姐想不想嘗試做生意。」

「……」

「如果把我和春日由乃一起經營的天空公會找來會怎麼樣呢？初期可能會需要一筆投資費用，不過我們會在凱斯拉克設立大型藥水工廠。小石公會也有涉足藥水事業吧？我不知道你們的藥水現在賣多少錢，但我完全可以用你們的半價來販售藥水。」

「……」

「還是要我辛苦一點，把你們從琳德進口的怪物附屬品改以直銷方式帶進凱斯拉克呢？賣得比原本的價格更便宜，或是收購各位腳下的土地也是一種方法，哈哈哈。你們是自由民，所以現在是向凱斯拉克租用土地，但我有榮譽主教的頭銜，是可以買地的。」

「……」

「各位如果覺得心裡有疙瘩，只要搬到其他城市就可以了。請你們再到其他城市發揮一下年輕藝術家的精神，促進地區發展吧。等到你們的努力開花結果，我會再去拜訪，把你們用心栽培出來的甜美果實摘來享用的，無論你們要搬到貝妮戈爾神聖帝國的哪裡都可以。」

「這……這個瘋子……」

「不管你們是要回到琳德，或是繼續留在凱斯拉克，又或是搬去其他城市，我都會一直注視著你們。想避開我的話，你們就只能跑到共和國或王國聯盟，不然就是住進深山裡，靠一些犯罪勾當維生。如果你們覺得我在唬人，就試試看吧。」

寂靜籠罩四周，感覺整個空間比剛才鄭白雪發出威脅時更安靜。

他們顯然知道我說的話不是單純的玩笑，宋正旭的臉色變得相當蒼白就是證據。

我當然不可能做那麼多麻煩的事。不管是從琳德輸入怪物的附屬品，還是在這裡設立藥水工廠，無疑都會造成我的損失。

也許會有一兩個聰明的傢伙心想「那種事怎麼可能辦得到」，但這和我會不會付諸行動是兩回事。

如果眼前的這個傢伙是超乎我們想像的瘋子呢？如果這傢伙懷抱著純粹的惡意，寧可放棄手中所有的利益，也要折磨我們呢？——只要他們產生這樣的想法，遊戲就等於結束了，所以我當然要在這個時候打出關鍵性的一擊。

我緩緩開口，他們馬上就有了反應，讓我覺得非常有趣。

「所謂的財力和權力啊，就是讓我這種人在這個重視武力的世界也能繼續當上位者的工具。我知道靠狀態欄上的能力值或個人的強大力量奠定地位的人，自尊心都很強……但是憑你們那不值一提的武力和我對幹，無異於以卵擊石。」

「……」

「除非你們擁有強大到能打破社會框架的力量，不然就只能閉上嘴巴對我低頭。你們覺得至今為止沒有這麼做的人，我都是怎麼處理的？來到這裡還不滿一年的我是怎麼爬到現在這個位置的？嗯？你們懂我的意思吧？現在你們有兩個選擇，是要當年輕藝術家，還是當隻寄生蟲，吸取龐大資本帶來的利益？」

他們會回答什麼答案，不用想也知道。

「請、請問我們該做些什麼呢，帕蘭副會長？」

眼前的宋正旭態度突然恭敬了起來。

「看來您選出正確答案了啊，能省去麻煩真是太好了，小石會長，哈哈哈。這下終於可以好好開會了呢，很好很好。」

雖然不知道他的真實想法，至少表面上對我低頭了。他是不是真心的都無所謂，反正拉攏他們對我來說不是重點。

「哈哈哈哈，辦公室的氣氛別這麼死板，放輕鬆一點如何？啊，後面那位朋友，今天這麼好的日子，去拿點酒過來吧。應該沒關係吧，小石會長？」

「是……當然。永哲，照帕蘭副會長說的，去幫他拿點喝的過來吧。」

「是，會長。」

「哈哈哈，只有我一個人喝不太好吧？小石會長也一起喝啊，白雪也放輕鬆，妳想喝什麼？」

「好……好的！基英哥。我喝牛奶就好了。」

「你聽到了吧，永哲先生？如果可以再拿一些簡單的點心過來就好了。對了！合約我已經帶來了。」

「是。」

「您可以慢慢看一下這份合約，我想要的並不多。您應該知道我有在經營藥水工廠，我覺得高品質的藥水只給自己用太可惜了，止好又聽說凱斯拉克的祭司人力不足的消息，就立刻來拜訪了。哈哈哈，我這麼做都是為了凱斯拉克。」

「呃……謝謝您為凱斯拉克著想，帕蘭副會長。」

「我在考慮定期供應藥水給凱斯拉克的大型公會。我當然不會免費提供，不過可以用非常低廉的價格賣給你們。說到這個，您應該會想要先看看商品吧？」

「是的。」

雖然宋正旭的表情看起來不怎麼期待，但我可以為商品本身的品質掛保證，李基英製造的藥水不可能是劣質品，因為我想提升品牌價值。

「請看這個。」

〈紅色體力回復藥水（稀有級）〉

〈可治療傷口，回復效果優秀的藥水。具有中上級的治癒效果，可以解毒與止血，服用後韌性值將暫時小幅度提升。製作者：李基英。〉

我從包包裡翻出藥水後，便看見他們瞪大了眼睛。

宋正旭詫異地看著我，大概是完全沒想到我會把這種東西拿出來賣。不過天下可沒有白吃的午餐，剛才那段對話除了用來確立甲乙方關係以外，同時也是為了抬高商品價格而設計的圈套。

「價格算你便宜一點，四十金幣就好。」

「這……」

「一瓶四十金幣。」

「有、有點太貴了……」

「哈哈哈，怎麼會太貴呢？小石會長，您不是也了解道具效果嗎？這個價格剛剛好，我也知道各位有能力收購。用了這個藥水之後，打怪的效率也會提升，不會有問題的。」

「我、我們公會沒有能力以四十金幣的單價購入這款藥水，如果您是想大量出售的話，我們更是負擔不起……我想二十金幣已經是極限了。按照合約上寫的交易量計算，我們每年的花費就高達幾萬……」

「四十金幣。」

「三十金幣……不、不行嗎？」

「哈哈哈，您這樣我可要難過了，小石會長。用三十金幣的價格買下這樣的商品未免太像土匪了吧？四十金幣。」

「這……」

「四十金幣。」

「我、我明白了。」

「那麻煩您在合約上簽名。您不用太擔心，小石會長，我對自己人都很大方，也會特別關照您的，哈哈。」

「是……」

「來來來，在這裡簽名吧！簽完就能馬上拿到藥水了。」

只有我一個人滿意的美好結局——這就是真正的交易。

第061話　偽善者

「哈哈哈，沒想到我們好像還滿聊得來的嘛。」

「我也有同感，帕蘭副會長。」

「我們以後還會常常為了生意上的事見面，當然也可能會有比這次更有利於小石公會的交易，對我們來說肯定是雙贏。」

「是。」

「還有……今天聽到的故事真的非常有意思，尤其是關於惠珍小姐的部分。」

「是，其實我得知她現在在帕蘭的時候嚇了一跳。就像我剛才跟您說的，她不是什麼好人。雖然有些人把她說得好像正義使者一樣……嘖，說穿了，她就只是挾怨報復而已。事實上，我們公會最後也被判定沒有嫌疑了。」

「啊！原來是這樣啊。」

「其實我個人跟她在很多事情上都有一些摩擦。我一開始還覺得她這個人很安分守己，誰知道她一當上幹部，就開始什麼事情都要干涉。我不知道她是希望我幫她調高年薪，還是有其他要求，總之這種事情持續發生，真的讓我心力交瘁。」

「請問您說的嫌疑是……」

「這部分……」

「您不方便說的話，我也是可以自己調查的，宋正旭先生。」

「哈……哈哈，都已經被判定沒有嫌疑了，這沒什麼不能說的。是怪物交易的嫌疑。除此之外還有稅金問題之類的……雖然有一些關於公會職員待遇的問題，但其實最主要是被懷疑進行非法怪物交易。」

「原來如此。」

「她就是喜歡小題大作，而且完全不知變通，在副本和其他地方也發生過很多問題，還曾經引發我們和其他公會之間的糾紛。」

「啊，她看起來給人一種非常固執的感覺，確實有點像是會做那種事的人。」

「她就是一個充滿問題的人物。啊！白雪小姐也喝一杯吧。」

「不、不用了……我沒關係，宋正旭先生。」

「看來白雪小姐不怎麼喜歡喝酒啊。」

這小子……姿態好像放得比我想像中更低，之前的囂張行徑簡直就像裝的一樣。

看到他適時地迎合我，又對我阿諛奉承的模樣，彷彿看見了我自己。

他的馬屁都拍在對的地方，確實有激發我的優越感。

雖然不知道他是不是真心想討好我，但是從他的特有癖好看來，心裡在打其他算盤的可能性很高，八成在盤算著要從背後捅我一刀，或是好好利用我一番。

正因如此，事情也變得更有趣了，尤其是他還跟我說了曹惠珍的壞話，實在令人意外。

雖然有一半的內容都可以當成耳邊風，不過我也因此大致了解了曹惠珍的處境。宋正旭在其他地方應該就是這樣帶風向的，我猜他一定是用「那個人不怎麼樣」、「她好像有點怪怪的」這種說詞來孤立曹惠珍。

人們總是會相信握有權力的人所說的話，所以他用不到幾個月的時間就能孤立曹惠珍那種女人。

眼見我的話越來越少，宋正旭那小子便一臉著急地開口。

「時候也不早了，您今天要不要乾脆在這裡仵一晚呢，李基英大人？」

「啊！已經這麼晚了啊。謝謝您的好意，不過我還是回去比較好，不然瑪麗蓮千金會擔心的，哈哈。」

他的臉色果然不太好看。雖然只有一瞬間，但他的臉皺了一下，完全符合我的猜想。

「那我們就告辭了，我也喝多了……這次沒聊完的話題就下次再繼續吧。啊，還有……我拜託您的事沒問題吧？」

「是，我會按照您說的，去聯絡凱斯拉克的其他公會，讓他們全部完成簽約的。」

「真是太感謝了。看來小石會長比我想像中還有能力呢……」

「謝謝，咳……已經很晚了，我派護衛送你們回去……」

「啊，護衛的話就不必了，沒關係，哈哈哈。我能理解您會擔心，不過我很安全。」

「咦？」

「我之前沒說過嗎？不知道您還記不記得之前的琳德恐攻事件，自從發生那起事件後，我就對安全問題有點敏感，我家熙拉姐在這方面又比我費了更多心思……所以現在有紅色傭兵的人在暗中當我的護衛。」

「咦？」

「來到凱斯拉克以後，領主城的騎士和教皇廳的異端審問官當然也有出一分力。我雖然不是什麼重要人物，但似乎受到了很多人的喜愛呢，哈哈哈。小石會長，您如果對我不利的話，就會面臨四面楚歌的窘境哦。我開玩笑的。」

「這、這樣啊。」

從他冷汗直流的模樣看來，他確實有動過別的心思。

「當然，我相信那種事是不會發生的啦。那我們就告辭了。白雪，我們走吧。」

「嗯！」

我們走到屋外，天色微暗的凱斯拉克映入眼簾。

雖然是白天就看過的景色，但這樣看起來也別有一番風味。還保有一些純樸風貌的中世紀城市對我來說確實獨具魅力。

我竟然開始胡思亂想了，看來我似乎喝得比自己以為的還多。不對，可能是小石公會準備的酒度數比我想的還高。

我悄悄扶著鄭白雪的手臂前進，便看見她大驚小怪地試著攙扶我。

「你、你可以靠著我。」

「那就麻煩妳了，站起來之後感覺酒勁突然上來了呢。」

「你是不是走不動了？」

「不，我還能控制自己的身體。話說回來，今天辛苦妳了，白雪。」

「不會，我也只會做這種事而已，嘿嘿嘿。不過感覺有點意外呢。」

「妳是指什麼？」

「我是說惠珍小姐的事。」

「是喔。」

這麼說來，鄭白雪是第一次聽說有關曹惠珍的事。和已經大概知道狀況的我不同，對鄭白雪來說，能聽到有關曹惠珍的事應該滿有意思的。

「我都不知道她是那種人……」

「現在知道也不是壞事，而且準確來說，我們只聽了小石公會的立場而已，也得聽聽看曹惠珍小姐的說法吧？」

「嗯！沒錯，當然要聽聽看才行！」

「不過光是聽說那些事，確實就已經讓我們心裡產生了一些疙瘩。雖然我也不願意這麼想，但『內部檢舉者』聽起來還是多少讓人覺得有點忌諱。」

「嗯！確實會讓人心裡有疙瘩呢，基英哥。」

「不過憑良心來行動也不是一件容易的事。」

「沒錯！做、做人還是要有良心才行！」

看到鄭白雪成了不管我說什麼都給予正面回應的鸚鵡，我不禁失笑。

我很好奇她實際上是怎麼想的，但也許她根本不怎麼在意。感覺鄭白雪不太會深入思考別人的事情，她可能只覺得拚命贊同我的看法才是對的吧。

我們從宋正旭那裡聽說的曹惠珍事蹟很簡單，比我想像中還平淡無奇，如果宋正旭沒有自己加油添醋的話，想必會更加無趣。但我當然也不認為他會毫無保留地告訴我。

總之，其中最令人感到興味盎然的是，加入小石公會的人大部分都是和曹惠珍一起通過新手教學副本的同期伙伴。換句話說，小石公會完全是由親朋好友組成的公會，就和現在的帕蘭一樣。

硬要拿我們公會來舉例的話，就好比鄭白雪突然把我貪汙舞弊的行為全數揭發，伙伴們因此把她當成叛徒，我也不是不能理解。

雖然小石公會最後被判定沒有嫌疑，但我認為曹惠珍的指控八成是真的，畢竟小石公會有很多祕密。我沒有證據，不過光看傾向和特有癖好，就能馬上得知誰是惡人、誰是正義的一方。

小石公會正在透過我所不知道的管道進行非法怪物交易，領主城可能有一些人牽涉其中，小石公會以外的其他公會或戰隊或許也有參與。他們的手段還真高明啊。

如果可以的話，我也想聽聽看曹惠珍的說法。

我一邊想著各種事情一邊走著，不知不覺走到了廣場上。

「你喝得很醉嗎？」

「是有一點暈，但是不要緊。」

「你好像很累的樣子。」

「我沒事，白雪。」

「我們是不是先休息一下再走比較好？」

「沒關係，反正快到了。」

「我、我也有點累了。」

我順著鄭白雪的視線瞥了一眼，看見一間高級旅館，而她的眼神中帶著一股難以言喻的堅定覺悟。

剛才和她對話時沒有多想，現在才忽然明白了她說的話是什麼意思。

「我、我們休息一下再走吧。」

真是的……看來她自認為設計了一個圈套。

我注意到她在回程的路上有意無意地繞遠路時，還以為她只是想跟我多待一會，現在想想，這可能才是她真正的目的。

「你好像很累，不對，你一定很累。」

我可以感覺到她想偷偷拉著我前往旅館，甚至執意要說我累了。

令我感到不知所措的是，不知為何，我的內心也動搖了。我不禁苦惱了一下，既然白天和她度過了開心的時光，要不要再和她待久一點呢？

正當我準備做出決定時，一道聲音從旁邊傳來。

「兩位在這裡啊。」

「啊……」

不速之客的到來讓鄭白雪鼓起了臉頰，而我只能用尷尬的表情望向聲音的源頭。

總覺得我和鄭白雪出現的地方有點曖昧。

「惠珍小姐，妳怎麼也在這裡？」

「我是來接基英先生和白雪小姐的。」

「咦？」

「應該說，我是來護送你們回去的，因為天已經黑了。凱斯拉克是個比琳德危險的地方，難保不會在窄巷裡遇見惡質的帝國人。雖然有白雪小姐在，不太可能出什麼事，但我既然都要當你們的護衛了，這麼做我會比較放心。」

「那領主城的騎士應該也在吧。」

「啊，不知道您有沒有聽說，會長說李基英人人的護衛工作由我一人負責，我想他可能還是很在意之前的琳德恐攻事件。」

「原來如此……」

我再一次體認到了金賢成對我的重視。

「時間也不早了，我實在放不下心，所以就親自過來了……那我們走吧。」

「好，謝謝妳出來接我們。嗯……不過仔細想想，我好像還沒有跟惠珍小姐好好聊過。」

「啊……」

「我們要不要找個地方，一起打發時間？」

這正好是一個不錯的機會，反正我遲早要和曹惠珍開誠布公地聊一聊。我才剛和小石公會聊完，這個時間點正好。

雖然鄭白雪噘起了嘴，不過跟她一起到附近的酒館喝一杯感覺也不錯。

我以為曹惠珍會答應，然而她表現出的反應卻與我的預想大相逕庭。她不僅瞪著我，還渾身顫抖。

「您、您真是太失禮了。」

「咦？」

「我都不知道，原來您是這麼無禮的人?!」

我完全沒想到她會突然喝斥我。

她在說什麼鬼話？

＊　＊　＊

輕微的醉意讓我感覺自己的思考速度慢了半拍，我仔細回想自己做錯了什麼，卻毫無頭緒。

我做了什麼失禮的事嗎？我不過是邀請她喝一杯，她有必要反應這麼大嗎？我好像可以理解小石公會的宋正旭為什麼會說她不知變通了。

「不好意思，我不知道我的發言哪裡有問題。」

「您、您知不知道自己在說什麼！白雪小姐明明就在旁邊……」

「白雪不能在這裡嗎？」

「我不是那個意思！」

她到底在說什麼啊？

就在此時，我看見她的臉紅得像熟透的柿子，突然領悟到她誤會了什麼。

問題不在於我說的話，而是在於圍繞著我們的環境。肯定是因為我在這個月黑風高的深夜，在高級旅館前面邀請她和我一起打發時間，導致她產生了誤會。

換句話說，我現在在她眼裡就是個對職場後輩性騷擾的人。鄭白雪都沒有誤會了，她卻產生這種誤解。

我持續表現出詫異的樣子，似乎讓曹惠珍更加慌亂，還因此漲紅了臉，不過鄭白雪的發言好像讓她終於意識到自己誤會了。

「惠珍小姐在、在說什麼？」

「我也不太懂……」

或許是因為覺得丟臉，曹惠珍開始無緣無故東張西望，看來是察覺到了自己的失誤。

「那個……呃……」

「有什麼問題嗎？」

「沒、沒有，可能是我一時搞錯了。」

「搞錯什麼？」

「沒什麼。」

「妳該不會在想什麼奇怪的事吧……」

「沒那回事。」

「我好像知道惠珍小姐平常是怎麼看我的了。」

「我……」

「感覺有點失望呢。」

「非、非常抱歉。」

現在的情況是個大好機會，可以讓我稍微捉弄她一下。仔細想想，感覺曹惠珍不是會答應喝酒邀約的人。她肯定認為護送我們回領主城是眼下的第一要務，然而在現在這樣的情況下，她是不會拒絕我的。

「我開玩笑的，都怪我說了容易讓人產生誤會的話。我的異性關係確實有點複雜……妳會把我當成那種人也很正常。」

「沒、沒那回事。」

「妳不用放在心上，反正我習慣了……」

「不、不是那樣的。」

「妳真的覺得抱歉嗎？」

「是的。」

「那……我們就照我剛才說的，稍微打發一下時間再回去，怎麼樣？」

她看起來很認真地在思考，我相信她很快就會點頭答應。

果不其然，我聽見曹惠珍說道：「如果只是一下子的話……」

「太好了，那我們進去吧。」

「副會長，那、那裡是……」

「嗯？難道這間旅館沒有酒吧嗎？」

「不、不是的，我想應該有。」

我剛才那麼說只是想捉弄她一下而已，不過從她的反應看來，我在她眼裡真的不是什麼值得信賴的人。

儘管這裡是將一夫多妻和一妻多夫視為理所當然的世界，我的異性關係在外人眼裡還是有點混亂。

她好像在懷疑我是不是想勾引她。雖然我不是沒有想過……但是她對我根本沒什麼好感。

我開門走進旅館，便看見接待員朝我們走來。

「請問是有預約的客人嗎？」

「我們沒有要住宿，只是想去酒吧坐一下。」

我不動聲色地將視線投向鄭白雪，她便急急忙忙將口袋裡的錢掏出來，塞進接待員手中……幹嘛給那麼多？

明明只要拿出一枚金幣，接待員就會眉開眼笑了，鄭白雪卻把手中抓到的金幣都給了他，少說也有五枚以上。只見接待員露出一臉「賺到了」的表情。

「希望可以幫我們安排安靜一點的地方。」

「是，我馬上為各位帶路。」

錢這種東西確實很方便。走上幾層樓後，能夠俯瞰風景的好位子映入眼簾。

「我們坐那裡吧。」

「好。」

「請問飲料要點什麼呢？」

「隨便拿一些好喝的過來就可以了，不用管價格。」

「是，我明白了。那麼，祝各位度過愉快的時光。」

「嗯。」

曹惠珍輕手輕腳地坐下後，用略顯尷尬地表情看著我，她好像是第一次來到這種地方，有種生疏的感覺。這裡雖然是滿高級的旅館，但曹惠珍也曾是小石公會的幹部，應該不至於沒有能力來這裡消費。

也許是因為宋正旭是個比我想像中更小氣的人，不然就是曹惠珍平常過著很儉樸的生活。我個人認為後者的可能性更高一點，畢竟很難想像曹惠珍會領低薪。

「妳是第一次來這種地方嗎？」

「啊？對……」

「我聽說妳在凱斯拉克待了很長一段時間，感覺有點意外呢。我以為妳在小石公會當到幹部，應該去過很多好地方……看來妳以前在這裡過得很儉樸吧。」

「要說儉樸的話……也沒錯，我確實不會把錢花在沒用的地方。」

「哈哈哈，這可不是沒用的地方。」

「什麼？」

「金錢這種東西並不是只要存起來就好，必須進行消費才能讓金錢發揮它的功能。有錢人要把錢花在社會上，社會才會正常運轉。妳應該聽得懂我的意思。」

「呃……」

「剛才從我們這裡收到小費的接待員也會進行消費，我們今天在這裡消費所支出的錢又會被用在其他地方。現在從這裡往下看，可以看到平凡的自由民或貧窮的帝國人經營的餐廳或店家，我們付的錢也會再被拿去那些地方消費。在金字塔頂端的人要合理地花費金錢，才能刺激經濟發展，這妳應該早就知道了。」

「我明白您的意思，可是……不知道是不是我的錯覺，您的語氣聽起來好像有一種瞧不起那些人的感覺。」

「我沒有瞧不起他們，只不過人都應該要有自覺。」

「您的意思是，您比他們處在更優越的位置上嗎？」

「對，我個人認為必須要有這樣的自覺，面對別人的時候才會比較輕鬆。妳必須不斷思考自己處在什麼樣的位置上，還有自己的行動會帶來什麼樣的影響。」

「我不太懂您想表達什麼，副會長。」

「我可能是有點醉了，所以說了一些沒用的話吧。我並不是為了說這些才找妳來這裡的，雖然從某種角度來看，也算是話題的延伸就是了。咳咳，我不曉得妳知不知道，我今天和小石公會的會長簽約了。」

「那真是……太好了。」

果不其然，她的臉色不怎麼好看，大概是覺得我可能聽說了她的事。我當然沒有打算對此多作隱瞞，反而想再和她聊得深入一點。

「請問您聽說了嗎？」

「妳是說內部檢舉的事嗎？」

「是的。」

「嗯，我聽說了。包括妳為什麼不得不退出小石公會，還有妳為什麼會離開凱斯拉克、來到琳德，我都聽說了。我沒有特別問，對方就主動告訴我了。他們好像都對妳有點懷恨在心的樣子，不過那也是情有可原，畢竟從新手教學時期就同甘共苦的伙伴背叛了他們。」

「……」

「該知道的人好像都知道了，我也不曉得妳一開始為什麼要隱瞞，反正大家遲早都會知道。」

「您要指責我的不是嗎？」

「賢成先生讓妳加入我們公會的時候是怎麼說的？」

「會長說無所謂。」

我看見她的表情稍微緩和了一點。

雖然發現得有點晚，不過現在看來，金賢成在這個女人的心目中似乎不只是上司而已。我不知道這是不是金賢成的本意，不過這個女人一定是迷戀上他了。

「他反而說我做得很好，告訴我貫徹自己的信念很重要……」

「是很正直的發言呢，的確是他會說的話。我的想法和他一樣，我也不打算指責妳。妳不是因為非法怪物交易和稅務問題告發他們的嗎？」

「還有牽涉到異種族奴隸買賣問題。」

「啊，這我倒是沒有聽說。反正不管怎麼樣都好，我就開門見山地說了。我雖然不會指責妳，但我認為妳是一個很愚蠢的人。」

「什麼？」

「我說妳很愚蠢。」

「您在說什麼……」

「這個社會看待內部檢舉者的視線並不是很友善。即便妳貫徹了自己的信念，從結果來看，妳就是一個非常愚蠢的人。妳為什麼要做那種事呢？」

「我不懂您的意思。您剛才分明說過不會指責我，不是嗎？」

果不其然，她露出一臉莫名其妙的表情。

「我剛才說過了，妳必須時時刻刻意識到自己處在什麼樣的位置上。妳有想過內部檢舉會帶來什麼樣的後果嗎？」

「那是我該考慮的事情嗎？他們可是犯罪者！」

「我不是要妳為那些人著想，而是要妳想想許多因妳而受害的人，也就是小石公會。我聽說發生那件事以後，小石公會不得不進行結構調整，因為他們雖然被判定沒有嫌疑，但確實存在稅務問題。」

「……」

「公會的職員似乎減少了很多，很多人一夕之間失去了工作。據說他們的生活大多陷入了窘境，有人自我了斷，也有人冒著生命危險出去打怪。」

「什麼……」

「女性職員被迫流落街頭；背負家計的職員失業後，只好去打怪養家活口；才剛就業的年輕人也丟了工作，現在在貧民窟裡乞討維生。」

「那是……真的嗎？」

「不是，是我剛才編出來的。」

「副、副會長，您現在是在跟我該玩笑嗎……」

「但我並不是完全憑空杜撰。雖然實際上可能沒有我說的那麼慘，不過有些人或許真的落入了那樣的境地。我只是沒有去把那些人找出來而已，真的要找的話，肯定輕而易舉就能找到。妳真正想告發的那些珍貴伙伴們現在依然吃香喝辣，受害的就只有無辜的人而已。」

「啊……」

「這就是為什麼我剛才說妳很愚蠢。曹惠珍小姐，並不是只要循著良心做事，就能解決所有問題。想讓他們完蛋的話，就應該確實掐住他們的要害才對。就結果來說，妳的確做了一件會被罵的事。」

「……」

「妳完全沒有做出任何貢獻，無論是促進凱斯拉克的發展，還是貫徹自己的信念，妳一件事都沒有做好。連明確的證據都沒找到就魯莽行事，除了讓自己不再受到良心的譴責外，妳什麼事都沒辦到。即便妳認為自己的計畫成功了，我還是會說妳很愚蠢。」

「……」

「妳知道小石公會有多少職員嗎？還要算上沒有參與那些事情的人，以及為了討生活，不得不協助會長的人。妳沒辦法為他們所有人的人生負責。這麼說來，我反而應該慶幸妳的計畫失敗了呢，不然就會有幾百名失業者流落街頭了。」

「……」

「哪怕只有一次也好，妳有想過我提到的這些問題嗎？」

「我……沒有想過。」

＊　＊　＊

有想過才怪。她要是曾經思考過那麼次，就不會把事情搞成這個樣子了。她絕對沒有先想出好幾個方案，經過深思熟慮再行動。

「凡事都要經過思考後再行動，一個無心之舉對某人來說可能是天外飛來的橫禍。說得誇張一點，我光是咳嗽一聲，就能讓一堆人人頭落地。」

「……」

「我們這樣的人，必須時時刻刻思考自己處在什麼樣的位置上，以及自己所說的話會帶來多大的影響。啊，我幫妳倒一杯吧。」

「不用了……我就不喝了，副會長。」

「我是因為覺得喝醉的好像只有我一個人，感覺很不好意思才這麼說的。我會向領主城申請護衛的，妳就陪我喝吧。」

「那我只喝一點就好……」

「謝謝妳陪我喝。總而言之，我要說的就是這些。換作是我的話，就會再做得更乾脆一點。我相信像妳這麼有能力的人，想必也有過和我一樣的想法。」

「那是什麼意思……」

「妳應該很清楚只靠內部檢舉的話，沒辦法解決問題吧？妳大可從內部將問題一一解決，再砍下以宋正旭為首的那群伙伴的腦袋，這樣不僅能讓公會恢復正常，公會職員也不會因此受害，就不會產生問題了。」

「……」

「雖然這只是我個人的推測，但我猜妳是有想過這個方案的。而妳之所以沒有做到這種地步，八成是因為不想和前同事發生爭執吧。妳不想殺了他們，又想守住自己的良心。為了在適當的範圍內做出妥協，才選擇內部檢舉。這只是我的猜測，妳用過各種方法說服他們，但是都沒有效，才決定用上最後的手段吧？」

微妙的沉默在空間中蔓延。雖然在此之前這裡一直都很安靜，但此刻感覺又更加寂靜了。鄭白雪望著曹惠珍發呆，小口吃著東西，當事人卻只是一言不發地啜飲著杯中的酒。

沉默就代表肯定。

我再次開口，隨後馬上聽到了回答。

「就結果而言，是妳被他們拋棄了。」

「您那種說法並不恰當。」

「不，我的說法沒有錯。雖然這是我第一次見到小石公會的宋正旭，但我可以猜到他之前做過什麼事。啊，還有和妳一起通過新手教學副本的朋友們。」

「您是指……」

「他們是一群貪婪的人，想要不斷往上爬。他們不怎麼在乎良心或道德之類的東西，只想要更多的財富、更多的金錢、更多的權力。」

「他們還不到能這樣斷言的程度。」

「他們跟妳很不一樣。我猜他們為了把妳趕走，背地裡動了很多手腳。第一就是在凱斯拉克散布關於妳的負面謠言，第二則是私下拜託其他公會和戰隊不要讓妳加入。畢竟妳妨礙了他們的好事，他們當然不會讓妳好過。」

「這種事……我還是知道的。」

「我在很多地方都聽說了各種傳聞，像是曹惠珍利用身體換來了現在的權力，或是曹惠珍經常和公會成員起內鬨等等。真的很可笑，對吧？他們現在還在玩那種學生時代在玩的把戲。我不知道他們是想搞排擠還是怎麼樣，但我倒是體會到了大人幼稚起來，和小孩子沒兩樣。」

「那只是毫無根據的謠言罷了，我根本不在乎那些謠言。」

「謠言包裝得好，就能變成事實。就結果而言，妳確實因為那些謠言而失去了立足之地，名聲也一敗塗地。真心換絕情的感覺如何？」

「我沒有什麼特別的感覺，因為我早就有所覺悟了。」

「那妳對自己做出的選擇有什麼看法？對於妳逃避正面衝突的結果，以及對於什麼問題都沒能解決的這個狀況，妳是怎麼想的？人們都說這叫作偽善。」

「這不是偽善！」

砰！

伴隨著一聲巨響，桌上的東西飛散四方。

曹惠珍大口喘著氣，情緒似乎非常激動。雖然狀況發生得有點突然，不過從她的反應來看，大概是被我戳中了痛處。

鄭白雪比我還慌亂。我看見她整個人從座位上彈了起來，但我悄悄握住她的手後，她又立刻坐下來。

「其他人的話還不好說，至少您沒資格說那種話，李基英副會長，因為您才是偽善者。我不是笨蛋，我知道人們口中的您和您真正的樣子不一樣。」

「妳還真敏銳。」

我沒想到她會知道……

「所以呢？」

「您怎麼還問得出『所以呢』?!」

「我知道妳想說什麼。我確實不是多清廉的人，因為我經營的事業和我實際上在做的事都巧妙地遊走在法律邊緣，不過那又怎麼樣?」

「您那樣才是真正的偽善，李基英副會長。」

「我每個月都會捐一筆錢給教皇廳，每次捐出數萬金幣。那筆捐款會成為一筆基金，被分配到神聖帝國各地，幫助窮困的帝國信徒，或是生活有困難的自由民。」

「那只不過是……」

「不僅如此，我還有在琳德境內的貧民窟經營免費供餐所。妳應該還記得公會裡的金美英組長吧，她直到不久之前都還是在貧民窟裡天天乞討維生的貧民，一邊撫養兩個孩子，一邊在貧困中掙扎。妳覺得是誰救了她?」

「這……」

「不只是她而已，帕蘭對於人才來者不拒，我們歡迎身心障礙者、未婚媽媽、在戰鬥中身受重傷而留下後遺症的戰士。對於想加入公會的人一視同仁，也是我下達的指示。雖然這是對帕蘭有利的措施，但也可以說是一種大型公益活動。」

「那、那您聯合大型公會操縱媒體的事，您要怎麼解釋?」

「妳知道的比我想的還多呢。」

「我是偶然知道的。在公會裡工作一段時間後，就連不想看的東西也會看到。」

「請問神聖帝國的法律有規定個人不能控制媒體嗎?」

「神聖帝國根本就還不熟悉李基英先生您所謂的『媒體』這個概念，對帝國人來說，媒體就只是報章雜誌而已。大部分的人都不了解您正在做的事情的嚴重性。」

真是犀利的見解。

「副會長，這是基本的常識問題，您現在所做的行為是錯的。」

「是嗎？那妳怎麼不提神聖帝國現在的問題？」

「您在說什麼……」

「妳為什麼對相信命運打從出生就註定的貴族主義或王權體制視而不見？仔細想想，這不也像妳說的一樣，是地球的常識不允許發生的事情嗎？」

「因為那是他們的生活……」

「如果妳真的想堅守道義的話，難道不是應該先在這裡發起大革命嗎？瑪麗蓮千金說不定也會說出『沒有麵包的話，吃蛋糕不就好了嗎』這種話，也可能對凱斯拉克的貧民毫不關心，那妳要不要現在就帶領民眾建造斷頭臺呢？」

「您、您那是詭辯。」

「這的確是詭辯，但是在這種情況下，詭辯是理所當然的。法律的界線本來就非常模糊，要遵守地球上的常識，還是這座大陸上的常識，是讓所有自由民都感到困惑的問題。」

「這也是詭辯。」

「有很多種價值觀都符合憑個人良心行事的行為標準，死刑制度就是其中之一。然而對犯罪的人執行火刑，難道符合倫理嗎？有一個名叫伊藤蒼太的日本人，因為被懷疑信奉惡魔，而被關進灌入聖水的石像裡淹死，這難道符合倫理嗎？」

「……」

「死刑制度本身就不符合倫理，但是在這個地方，那些事情都發生得理所當然。現在請妳再想想看，誰比較偽善？」

「……還是詭辯。」

「遊走在法律邊緣，為這個社會做出貢獻的我，和害怕與同事發生摩擦，而假借內部檢舉之名，行逃跑之實的惠珍小姐，誰才是偽善者呢？」

「……」

「我現在不是要找妳吵架，惠珍小姐。」

「但是在我看來並不是那麼一回事，任誰看了都會覺得副會長您在找我吵架。」

「這只是在酒席上常有的閒聊和爭論而已，妳只要當作我們是在交換意見就好。我也不是要先給妳一巴掌，再給妳糖吃，不過我其實覺得妳是一個很不錯的人，畢竟能夠堅持自己的信念是很了不起的事。」

「您如果是在嘲諷我的話……」

「不是，我沒有要嘲諷妳的意思。比起我，妳和賢成先生的性格更相像，其實我很憧憬堅持這種處事方式的人，或是說正直的人。」

「您還真敢說呢。」

「我的責任就是幫助正直的人，讓你們不至於為正義賠上人生。」

「李基英副會長……」

「我是對你們有幫助的人。回到前面的話題，我們再來談談有關宋正旭先生的事吧。假設他們還在進行非法怪物交易和異種族奴隸買賣，而我有辦法置他們於死地，妳會怎麼做？」

曹惠珍的表情看起來相當認真，雖然她本來就總是板著臉，但現在看起來是真的在思考各種問題。

「我也許可以幫妳報仇。」

她的想法顯而易見，我已經知道她會做出什麼選擇了。事到如今才高喊要報仇，不符合曹惠珍的個性。

「我不需要您的幫助，副會長您只要顧好您自己的事情就夠了。」

「啊，這樣啊。」

「不好意思，我要先告辭了。我會另外請領主城幫您安排護衛的，很抱歉。」

曹惠珍在我眼前倏地站了起來，看起來很不高興。我不是故意惹她不高興的，不過我有料到會有很多句話戳中她的痛處。

偽善者。這個詞彙確實適合用來形容她，她本人或許也對此有所認知，才會擺出那種表情。她想要實現正義，又不希望伙伴們出事，世界上再也找不到第二個像她這樣的濫好人了。

曹惠珍前腳一離開，鄭白雪就幽幽開口：「真是我行我素的人呢，明明說要當護衛，又自己先走掉……」

「嗯？」

「我是說惠珍小姐呀！」

「妳別太討厭她，那都是因為她太善良了。」

「可是……」

「別看她現在那個樣子，我們以後會變成摯友的。」

「咦？」

「朋友本來就是不打不相識嘛。」

〔您正在確認玩家曹惠珍的特有癖好。〕

〔在友情中綻放的花〕

第062話　錢買不到的東西

自從和曹惠珍聊過之後又過了幾天，我正式開始展開行動，在周邊進行了一些市場調查，不過小石公會的宋正旭比我還認真。

簽約的事進行得又快又順利，簡直到了不可思議的地步。

宋正旭那小子像是要我宣示忠誠似的，開始對其他公會和戰隊宣傳我製作的藥水，我都還沒拿合約給他，他就已經把蓋好章的合約拿來給我了。

雖然他似乎是想趁機來領主城和瑪麗蓮千金等其他貴族套交情，不過要怎麼利用多出來的時間的確是他的自由。我反而還拋出一些好處給她，介紹了一些低階貴族給他認識，站在他的立場來看，肯定覺得自己走運了吧。

看到他搖身一變成為忠臣的模樣，確實讓我有點措手不及。

宋正旭持續跑來領主城拜訪的原因當然不僅如此而已，他就像要解決什麼燃眉之急一樣，馬不停蹄地行動著。我早就發現宋正旭想利用瑪麗蓮千金了，不過看到他這樣明目張膽地覬覦人家，我還是忍不住笑了出來。

你就好好加油吧。

我不在乎他是不是真心愛著瑪麗蓮千金，不過他和瑪麗蓮千金走得越近，就會越往掌握龐大資本的那一方靠攏。假如能和瑪麗蓮千金結為連理，對宋正旭來說確實會得到很多好處。他不僅會成為貴族，還能夠購買土地，在稅務方面也對相對自由一點。

既然他沒有對我造反，那我也沒必要多說什麼，但我知道他八成不安好心。

宋正旭想和我拉近關係，同時又不希望帕蘭對小石公會有太多干涉。這個卑劣的傢伙表面上裝出一副對我效忠的樣子，心裡則是絞盡腦汁想扭轉局勢，他的特有癖好果然沒說謊，的確是表裡不一的雙面人。

我也不打算一直關照他，只要維持適當的界線，等到時機成熟，再和他切割就可以了。在那之前，當然要先榨乾他身上的所有好處。

忙碌的當然不只宋正旭一個人而已，一直往外跑的金賢成小隊也同樣忙得不可開交。就我的情況而言，因為我是來處理公事的，所以每兩天才外出一次，但金賢成就不同了，他為了培養朴德久和金藝莉不遺餘力。除此之外，他可能還得說服人們相信凱斯拉克出現了怪物群入侵的徵兆。

「基英先生，那我們出門了。」

「好的，賢成先生。德久也注意安全，路上小心。」

「哎唷，不用擔心我啦。反正只是在外面轉一轉、調查一下就回來了，不會有事的。」

「那我就放心了。熙英小姐也注意安全……」

「是，請不用擔心。」

「白雪也是。」

「嗯……嗚嗚……」

「好了，別哭了。」

這部分就算我不處理，金賢成也會看著辦，我可以放心交給他。擁有可以依靠的伙伴，是一件相當愉快的事。

金賢成會以未來發生的事件為基礎，慢慢搜集情報，再正式對凱斯拉克境內發布公告。

說不定進入戰時體制的凱斯拉克會和金賢成的前一輪人生不同，成功擋下怪物群或精英怪物的侵襲，而我們的重生者就會成為拯救凱斯拉克的英雄。

雖然不知道事情會不會按照計畫發展，但實現計畫就是我這種人的工作。

儘管我也有很多事情要忙，這種程度的事情還是有空幫忙處理的。

「不好意思，基英先生，占用你一點時間。」

「是，賢成先生。」

「那個……請問你跟惠珍小姐之間有發生什麼事嗎？總覺得你們最近關係不是很好……」

「啊，我們只是在工作上發生了一點小摩擦。這是很瑣碎的小事，你不用放在心上。」

「原來如此。」

「我知道你在擔心什麼，不過你擔心的事情是不會發生的。」

「那個……我希望兩位和睦相處……」

「是，我也想和惠珍小姐變得親近一點。惠珍小姐這次正好也不會參與遠征，我打算慢慢地跟她拉近距離。」

「哈哈，那真是太好了。聽到你這麼說，我就放心了。那我們出發了。」

「好，今天也路上小心……」

「好的。」

看來他好像很擔心。其實我自己也會擔心，畢竟經過上次那件事之後，曹惠珍就對我有點冷漠。

但是我們並沒有因此完全不說話。無言的冷戰比瑣碎的爭吵更可怕，既然我們還會交談，就代表我還有機會跟她打好關係。

我向小隊成員們揮手，交代他們路上小心，便看見他們也揮手回應。

自從抵達凱斯拉克之後，已經過了一段時間，我要解決的事情也大致有了方向。

第一，阻止這座城市即將面臨的危機。其實這是本次遠征最主要的目的，既是我們親愛的重生者想達成的目標，也是我們小隊來到凱斯拉克的原因。對凱斯拉克提出警告，奠定我們公會在凱斯拉克的地位則是次要目標。

這部分目前金賢成正在努力，尚且輪不到我行動，但我必須針對所有可能發生的狀況做好萬全的準備。

第二，小石公會的宋正旭。我得好好考慮接下來是要繼續帶著他走下去，還是找個適當的時機拋棄他。其實這得先看曹惠珍要怎麼行動才能決定，就目前的情況而言，應該先維持現狀，同時準備好之後可以利用的牌。

第三，改善和曹惠珍之間的關係。我要和她建立起名為友誼的連結。

第二點和第三點不同於第一點，不屬於小隊行動，而是必須由我自己進行。

考慮到之後也會需要和曹惠珍共同行動，我至少要能控制得了她，必須讓她把我視為「可以信任的好友」才行。

她對我已經有了一定程度的了解，所以我要主動親近她的話會很辛苦，但絕對不難，因為我已經有頭緒了。

在其他小隊成員外出的此刻，可說是大好機會。我應該主動跟她搭話，努力和她拉近距離。即便當不成朋友，也可以讓她欠我人情，或是讓她對我刮目相看，製造這樣的契機很重要。

宋正旭為我工作的期間，我也不是什麼事情都沒做。

我向前方望去，曹惠珍送小隊成員出門的身影映入眼簾。

「賢成先生好像很擔心我是不是和惠珍小姐吵架了。」

「我不太想跟您談論公事以外的話題，副會長。」

「這件事也算是在公事範圍內，惠珍小姐。公會成員之間的感情交流是非常重要的。」

「您如果又想說一些奇怪的話……」

「不是那樣的。既然我們對彼此有一些誤會，早點解開會比較好吧？」

曹惠珍的反應有點冷淡，她最近一直都是這樣。她的思緒大概也很複雜，因為我之前說的話想必都深深扎進了她的心裡。

「我之前提到的報仇，雖然的確是為了妳提出的，但其實也是工作的一部分。這無關私人恩怨，假如他們還在從事非法勾當，那麼站在我的立場，終究得出手處理。」

「……」

「妳要是不忙的話，我希望妳可以跟我去一個地方。啊，妳如果不願意，我會自己去。雖然那是個相當危險的地方，但我會有辦法活著回來的。萬一運氣不好被抓走，可能會被砍斷一隻手或一隻腳吧。賢成先生一定會很高興的。」

「您這個人實在是……」

「惠珍小姐，我不是壞人，這全部都是工作。其他小隊成員都在外面認真工作，我們也要做我們該做的事吧？所以，妳願意陪我去嗎？」

「您好像沒有給我選擇權吧……我會跟您一起去。」

「謝謝。」

金賢成讓曹惠珍負責擔任我的護衛，從某種角度來看，其實可以說是天助我也。因為這樣一來，我能夠和她一起行動的範圍就變大了。

「啊，我們要去的地方，以妳現在這身裝扮是進不去的，要麻煩妳換一下衣服。」

「什麼？」

「我已經事先準備好了，妳不用擔心。」

「我可以問目的地嗎？」

「妳之後會慢慢知道的，現在告訴妳就沒意思了。我們一小時後出發，妳快去做準備吧。」

「看來您早就決定好這件事了，還真是我行我素啊。」

「因為我的行動力很強，謝謝妳的誇獎。」

曹惠珍的臉色依然不太好看，不過她既然願意換衣服，之後應該也會乖乖聽從我的提議。

雖然她剛剛皺起了眉頭，但她畢竟稱得上是一位美女，能和這樣的人去約會，感覺還不錯。

在她準備的這段時間，我也換上事先準備好的衣服、整理頭髮，完成行前準備。儘管不是穿著我去王城參加派對的那一套衣服，看到自己體面的樣子，還是讓我的嘴角忍不住上揚。

我在大廳等待曹惠珍著裝，隨後一張熟悉的面孔悄悄出現在角落。

從她漲紅的臉看來，我準備的衣服應該很合她的心意。

「我真的一定要穿這套衣服嗎？」

「妳都已經換好了，不是嗎？妳不用害羞，惠珍小姐。」

「可、可是……裸露的部分太……」

「妳穿起來很美，不用擔心。」

我就知道藍色禮服會很適合她，果然沒錯。

請領主城的接待員幫她打扮，感覺效果很好。她不管有沒有化妝都差不多，不過頭髮漂亮地紮起來後，和禮服非常相配。

雖然她好像很不習慣露出一條腿和背部的禮服，但整體而言是性感的。我原本還以為她是和性感沾不上邊的女人……沒想到她自有一番魅力。

「您是要去參加派對嗎？您如果需要女伴的話，不一定要帶我也……」

「那不是單純的派對，妳相信我，去就對了。我已經請馬車在外面待命了，我們快走吧。」

「是。」

「啊，在出發之前，我想問一件事。」

「是。」

「是關於小石公會的事……妳之前有看過他們進行非法怪物交易或異種族奴隸買賣的場面嗎？」

「有，我看過被關在馬車裡的奴隸。」

「所以妳沒有看過他們實際上是怎麼進行交易的吧，稅務問題和怪物交易的事也是妳在翻帳簿的時候發現的，對嗎？」

「這您怎麼會……」

「因為證據不足而被判定沒有嫌疑，總會有原因吧？」

「……」

「妳剛才說想知道我們的目的地對吧？」

「是的。」

「我們現在就是要去現場觀摩。」

「什麼……」

「我想去了解一下那些非法的交易實際上是怎麼進行的。」

曹惠珍似乎一時說不出話來，只是目瞪口呆地望著我。

我用不著說服她，因為我要讓她親自去感受。

我從懷中掏出兩副面具，戴上其中一副，並把另一副遞給她，「這是妳的面具。」

＊　＊　＊

曹惠珍戴著面具，靜靜坐在馬車裡。我看不到她的表情，但可以猜到她在想什麼，我突如其來的提議似乎讓她感到有點焦慮。

「那種地方真的存在嗎？」

「有需求，就會有供給。有人需要，就會有人販賣。」

「我在凱斯拉克待了三年，從來沒聽說過有那種地方。」

「他們經營的黑市和普通的黑市不同，是更高級一點的地方，只有ＶＩＰ能出入。普通的黑市在琳德也能找到。」

「就算您這麼說……」

「毒品交易最活絡的地區通常位於邊境地帶，地球上的毒品交易也大多發生在位處美國和墨西哥交界的城市。凱斯拉克與共和國相鄰，我認為這樣的地理位置並不差。」

「神聖帝國跟共和國……」

「現在是處於冷戰狀態沒錯……但是只要有能賣的東西，還是會有人賣得很高興。人類就是一種無論身在何時何地、處於何種情況下，都有可能犯罪的動物。說得誇張一點，即便進入戰爭狀態，黑市也會繼續運作。」

「這您怎麼會……？」

「妳問我怎麼會知道？世界上沒有錢辦不到的事。」

其實光有錢還不夠，為了找出交易管道，我簡直累得跟狗一樣。我相信凱斯拉克境內一定有市場或拍賣場，但我不了解過去數十年來發生過什麼事，要找出這段時間形成的交易管道並不容易。

如果接受宋正旭的幫助，想必輕而易舉就能找到，可是我不想讓他知道我和曹惠珍出入地下拍賣場的事。

誰知道就在我努力四處打聽時，之前幫助過我的春日由乃寄來一封信，解決了所有問題。雖然我為此向她承諾這件事解決後，會順道去一趟席利亞，不過何時兌現還是未知數。

「凱斯拉克伯爵和瑪麗蓮千金大概也不知情，賢成先生也是。」

「連會長都……」

那小子恐怕在第一輪人生中也不知情。

畢竟就時間點來看，這個時期的金賢成應該正為了提升戰鬥力，在琳德孤軍奮戰。他也許有在事情落幕後接觸到相關消息，不過拍賣場之類的情報對曹惠珍這種個性正直的人來說，是個難以理解的話題。

「賢成先生看起來是目標很明確的人，很可能會錯過這種小細節。說得好聽一點，就是見林不見樹的人。」

「見林不見樹？」

「沒錯，他看見的是戰爭或怪物群這種會對人陸造成直接影響的事件。也就是說，比起地下拍賣場，他更在意凱斯拉克的安危，這就是為什麼他現在要努力翻遍整座森林，消滅怪物。既然已經有看見森林的人了，就需要看見樹木的人。而我和惠珍小姐這樣的人，可以扮演這個角色。」

「可是……」

「當然，我雖然會向會長進行報告，但不認為有必要讓他看見腐爛的樹木，畢竟他本來就已經在為別的事情傷腦筋了。」

「我可以理解您想說什麼了，那您特地找我同行的理由是……」

「我上次也說過，我很中意惠珍小姐，也可以理解賢成先生為什麼想讓惠珍小姐擔任公會的幹部。而且成員彼此之間要互相了解，以後才能自在地相處，不是嗎？啊，我們好像到了，下車吧。在進入地下拍賣場之前，最好盡量不要開口說話。」

「是……」

「對了！我在這裡的名字是春日野悠[8]，我會叫妳有華。」

「是。」

一走下馬車，一座相當幽靜的宴會廳便映入眼簾。曹惠珍的表情不知為何顯得有點緊張，我一度以為她是不是像青春期少女一樣，覺得自己的叛逆行為很刺激，但事實並非如此。雖然我們都戴上了面具，但她還在擔心身分會穿幫。

「其他人在……」

「這裡的入口不只這一個，有華。」

「咦？」

「妳再靠過來一點。」

8 日本18禁遊戲《緣之空》男主角的名字。

「啊……是。」

抱歉了，賢成。

我悄悄摟住她的腰，瞬間感覺到她全身都緊繃了起來。我這麼做沒有其他意思，只是因為我們今天的設定是親密的日本多金情侶而已。

沒過多久，一名接待員朝我們走來。雖然一看就能感覺到對方戰力很強，不過他並沒有敵意。我們畢竟是準備大把大把撒錢的客人，他要是對我們表現出敵意才奇怪。

「邀請函。」

我開口拋出一句話，並秀出事先準備好的邀請函，隨即看見對方點了點頭。

「請搭上馬車就可以了。」

「今天怎麼樣？」

「會讓您滿意的。」

「那就好。」

我們再次搭上有遮光布簾遮掩的馬車，馬車隨後緩緩出發。

「副會長，您確定這樣安全嗎？」

「有華，我叫您。」

「您確定這樣安全嗎，您？」

「當然。有華比我想像中還膽小呢。」

「那是因為有您大人在，我必須考慮您的安全。」

「我們很安全，妳放心，有華。我敢保證這裡的警衛比妳還擔心我的安全，因為他們不能失去重要的客人。」

「您出發前明明說很危險……」

「那是騙妳的。」

「您這個人實在是……」

「妳不用太緊張，既然都來了，就好好享受一下怎麼樣？妳有在馬車上喝過紅酒嗎？」

沉默不語的曹惠珍咬著嘴唇，始終無法放下戒備。在遮光布簾籠罩的馬車裡，被帶往未知的地方，會緊張也很正常。

雖然這麼做是因為地點必須徹底保密，不過她保持警戒也不是一件壞事。就算不太可能發生什麼事，還是得以防萬一。

我們下了馬車以後，又搭上另一輛馬車。當我感覺到馬車微微傾斜、正在下坡的時候，一股預感告訴我，我們就快抵達目的地了。

我最後再啜飲了一口杯中的紅酒，馬車外便傳來一道聲音。

「已經到了。」

「走吧。」

「是，悠大人。」

「以防萬一，提醒妳一下，不要像鄉下人第一次到大城市一樣四處張望。」

「我知道。」

一打開馬車的門，眼前的光景立刻吸引了我的目光。

橘色的燈光照亮室內，各式各樣的奢侈品一字排開，那幅景象令人感覺彷彿來到了貝妮戈爾神聖帝國的首都。曹惠珍似乎也覺得很新奇，但又想到我稍早之前的警告，因此沒有東張西望。儘管如此，我發現她的眼珠子還是忍不住轉來轉去。

我不動聲色地牽起她的手，她的身體又瑟縮了一下，不過她好像很快就習慣了。這跟我和鄭白雪發生肢體接觸時不同，別有一番趣味。

「我們進去吧。」

「是。」

戴上面具的人不是只有我們而已。周遭的人們身穿一看就知道很高級的服裝，臉上大多也戴著形形色色的面具。

我雖然靠藥水事業賺了不少錢，但畢竟還在創業初期，要是沒有熙拉姐給的零用錢和春日由乃這個提款機，我和那些人恐怕根本沒得比。

四周傳來鬧哄哄的聲音。

「這裡都是那個人管理的嗎？」

「那怎麼可能，老宋只是光顧這裡的無數商人之一而已。妳覺得那個傻子真的有辦法獨自管理這整個地方嗎？」

「不覺得。」

「這裡應該有很多值得一看的東西，既然都來觀摩了，我們就好好享受吧。」

「這裡的氣氛跟您之前說的很不一樣呢，感覺好像來到化裝舞會一樣。」

「每個地方都有不為人知的一面，只要再往裡面走一點就會看到了。硬要說的話，這裡只是大廳，進入房間以後還有其他東西。」

我輕輕舉起手，便看見端著雞尾酒的服務生朝我們走了過來。

「喝一杯吧，有華。」

「……」

「妳不喝的話，我就自己喝了。」

曹惠珍說得沒錯，如果只看表面的話，比起黑市，這裡更像是宴會場。無論是端著可以簡單享用的飲料和甜點四處走動、為貴族男女送上酒水點心的服務生，還是用扇子遮掩嘴角談笑的人們，看起來都不像精神有問題的人。

不過用心眼來看的話，就有點不同了。我隨便看一眼，都能看見不正常的傾向或特有癖好。

我看到了性癖異常的人、單純想炫耀自身力量的野心家，以及跟我和伊藤蒼太擁有相同傾向的人，甚至還有像鄭振浩一樣的殺人魔……他們來到這裡的目的不言而喻。看來在這裡還能殺人，這下我終於知道這棟建築內那些數不清的房間是做什麼用的了。

那些走進房間的人擁有的傾向說明了一切。

要先讓曹惠珍看什麼好呢？先讓她看一些沒那麼刺激的，再慢慢提高強度，可能對心理健康比較好。要是一開始就讓她看到太重口味的畫面，搞不好會嚇壞她。當然，宋正旭管理的市場是一定要給她看的。

就在我準備邁開腳步時，一道陌生的嗓音從旁邊傳來。

「不好意思。」

「嗯？」

「請問你現在有空嗎？如果旁邊的夫人不介意的話，我想邀請你跟我共度一段時光……」

「什、什麼夫人……」

「啊，看來是女朋友啊，雖然是什麼都無所謂……」

說話的人戴著面具，因此看不到她的表情，不過大概掃過一眼，也能看出她的能力值有一定的水準。

對方身穿旗袍，打扮有點奇特。可能是來自共和國的中國人，或是滯留在神聖帝國的臺灣人。她看起來不是普通人，如果時間上有餘裕的話，我是有點想和她聊一聊，但我們現在沒空在這裡閒聊。

「不用了，沒關係。」

「哎唷……不要這樣嘛，三個人我也可以唷。」

「我很忙。」

她那雙在面具下閃爍的眼睛令人有點介意，我找不到能夠精確形容的說法，總之全身頓時泛起雞皮疙瘩。

〔您正在確認玩家小林的特有癖好。〕

〔絞首浪漫派[9]〕

媽的。

「別這樣嘛。」

「不用了，沒關係。」

就在這時，我的腦海中瞬間閃過了我的特有癖好。

〔您正在確認玩家李基英的特有癖好。〕

9 引用日本懸疑輕小說《戲言系列》第二集書名《絞首浪漫派：人間失格・零崎人識》。

〔騙子的誘惑〕

〔能夠誘惑對方，使其對自己言聽計從。受到危險異性喜愛的機率上升。〕

受到危險異性喜愛的機率上升。

這麼說來，我從剛剛開始就一直感覺到從四面八方向我投來的視線。

雖然向我搭話的只有眼前這個瘋女人，但還有很多女性都用扇子遮著臉，目不轉睛地盯著我看。總覺得精神有問題的女人，還有被系統判斷為危險人物的女人，全都聚集在這裡了。

該死……我感覺自己主動把頭伸進了虎口，只好緊緊握住身旁的曹惠珍的手。

＊　＊　＊

「你別看我這樣，我也是很有魅力的哦。是因為面具的關係，讓你沒辦法確認我的長相嗎？這還真是不方便，又不能摘下來……」

「下次有機會再說吧，我今天已經有約了，抱歉。」

「只是一下子的話呢？如果你還是覺得不方便，至少跟我去安靜的地方聊一下嘛。我不是那種輕浮的女人……我是說真的。」

「抱歉。」

我悄悄看向曹惠珍，同時緊握她的手，表現得很焦躁，暗示她想辦法解決眼前這個精神不正常的女人。

或許是感覺到了我的視線，只見她往前朝我靠了過來。

「我不知道妳是哪位，但請妳適可而止。他不是已經很明確地表示拒絕了嗎？妳再繼續這樣就太失禮了。」

「這樣啊……」

「我們快走吧，有華。」

「是，悠大人。」

「什麼嘛，原來妳不是他的女朋友，而是部下啊？」

「妳不需要知道我們是什麼關係。現在可以請妳讓開了嗎？妳如果再繼續為難我們，我就要叫警衛過來了。我不想惹麻煩，希望妳可以就此從我眼前消失。妳現在一直擋在我前面，也讓我感到很不愉快。」

「沒想到這位部下小姐的占有欲這麼強……」

「這跟占有欲沒有關係，我是在跟妳說基本禮儀的問題。」

兩個女人互相瞪著彼此的畫面映照在我的視野中。雖然氣氛劍拔弩張，但眼前這個瘋女人不可能做出什麼事來，畢竟她一定也知道不能在這裡引起騷動。

曹惠珍又把我往自己身邊拉了一把，我的身體自然和她緊貼在一起。她應該沒有什麼奇怪的意思，這麼做也是為了保護我，然而在周遭的人眼裡看來，就像是在宣示主權一樣。

有個原本看著我的女人默默離開了，她的特有癖好是「屍體愛好者」；還有一個女人的特有癖好是「給予疼痛的主人」，她也對我失去了興趣。

怎麼這麼多精神不正常的女人？

精神不正常的男人也很多，但他們本來就對我不感興趣，所以不在討論範圍內。

可能是因為感覺到越來越多視線集中在我們身上，小林最後選擇緩緩從我身邊退開。附近有幾個男人朝她跑去，看來是和她一起來的隨從。

「紙筆。」

「是。」

「你可以寄信到這個地址，請你一定要聯絡我。」

「我有空的話會聯絡妳的。」

「我們彼此似乎都不願意公開自己的身分……既然你會出現在這裡，就表示你的能力也不差，不過我是個比你想像中更有能力的人。我覺得我應該能幫上你的忙，不論在哪方面……」

「我不敢保證一定會聯絡妳，但我總有一天會去拜訪妳的。」

我死也不會去，瘋女人。

「我們說好了，你一定要來哦。那我就先告辭了……」

快給我消失，拜託妳消失，從這座大陸上消失……

我感覺到她依依不捨的目光還一直停留在我身上，不禁起雞皮疙瘩。直到她完全離開我的視線範圍之前，我都盡可能避開她的目光。

「您還真受歡迎呢。」

「我可不想在這種地方受歡迎，希望妳走路的時候可以再靠過來一點。雖然我也沒有很想假裝跟妳很親密的樣子，但妳難道不能至少表現得像是在宣示主權一樣嗎？到處都有人盯著我看，我覺得很困擾。」

「您難道有到處釋放費洛蒙嗎？」

「差不多吧，雖然受到影響的是那種人有點可惜……總之妳跟我走近一點……」

「您靠得太近了，讓我覺得不太舒服。」

「當面聽到這種話，還真是令人傷心呢。」

不過這麼做是有效的。我們開始用戀人說悄悄話的親暱姿勢走路後，感覺我確實脫離了其他人的目標範圍。

在這個地方和其他人搭話本來就是一種沒常識的行為，剛才見到的那個名為小林的女人顯然有點太過主動了。

既然這裡的保密措施和客人的安全防護做得這麼徹底，那好像可以稍微安心一點，不用擔心會發生什麼事。

我以後再也不想遇見這裡的女人了。她們每個人無疑都各有所長，但如果要我再多應付一個女人的話就免了。

回歸正題，我還沒達成來到這裡的目的，只好再一次慢慢地環顧四周。曹惠珍也開始東張西望，看來已經適應了這裡。現在我們對於這個地方的感覺與其說是不愉快，不如說是好奇。

然而我們越往裡面走，氣氛也隨之改變。她或許是察覺到了這一點，下意識表現出警戒的樣子。

原本擠滿人的走廊上，人們一個接著一個消失，看來大家都忙著處理私事。

我想我們也差不多該進去裡面看看了，於是決定隨便挑一個地方進去。

我對守門的警衛使眼色，便看見他們打開巨大的門扉。

典型的奴隸拍賣場隨即映入眼簾。

人們坐在相當高級的椅子上談笑風生，那副模樣彷彿在告訴我們那些人都對這裡的狀況習以為常。

話說回來，我之前好像沒有看過異種族。

我帶著曹惠珍找位子坐下後，馬上就看見一名服務生朝我們走來，他一定是來問我們要喝什麼的吧。

「隨便拿點什麼過來就可以了。」

「是。」

一坐上可以躺進半個身體的高級柔軟座椅，睡意便自然而然湧上。

拍賣會似乎還沒開始，我看見人們還在陸續進場。

「這裡是？」

「我只是隨便挑一間房間走進來……好像是奴隸拍賣場。嗯……反正看下去就會知道了吧。以防萬一，提醒妳一下，不要製造無謂的騷動。」

「這種事我當然知道。」

「妳知道就好。妳對異種族有什麼了解嗎？」

「沒有，我只聽別人說過，親眼見到也就只有之前那一次而已。」

「是嗎？那就有點可惜了，我也對異種族也沒什麼了解。」

「話說，那邊那個坐得離我們有點遠的女人，不是剛才那個女的嗎？」

我朝著曹惠珍用眼神示意的方向看去，的確是那個女人，她肯定在我們進來之前就入座了。媽的……

「我不是跟著她進來的，妳別往那邊看，我不想讓她知道我們在這裡。」

我硬是將視線從她身上移開，沒過多久，便看見有人走上舞臺。明亮的燈光傾瀉而下，有如電影院般漆黑的觀眾席也亮了起來。

就在此時，傳來了一道聲音。

「讓各位久等了，由衷感謝各位今日蒞臨本拍賣場。本俱樂部一向誠心待客，今天也精心準備了商品，各位可以好好期待一下商品的品質。」

真是老套的俗氣開場白。我本來還有點期待這裡會走高級奢華的路線，看來還是沒辦法高級到哪裡去。

「大家都是大忙人，我就不占用各位太多時間了。雖然很突然，不過我們現在就開始進行拍賣會吧。第一項商品是五十四歲的妖精露美妮亞。」

一個擁有長耳朵的女人緩緩從舞臺旁邊出現。

雖然很不想這樣，但我還是忍不住瞪圓了眼睛，因為那個女人的外貌比我至今見過的任何人都還要美麗。然而，為她的外貌著迷也只是暫時的。

任誰都能看得出來那個妖精的神情充滿恐懼，看到那樣的她抬頭仰望著觀眾席，我下意識皺起了眉頭。

她瘦骨嶙峋的四肢戴著拘束具，瑟瑟發抖的模樣令人同情。坐在位子上的人們眼中立刻浮現一抹貪欲。

妖精的嘴巴開開合合，卻沒有發出聲音，可能是被施了魔法。

「這項商品得來不易。她不僅有一頭祖母綠色的秀髮，而且如各位所見，身材姣好，營養狀況佳，是整體狀況都管理得很好的乾淨商品。」

另外兩個一起出場的人抓著那個名為露美妮亞的妖精，限制住她的行動，她立刻開口尖叫，卻沒有傳出任何聲音。

那兩個人好像是想讓大家看她的背部，但光是這樣就讓她嚇得渾身顫抖，雙眼湧出斗大的淚珠，腿軟到站都站不穩。

「她幾乎沒有戰鬥能力，所以我們沒有刻意對她進行訓練，有施虐傾向的客人應該會需要這樣的商品，而且以妖精的年齡來說，她非常年輕。」

「我想聽聽看她的聲音。」

「如果客人想聽的話，當然沒問題。還請其他客人見諒，接下來我們會暫時解除她身上的魔法。」

待在舞臺一側的魔法師開始慢慢念起咒語，緊接著現場爆發出近似悲鳴的叫聲。

「請幫幫我！拜託……幫幫我，拜託……誰來幫幫我。」

聲音清澈悅耳，內容卻不怎麼動聽。

妖精一邊哭喊，一邊環顧四周，但當然得不到任何回應。

神聖帝國本來就有一部分的貴族不把異種族當人看，能夠來到這裡的自由民有什麼樣的品格也無須多作說明，因此會有這樣的反應很正常。

「聲音真好聽。」

「哈哈哈，我就知道您會這麼說。」

我往旁邊瞥了一眼，只見曹惠珍全身發抖。她露出有如吃到屎一般的表情，整張臉皺成一團，緊握的拳頭說明了她的心情。

我是有料到這樣的場面會有點激怒她，但沒想到她會如此憤怒，看來曹惠珍比我想像中還要重視正義。

「我再說一次，要是引起無謂的騷動……」

「我……知道……」

這個地方說穿了就是蹂躪人權的現場。按照現代人的常識是無法理解的。充滿正義感的曹惠珍不可能理解那些發出歡呼或舉手表達購買意願的混蛋腦子裡在想什麼。那些人根本不在乎別人的痛苦，不對，說得更準確一點，他們甚至很享受看到別人痛苦的樣子。

「妳覺得問題出在哪裡？要怎麼解決問題？」

「您想聽我說什麼？」

「我沒有想聽妳說什麼，有華。」

曹惠珍好像感到很後悔，又覺得很有壓力。她之前大概完全想像不到，也不知道有規模這麼大、這麼瘋狂的場所，因為她只確認過帳簿而已，肯定沒有親身體會過這個地方是怎麼運作的。

「這已經算是很普通了。坦白說，我還覺得很訝異，這裡比我想像中更整潔。比較特別的奴隸應該是在別的地方進行交易，但我們沒時間了，就跳過那裡吧。我們已經確認過奴隸買賣的現場了，那妳想知道非法捕捉的怪物被用在什麼地方嗎？」

「這……」

「起來吧。」

「麻煩也給我一杯。」

曹惠珍緊緊咬著嘴唇。

我就知道她會有這樣的反應。

「我們去別的地方吧，悠大人。」

「走吧，有華。」

* * *

「妳不必有罪惡感。」

「您在說什麼？」

「這個嘛……我只是覺得我大概知道妳在想什麼。『如果我有把事情處理好的話』……妳是在想這種事吧？」

「我……沒有。」

最好沒有，我已經猜到她在想什麼了。她一定是在想「如果我沒有讓事情不了了之，是不是就不會有這樣的結果了」，因為她所做的事就只有拜託高層進行調查而已。

不過即便她有確實處理好小石公會的事，我敢保證這個地方依然不會受到任何一丁點影響。

「就算妳有把事情處理好，也不會有多大的改變。老宋代表的不是這整個地方，只是這裡的一部分……妳也看到了，這裡的運作完全不受外界影響。我不是說過嗎，凱斯拉克的領主也想不到會有這種地方存在。」

「領主怎麼可能不知道在自己的領地裡發生的事？」

「妳覺得首爾市長會知道在首爾發生的每一件事嗎？凱斯拉克的領主城裡說不定有人是這裡的同伙吧，也有人明明知情，卻選擇隱匿。更何況妳確定我們現在所在的地方位於凱斯拉克嗎？說不定是在靠近共和國的交界地帶，藏在非常隱密的地方。」

「為什麼……」

「這當中恐怕牽扯到很多利害關係，不過這部分妳不用擔心，要查出來也很簡單。可是妳要知道，雖然我們現在看到的這些人都是必須剷除的毒瘤，但他們同時也是社會的一部分，在場的所有人都是社會的一員。」

「您說他們是社會的一部分？」

「沒有犯罪的世界是不存在的。」

「我不太懂您的意思。」

「妳會慢慢明白的。」

我們一邊緩緩移動腳步，一邊小聲交談，這段時間曹惠珍依然眉頭緊皺，語氣也有點冷淡，似乎在強忍怒氣。

她當然不是在生我的氣，她的怒火自始至終都是指向這個環境，還有對此束手無策的自己。她現在才開始慢慢了解現實，就像在面對與自己一直以來的認知完全不同的世界。

既然如此，或許我可以親切一點，再多跟她說一些。

我悄悄靠近她，開口說道：「妳不覺得這裡直的什麼都有嗎？」

「他們一定是覺得只要有錢，就什麼都買得到吧。這種人在想什麼，不用猜也知道。」

「只要有錢，就什麼都買得到。這句話倒是沒錯，不論是奴隸，還是毒品、異性，甚至連經驗也買得到。」

「經驗？」

「沒錯。我先問妳一個問題……有華，妳殺過人嗎？」

我猜她八成是有殺過人的。在這個地方待久了，就不可能沒殺過人。第一次應該是在新手教學副本中，那裡的糧食有限，為了守住糧食，很多時候都必須舉起武器。

我們小隊除了朴德久以外，大家都有殺人經驗。鄭白雪有，金賢成也有。我在新手教學副本裡也曾經送幾個人上西天，而且我現在連那些人的名字都記不得了。

我直直盯著曹惠珍，她也靜靜看著我開口，「有……」

「看來那段回憶不怎麼美好啊。」

「如果是美好的回憶才奇怪吧。」

「妳說得對，那確實不是美好的回憶，但也會有一些人認為那段回憶是美好的……我們這些自由民多少都有殺過人，不過一般貴族很難有那樣的經驗吧？更何況，帝國人殺害帝國人無疑是犯法的。貴族雖然可以懲罰平民，但也不能濫殺無辜。妳覺得那些偶爾會出現的瘋子要去哪裡抒發自己的欲望？我相信那種事一定也正在這裡發生。」

「怎麼可能……」

我看著滿腹狐疑的曹惠珍，忍不住笑了出來。她都看到剛才那些景象了，似乎還對人類的良心抱有希望。

我笑著舉起手，隨即看見一個服務生朝我們走來，曹惠珍一臉疑惑地看著我，像是在問我要做什麼。我沒必要說明，因為她只要聽到我跟服務生的對話就能知道我打算做什麼了。

「請問您需要幫助嗎？」

「我想試用這把劍……有什麼適合練劍的地方嗎？」

「當然有，先生。請問是要幫您準備怪物呢，還是……」

「你告訴我怎麼走就好，我會自己過去。對了，如果有可以看到大型怪物的地方，也請告訴我。」

「需要我直接帶您過去嗎？」

「不用了，你用說的就可以了。」

「那請您沿著這條路直走，右轉後再，直往前走，就會走到三號出口。再沿著三號出口繼續直走，就會看到圓形競技場了。入場費要另外……」

「好的，我明白了，你可以去做你的事了。」

「謝謝您，先生。」

那傢伙一消失，我就看到曹惠珍露出，臉難以置信的表情。

「妳看到了吧？我就說沒有買不到的東西吧。在這個地方，連經驗都能用錢買到，甚至連違法的經驗也是。」

「……」

「妳平常有沒有什麼想做的事、希望別人幫妳做的事，或是只在腦海中想像過的事？我可以幫妳出錢，妳要不要試試看？」

無論她想要什麼，這個地方應該都能幫她實現。

「您……」

「我開玩笑的。」

我沒有管她，繼續邁開腳步，沿著剛才那個接待員說的路線走，圓形競技場隨即映入眼簾。

競技場的規模比我想像中還大，感覺就像把古代的羅馬競技場搬到了地下。

我看到有人正在等待入場，也有一些人三五成群地聚在一起聊天。

我將事先準備好的金幣交給一名服務生，他點點頭後開始為我們帶路。

「我要去ＶＩＰ區。」

「ＶＩＰ區需要支付額外的費用。」

「沒關係。」

「好的。」

「競技還沒開始嗎？」

「現在是中場休息時間，下一場競技預計在五分鐘後開始。」

「好。」

曹惠珍似乎很想知道在這麼多觀眾面前會發生什麼事，服務生離開後，她馬上開口向我問道：「悠大人，這裡舉行的是什麼競技……」

「誰知道呢……我不是說過了嗎？我也是第一次來這裡。既然會出現大型怪物，那是什麼樣的競技可想而知吧。」

「是要在這裡展示打怪的過程嗎？」

「應該不會那麼無聊吧……妳覺得人們聚在這裡，只是為了看冒險家和怪物對打嗎？」

「那……」

「妳看下去就知道了。」

我才剛說完，現場就響起了歡呼聲。

觀眾可能都很注重面子，所以沒有人大吼大叫，但有人默默拍手，也有人加油助陣，觀賽方式各不相同。

在人群中最顯眼的莫過於剛才見過的那個女人，她好像看著這裡，我只好努力移開視線。

媽的，怎麼又是她……

我順著眾人的視線低頭一看，一隻身形龐大又笨重的怪物出現在競技場內。

怪物的外型難以形容，頭部形似蜥蜴，卻有六條腿，口水從嘴角流下，不斷發出震耳欲聾的怪聲。原本靜悄悄的觀眾看到怪物的模樣後，開始爆發出歡呼。

競技場的另一端也出現了一些人影，想必就是要對付那隻怪物的人了。人數總共有三十多人，都是在連基本裝備都沒有提供的情況下，就被迫與怪物戰鬥的普通人。

裡頭也包含個子嬌小的人，看來應該是混雜了不具有商品價值的異種族。除此之外，還有引人注目的美型妖精，也許是為了迎合觀眾的喜好。

我透過狀態欄將那些人的情報都瀏覽了一遍，他們的能力值果然全都奇差無比，中間雖然有幾個能力值比較突出的人看起來有戰鬥經驗，但顯然還不足以對付那樣的怪物。

在我看來，那種程度的怪物恐怕要由訓練精良的自由民組成小隊才有可能捕獲。那些人手上連像樣的武器都沒有，不可能有辦法對付那種怪物。

束縛著怪物的鐵鍊一斷開，怪物便在轉眼間衝向那三十個人。

從開始之前就戰意盡失的人們早已在競技場內四處逃竄，現場喊叫聲此起彼落。

「撐住！」

「再撐一下啊！」

他們難道還有下注嗎？

怪物在場上如魚得水，將人們碾成碎片，鮮血四濺，卻沒有觀眾在為那些人擔心，這樣的景象令人啞然失笑。

「嘰欸欸欸欸欸！」

「救、救命啊！」

「救救我！啊啊啊啊啊！」

有人拍打著出口的門，有人推開和自己一起出場的人逃跑。場內上演著慘烈的情節，場外的人卻對他們的遭遇毫無興趣，因為大部分的觀眾都不把那幅光景當成寫實的紀錄片來看，而是當成餘興節目來欣賞。

我個人覺得那樣的畫面在我眼裡還是紀錄片，看來我的人性還沒徹底腐敗。已經有一半以上的人奄奄一息了，讓人看了覺得心裡不太舒服。我都有這種感覺了，曹惠珍想必有更深的感觸，畢竟我剛才在奴隸拍賣會上就已經看到她皺起眉頭了。

這畫面是不是太重口味了？

曹惠珍的眼神充滿憤怒，她緊咬的嘴唇滲出了鮮血，甚至連緊握的拳頭也不斷流血。這樣下去可不行。

「不可以……」

「我知道。」

「不能做出突發行為。」

「我……知道。」

她嘴巴上說知道，看起來卻不像有把「不能衝動」這四個字放在心上的樣子。我心裡自然感到忐忑不安，總覺得她下一秒就會衝進競技場。

我緊緊握住她的手，便能清楚地感受到她在顫抖。

與此同時，耳邊仍不斷傳來慘叫聲，現在競技場內只剩下五個人了。

「救、救救我。」

「拜託救救我！」

「拜託！誰來……誰來幫幫我！」

「我不想死……嗚嗚嗚……」

「我不想死，我不想就這樣死在這裡……拜託……拜託……」

受害者扯著嗓子呼喊，聲音卻被觀眾瘋狂的歡呼聲蓋了過去，不過那些求救似乎清清楚楚地傳進了曹惠珍的耳中。

靠，媽的……我想像了一下曹惠珍從這裡衝出去的畫面，不免感到憂心忡忡。萬一事情演變到那種地步，說不定會發生難以解決的狀況。

我看見曹惠珍緩緩起身，於是又再一次緊緊抓住她的手，但是在這個號稱「凱斯拉克的老古板」的原則主義者眼裡，好像已經看不見周遭的事物了。

這對她來說太刺激了嗎？

「妳別做瘋狂的事。」

「我知道。」

「妳衝出去的話，我也會死。」

「……」

「妳想救他們嗎？」

雖然時間點早了一點，但這麼做是對的。

「那就動腦想一想，要怎麼做才能救得了他們？」

正確答案早就已經確定了，重點是她會不會親口說出來。

我目不轉睛地注視著她，儘管回答得有點晚，但她還是說出了自己得出的結論。

「我……要買下他們。」

「正確答案。」

＊＊＊

我不得不承認，曹惠珍的學習能力比我想像中還要強。雖然只要在這裡晃一圈，就一定會有所感觸，但她接受得比我預期的還快。

我一舉起手，傭兵就在剎那間衝進競技場內，有幾個人手持盾牌靠近生存者，同時還有鋪天蓋地的魔法襲向那隻怪物。面對突如其來的狀況，觀眾們皺起了眉頭，不過還是有人對此感到興味盎然。

箭與魔法一波一波擊中怪物的身體，因為必須先救出我要買的商品，過程中也難免會出現傷兵。

沒過多久，那隻將人類碎屍萬段的怪物便完全停下了動作。我以為傭兵只會將牠擊暈，然而想要阻止那隻激動的怪物，除了殺死牠以外似乎別無他法。

我設想過如果投入戰局的傭兵團水準再高一點會怎麼樣，不過既然結局已定，那再怎麼樣都覆水難收了。

怪物的損失大概也是我要負責賠償吧，不僅如此，我可能還得替傷兵支付醫藥費。當我在為沒意義的事感到可惜的時候，曹惠珍正望著眼前的景象悄聲地喃喃自語。

「就這樣……」

事情就這樣輕而易舉地解決了，這想必不在她的預料之中。

在她自言自語的同時，觀眾席爆發出各種喊聲。

「殺了他們！」

「這是在做什麼！殺了他們啊！」

「你以為我花錢進來是為了看這種東西嗎?!」

「殺了他們！殺了他們！」

看來這次得花不少錢了，不過這個結果還不錯。

「很簡單吧？事情本來就是這樣運作的，有華。我之所以能夠這麼輕易就解決問題，並不是因為我們現在在拍賣場，而是因為我有錢。這個道理不僅適用於這裡，在外面也一樣。圍繞著我們的問題大部分都可以靠閃閃發亮的金幣來解決。」

「這種事情……」

「這次費用可能會比想像中還高，妳現在應該付不出這筆錢，我會先借妳。就當作紀念我們成為朋友。」

曹惠珍沒有開口，只是一言不發地看著我。

一名服務生走向我們，可能是要為剛才發生的事情結算費用。

「請問您要用什麼方式支付費用呢？」

「確切的金額是多少？」

「存活下來的奴隸四人各五十金幣，一名異種族妖精是五百金幣……」

「了解。」

「死亡的怪物為一萬金幣。」

「好。」

怪物遠比死去的奴隸更值錢，這在我的預料範圍之中，但是站在曹惠珍的立場來看，似乎難以接受，她呆愣地看著將帳單拿過來的服務生。

「除此之外，為了救出奴隸而投入的傭兵費用為六百金幣，傷兵的治療費用也包含在內。」

「我明白了。」

「競技場觀眾的入場費總金額為四萬金幣，其他各項損失賠償金額為兩萬金幣，基本費用為五萬金幣。總金額為十二萬一千三百金幣，先生。」

比我想的還貴，但不至於付不起。雖然是會讓我瑟瑟發抖的金額，不過這筆費用會由春日由乃全額支付，因此沒有太大的問題。

抱歉了，由乃。

就算站在大型公會的立場來看，一次損失這麼大一筆錢也不是一件小事。

我等於是把春日由乃當成了提款機，以後當然要報答她。

「我要用匯票支付。」

「好的，謝謝您。」

「真是抱歉，突然引發這種狀況。」

「您不需要道歉。」

「可能是因為我是異種族愛好者的關係，實在不忍心看到妖精死去。妖精又不是為死而生的，你說對吧？不過我事前沒有聽說獵物有包含妖精……你們公司本來就不會在事前提供關於演出的相關資訊嗎？」

「啊，非常抱歉。」

「就算做一本節目冊也好啊，嘖。」

「那個……雖然這可能算不上道歉，不過我們可以把剩下的幾隻妖精奴隸也一起給您。」

我看了曹惠珍一眼，只見她慢慢地點了點頭。對方都說要免費送我們妖精，讓那些妖精從痛苦中解放了，她會拒絕才怪。

「嗯……我知道了，那我希望是至少有一點戰鬥能力的妖精。啊，我不想要受過太多訓練的。如果你剛才的道歉是真心的，那就請你好好展現出誠意，畢竟我也想跟你們維持友好的關係。」

「是，請您放心，滿足客人一直是本公司的宗旨。請問您大概什麼時候要離開呢？」

「我會逛一逛再走，因為我的心情不太好。」

「本公司在經營上還不夠成熟，我再次向您致歉。」

「沒關係，我可以理解。那我們先走了。」

「今天中央拍賣場也會有很多優質的妖精……您如果感興趣的話……」

這種時候竟然還不忘推銷，這個地方實在是很荒謬。

「除此之外，還有其他特別的商品嗎？」

「我們有怪物卵、品質優良的英雄級道具等各式各樣的商品，都將開放競標，還有現在市面上已經買不到的各種藝術品……」

「我對藝術品沒什麼興趣，嗯……你說會有怪物卵嗎？」

「是的，據說是好不容易才入手的特殊商品。」

「這我倒是有點感興趣，不過……雖然很可惜，但我還是下次再去中央拍賣場好了。」

雖然很好奇被拿去進行拍賣的是什麼樣的蛋，但我們現在該離開這裡了。總覺得要是再繼續待在這裡，就必須把每個出場的獵物都買下來了。

曹惠珍看起來也想快點出去，站在她的立場來看，恐怕一秒都不想繼續待在這個空間裡，我想現在離開應該沒問題。

我們從座位上起身，走出圓形競技場，一路上她什麼話也沒說，看來對於一個純真的人而言，這一切實在帶給她太大的衝擊了。

「五十金幣。」

「什麼？」

「剛才死去的那些人，只值五十金幣。僅僅……僅僅值五十金幣……」

「是啊，已經比我想的還貴了，但妳好像不這麼認為。」

「那隻該死的怪物值一萬金幣。」

「妳不覺得這個價格很合理嗎？我聽說那種怪物很難活捉……照顧起來一定更困難吧。怪物的價值高於那些被當成獵物的人，對他們來說是理所當然的事。光是把那隻怪物的屍體拆解下來做成催化劑，成本都超過幾百金幣了。」

「但我還是不能接受。」

「沒有人在乎妳能不能接受，他們在乎的只有怪物比較值錢。」

「您……」

「我不是在說我個人的想法，而是在陳述事實。商品的價格是他們訂的，妳要沉浸在感傷之中是妳的自由，但我覺得現在是時候認清現實了吧……難道妳比我想的還要天真嗎？妳也親眼確認過了吧？妳不是對妳之前所認為的『不義之舉』妥協了嗎？」

「我……我明明懂了，可是……」

「可是妳沒辦法接受？」

「可以這麼說。」

她閉上嘴巴，看起來陷入了沉思。看來我不需要多說什麼了，因為「她在苦惱」這一點對我來說更重要。

我們都已經來到這裡了，就這樣離開也滿可惜的，因此我們再次往裡面走去，隨便逛了一下。其他景象好像沒有對她帶來太大的刺激，雖然她還是會氣得咬牙切齒，不過除此之外就沒有其他反應了，可能是因為在圓形競技場裡看到的畫面還在她的腦海中揮之不去。

結果當我們毫無斬獲地走到外頭時，一輛正在等待我們的馬車出現在眼前。幾隻妖精一邊顫抖一邊盯著我們，她們被拘束具徹底限制住行動，望著我們的眼神與其說帶有敵意，不如說充滿恐懼，但我對她們沒什麼興趣。

剛才還說得好像會大放送一樣，實際上卻只送五隻，不過那些妖精的狀況看起來不差。

「這是我們的誠意，希望能讓客人滿意。」

「我的確很滿意，下次會再來的。」

「是，那麼祝您旅途平安。」

「啊，幫我把那些妖精都送上馬車就可以了。」

「是。」

我和曹惠珍上車後，那些耳朵打著顫的妖精也開始走上馬車。

車門一關上，曹惠珍就小心翼翼地對妖精伸出手。

「呀啊！」

她們當然嚇得縮起身子。對她們來說，曹惠珍不是拯救了她們的勇敢騎士，就只是一個瘋子。

看到那五隻妖精擠成一團、瑟瑟發抖的樣子，曹惠珍悄聲開口。但不是對她們，而是對我。

「您之後……打算怎麼處理這些人？」

「這個嘛……其實有一個應該算妳的……我得考慮一下。把她們帶進領主城不太好，找個適合的地方放她們出來也不太好，可能要找一個能讓她們暫時待著，又能確保安全的地方。送去帕蘭應該是最妥當的。」

「您不讓她們離開嗎？」

「就算現在讓她們離開，也不會有什麼改變。她們沒過多久就會重新被抓到，又變成剛才那樣。妳覺得什麼都不會的妖精有辦法找到路，回到她們的森林嗎？」

「……」

「我現在也有重要的事要做，不可能馬上送她們回去。等我哪天要去妖精王國的時候，會再親自帶她們回去。或是這次的事情處理好之後，順便跑一趟也不錯。」

「那真是……太好了。」

「我沒有妳想的那麼壞，對吧？」

「我不太想回答這個問題。」

「那我就當妳默認了。」

「您為什麼要帶我來這個地方？」

「妳會自己找到理由的，我想給妳看的是結果。」

「結果？」

「沒錯，經過妳的判斷得出的結果，還有妳現在看到的結果。也就是妳以前在凱斯拉克做過的事，以及今天做的事，兩者有什麼不同？什麼是正確的解決方法？妳自己想想看。不對，妳不妨想想看，惠珍小姐。」

「這……」

「救了她們的人是我，也是妳。因為妳做了正確的判斷，她們才能得救。」

「我覺得不見得是那樣……」

「雖然在拍賣場跟競技場看到的結果很明顯不一樣……但妳要這麼想的話，我也尊重妳的想法。」

曹惠珍緊緊閉上嘴巴，沉默不語。

我可以感覺到她很不想承認，不過她承認與否並不是重點，重點是我在她的心中注入了我的思想。

人與人之間的認同感並不是短時間內就能形成的，而是必須長時間交換彼此的思想與價值觀、互相理解，才會形成認同感。

我個人不認為我會被她愚蠢的思想所影響，但我至少得表現出對她的理解，何況我也不期待會達到什麼戲劇性的效果。

我理解她，她理解我——現在只要這樣就夠了。

「我覺得不見得是那樣，但是……今天的事……還是謝謝您了，副會長。」

我的想法果然沒錯，世界上沒有錢買不到的東西。

——《重生使用說明書03》完

CD009

重生使用說明書 03

회귀자 사용설명서

作　　者　흙수저 (wooden spoon)
譯　　者　何瑋庭、劉玉玲、M夫人
封面設計　C　C
封面繪者　阿蟬蟬
責任編輯　胡可葳

發　　行　深空出版
出 版 者　星巡文化有限公司
地　　址　臺北市中正區重慶南路一段 57號 3樓之 5
電　　話　(02)7709-6893
傳　　真　(02)7736-2136
電子信箱　service@starwatcher.com.tw
官網網址　www.starwatcher.com.tw
初版日期　2025年 02月

總 經 銷　聯合發行股份有限公司
地　　址　新北市新店區寶橋路 235巷 6弄 6號 2樓
電　　話　(02)2917-8022

國家圖書館出版品預行編目 (CIP) 資料

重生使用說明書 / 흙수저 (wooden spoon)
著 . -- 初版 . -- 臺北市 :
星巡文化有限公司出版 : 深空出版發行 , 2025.02
冊 ;　公分
ISBN 978-626-74124-5-9(第 3 冊 : 平裝). --
862.57　　113018614